취사병, 전설이 되다

취사병, 전설이 되다 6

지은이 오종필(제이로빈)

초판 1쇄 발행일 2025년 10월 20일

발행인 오종필
책임 편집 위크래프트
디자인 김경희
발행처 제이알매니지먼트
주소 경기도 부천시 원미구 길주로17, 803호(상동, 웹툰융합센터)

ⓒ 제이로빈, 2025
ISBN 979-11-94274-31-5 04810

- 이 책은 저작권법에 따라 보호받는 저작물이므로 무단 전재와 복제를 금합니다.
- 이 책의 전부 혹은 일부를 이용하려면 저작권자와 출판사의 동의를 받아야 합니다.
- 잘못된 책은 구입하신 곳에서 바꿔드립니다.
- 책 모서리에 찍히거나 책장에 베이지 않게 조심하세요.

취사병, 전설이 되다

제이로빈 현대 판타지 소설

6

제이알매니지먼트

작가의 말

안녕하세요. 제이로빈입니다.

2008년부터 2015년까지 7년간 장교로 군복무를 하며, 정말 좋은 인연들을 많이 만났습니다. 국가를 위해 일하는 동안 힘든 점도 많았지만, 결과적으로 보면 저에게는 최고의 경험을 선사한 곳이었습니다.

군 제대 후, 웹소설 작가로 입문하게 되었습니다. 군 복무시절에 대한 즐거운 기억들을 여러분과 함께 하고 싶은 마음에 기억에 남는 에피소드를 바탕으로 제가 좋아하던 부하들과 상관, 그리고 동료들의 모습을 재구성해 '취사병, 전설이 되다' 라는 작품을 집필할 수 있었습니다.

과분하게도 여러분의 많은 사랑을 받아 웹소설이 나오고, 웹툰으로도 연재되고, 이번에는 종이책으로도 만들어질 수 있었는데요.

이 책이 군 생활을 마친 예비역 분들이나, 이제 막 복무를 해야 하는 예비군인 여러분, 그리고 군인 가족들께 많은 도움이 되었으면 좋겠습니다.

마지막으로 지금 현재도 군 복무를 열심히 하고 계신 군인 여러분, 힘내세요!

예비역의 한 사람으로서 응원합니다. 당신들이 있기에 현재의 대한민국 국민들이 안전할 수 있습니다. 대한민국 현역 군인 및 예비역 여러분, 파이팅입니다.

2021년 8월

제이로빈

6권 등장 인물

강성재 병장(진)

요리사의 길이라는 시스템의 인도로 취사병의 길에
들어온 후 요리로 인정받으며 베스트 셰프 코리아에 출
전한다. 군인이라는 신분의 제약도 있지만 최선을 다하는 대한민국 국군장병.

김용우 상병

시스템이 인정한 성재의 영원한 라이벌.
미국 CIA 요리전문학교를 나온 엘리트여서 실력은 있지만
자기중심적인 성격이 단점이다.

윤동현 예비역 병장

성재의 취사병 선임. 전역 후에도 우정을 나누며
함께 베스트 셰프 코리아에 출전한다. 재벌 가문의 손자여서
재정적으로 넉넉하고 현재는 프랑스에서 유학 중.

백동원
셰프

까들로프 교수의 소개로 만났으나
성재의 든든한 선배이자 동료가 된 국내파 셰프.
베스트 셰프 코리아에 출전하여 성재와 선의의 경쟁을 한다.

배원영
준장

성재가 처음 배속되었던 삼척 60연대에서 만난 후
현재는 계룡대에서 함께 복무하고 있다.
성재와는 부자지간만큼이나 서로 믿고 의지하는 사이.

배윤아
고등학생

배원영 준장의 외동딸이자 요리사의 길을 가는 여고생.
베스트 셰프 코리아에 출전하여 주목을 받으며 최선을 다 한다.

대한민국
대통령

헌정 사상 처음 무소속 신분으로 당선된 대통령.
군통수자이자 갑종장교 출신이어서
군인인 성재의 마음을 잘 헤아린다.

까들로프
교수

프랑스의 유명한 요리학교 르 꼬로동 블루의 교수이자 윤동현의 은사.
미슐랭 쓰리스타 레스토랑인 〈라이프 가든〉의 셰프이기도 하다.
윤동현의 주선으로 강성재와 만나 깊은 감명을 받는다.

6권 차례

246	대통령 별장에서의 사교 모임	10
247	영부인의 제안	19
248	성재야. 우리 꼭 우승하자!	26
249	실패하지 않는 요리	32
250	가장 존경하는 분은 누구입니까?	39
251	대통령의 축전	46
252	심사위원의 걱정과 우려	53
253	아쉬운 탈락과 이별	60
254	낮도 이기려고 하고, 밤도 이기려고 하고!	68
255	당신보다 내가 더 성재에 대해 잘 알 것 같은데?	77
256	성재가 보내는 편지	84
257	청와대 조리장의 실력	91
258	김호태의 확신	99
259	누가 성재를 건드렸냐?	108
260	지원과장님? 맛있는 음식 해드리겠습니다	116
261	모두의 예상	125
262	성골과 진골	132
263	건군 제70주년 국군의 날 기념행사	140
264	대통령의 기억	147
265	강성재씨! 누구에게 드리겠습니까?	154
266	심사위원의 태도 변화	161
267	성재의 빈자리를 채우는 사람들	168
268	행보관님이 바꿔 달래	175
269	오늘의 특별 심사위원	183
270	성재의 충격적인 탈락	191

271	성재야. 너를 한 번도 못 이겨 보네	198
272	탈북민을 위한 요리	206
273	세미 파이널! 결승 진출자는?	214
274	휴가 간다고 말했어야 되는데	222
275	집안이 바뀌었어요	230
276	넌 전역 후 뭐가 하고 싶니?	239
277	대망의 파이널!	247
278	1차전 승리, 그리고 위기	255
279	파이널 of 파이널	262
280	취사병! 전역하다 (1부 완결)	269
281	청와대에 입성했습니다	277
282	만렙 성재	285
283	청와대에서 성재는?	292
284	각자의 목표	299
285	성재와 민아의 콜라보	307
286	각자의 마음	314
287	배우고 싶습니다	321
288	이미 배웠습니다	329
289	그랜드슬램 성재	337
290	성재표 평양냉면	344
291	국빈만찬	351
292	성재의 활약	358
293	성재의 꿈	366
294	소집해제 된 성재	373
295	에필로그 : 꿈과 미래	381

대통령 별장에서의 사교 모임

경기가 끝나고 주차장. 배윤아가 자른 머리를 정리하고 있다.
"윤아야. 굳이 머리까지 자를 필요 있었어?"
"어차피 잘라야 될 머리였어. 그리고 오빠."
"응?"
"오빠 말대로 실력 보여줄게. 내가 열심히 해서 보란 듯이 우승할 거야"
"그래. 열심히 해 봐. 네 마음 알았고, 응원할게."
돌아가는 길. 윤아와 성재는 뒷좌석에 탔다.
"어휴~ 우리 딸, 장하다. 본선에 진출했어?"
"응. 아빠. 앞으로도 기대해. 내가 학교에서 6개월 동안 얼마나 열심히 했다고~"
"그래. 잘했어. 아~ 우리 성재도 축하한다."
"감사합니다. 단장님!"
"그래. 어휴~ 둘 다 잘 되니까 기분 좋네. 안 그래도 우리 둘 중 하나라도 떨어지면 어떻게 하나, 걱정했었잖아. 여보, 그렇지?"
"그러게 말이에요. 둘 다 붙어서 다행이에요."

부대 복귀한 후, 성재의 본선 진출 소식에 다들 부러운 표정 일색이다.
후임병들은 성재의 본선 진출 소식을 듣자마자, 파티를 준비했다.
"강성재 상병님의 본선 진출을 위하여!"
"위하여!"
빵가게에서 사 온 케이크. 그리고 군대 주둔지에서 구입한 피자와 양념치킨.
아무리 요리를 잘하는 사람들이라지만, 남들이 해 주는 음식이 가장 맛있는 게 사실.
후임병이 물었다.
"이제 본선은 어떻게 진행되는 겁니까?"
"나도 잘 모르겠어. 워낙 방송국 측에서 비밀이 많아서."
"그렇습니까?"
"더 열심히 준비해야겠지. 설마 예선에서 시카고 피자가 나올 줄은 상상도 못 했다."
"시카고 피자라… 여기에서는 안 팔지 않습니까?"
"그렇지. 피자도 공부해보니까, 종류가 많더라고. 책으로 배울 수 있는 것도 있는데, 배울 수 없는 것도 있고."
"하긴, 요리의 종류가 얼마나 많은데, 책으로 다 배울 수는 없는 것 같습니다."

성재의 본선 진출 소식은 금세 계룡대 전체에 퍼졌다. 다들 예상했다는 듯 반겼다.
"음, 그럼 네가 대한민국에서 100위 안에 드는 거야?"
간부들의 칭찬. 성재는 민망한 얼굴을 하며, 간부들의 질문에 대답했다.
"꼭 그렇다기보다는 운이 좋았던 것 같습니다."
"내가 군대에서 먹어 본 요리 중 네가 만든 요리가 가장 맛있는 것 같아. 지금 만든 장어덮밥도 장난이 아닌데?"
"칭찬해주셔서 감사합니다."
그리고 옆 테이블. 여 간부가 맛을 보며 신기한 듯 성재를 불렀다.
"강성재! 칠리 소스 이거 뭐 첨가한 거야? 엄청 맛있다."
"상병 강성재! 그거 조청 조금 추가했습니다."
"그것뿐만이 아닌 것 같은데?"

"죄송합니다. 음식 레시피를 공개하는 것은 조금, 힘들 것 같습니다."
"음… 아쉽당. 집에서 해먹고 싶었는데…."
"정말 죄송합니다."
하루하루 나아가는 성재의 모습. 군대에서 이제 그를 지적하는 사람은 없다.
한 달 전까지만 해도, 강원도 전방사단에서 배원영 준장의 빽으로 굴러온 병사라고 치부했지만, 지금은 아무도 그를 무시할 수 없었다.

하계휴양. 각 부대는 하계휴양으로 근처 관광지를 간다.
하지만 성재는 가지 못했다. 아니, 갈 수 없었다.
회관은 너무나 바쁘기 때문이었다.
그 바쁜 와중에서도 간부들의 요구는 계속된다.
전화가 울렸다.
"알겠습니다. 준비하겠습니다. 성재만 보내면 되겠습니까?"
실장인 박재영 상사가 고개를 숙이며 대답했다.
"네. 저도 같이 가겠습니다."
누구길래? 누구한테 전화가 왔길래?
박재영 상사가 성재를 불렀다.
"성재야! 가자!"
박재영 상사가 데려간 곳은 계룡대 주둔지 외곽에 있는 정원이 딸린 별장이었다.
CCTV가 여러 곳에 설치되어 있고, 주변 경비가 삼엄한데, 사람이 사는 흔적은 없다.
여기가 어딘데? 어디길래?
정원에 돌담, 푸른 소나무가 있고, 앞에는 작은 호수와 시냇물이 흐르고 있다.
건물 전경에는 계룡대C.C(골프장)가 펼쳐져 있고, 그 옆에는 국립공원 계룡산의 가장 높은 천왕봉 고지가 보인다.
그야말로 전경. 배산임수(背山臨水). 물 좋고, 공기 좋고, 경치 좋은 장소.
계룡대에서 가장 좋은 위치인 게 분명한데, 왜 이곳에 참모총장님이 안 살고, 아무도 안 살게 그대로 놔두는 걸까?

의문은 금방 풀렸다.
그곳이 대통령의 별장이라는 것.
배원영 준장이 박재영 상사를 향해 말했다.
"대통령 별장에 영부인께서 방문할 거야."
"언제 오십니까?"
"내일모레. 그때, 전부 모일 거야."
"아, 총장님도 오시는 겁니까?"
"아니, 그건 아니고, 장군들 사모님들만!"
"그럼 저희는 왜 오라고 하신 건지, 여쭤 봐도 되겠습니까?"
배원영 준장이 쑥스러운 듯 고개를 들었다.
"성재야. 우리 마누라, 요리 좀 가르쳐줘라."
"권사님 말씀이십니까?"
"그래. 저녁때 우리 집으로 가자. 박 상사! 이건 전부 비밀이다. 알았지?"
"네. 알겠습니다. 단장님!"
성재는 고개를 끄덕였다.
영부인과 장성 사모님들과의 만남. 장소는 바로 이곳, 대통령의 별장에서 이뤄진다.
대통령의 별장. 가장 유명한 곳이 청남대이지만, 거제도, 제주도를 비롯해 전국에 산재해 있고, 계룡대에도 있다.
그런 곳에서의 만찬. 성재는 영부인께서 무엇을 좋아할지 몰랐다. 하지만 사이버지식 정보방에서 인터넷을 통해 영부인의 활동사항을 검색하니, 금방 알 수 있었다.

〈영부인, 한식의 세계화에 앞장서〉
2017년 10월, 러시아 모스크바에서 열리는 G20 정상회의, 영부인 한정순 여사께서 단아한 한복을 착용하고, 세계에 한국의 전통을 알리고 있다.

성재는 그날 저녁. 단장님의 집에 가게 되었다.
단장님과 권사님, 단둘만 사는 아늑한 집안. 윤아는 서울에 있는 기숙사에 있기 때문에, 여기 집에는 두 사람밖에 살지 않는다. 군인 아파트라 그런지, 화려한 가구도 없고, 커다란 TV도 없다. 이사를 많이 다녀서 그런가? 고위 공무원에 속하는 장군 치고는 검소한 것.

성재가 깜짝 놀랐다.
"왜? 이상해?"
"아닙니다. 집에 TV가 없어서 놀랬습니다."
"우리는 TV 안 봐. 그 시간에 책 읽고, 대화하지."
"아…."
그리고 과일을 깎아오는 윤미옥 권사님.
"성재야. 이거 먹어. 당신도 먹고 해요."
"감사합니다."
수박을 내오는 권사님. 그런데 당도가 조금은 떨어진다.
성재가 생각했다.
'수박 꼭지만 확인하셨어도, 맛있는 수박으로 사 오실 수 있었을 텐데… 하긴, 단장님은 미식등급이 낮아서 이런 거 별로 신경 안 쓰시겠다.'
그런데 단장님의 표정이 심상치가 않다.
왜? 단장님 미식등급은 1성 반이었잖아?
성재는 의아한 표정으로 단장을 요리사의 눈으로 쳐다보았다.
그런데? 등급이 자신 알고 있던 것과 다르다.
'어? 등급이 올랐잖아?'
단장의 미식등급, 현재 3성 반.
'올랐어. 올랐어?!'
단장은 6개월 사이 맛있는 것을 많이 먹고 다녔다. 호국미식회 모임도 빠짐없이 참석하고, 장성과의 회식 자리도 꼬박꼬박 참석했다.
그래서일까? 미식등급이 올랐다?
그럼 나는? 나는?
성재는 궁금증을 확인하기 위해 입을 열었다.
"저 잠시 화장실 좀 다녀와도 되겠습니까?"
화장실 거울. 요리사의 눈을 발동한 채, 자신을 쳐다보는 성재.
'대박!'
현재는 6성이다.
'미식등급은 고정되어 있는 게 아니었어. 훈련하면 훈련할수록 늘 수 있던 거야.'

그때, 성재를 부르는 단장.
"성재야. 잠깐 이리와 볼래?"

하루 전, 같은 시각. 남편이 부인에게 진지한 얼굴로 말하고 있다.
"당신, 오늘 어떻게 됐어? 모임 괜찮았어?"
"묻지 말아요."
"성우마을 부녀회에서 뭐래? 뭐 때문에 이렇게 토라진 거야?"
"솔직히 말해도 돼요?"
"그래. 당신하고 내 사이에 비밀이 어디 있어?"
"해군 참모차장 사모님이 저는 영부인 모임 참석하지 않는 게 좋겠대요."
"뭐? 진짜 그랬어?"
"음식 안 가져와도 된대요. 영부인 입맛 더럽힐 거냐고, 이게 음식이냐고…."
"왜 그딴 말을 해? 어? 당신 신경 쓰지 마."
"신경을 어떻게 안 써요? 나, 이대로 참아야 되는 거 맞아요?"
"내가 해결할게. 해결해 줄게."

영부인과의 모임. 각자 만든 요리를 가져와 설명하고 토론하는 자리.
한식에 국한되지 않고, 전 세계 모든 요리를 맛보며, 요리에 대한 학문적 식견을 넓히고, 지적 교류를 하는 사교의 장이며, 그곳에 속하기 위해 노력하는 사모님들.
이제 막 장군의 아내가 된 윤미옥 권사. 자신이 만들 수 있는 회심의 요리를 선보였지만, 성우마을 품평회에서 장군 사모님들의 날카로운 지적을 받았던 것.
그것도 계룡대에 근무하는 장성들의 부인들에게만 부여된 찬스. 전 영부인은 골프모임을 주로 했다면, 이번 영부인께서는 요리 모임을 주로 하는 게 포인트.
성재는 그 사정을 전해 듣고, 고개를 끄덕였다.
"제가 권사님 요리를 맛있게 만들어드리면 되는 겁니까?"
"그래. 성재야. 부탁하마."
윤미옥 권사 또한 자존심을 되찾기 위해 성재에게 부탁했다.

"부탁할게."
"걱정 마세요. 권사님과 단장님은 제 가족이나 다름없습니다. 최선을 다하겠습니다."
윤미옥 권사가 준비한 요리는 바로 신선로였다.

신선로. 한국의 가장 유명한 궁중요리 중 하나이자, 다채로운 색감과 식감을 보유한 전골 요리. 고기, 해산물, 채소에 소고기 육수로 걸쭉한 맛을 낸다.
메뉴 선정은 괜찮아보였다. 성재가 윤미옥이 만드는 음식을 보며 생각했다.
'신선로라면, 한식의 세계화에 앞장서는 영부인과의 방향도 맞고, 다채로운 재료가 들어가 있고, 국물 요리라서 거북하지도 않아. 그런데 왜? 뭐가 문제였지?'
그건 그녀가 음식을 다 만든 후에 밝혀졌다.
'으악, 너무 짜다. 간도 안 맞고, 채소는 숨이 너무 죽었어. 이거 기초부터 다시 해야겠는데? 소고기 육수도 양지 부위보다는 다른 고기를 쓰는 게 낫겠어.'
성재는 문제를 파악한 후, 윤미옥 권사에게 말했다.
"권사님? 일단 저랑 같이 간 맞추는 것부터 연습하셔야 될 것 같습니다. 재료도 조금 특색 있게 바꾸고요."
"그래. 알려줘. 나도 고칠게."

이틀 후. 윤미옥 권사가 계룡대에 입성했다.
단아한 전통 한복을 입은 그녀는 개량 한복을 입은 다른 사모님들에 비해 수수했다.
짙은 화장보다는 옅은 화장. 그러나 전통의 미를 강조한 그녀가 주먹을 불끈 쥐었다.
'자신 있어. 할 수 있어. 윤미옥! 실수하지 말자. 응?'
그녀가 박스에 들고 온 신선로 그릇. 그 안에 담긴 재료들.
해군 참모차장 주변에 모인 사모님들은 윤미옥이 또 신선로를 준비했다며 혀를 찼다.
"미옥씨, 욕 안 먹을 자신 있어요? 오늘 어떤 자리인 줄 알죠?"
장군 중 가장 핫바지인 준장의 아내이기에 무시당할 수밖에 없는 그녀, 고개를 숙였다.
"열심히 준비했습니다."
"요리는 한 번에 늘지 않아요. 우리들 욕 먹이면 책임질 준비 해야 될 거예요."
말은 존댓말이지만, 악의가 가득 찬 센 언니들의 말. 윤미옥은 입술을 꽉 깨물었다.

그리고 가장 큰 문제, 해군 차장 사모님.
"미옥아, 너는 눈치가 없는 거니?"
"네?"
"내가 신선로 하지 말라고 그랬잖아. 그걸 못 알아들은 거야?"
알고 보니, 그녀의 요리도 신선로다. 원래 그녀의 요리는 떡갈비였는데? 왜 바꿨지?
"물론 네 것보다야 내 요리가 맛있겠지만, 굳이 맛있는 요리와 맛없는 요리를 같이 내놔야 되겠니?"

그때….
- 영부인 들어오고 계십니다.
무전이 전파되고, 그곳을 지키던 근무원이 사모님들께 해당사항을 전파했다.
"사모님들, 영부인님 들어오신답니다. 준비하셔야 될 것 같습니다."
영부인의 입장. 모두 고개 숙여 인사하는 장군 사모님들.
그리고 영부인이 지나가면서 웃으면서 악수를 청하고, 어쩔 줄 모르는 사모님들.
"어머, 내가 신선로 좋아하는 것은 어떻게 알고 있었어요? 제일 좋아하는 음식인데!"
그녀의 흘러가는 말에, 사모님들의 얼굴에는 희비가 엇갈린다.
"각자 10분 안에 요리 마무리하고, 시식을 해볼까요?"
"네!"
참모차장 사모님의 얼굴에는 미소가 깃들었다. 육수를 붓고, 끓이기 시작하는 그녀. 재료도 신선한 것으로 준비했고, 채소도 정갈하게 썰어, 완벽하게 준비했다.
전통 그대로를 따른 신선로.
"조미료도 안 들어가고, 정말 맛있네요. 전통맛 그대로를 살렸어요."
"감사합니다."
"다들 먹어봐요. 정말 깔끔하네요."
영부인의 말에 숟가락을 들어 음식을 맛보는 사모님들의 감탄사가 이어진다.
"어머, 어머! 정말 국물이 정갈하고 맛있어요."
"맞아요. 사모님!"
신선로에 떡갈비, 불고기, 삼계탕, 온갖 요리가 전부 등장하고.
드디어 윤미옥의 차례가 다가왔다.

"어머, 또 신선로네요. 아까도 맛있었는데 이번에는 어떤 맛일까? 이름이 미옥씨?"
"네. 윤미옥입니다."
"요리 이름이 뭐죠?"
윤미옥은 당당했다. 성재와 함께 연구한 신선로.
메인 재료를 살짝 바꿔 비튼 요리. 퓨전이라면 퓨전, 전통 요리라면 전통요리의 범주에 들어가는 요리. 전통과 맛을 동시에 살린 음식. 윤미옥이 말했다.
"요리 이름은 닭가슴살 차돌박이 신선로입니다."

247

영부인의 제안

영부인은 고개를 갸웃거리며, 젓가락으로 육수 안에 든 차돌박이를 입에 넣었다.
그걸 보며 해군 참모차장 사모님은 고개를 저었다.
'어휴, 망신밖에 더 당하겠어? 요리도 못 하는 게! 신선로 하지 말라니까! 수준 떨어지게 어디서 차돌박이를 내놓는 건데?'
그런데 활짝 미소를 지으며 입을 여는 영부인
"어머나! 너무 맛있다. 다들 먹어봐요."
그녀의 웃음에 순식간에 무너지는 해군 참모차장 사모님.
같은 신선로인데 왜? 그렇게까지 맛있어?
느끼하지 않나? 차돌박이 넣으면 기름 많이 나와서 느끼하잖아. 그런데 영부인께서는 왜 그러시는 건데?
참모차장 사모의 입안에 신선로 안에 들어있던 차돌박이가 들어갔다. 그리고 무슨 이유인지 알게 되었다.
'설마… 이런 방법이 있었단 말이야?'
영부인은 환한 미소로 윤미옥을 쳐다보았다. 그리고 자신의 생각을 말했다.
"신선했어요. 그리고 독특했어요."
"감사합니다."

"차돌박이를 단순히 샤브샤브처럼 넣은 게 아니네요."
"네. 1차로는 불판에 익혀, 고기의 구운 맛을 재현했고, 그 뒤에 신선로 안에 넣어, 전골 국물과 바삭바삭 구워진 식감이 동시에 느껴지도록 고민해봤습니다."

영부인이 이번에는 닭가슴살을 입안에 넣었다.
쫄깃쫄깃 찢어지는 닭가슴살. 그런데 이것도 단순히 그냥 넣어둔 게 아니다.
"잠깐만! 닭가슴살도 1차로 조리를 했던 건가요?"
"네. 닭가슴살은 찹쌀죽과 함께 1차로 조리해서, 퍽퍽살 사이사이에 찹쌀죽 특유의 단맛이 배어나오도록 했습니다. 삼계탕의 맛을 신선로 안에서도 조금이나마 느껴볼 수 있도록 노력했습니다."
"하나만 더 물어볼게요. 미옥씨는 신선로에 대해 얼마나 아시나요?"
영부인의 질문에 윤미옥이 대답했다.
"신선로는 입을 즐겁게 하는 탕이라 하여, 열구자탕이라고도 불리고 있습니다. 어육과 채소를 돌려 담은 다음 장국으로 끓여먹는 음식이고요."
"좋아요. 그럼 신선로가 시작된 계기는 알고 있나요?"
"신선로는 연산군 때 문신인 정희량이 처음으로 만든 것으로 알고 있습니다. 그는 귀양살이 동안 구멍 뚫린 그릇에 채소를 담아, 하루 두 끼씩만 먹으며 검소하게 생활하였고, 훗날 그 그릇이 신선로라 불리며 궁중까지 알려진 것으로 알고 있습니다."
"많이 공부했네요."
"네. 열심히 했습니다."
요리에 담긴 이야기까지 알고 있던 윤미옥이 성재를 떠올렸다.
'고맙다. 성재야. 네가 생각했던 예상 질문까지 똑같아. 네가 이 이야기를 해주지 않았다면 난 어떻게 됐을까?'
영부인은 흡족한 미소를 지으며 미옥을 향해 말했다.
"놀라워요. 윤미옥씨, 정말 잘했어요."
"감사합니다."
영부인의 칭찬에 조용해진 성우마을 사모님들.

영부인은 모든 요리를 시식한 후, 별장 안으로 사모님들을 안내했다.

이어지는 티타임. 그녀는 모두에게 허브차를 직접 따라준 후, 입을 열었다.
"허브차는 마음을 안정시켜줘요. 여러분들도 남편들 내조하느라 고생이 많은 것 알아요. 스트레스도 많이 받을 거고요. 저는 그럴 때마다 이 허브차를 마셔요. 그리고 차창 밖을 쳐다보죠. 지저귀는 새들과 곤충의 울음소리, 그리고 하루하루 자라나는 식물들을 보며, 마음을 가라앉혀요. 잠시 바깥을 바라볼까요?"
창밖. 아름다운 풍경이 있는 곳에서 여유로운 시간을 보내는 사모님들의 얼굴에는 영부인을 향한 존경의 마음이 엿보였다.
"사실 오늘은 여러분들을 응원해주고 싶어서 왔어요. 몇십 년간 남편을 내조하며 희생한 시간들, 그리고 남편이 공인이기에 자신도 행동 하나하나에 조심해야 되는 우리들의 팍팍한 삶이 사실 외롭기도 하고, 안쓰럽기도 하잖아요."
"맞습니다."
"그래도 우리 같은 사람들이 검소하고, 모범적이며, 남들에게 피해를 주지 않고, 어려운 사람을 보면 손을 내밀며 도와줘야 사회가 발전한다고 생각해요. 성우마을에 사는 여러분들도 지금까지 약 30년 이상 그런 삶을 살아오신 거잖아요. 모두 다 그렇죠?"
영부인의 말에 해군 참모차장 사모님이 고개를 저으며 말했다.
"다 그런 건 아니지만, 거의 대부분은 그렇습니다."
"네?"

일명 돌려까기.
한 명을 공격하고자 하는 말투. 그 대상은 당연하게도 윤미옥.
모두의 시선이 올해 결혼한 윤미옥을 향했다. 영부인 또한 의아한 표정으로 그녀를 바라보자, 윤미옥은 난감한 얼굴로 입을 열었다.
"올해 남편과 결혼했습니다."
"아…."
해군 참모차장 사모님은 계획대로 망신 주는 데 성공하자, 혼자만의 미소를 지었다.
하지만 윤미옥은 자신의 생각을 다른 사모님들 앞에서 당당히 밝혔다.
"하지만… 결혼 기간이 짧다고 해서, 남들보다 내조를 덜 한다고는 생각하지 않습니다. 전 남편을 믿고, 따르며, 그 누구보다 잘 되기를 응원하고 있습니다. 남편 또한 저를 그렇게 생각해주고, 사랑해주고 있습니다."

영부인은 그녀의 말을 듣고, 환한 미소와 함께 그녀를 두둔해주었다.
"미옥씨 말이 맞아요. 남편은 당신을 믿고 결혼을 결정한 거예요. 늦게 결혼했다고 부끄러워할 사항 아니에요."
"감사합니다."
"저는 그 말 듣고 미옥씨에 대해 또 다시 생각했어요. 내가 생각한 게 맞았구나라고."
"?!"
사모님들이 영부인의 이야기에 귀를 기울였다.
본인이 생각을 했었다고? 영부인이 무슨 생각을 했기에?

그녀의 입에서는 놀랍게도 대통령의 생각이 흘러나왔다.
"사실 우리 남편이 배원영 준장을 너무 좋아해요. 저번에 위수지역 해제 관련 좋은 의견을 내주어서, 자신이 올바른 결정을 했다고 저한테도 말한 적이 있어요. 그래서 장군으로 진급도 시켰죠. 저도 그래서 궁금했어요. 배원영 준장과 결혼한 미옥씨에 대해서 알아보고 싶었어요. 만나보고 싶었어요. 얼마나 내조를 잘하길래, 남편이 인정했을까? 그 부인은 어떨까 하고? 그런데 오늘 만나보니 그 이유를 알겠어요."
"감사합니다."
"남편을 위해서 저한테 잘 보이려고 요리도 준비해온 걸 거예요. 그걸 위해서 음식도 연구했을 거고요. 그래서 제가 제일 좋아하는 신선로를 준비한 거잖아요. 맞죠?"
영부인의 말에 윤미옥이 말없이 고개를 숙였다.
"정말 좋았어요. 전통 음식에 변주를 넣어, 자칫 밋밋할 수 있는 신선로에 이야기를 집어넣었어요. 신선로는 그저 그런 전골요리일 수 있어요. 원래는 서민음식이기도 했고요. 화려한 색감과 색채에 비해 맛은 사실 덜하죠. 그런데 그 맛을 최고로 살렸잖아요. 오늘 먹어 본 신선로만큼 뛰어난 맛을 한 번도 먹어본 적이 없었어요. 세계에서 통하는 한국의 전통요리로서 신선로가 부족한 점은 바로 그 맛이었어요. 그런데 미옥씨가 저에게 해답을 주었어요. 한 번 구운 차돌박이와 한 번 죽으로 만든 연한 닭고기가 신선로의 부족한 점을 보완해주었어요. 그래서 고마워요. 그리고 감사해요."

윤미옥은 영부인의 칭찬에 몸 둘 바를 몰라했다.
그러나 영부인은 그런 그녀의 조신함을 더 높게 샀다.

"미옥씨, 제가 한 가지 제안을 할게요."
제안, 그녀가 하는 제안은 무엇일까?
"저랑 같이 한식 세계화에 앞장서는 게 어때요? 국내 활동은 물론, 세계 주요 행사에 저랑 같이 다니면서, 한식을 넘어, 대한민국의 문화를 세계에 알릴 수 있는 기회가 될 거에요. 어때요? 같이 함께하실래요?"
엄청난 기회. 고작 음식 하나로 이런 기회를 얻을 수 있다니….
성우 마을 사모님들의 얼굴에는 부러움과 시기, 질투가 동시에 공존했다.
윤미옥은 이게 얼마나 대단한 기회인지 알 수 있었다. 그래서 고마워했다.
'성재가 가르쳐준 레시피 때문에… 성재야… 고맙다.'
고민은 오래가지 않았다. 그녀가 대답했다.
"감사합니다. 꼭 해보고 싶습니다."
"좋아요. 같이 해보죠. 미옥씨."
"열심히 하겠습니다."

영부인은 주변을 바라보았다. 여인들의 시기와 질투.
자신도 남편을 대통령 자리까지 올리며, 저러한 것들이 얼마나 심한지도 알고 있었다. 물론 해결방법도 알았다.
"강정희씨?"
"네."
"앞으로 우리 미옥씨, 잘 챙겨주세요. 알았죠?"
"네. 알겠습니다."
강정희, 국방부장관의 사모님, 그녀는 오늘 영부인을 모시고 대통령 별장에 온 사람.
그녀의 라인이라는 것만 인식하게 만들면? 육해공, 어디 사모님도 그녀에게 함부로 대할 수 없다. 강정희가 미소를 지으며, 사모님들 앞에서 윤미옥을 불렀다.
"미옥아, 내 옆으로 와."
방긋 웃으며 강정희 옆에 붙는 미옥. 모두 아무 말 못하고 속으로 한숨을 내쉬었다.

다음 날, 배원영 준장이 무궁화회관에 순찰을 나갔다.

불만 가득한 표정으로 주방에 있는 성재에게 입을 여는 단장. 단장이 와서 그런지, 병사들과 실장은 알아서 자리를 피해주었다.

"강성재."

"상병 강성재?"

"야. 너 때문에 우리 마누라, 서울 가게 생겼다."

"단장님이 원하신 게 그런 거 아니셨습니까?"

"그래도 내 밥해줄 사람은 있어야지."

성재가 단장의 불만에 씩 웃었다.

"제가 그 밥 해드리면 되겠습니까?"

"됐어. 됐어. 인마! 아~ 참. 성재야."

"네. 말씀하십시오."

"영부인께서 다음에 널 보자고 하신다."

"영부인께서 말씀이십니까?"

"그래. 우리 마누라가 말 했나 봐. 네가 레시피 알려준 것. 그래서 영부인이 너에 대해 궁금해졌고."

"아…."

그러고 보니, 오늘 아침 메시지가 뜬 것 같기도 하고.

> 사용자 강성재에 대한 영부인의 호감도가 200 상승했습니다

영부인이 성재를 보고 싶어 했다는 소문은 삽시간에 퍼졌다. 윤미옥이 전통 궁중 요리를 배우러 서울로 갔다는 것까지 알게 된 사모님들이 무궁화회관에 모여들었다.

"성재야. 나도 요리 좀 가르쳐줘. 응?"

"얘는? 네가 나설 짬밥이니?"

"언니! 언니 남편이랑 내 남편이랑 같은 소장이잖아. 내가 왜 나서면 안 되는데?"

"우리 남편이 진급 3개월 더 빨라."

"우리 남편이 언니 남편보다 임관 4개월이나 빨라. 그러니까 언니보단 내가 위지."

"너! 진짜 자꾸 언니한테 대들래?"

"언니, 이번에 언니 남편 중장 진급 못 하면, 나도 그때부터 언니라고 안 부를 거야."
"야! 최정윤!"
"왜? 김미자! 뭐?"
"이게!"
"뭐? 이게? 너! 여기서 맞아 볼래?"
사모님들끼리의 말다툼이 커지자, 곤란해 하는 간부와 병사들.
군인들이 싸우면 헌병을 부르면 되는데, 사모님들이 싸우니, 도저히 방법이 없다.
군 내부이다 보니, 경찰을 부를 수도 없고, 그렇다고 헌병을 부르자니 애매하고… 참으로 난감한 사항. 여기서는 일단 성재가 나설 수밖에 없다.
"사모님들, 요리 다 가르쳐드리겠습니다. 그러니까 싸우지 마십시오."
성재의 말에 귀신같이 조용해지는 사모님들.
"일단 하루에 전부 가르쳐드릴 수는 없을 것 같으니, 남편분 계급순으로 날짜를 정하겠습니다. 각군 대장님이신 총장 사모님들께서 원하는 날짜를 정하시면, 나머지 중장, 소장, 준장 순으로 날짜를 정하시면 되겠습니다. 월요일부터 금요일 아침에 제가 성우 회관에 올라가서 하루에 요리 하나씩 가르쳐드리겠습니다."
성재의 조율. 그리고 시작되는 성우마을 부녀회의 의견 교환.
이게 다 성재로부터 비롯된 일. 성우 마을 사모님들은 영부인이 다녀간 후, 골프를 치거나 등산을 가던 취미를 버리고, 모두 성재로부터 요리 배우기로 전향했다.

그리고 그녀의 남편들인 장군들은?
"당신! 갑자기 왜 이렇게 요리를 잘해?"
"성재한테 배웠어요."
"오, 그 회관에서 일하는 강성재 말하는 거지?"
"네. 그 병사요. 정말 하나하나 꼼꼼하게 잘 알려준다니까요."
아내의 요리실력 향상.
그래서일까? 성우마을 장군들의 얼굴에는 매일 같이 웃음꽃이 피었다.

성재야. 우리 꼭 우승하자!

제2차 베스트 셰프 본선 경기의 룰이 정해졌다.
멘토 - 멘티 시스템.
레스토랑 경험이 풍부한 멘토가 멘티인 일반인을 가르쳐 경선하는 시스템. 멘티의 기본 실력도 중요하지만, 멘토가 멘티에게 얼마나 관심가지고 이끄는지도 중요한 요소.
멘토와 멘티 제도 때문일까? 셰프들끼리 모인 자리에서는 불만이 튀어나왔다.
"아! 뭐야? 우리가 열심히 해도 파트너가 똥이면 탈락하는 거잖아."
"그러게. 상금 1억 때문에 석 달이나 휴직 냈는데, 게임도 아니고, 무슨 뽑기야? 운이 반이네. 반!"
그들의 불평을 모를 리 없는 본선 심사위원들.

하지만 셰프라면…. 한 레스토랑을 책임지는 지도자라면?
잘하는 부하직원은 더 잘할 수 있게 이끌어주고, 못하는 부하직원도 1인분 이상 잘할 수 있도록 만드는 게 당연. 셰프로서 인성을 겸비하지 않은 지도자는 필요 없다고 판단한 심사위원단과 방송관계자는 이러한 경선 과제를 적용시키기로 했다.
방송관계자 입장에서는 멘토와 멘티 사이의 케미를 보여줄 수 있어 좋고, 만약에 서로 갈등이 일어나더라도, 방송의 화제성 측면에서 유리할 수 있기에 더욱 좋았다.

어떻게 보면 최고의 선택. 이 말도 안 되는 막장 규칙은 그대로 채택되었다.
거기에 인간 본성을 부각시키려는 장치까지.
세 명의 심사위원이 100점 만점으로 점수를 매겨, 최고 300점부터 최저 0점까지 요리의 점수를 매기고. 그 점수에서 1등부터 50등이 나뉘었다.
서효석은 자신의 등수를 보며 살짝 실망했다.
'내가 42등?'
물론 탈락 없는 단순히 등수 매기는 평가. 앞서 치고 나갈 생각이 없었기에 요리에 힘을 주지 않은 것도 사실. 그래도 다른 사람들 또한 처음부터 실력을 모두 보여줄 거라 생각하지 않았는데, 의외로 하위권.
'내가 그렇게 실력이 떨어졌었나? 아니야. 다른 참가자들이 심사위원들한테 잘 보이려고 처음부터 무리를 한 거야. 뭔가 있나? 1등을 해야 될 중요한 이유라도 있어?'
서효석의 그 궁금증이 금방 풀린다.
아일랜드 위에 놓여있는 문서. 셰프들끼리 돌려보고 있는 한 장짜리 페이퍼.

〈본선 진출자 이력부〉

"?!"
서효석은 놀란 눈으로 쳐다보았다. 그 문서에는 50여 명의 이름과 경력 등이 자세히 기술되어 있었다. 어디에서 일했고, 어디 학교를 나왔는지….
"어? 이 문서 어디서 구했어요?"
"응? 아일랜드 위에 그냥 놓여 있던데요."
"그래요? 그냥 놓여있었어요? 심사위원들이 실수했나?"
설치된 카메라는 꺼져 있었고, 방송 관계자들은 구석에서 식사를 하고 있었기에 참가자들은 행동에 조심하지 않았다. 한 명이 두 명되고, 두 명이 세 명이 되자, 걷잡을 수 없을 만큼 사람들이 모여 해당 문서를 보기 시작한다.
어느새 모두의 관심사가 이력부로 쏠렸다. 참가자들의 이력을 하나하나 살펴보는 사람들.
"어휴, 중졸도 있네?"
"중졸이 누구예요?"
"이름이 강성재. 직업이 군인이라고 적혀있네요. 참나… 군인들은 진짜 방송용으로 일부러 합격시킨 것 같아요. 취사병이긴 한데, 하던 일은 배관공을 4년이나 했네요."
"원래 취사병들 중에 또라이들 많잖아요. 제 군복무 시절, 간부식당에서 일 할 때도 관심병사 애들 보직 줄 거 없으면 취사병 보냈어요. 일단 저 친구는 걸러야겠네요."
"저도 그랬는데, 그 말씀 공감 가네요."
"강성재? 이 친구는 일단 거르죠."
"음? 이것 봐요. 같은 군인인데 김용우라는 친구는 해외에서 디플로마도 받았고, 고등학교도 요리 전문학교를 나왔네요. 군인이라고 다 거르는 건 아닌 것 같아요."
"하긴 관심병사도 있는 반면에 저희들처럼 에이스들도 있었죠."
"그건 맞죠."
"후후, 관심병사랑 에이스를 동시에 합격시키다니, 심사위원들도 참… 우리를 일부러 헷갈리게 만들려는 것도 아니고…."

문서를 자세히 살펴보는 50인의 셰프들.
"배관공만 올라온 게 아니에요. 학교 급식 아줌마에, 고등학생도 올라왔네요."
"그래요? 거를 사람들 많네요. 명단 좀 공유해요."
서효석, 그는 사람들이 하는 이야기를 들으며, 생각했다.
'바보들, 직접 보지도 않고 사람을 평가하다니! 저 파일, 누가 봐도 일부러 놓은 거잖아. 요리는 경력과 실력이 반드시 일치하는 건 아니야. 성재만 봐도 경력은 하나도 없지만, 실력은 장난 아니잖아. 반면 요리학교를 나왔다고 해서 잘하는 것도 아니야. 경력이 많다고 요리를 잘 아는 것도 아니고, 다들 뭔가 잘못 생각하고 있는 거야.'
자신의 생각을 정리하고, 회심의 미소를 짓는 효석. 아무래도 여기 50명의 셰프 중에 성재를 뽑을 사람은 없을 것 같았다.
'그래. 내가 성재를 뽑으면 돼. 그럼 최소한 결선은 가겠지. 성재가 떨어질 거란 건 상상도 가지 않으니까! 그래! 내가 뽑아야 돼!'
그들이 모르고 있었던 것이 있었으니….
바로 2층에 있는 카메라. 원격으로 지켜보고 있던 방송국 PD와 작가들.
"이번 아이디어 누가 냈어? 이거 대박 날 것 같다."
"감독님! 이번 의견, 막내 작가가 냈어요."
"막내 작가? 누구지?"

"알버트 J. 로빈입니다."
"이름이 제이로빈이야? 생긴 건 완전 한국인인데?"
감독이 방긋 웃으며 막내 작가 제이로빈에게 물었다. 막내는 방긋 웃으며 대답했다.
"아, 어릴 적에 미국에서 자라서, 예명은 그거 쓰고 있습니다."
"한국 이름은?"
"XXX입니다."
"오~ 얼굴도 잘 생겼네. 총명하고, 말도 잘하고 인기 많겠어. 아이디어 좋았다!"
"감사합니다. 감독님!"

심사위원은 100여 명 앞에 선 채, 진행을 이어갔다.
"오늘 이곳에는 대한민국에서 가장 뛰어난 레스토랑에서 추천받아 올라온 셰프 50명과 대한민국에서 최고의 셰프가 되기 위해 올라온 일반인 참가자 50명이 있습니다."
"이제까지는 개인 경기였지만, 지금부터는 팀 경기입니다."
"전문적인 교육을 받은 셰프와 일반인이 함께 만들어내는 최고의 요리!"
"그 파트너를 지금 바로 선발하겠습니다. 1등한 김용운 셰프! 일반인 참가자 중 한 명을 지금 바로 뽑아주세요."
심사위원의 말에 앞으로 나오는 김용운. 모두가 긴장해서 바라보았다.
"저는 강필모 씨를 뽑겠습니다."
강필모. 일반인 참가자 중 특이한 이력을 가진 사람.
충북 증평에서 전통 장 만들기를 20년 이상 지속해온 사람. 남자임에도 불구하고 손맛이 장난이 아니라, 일반인 중에서는 강력한 우승 후보로 거론되기까지 한 인물.
그를 뽑은 김용운 셰프의 선택에 다들 고개를 끄덕였다.
이제는 강필모의 차례.
"강필모 참가자, 김용운 셰프가 강필모 참가자를 선택했습니다. 김용운 셰프를 멘토로 맞이하겠습니까?"
"네! 저도 영광입니다."
"좋습니다. 강필모씨는 지금 바로 김용운 셰프 옆자리로 이동해주시면 되겠습니다."

이렇게 한 명 한 명 선택되어 가는 가운데, 의외의 선택도 있었다
그가 처음으로 고교생을 뽑은 것이다.
"윤석모 셰프는 장종수 참가자를 뽑았습니다. 장종수 참가자는 윤석모 셰프를 멘토로 맞이하겠습니까?"
"네!"
"그럼 지금 바로 윤석모 셰프 옆자리로 이동해주시기 바랍니다."
장종수는 빙긋 웃으며, 윤석모 옆으로 이동했다. 그러자 윤석모가 고개를 숙였다.
"도련님, 꼭 결승 올라가게 해드리겠습니다."
"네. 부탁드릴게요."
"화이팅입니다! 도련님!"
"네. 윤 이사님! 같이 잘 해봐요."
같은 계열사 호텔의 수석주방장과 호텔 손자의 만남이 그들의 계획대로 성사되었다.
성재는 발표를 보며 고개를 저었다.
윤아가 7번째로 선택된 것에 비해 자신의 이름은 30번째가 되어도 불리질 않는다.
그러나 그가 모르는 게 있었다. 윤아는 종수가 힘을 쓴 탓이 컸다.
종수는 미리 2명을 준비해두었다. 자신을 지원해줄 멘토와 윤아를 지원해줄 멘토.
윤아에게 붙여줄 셰프는 경력 10년 이상의 수 셰프.
'윤아야. 내가 너 결승에 올려줄게. 너를 향한 내 마음은 언제나 똑같아. 네가 바보라고 해도, 난 그 바보가 좋으니까.'
아직 어린 10대의 비틀린 사랑. 아니, 너무 순수해서 포기를 모르는 사랑.
반면 윤동현은 실력대로 평가받기를 원했다. 재벌임에도, 순전히 실력으로.
그래서일까? 그는 르 꼬로동 블루의 학업 경험을 바탕으로 31번째로 선택되고.
김용우 역시 32번째로 선택되었다.

서효석은 셰프들이 일반인 참가자를 뽑을 때마다 환호를 내질렀다.
'진짜 안 뽑네. 성재를 도대체 왜 안 뽑지?'
성재 또한 자신의 가치를 체감하며, 고개를 저었다.
그런데 41번째 참가자의 입에서 드디어 강성재의 이름이 튀어나왔다.
"저는 강성재, 성재를 뽑겠습니다."

성재는 자신을 부른 셰프의 얼굴을 쳐다보았다.
그는 자신이 아는 얼굴이었다. 어려울 때, 자신을 챙겨준 선배 셰프.
단순히 좋은 요리사가 아니라 굿 셰프. 자신의 생일을 챙기며, 가족처럼 대해준 따뜻한 사람. 대전 레스토랑의 조리장을 맡고 있는 그 남자. 백동원이 자신을 선택한 것이다.
"백동원 셰프는 강성재 참가자를 뽑았습니다. 강성재 참가자! 백동원 셰프를 멘토로 받아들이겠습니까?"
그때, 서효석이 성재를 향해 속으로 세차게 외쳤다.
'성재야! 성재야! 인마! 나! 나를 봐.'
그러나 성재에겐 서효석이 보이질 않았다. 반가운 얼굴.
짧은 시간이라도 자신을 믿어준 형. 그랬기에 결정은 순식간에 이뤄졌다.
"네. 백동원 셰프님을 멘토로 모시겠습니다."
"좋습니다. 자리 이동하세요."
고개를 떨구는 효석. 싱글벙글 웃음을 머금고 백동원의 옆으로 이동하는 성재.
"동원이형, 잘 지내셨어요?"
"그래 인마! 요즘 휴가 안 나오냐?"
"네. 죄송해요. 휴가 다 짤려서… 아마 전역 때 몰아가야 될 것 같아요."
"그래도 안부 전화는 해야지. 네가 군대에 있으니까 형이 연락할 방법이 없잖아."
"하하, 죄송해요. 레스토랑 분들은 다 잘 계시죠? 캡틴도 잘 계시고요."
"그럼! 당연하지. 다들 네 얘기 아직도 한다. 언제 나오냐고. 손님들도 많이 찾고."
"저도 빨리 전역하고 싶네요."
"그래. 근데 꼭 대회까지 군복을 입어야 되냐?"
"네. 군 방침이래요. 군인이면 군복을 입어야 된다나 봐요."

성재와의 인연.
백동원은 이런 식으로 같은 팀이 될 줄은 상상도 못 했기에 더욱더 기뻤다.
"성재야."
"네. 동원이형!"
"우리 꼭 우승하자!"
"그래야죠!"

249
실패하지 않는 요리

셰프들의 등수가 파트너 결정에 영향을 줬다면, 일반 참가자들의 등수 또한 영향이 있어야 할 텐데….
심사위원들은 과연 어떤 생각을 했을까? 그들의 생각이 지금 막 실현되고 있었다.
"윤성목 참가자 앞으로 나오세요."
지난번 시카고 피자 과제에서 1등을 차지한 윤성목 참가자. 피자 경력 20년의 달인.
심사위원의 부름에 앞으로 걸어가는 남자. 그는 긴장한 얼굴로 심사위원 앞에 섰다.
"긴장 너무 하셨네요. 떨리시나 봐요."
"네. 너무 떨립니다."
"긴장하실 것 없어요. 오늘의 주제는 자유입니다. 경연을 5개 부류로 나눌 건데요. 한식, 일식, 양식, 중식, 그리고 나머지 한 팀은 자유 주제입니다. 50개의 팀이 각 주제별 10개 팀으로 나뉘어 각 전문분야에 대해 평가를 받게 될 겁니다. 멘토와 멘티의 전공이 다르면 꽤나 곤란하겠죠? 윤성목 참가자는 어떤 주제를 고르시겠습니까?"
윤성목은 고민하지 않았다. 자신의 멘토를 쳐다보았다.
그는 양식 호텔. 자신도 피자만 20년 외길인생.
"양식을 선택하겠습니다."
"좋습니다. 윤성목씨! 뒤쪽 양식 팻말이 있는 곳으로 멘토와 함께 이동해주세요."

대부분 멘토와 멘티의 전공이 일치하는 가운데… 시카고 피자 경연 6등인 성재.
"강성재씨, 어떤 주제를 선택하시겠습니까?"
성재의 선택. 그것을 유심히 지켜보는 한 남자, 서효석.
'그래. 차라리 만나지나 말자. 중식 선택하지 마! 중식 선택하기만 해봐. 넌 철천지원수다. 알았냐?!'

그의 바람 때문이었을까? 성재는 양식을 선택했다.
"저는 양식을 선택하겠습니다."
"좋습니다. 강성재씨, 멘토와 함께 뒤쪽 양식 팻말이 있는 곳으로 이동해주세요."
서효석은 방긋 웃었다.
'그래. 네가 오면 사기지. 나한테 레시피 다 베껴놓고, 중식으로 나오면 안 되지. 암. 그래. 그렇고말고.'
한식이 인기 있을 줄 알았는데, 의외로 양식을 선택하는 사람들이 많다.
양식에는 프랑스, 이탈리아, 미국도 포함되어 있었기 때문에 범위가 넓었고, 멘토 중에서 대다수가 양식 전공이었기 때문이었다.
불과 16번째 만에 양식에 부여된 10자리가 모두 차고. 배윤아의 선택 차례가 되었다.
"배윤아 참가자, 총 4개의 주제가 남았습니다. 어떤 주제를 선택하실 건가요?"
"자유주제 선택하겠습니다."

자유주제.
일식, 양식, 중식, 양식에 구애받지 않고, 어떤 요리를 내놓아도 무방한 주제.
보편적인 음식을 내놓을 수도 있고, 정말 특이하고 신비로운 요리를 내놓을 수 있다.
가장 유리할 것 같지만, 다른 참가자가 어떤 요리를 내놓을지 모르기 때문에, 그만큼 불확실한 주제. 잘하는 사람들이 몰릴 수도 있고, 못하는 사람들이 몰릴 수도 있다.
하지만 배윤아는 제일 자신 있는 요리가 양식이었기 때문에 자유주제를 선택했다.
그걸 보며, 그녀의 멘토도 고개를 끄덕였다.
"잘했어요. 윤아씨."
"잘 부탁드려요."
"네. 서로 잘 해봐요. 많이 도와드릴게요."

그런데 의외로 자유주제에 사람들이 많이 몰린다. 윤동현도, 장종수도 양식 전공이었기에 자유주제를 선택했다. 32번째에 양식에 이어 자유주제도 정원이 차고 말았다.
서효석은 회심의 미소를 지었다.
그는 파트너에게 말했다.
"김영순씨, 중식으로 선택하세요. 제가 옆에서 알려드릴게요."
"그래. 우리 효석씨 말대로 해야지. 잘나가는 셰프님인데…."
웬만하면 레시피를 비밀로 하지만 승부를 위해서라면 얼마든지 알려줄 수 있다.
그래서일까? 서효석과 의견을 일치시키고, 승낙의 표시로 고개를 끄덕이는 아줌마.
서효석이 결심했다. 저 아줌마를 본선에 올려 결승에 오르겠다고….
자신의 모든 능력을 발휘해서라도 그녀와 함께 결선에 오르겠다고.
심사위원이 드디어 효석의 파트너를 불렀다.
"김영순씨, 일식, 중식, 한식이 남았습니다. 어떤 주제를 선택하실 겁니까?"

그런데 파트너가 이상하다.
우물쭈물. 설마? 배신할 것은 아니지?
그런데 그 설마가 맞았다.
"한식… 한식으로 할게요."
"좋습니다. 김영순씨, 멘토와 함께 한식 팻말 쪽으로 이동해주세요."
서효석이 좌절했다.
'한식을 골랐다고? 분식했다면서요. 한식으로 어떻게 이기려고? 다른 사람은 다 한정식, 궁중요리 이런 거 내놓을 때, 분식으로 어떻게 이기겠다고?'
그래서 말했다.
"김영순씨! 아까 저랑 말할 때는 중식 하신다고 하셨잖아요."
"나는 중식은 못해. 때려죽여도 못해."
"아니! 제가 옆에서 가르쳐드린다니까요. 올라가야죠. 저희 결승 올라가야 되는 거잖아요. 멘토 말을 안 들으시면 어떻게 해요."
"내가 하고 싶은 거 할 거야. 그러니까 효석 셰프는 아무 말 말고 지켜보고 있어."
"네? 뭐라고요?"
"지켜만 보라고, 내가 다 알아서 할 테니까."

"하-아."

한숨이 흘러나오는 서효석. 그는 후회했다. 저번 셰프들끼리 음식을 내놓았을 때, 자신의 실력을 제대로 보일 걸 그랬다고. 그럼 지금쯤 성재랑 파트너가 되었을 텐데.

방심이 불러온 대참사. 분식 아줌마가 파트너로 걸린 것도 짜증이 나는데, 그녀는 그야말로 독고다이.

'이건 내가 가르쳐서 될 수준이 아니잖아?'

그는 고개를 푹 숙인 채, 절망을 맛보았다.

김용우 또한 마찬가지였다. 그는 고를 선택지가 없었던 케이스.

"김용우 참가자에게는 선택지가 없겠네요. 일식으로 결정되었습니다. 멘토와 함께 일식 팻말 쪽으로 이동해주세요."

그를 고른 멘토는 심사위원의 말에 단단히 화가 난 모양이었다.

"김용우씨? 아니! 미국 CIA 나왔다면서? 어떻게 꼴찌를 했어? 피자 안 만들어봤어? 시카고 피자 한 번도 안 만들어본 거야?"

"죄송합니다."

"아니, 50명 중에 50등을 하면 어떻게 해? 스펙은 가장 좋은 것 같은데, 실력은 꼴찌였어?"

"……."

"일식 할 줄 알아? 몰라?"

"…모릅니다."

"에이! 뭐야. 이게! 짜증나 죽겠네."

"…죄송합니다."

군대 에이스인 줄 알았던 김용우의 예정 되어 있던 몰락. 그리고 그 옆 다른 군인.

"동원이 형! 우리 1등 할 수 있겠죠?"

"당연하지. 너와 나라면 무조건 1등이다. 형이 자신감 완전 충만한 거 알지?"

"그래!"

하이파이브에 서로에 대한 칭찬, 믿음까지. 시작부터 앞서가는 성재와 백동원.

함께 음식을 만들어봤기에, 서로의 성격을 너무나 잘 알기에 생기는 케미.

감독과 작가들은 서로를 칭찬하며 웃는 성재와 동원을 주시하며 클로즈업했다.

"멘토-멘티 간에 신경전이 장난이 아니네. 로빈아, 잘했어! 정말 잘했어."
"저, 감독님? 제가 저 둘을 인터뷰 촬영해도 될까요? 좋은 장면이 나올 것 같아요."
"인터뷰? 결선도 아닌데?"
"네. 저 둘은 결선 올라갈 것 같거든요."
"그래? 로빈이가 그렇게 생각하는데, 내가 믿어줘야지. 오케이!"
제이로빈에 대한 신뢰를 보내는 감독님. 그런 감독에게 감사를 표현하는 막내작가.
"감사합니다. 감독님."
"그러면 모든 사람들 인터뷰 해봐. 생각해보니까 인터뷰도 들어가면 좋을 것 같다."
"네. 알겠습니다. 감독님! 믿어주셔서 감사해요."
"어휴~ 우리 귀여운 막내! 파이팅!"

방송 대기실. 멘토와 멘티들에겐 2시간의 토론 시간이 주어졌다.
"동원이형, 어떤 요리를 하면 좋을까요?"
"음… 나는 좀 특별한 거였으면 좋겠어."
"특별한 것?"
"그래. 기교가 넘치고, 심사위원들이 감탄할 수밖에 없는 요리."
"그런 게 뭐가 있을까요?"
"그릴링은 어때?"
"그릴링? 철판구이 말씀하시는 거죠?"
"그래. 가열된 금속의 표면과 식재료가 만나면 독특한 맛을 내잖아. 그쪽이 심사위원들에게 어필하기도 좋고, 일반인들도 철판구이 싫어하는 사람은 없잖아."
"프라잉은 어떠세요?"
"튀김 요리는 글쎄? 대부분 참가자들은 튀김 요리로 승부 보려고 하지 않을까?"
"동원이형! 그럼 오븐은 어때요?"
"오븐으로? 괜찮지. 오븐 요리야 뭐 항상 절반 이상은 가니까. 그런데 시간이 많이 부족하지 않을까? 어떤 재료를 쓸 건데?"
"음… 제가 생각한 재료는 이거고, 최종 이미지는 이거에요."
성재는 백동원의 휴대폰을 가지고 재료를 보여주었다. 그러자 멘토는 고개를 끄덕이면서도, 한편으로는 불안한 표정을 지었다.
"이걸로 오븐 요리를 한다? 시간 조절이 쉽지 않을 거야. 익은 게 안 보이잖아."
"그래도 해보고 싶어요. 전 성공할 거라 생각하지만, 형이 싫다면 의견 따를게요."
한숨이 절로 나왔다. 아무리 믿는 동생이라고 해도, 이건 리스크가 너무 크다.
식재료는 마음에 드는데, 성재가 말하는 조리방법이 걸린다.
시간, 정성, 그리고 간. 삼박자가 모두 맞는다면 최고의 찬사를 받을 수 있을 것이다.
이제까지 자신이 단 한 번도 보지 못했던 요리니까. 성재의 아이디어는 그만큼 대박.
하지만 자신이 생각할 때 실패확률은 약 80%.
백동원이 고심 끝에 결론을 냈다.
'그래. 어차피 내가 참가한 것도 성재가 양보한 거잖아. 이번 운명, 성재한테 걸어보자. 까들로프 교수님이 인정해서가 아니야. 내가 선택한 거야. 성재를 믿으니까. 그러니까 성재의 저 자신감을 난 믿겠어.'
"그래. 성재야! 네 아이디어 그대로 가자! 대신 꼭 성공해야 된다."
"감사합니다. 당연하죠! 그럼 준비해볼까요?"

양식 요리 경연이 시작되었다.
멘토는 가장자리 대기석에서 멘티들을 지켜보고, 멘티들은 요리를 시작한다.
성재는 그중에서도 남다른 존재였다. 새우를 기반으로 한 요리.
그가 새우라는 재료를 가져오자, 다들 고개를 갸웃거렸다.
하지만 성재를 신경 쓸 여력은 없다. 다들 멘토와 의논 끝에 정한 요리를 시작할 뿐.
혼자가 아닌 둘. 두 사람의 의견이 합일된 요리.
그러나 성재는 둘이 아니다.
백 셰프와 강성재, 그리고 성재를 꼭 닮은 홀로그램. 세 명의 변주.
홀로그램 녀석이 성재를 향해 장난을 쳤다.
〈내 도움이 필요하지?〉

녀석의 머리끈에 적힌 글씨를 보며 성재가 속으로 말했다.
'장난치지 말고, 제대로 하자. 어?'

그러자 양손을 동그랗게 말며 OK 사인을 보내는 녀석.
성재의 손에서 머랭 반죽이 만들어졌다.
머랭 반죽 안에 들어가는 새우와 허브. 그리고 적정량의 소금.
심사위원들은 성재의 요리를 보며 놀라움을 감추지 못했다.
"강성재씨! 지금 하는 요리가 얼마나 어려운 요리인지 알고 하는 건가요?"
"네. 알고 있습니다."
"이거 구울 때, 얼마나 익는지 모르잖아요. 안쪽을 볼 수가 없는 거잖아요."
"그렇습니다."
"군인 정신도 좋지만, 이건 실패하면 바로 탈락이에요. 그 위험을 감수할 건가요?"
"네. 감수하겠습니다."
아직 어린 청년의 말에 도리도리 고개를 젓는 심사위원 중 하나가 멘토를 불렀다.
"백동원씨, 두 분이 상의해서 한 요리인가요?"
"네. 둘이 상의한 것 맞습니다."
"당신에게는 엄청 좋은 기회가 될 수도 있어요. 그런데 실패확률이 80%가 넘어 보이는 이 요리를 하라고 했다고요?"
백동원은 역시 물러나지 않는다. 자신의 결심, 믿음, 그게 확고히 나타났다.
"전 성재를 믿습니다."
이렇게까지 말하자, 더 이상 할 말이 없어진 심사위원.
"좋습니다. 두 분의 고집이 아집인지, 현명한 선택이었는지 제가 지켜보겠습니다."
그들은 두 눈을 치켜뜬 채, 성재와 백동원을 노려보았다.
하지만 성재는 개의치 않았다. 그에겐 성공이 보였으니까.

조리 완료까지 16분 32초 남았습니다

가장 존경하는 분은 누구입니까?

성재는 조리가 완료되는 동안 오븐에 구워질 새우의 소스를 만드는 데 주력했다.
다른 참가자들은 전혀 신경 쓰지 않았다. 오로지 자신의 요리에만 관심을 쏟았다.
지금은 그러할 때….
심사위원들은 오븐에 들어간 성재의 요리를 지나쳐 다른 참가자들의 요리를 보았다.
다들 안전한 요리를 추구하는 가운데, 피자 1등 윤성목 참가자도 성재처럼 도전적인 요리를 선택했다. 그의 손에서 손질되는 오리 가슴살.
심사위원 역시 그를 바라본다.
"오리 가슴살로 어떤 요리를 하려는 거죠?"
"오리 가슴살 스테이크를 해보려 합니다."
"스테이크?"
오리는 가금류. 그가 원하는 굽기 정도가 문제다.
"네. 가금류로 스테이크라… 굽기는 어느 정도로 하실 생각인가요?"
"미디엄으로 할 생각입니다."
"일단은 알겠습니다."
시간이 흘러….
[조리 완료까지 15초 남았습니다.

10, 9, 8…, 5, 4, 3….
모든 참가자들은 아일랜드에서 손을 놓고, 자리에서 대기하세요!]
심사위원들은 참가자들을 바라보았다. 양식을 선택한 10명의 사람들.
이중 탈락후보를 정했다. 강성재와 윤성목.
둘 다 창의성은 높게 보지만, 성공할 가능성이 높지 않은 요리였기 때문이었다.
심사위원들은 윤성목을 먼저 불렀다.
"윤성목씨, 요리 가지고 앞으로 나오세요."

윤성목의 오리 가슴살 스테이크. 아직 자르지 않은 단면.
심사위원 중 하나가 윤성목에게 말을 건넸다.
"윤성목씨, 왜 가금류인 오리를 재료로 선택했는지 말씀하실 수 있으신가요?"
심사위원의 말에 윤성목이 자신 있게 말했다.
"제 멘토와 상의한 결과 오리의 껍질 부위 식감이 너무나 좋아 심사위원님들에게 어필할 수 있다고 생각했습니다."
"그 자신감 어디까지인지 한 번 확인해보겠습니다. 그럼 시식해볼까요?"

나이프로 오리스테이크를 자르는 심사위원.
이제야 드러나는 스테이크의 단면. 그리고 정적.
턱!
나이프가 갑자기 공중에서 바닥으로 떨어졌다.
심사위원이 고개를 돌렸다. 그리고는 원래 자리로 돌아갔다.
"윤성목씨!"
"네."
"지금 당신이 구운 게 레어인가요? 미디엄인가요?"
식은땀을 흘리는 윤성목 참가자.
'어떻게 해야 되지? 이걸…'
그는 답변하지 못했다. 그러자 심사위원 중 하나가 소리를 지른다.
"직접 먹고 답변하세요!"
"……."

입안에 문 순간 느껴지는 차가움. 겉은 바삭하게 익은 반면, 속은 전혀 익지 않았다.
그 이유는 가슴살의 두께.
"가금류를 스테이크로 잘 내놓지 않는 게 바로 저런 문제입니다. 레어로 나왔을 때, 손님들이 느낄 그 감정! 아무리 우리가 심사위원이라도 먹는 것과 먹지 못하는 게 있는 겁니다. 오리를 시어링(겉면만 익힌 것)한 것은 좋았습니다. 하지만 조리 숙련도에서는 빵점이네요. 윤성목 참가자!"
심사위원이 윤성목의 이름을 묵직한 목소리로 불렀다. 그 의미가 무엇인지는 모두가 알고 있었다. 윤성목이 두 손을 모으며 빌었다.
"…제발 …제발… 심사위원님. 열심히 하겠습니다. 한 번만… 한 번만….”
그러나 심사위원은 그의 행동이 추저분하게 느껴질 뿐이다.
요리사는 요리로 말하는 법.
"윤성목 참가자는 첫 번째 본선 탈락자로 결정되었습니다. 멘토와 함께 이곳에서 떠나주세요."
"……."

결정이 내려진 후 찾아온 정적. 아무도 이 상황에서 말을 해줄 수 없다.
더구나 일반인 참가자들끼리 얼굴을 본 지도 얼마 안 된 상태.
친한 사이도 아니기에, 서로에 대한 위로의 말조차 없다.
윤성목은 자신에게 오리 스테이크를 하라고 조언한 멘토를 째려보았다. 그리고 말없이 밖으로 나갔다. 멘토-멘티 시스템의 단점이 여실히 드러나는 장면이었다.
심사위원은 머뭇거리지 않았다. 다음 참가자를 불렀다.
"강성재 참가자! 요리 들고 앞으로 나오세요."

반 타원 스테인리스 요리 덮개로 덮어놓은 요리.
오븐에 구운 요리가 심사위원의 평가를 기다리고 있다. 강성재는 군복 입은 상태로 자신의 이동식 카트를 밀며, 자신의 요리를 심사위원 앞으로 들고 갔다.
"강성재 참가자. 우리가 왜 부른지 아십니까?"
"알고 있습니다!"
"그럼 유력한 탈락 후보라는 것도 아시겠네요."

"그렇습니다. 그러나…."
"그러나?"
"유력한 우승 후보라는 것도 알고 있습니다."
성재는 자신 있게 대답했다. 그의 당당한 목소리가 모든 참가자들의 귓가를 울렸다.
다른 참가자들은 고작 22살 어린 친구의 패기에 놀라고 말았다.
야외 미션 때, 큰 목소리와 공연으로 손님들의 이목을 끌어 1위를 했던 녀석.
그리고 피자 만들기에서도 높은 숙련도를 보이며 상위권에 랭크한 병사.
그 녀석이 이번에는 어떤 모습을 보여줄까?
솔직히 거품이 많이 끼어있다고도 생각했다. 이제까지는 요리 실력이 아닌 요행. 체력이 좋거나, 목소리가 크거나… 그런 부분이 평가에 많이 반영되었다고 생각했다.
하지만 지금은 아니다. 철저하게 요리로 평가를 받는 시간.
그런데 저 자신감이 나온다고?
심사위원들의 생각도 마찬가지였다. 경력이 배관공. 군대에서는 취사병 경력이 전부.
그들도 취사병으로 복무한 경험이 있기에 알고 있다. 이런 경우는 관심병사라고.
그의 과장된 자신감이 말해준다. 그래서 말했다.
"좋습니다. 강성재 참가자. 요리에 대해서 설명해보시겠어요?"
강성재는 요리 덮개를 열었다.
접시에는 동그란 반죽이 있고, 그 반죽이 뚜껑처럼 열리도록 잘려져 있었다.
"제 요리의 이름은 아궁이 새우입니다."
"아궁이 새우?"
"네. 과거 우리나라는 아궁이에 불을 피우면서 고구마, 감자 등을 넣고 익혀 먹었던 문화가 있습니다. 황토흙에 고구마와 감자 등을 담고 불에 익혀, 고구마와 감자 고유의 맛을 100% 살렸죠. 제 요리도 그렇습니다. 다만 황토흙 대신 머랭 반죽으로 열기를 온전히 담아 새우가 수분 증발 없이 100% 본연의 맛을 내도록 노력했습니다."
"설명과 의도는 좋았어요. 그럼 안쪽에 새우가 얼마나 익었는지에 의해 요리의 성패가 좌우되겠네요. 시식해볼까요?"

성재는 심사위원이 자신의 요리 앞으로 걸어오자, 머랭반죽으로 만든 뚜껑을 열었다. 그릇이 머금고 있던 열기가 수증기가 되어 위로 올라오고, 새우가 모습을 드러냈다.

붉은 외관. 그리고 새우의 부드러운 속살.
조금만 더 익혔거나 시간이 걸렸다면 분명 너무 익어 부서져 버렸을 새우가 원형 그대로를 유지하고 있다.
심사위원들은 깜짝 놀라며, 새우를 들어 입으로 가져갔다.
입 안.
조금 전까지 원형을 유지하고 있던 알찬 새우의 속살이 뽀드득거리며 치아에서 부서지기 시작한다.
심사위원은 깜짝 놀랐다. 새우가 이렇게 많은 수분을 머금고 있었다니….
조미료나 소스가 전혀 가미되지 않은 새우만으로도 엄청난 맛을 구현해낸 것이다.
"기호에 안 맞으신다면, 옆에 특제 소스를 만들었습니다. 곁들이시면 더욱 좋습니다."
특제 소스는 그냥 부차적인 것에 불과했다. 머랭 반죽 안에 있던 새우 본연의 맛은 그 어떠한 것과도 비교하지 못할 만큼 훌륭했다.
'20초라도 더 익혔다면 이런 맛은 나지 않았을 거야. 이건 너무나 완벽해. 오븐도 평소 쓰던 게 아닐 텐데, 한 번에 맞춘 거라고?'
"강성재씨! 이 요리 얼마나 준비했던 건가요?"
"…무슨 말씀이신지 잘 모르겠습니다."
"이번 요리를 준비하기 위해 몇 번의 시행착오를 거쳤나요?"

성재는 의아한 표정으로 심사위원을 쳐다보았다. 그리고 사실대로 말했다.
"오늘 처음 시도하는 요리입니다."
"네? 첫 실험작이었고, 그것을 심사위원인 저희에게 제출했다? 그걸 우리보고 믿으라는 건가요?"
"거짓말은 아닙니다."
"좋습니다. 일단 대기하세요."
심사위원들 또한 자신들의 자리로 돌아가 서로 머리를 맞대었다.
그리고 서로만 들릴 정도로 의견을 나누었다.
"…놀랐어요. 솔직히 새우가, 평범한 새우가 저렇게 맛있는 줄은 처음 알았어요."
"소스도 맛있더라. 발사믹 소스하고 크림치즈 소스였는데, 비율도 완벽했어."
"그것보다 조리법이 완전 대박이었지 않았나요? 성공확률이 낮은 요리를 시도하면서도 자신감을 잃지 않았죠. 그 자신감이 훌륭한 결과물을 만들었고요. 우리의 예상이 보기 좋게 빗나갔죠. 이 정도면… 만장일치겠죠?"

심사위원들의 의견이 종합되었다.
다른 사람들의 요리는 볼 것도 없었다.
"강성재씨!"
"넵!"
"양식 부문, 첫 번째 통과자가 되었습니다. 축하합니다!"
"감사합니다."
"성재씨."
"넵."
"지금 이 자리에서 하고 싶은 말이 무엇입니까?"
성재는 심사위원들의 질문에 잠시 고민했다.
"부담 갖지 않고 말해도 됩니다. 아마 본 방송이 나가면 강성재씨의 말은 전국에 방송될 겁니다. 평소에 하고 싶은 이야기를 모두의 앞에서 할 기회입니다. 그럼 강성재씨! 양식 부문 첫 번째 통과자가 되었는데, 하고 싶은 말이 뭡니까?"
성재는 심사위원의 질문에 카메라로 고개를 돌렸다.
그리고 정면을 향해 절도있는 동작으로 경례했다.
"충성! 상병 강성재! 앞으로 열심히 하겠습니다!"
누가 군인 아니랄까 봐, 국민을 향해 멋진 모습을 보여주는 병사.
심사위원 중 하나가 장난기 어린 목소리로 성재에게 다시 물었다.
"강성재씨! 군기가 바짝 들었는데, 지금 가장 존경하는 분 한번 불러봅니다. 강성재씨가 지금 가장 존경하는 분은 누구입니까?"

강성재.
그는 떠올렸다. 가장 존경하는 인물.
배원영 준장? 육군 참모총장? 해군 참모총장? 공군 참모총장? 아니면… 국방부장관?
그때, 성재의 눈앞에 4번째 달성조건이 떠오른다.

> ⚙ ✓ ✗
> **달성조건 4 :** 대통령 언급하기

성재는 속으로 방긋 웃었다. 그리고 대답했다.
"충성! 대통령님! 사랑합니다."
의도치 않은 사람의 이름이 나오자 빵 터지는 스튜디오.
성재의 첫 과제 통과.
대서특필 될 만큼 화제를 불러오기에 충분했다.

그다음 주 월요일. 국방일보에는 성재의 얼굴이 1면에 실렸다.

〈국방부 계룡대근무지원단 소속 상병 강성재, 요리대회 본선 1차 통과〉
국영방송 KBC에서 주관하는 베스트 셰프 본선이 진행되는 가운데, 계룡대 근무지원단 소속 강성재 상병이 본선 1차까지 통과하여 화제가 되고 있다.
본선까지 올라갔던 김용우 상병이 아쉬운 고배를 맞이한 가운데, 강성재 상병은 아궁이 새우라는 특별한 음식으로 심사위원들로부터 만장일치로 첫 번째 합격자로 결정 났다. 그는 심사위원들 앞에서 가장 존경하는 인물로 대통령을 언급하며, 군인으로서 투철한 정신무장과 올바른 국가관으로 국민들의 호감을 사고 있다.
어려운 가정환경 속에서도 매번 희망을 잃지 않고, 더욱더 정진하는 강성재 상병을 본 기자는 마음 깊이 응원하는 바이다.

[관련사진은 국영방송 KBC의 협조를 받아 게시한 사진입니다.]

대통령의 축전

공영방송 KBC에서 드디어 2018 베스트 셰프 코리아를 방영하기 시작했다.
프리퀄 동영상에서는 수많은 참가자들의 모습들이 보이는 가운데, 경찰, 소방관, 군인은 물론이고, 분식집, 태권도 사범, 고등학생, 재벌 3세까지, 각계각층의 다양한 사람들이 화면에 담겼다.
그리고 대망의 하이라이트는 단연코 성재였다.
성재를 스포트라이트 하는 장면.

   - 가장 존경하는 분이 누구입니까?
   - 충성! 대통령님! 사랑합니다.

그래서일까? 프리퀄 동영상은 압도적인 조회수를 기록하며 100만을 가볍게 넘었다.
그 동영상을 본 성재의 아버지는 동업자와 함께 꿀타래를 만들다 말고 말을 꺼냈다.
"클클, 녀석, 누구한테 배운 거야? 군생활 제대로 하네."
"어? 성재잖아? 뭐야? 어디야?"
"우리 아들 요리대회 나갔잖아. 왜 이렇게 관심이 없어?"
"성재가 요리에도 소질 있었어? 꿀타래 재료 구해달라고 온 게 엊그제 같은데…."

"그렇지? 시간 참 빨라. 너랑 나랑 벌써 친해진 지 10개월이 다 돼간다."
"그러네. 시간 진짜 빠르다. 어라? 효석이 녀석도 참가했네?"
프리퀄 동영상에서 짧게 지나가는 효석이를 가리키는 동업자 윤정석.
"음… 얘가 효석이야?"
"어. 얘는 제대했나 보다."
강일용과 맛있는 열매 사장님 윤정석. 40대 중년의 우정과 동업은 여전히 진행 중.

한편, 청와대에서는?
대통령이 문화체육관광부장관으로부터 대면보고를 받고 있었다.
"이번주 핫이슈입니다."
보고 문건 주요내용.

> 이번주 VIP 언급 관련 기사는 234회로 저번 주 대비 231% 상승하였다. (세부 내용 하단 참조)
> 가. VIP 해외 순방 활동 관련 7회
> 나. 영부인 한식 세계화 활동 관련 4회
> 다. 공영방송 KBC 베스트 셰프 코리아 프리퀄 동영상 관련 152회
> ※ 베스트 셰프 프리퀄 동영상으로 인한 비약적인 상승이 주목되고 있음.

"프리퀄 동영상이 뭔가? 내 이름으로 기사가 152회가 작성되었다는 건가?"
"그렇습니다. 참가자 중 한 명이 대통령님을 가장 존경한다고 발언했다고 합니다."
"그래? 그 기사 한 번 보도록 하지."
"네. 바로 띄워보겠습니다."
검색창에 VIP라고 검색하고, 뉴스 항목을 클릭하니 국방일보 전문기사가 가장 높이 위치해있다. 가장 상위에 링크된 국방일보 기사 전문. 그 아래로 각 언론사에서 꼬리에 꼬리를 물고 같은 기사를 줄지어 올려놓고 있었다.
문화체육관광부장관은 기사를 클릭했다. 그러자 대통령의 눈이 번쩍였다.
'어? 쟤는 어디서 봤더라?'

- 충성! 상병 강성재! 앞으로 열심히 하겠습니다.

'그래. 성재. 맞아. 간첩! 간첩!'
대통령은 기억해냈다. 동영상 재생은 계속되고, 심사위원이 병사를 향해 질문을 한다.

 - 가장 존경하는 분은 누구입니까?
 - 충성! 대통령님! 사랑합니다.

병사의 대답을 보며 대통령의 얼굴에 방긋 미소가 번졌다.
그것을 보며 문화체육관광부 장관의 얼굴에도 똑같이 미소가 번진다.
VIP의 기쁨은 당연히 장관 자신의 기쁨. 기회를 잡은 그가 또 다른 문건을 내놓는다.
"이건… 뭔가?"
"코리아갤럽의 대통령 국정수행 지지도 이번 주 조사결과입니다."
평이한 지지율. 그리고 이번 주는?
"73%?"
믿기지가 않았다. 다시 한번 쳐다보아도, 수직 상승한 곡선.
그런데 중요한 것은 최근 국정수행 관련 주요한 이슈가 없었던 것.
"설마… 저 청년의 말 한마디 때문에 이런 결과가 나온 건가?"
"네. 저는 그렇게 생각하고 있습니다. 가정환경이 어려운 병사조차 대통령을 믿고 지지하는 모습이 온 국민에게 귀감이 된 모양입니다."
"아… 그럴 수도 있겠구나."
"그렇습니다. 그래서 한 가지 대통령님께 제안을 드리려고 합니다."
"제안?"

무궁화회관은 성재를 한 번이라도 보기 위해 모인 간부들로 북적였다.
방송 한 번으로 엄청난 이슈를 몰고 온 병사. 직업 군인이라면, 성재의 국가관과 각진 군대 제식을 보며 자랑스러워할 수밖에 없을 터.
조리실장인 박재영 상사는 고개를 저으며, 주방에서 성재에게 말했다.

"강성재! 인마, 무슨 짓을 저지른 거야?"
"그냥… 시키는 대로 했을 뿐입니다."
"저거 다 어떻게 할 거야?"
줄지어 기다리고 있는 사람들. 혹시나 예약 취소라도 있을까 봐 기다리는 군 간부들. 후임병들이 앞에 나서 하나하나 사정을 설명해보지만, 간부들은 불만투성이다.
원사(진)이라고 하지만 일개 상사가 중령, 대령들에게 대들 수는 없다. 안내를 하다가 스트레스가 극에 차오른 그는 서빙 병사 둘을 자신 대신 간부 욕받이로 배치했다.
병사들은 울상인 얼굴로 간부들에게 100% 예약제라며 설명해보지만, 간부들은 성질을 부리기도 하고, 사정을 하기도 하고, 부탁도 하는 등 어떻게든 성재가 만든 음식을 맛보기 위해 기다리고 있다.
성재는 고개를 저으며 박재영 상사에게 말했다.
"시간이 해결해주지 않겠습니까?"
"그것뿐이겠지? 아… 답답하네."

성재는 백동원 셰프랑 함께 서울로 올라갔다. 그의 차량은 소형차 SM3.
"성재야. 너 대박 쳤더라?"
"네. 간부님한테 들었어요. 저도 놀랐어요. 이렇게 이슈가 될지는 몰랐거든요."
"그러게… 인생 참 모르는 거야. 맞지?"
"네? 형도 무슨 좋은 일 있으셨어요?"
그는 요리 경력 9년 동안 이렇게 이슈를 한몸에 받아본 적이 없었다. 프리퀄 동영상이 인기를 얻자, 방송국에서는 본 방송에 앞서 성재에 관한 짧은 촬영분을 풀었고, 그 영상에 성재가 동원과 파트너가 되는 과정도 나와 있어, 그 또한 화제가 되었다.
"지금은 레스토랑에서 캡틴보다 내가 더 인기 많아. 캡틴이 완전 빡쳐가지고, 요즘 나한테 말도 안 건다."
"후-우, 캡틴이라면 그럴 수도 있겠네요. 워낙 다혈질이셔서…."
"그렇지? 아무튼, 난 이런 관심을 처음 받아봐서 너무 기분이 좋다. 그런데 한편으로는 걱정도 돼."
"어떤 거요?"
"솔직히 말하면… 아니다."

지금은 같은 편이지만, 본선에 오르면 서로 경쟁자. 거기에 저번 요리는 성재 혼자 생각하고 혼자 만들고, 혼자 완성한 요리. 자신의 기여분은 단 하나도 없었다.
'벌써부터 그런 생각할 필요 없어. 정신 차리자. 내가 지금 무슨 생각을 하는 거야?'

방송 촬영은 곧바로 시작되었다. 성재는 주변을 바라보았다.
군복을 입은 사람이 자신밖에 없었다. 김용우 상병의 안타까운 탈락. 국방일보로 확인했던 사항. 친해지지 못해서 아쉽고, 씁쓸한 느낌.
'같이 올라갔으면 더 좋았을 텐데….'
그래도 아는 친구들이 있다.
"성재야. 축하한다."
군대 선임 윤동현이 붙었고….
"성재형, 형도 1차 통과하셨네요. 방송 제대로 타셨던데요?"
장종수도 붙었고….
저 멀리 자신의 멘토와 대화를 나누는 윤아도 있다.
"윤아씨, 긴장하지 말아요. 괜찮아. 다 잘할 수 있어."
"네. 셰프님. 마음 단단히 잡겠습니다."
그런데, 그런데! 서효석이 없다?
성재는 서효석을 찾아보았다. 그리고 그의 파트너 분식집 아주머니도 찾아보았다.
그런데 50여 명 중에 그 둘이 없었다.

"동원이형, 저 전화 한 통만 써도 될까요?"
백동원의 핸드폰을 빌려 서효석에게 전화를 거는 성재.
- 여보세요?
"형! 저 성재에요. 어디에요?"
- 어디긴 어디야. 일하고 있다. 왜?
"형… 떨어진 거예요?"
- 그래. 아 짜증나. 그 아줌마, 무슨 요리대회에서 김밥을 말고 있냐. 짜증나 죽겠다.
"헉… 김밥, 심사위원이 뭐랬어요?"
- 아줌마, 그냥 김밥 마시는 게 낫겠다고, 집에 가라고….

"미안해요."
- 됐어. 네가 미안할게 뭐가 있냐? 나중에 한 번 놀러나 와.
"네. 형 힘내세요."
- 너도 인마, 꼭 결선까지 올라가라. 그리고 우승해버려!
서효석은 결국 탈락했다. 성재는 그의 탈락에 아쉬움을 달랬다.
'효석이 형하고 같이 결승 가고 싶었는데….'

파아아악!
연기와 함께 심사위원이 등장하고. 1차 본선 통과자에 대한 축전을 보냈다.
"여기 계신 25개 팀 50명의 본선 1차 통과를 축하합니다."
그러자 참가자들에게 리액션을 하라며 붉은 깃발을 흔드는 FD의 지시가 떨어진다.
참가자들은 손을 들며, 환호를 내질렀다.
"와아아아아!"
"벌써부터 즐거워하시기는 일러요. 여러분들에게 좋은 소식이 하나 있네요."
심사위원이 방긋 웃으며 말하자, 50대 중반의 참가자 한 명이 손을 들며 묻는다.
"좋은 소식이 뭔가요? 궁금합니다."
"그렇게 궁금한가요?"
그러자 또 한 번 리액션을 지시하는 FD. 모두가 환호성을 질렀다.
"네!"
그러자 심사위원 뒤로 스크린이 하나 내려온다.
스크린이 내려오자 빔프로젝터가 팟! 동영상이 재생되기 시작한다.
화면 속.

- 흠흠… 촬영 준비됐나?
와이셔츠, 넥타이를 붙잡던 남성이 앞을 보며 말했다.
- 네. 대통령님, 벌써 녹화 중입니다. 말씀하시면 됩니다.
- 그래? 음… 뭐라고 해야 하나?
화면 속 얼굴은 대통령. 그의 방긋 웃는 얼굴.
- 베스트 셰프 1차 통과자 여러분, 반갑습니다. 대통령입니다.

참가자들은 어리둥절, 이게 현실인지 꿈인지 구분하기 위해 서로를 쳐다보았다.
말도 안 되는 상황. 대통령이 보내오는 축전.
- 여러분들의 활약상은 너무나 잘 알고 있습니다. 각자 꿈을 위해 도전하는 모습이 국민들로부터 귀감이 되었다는 것도요.
대통령의 말 한마디, 한마디에 귀 기울이는 참가자들.
그것은 감독도, 작가도, 심사위원도, 기타 방송관계자들도 전부 마찬가지였다.
전례가 없는 일. 그러기에 더욱 특별한 순간.

- 강성재 상병, 거기 있나요?
성재는 화면 속 대통령의 부름에 자신도 모르게 관등성명을 댔다.
"상병! 강성재!"
그러자 성재의 행동에 웃으며 주변에서 말했다.
"녹화 동영상이야. 일일이 대답하지 마."
"아, 이 친구 정말 웃기네."
그런데, 알고 보니 동영상이 아니었다. 청와대에서 실시간으로 영상을 송출하고 있었던 것. 그리고 PD의 지시에 카메라 감독이 언제부턴가 성재를 단독으로 비추고 있다.
- 아, 거기 있네. 성재야.
"상병 강성재?"
- 청와대에 초대할게.
'청와대?'
성재는 놀란 눈으로 화면을 바라보았다. 대통령이 찡긋 웃으며 조건을 걸었다.
- 대신 결선에 올라야겠지?
"아… 넵!"
성재의 아쉬운 표정과 대답. 대통령은 병사의 대답을 들은 후, 본론을 말했다.
- 참가자 여러분, 모두 결선에 올라주세요. 결선에 오른 20명은 청와대 만찬에 초대하겠습니다. 그럼 각자 자신의 꿈을 이루기 위해 최선을 다해주기 바랍니다. 파이팅!

대통령의 축전. 감명 깊은 순간.

252
심사위원의 걱정과 우려

성재는 자신에게 쏠리는 시선이 이렇게 부담스러운 줄은 처음 알았다.
'군대에서도 안 그랬는데….'
잠시 휴식시간. 백동원과 대화를 나누던 성재를 심사위원 중 하나가 불렀다.
"강성재 참가자!"
"상병 강성재?"
"하하, 전 군대 상관이 아닙니다. 관등성명 대지 않아도 돼요."
"네. 조금 긴장한 것 같습니다!"
성재의 말에 씩 웃는 그 남자.
"지금 기분이 어때요?"
"날아갈 듯 좋습니다."
"사실 저도 강성재씨하고 같은 기분입니다. 대통령님께서 직접 연락을 주신 거잖아요. 그러니 결선에 올라야겠죠?"
"네. 최선을 다하겠습니다."
"그래요. 그런데 이건 알아둬요."
심사위원은 성재를 향해 차분하게 말했다.
"강성재씨를 보면서 저는 이런 생각을 했어요. 여기 이 자리에는 성재씨보다 더 어린 친구들도 있지만, 성재씨한테는 무언가 특별한 매력이 있다고… 뭐라고 해야 할까? 사람의 생각을 변화시킨다는 느낌? 제 어린 시절과 비슷하다는 것을 느꼈어요….."

그는 잠시 말을 흐리더니, 다시 자신의 본심을 드러냈다.
"그래서 조금은 우려스러워요."
성재는 그 말을 하는 심사위원의 얼굴을 쳐다보았다.
키 큰 남성. 그러고 보니 심사위원의 이름도 잘 떠오르지 않는다.
'내가 우려스럽다는 건 무슨 말일까?'
성재는 고개를 갸웃거리며, 그를 응시했다. 심사위원이 금방 답을 내놓았다.
"아직 강성재씨의 나이는 요리에 대해 잘 모를 때예요. 더구나 강성재씨는 요리를 배운 지 만 1년도 되지 않았잖아요. 군대에서 시작했다고 했으니까요. 지금같이 승승장구할 때는 자신의 실력을 과대평가할 수 있어요. 저번 요리에서 나온 창의력은 우수했어요. 그것은 분명 칭찬할 만 했지만, 그게 실력이라고는 말할 수 없어요."
"무슨 말씀을 하시는지 잘 모르겠습니다."
"요리의 세계는 결코 쉽지 않아요. 조금만 깊게 들어가 보면, 심오하고, 또 어두운 면을 가지고 있죠. 요리는 아무나 할 수 있지만, 다 잘하지는 못해요. 사람과 부딪히고, 그에 따른 갈등도 느끼게 되죠. 군대처럼 좁은 곳에서 배운 요리하고, 사회와는 많이 다를 겁니다. 그러니까, 과도한 자신감은 지우는 게 좋아요."

성재는 그의 말이 무슨 말인지 알고 있었다.
하지만 그도 이제 성인이었다. 많은 고생을 해왔고, 그것을 극복해 왔다.
아버지의 푸드트럭을 도우며, 사람을 상대하는 게 얼마나 힘든지도 알고 있다.
사실 요리뿐만이 아니다. 중학교 졸업 이후부터 생활 전선에 뛰어든 그에게는 다양한 인간과의 만남을 통해, 자신이 어떻게 행동해야 되는지, 어떻게 어려운 상황을 극복해야 되는지도 스스로 잘 알고 있었다.
심사위원은 성재가 그냥 가난한 집안의 어린 친구로만 알고 있는 듯했다. 그래서 속이 상했다. 아직까지 철 못 든 어린아이로 보는 그의 눈빛이 마음에 들지 않았다.
하지만 티를 낼 수는 없었다.
그의 말은 단순한 호의. 연민의 감정. 속으로만 그렇게 생각했으면 좋았을 텐데, 그 말을 직접 하는 것은 자신을 몰라도 너무 몰라서 하는 말이었다.

성재는 떠올렸다.
17살, 처음 배관공으로 일했을 때, 일본어를 몰라 아저씨들한테 매일같이 혼나고, 욕먹었던 기억을. 하지만 시간이 흘러 18살이 되었을 때는 자신보다 20년은 더 살아온 38살 신입 아저씨를 자신이 하나하나 가르쳐 준 적도 있었다.
군대에서도 같았다. 후임일 때는 윤동현과 서효석에게 배웠고, 선임이 되어서는 후임들을 가르쳐주었다.
자신은 더 이상 어린아이가 아니었다. 그가 볼 때는 한없이 약하고, 철없어 보이는 20대 초반의 군인이겠지만, 적어도 성재는 스스로 그렇지 않다고 생각하고 있었다.
성재는 그의 이름을 기억했다. 윤석현. 힐튼 호텔 수석주방장.
그를 보며 결심했다. 실력으로 보여주겠다고. 말 한마디보다, 자신의 실력을 증명하는 게 그를 설득하는 길이겠다고. 국내 최고의 호텔의 수석주방장의 마음을 바꿔보겠다고.
성재의 입에서 담담한 대답이 흘러나왔다.
"열심히 하겠습니다."
그러자 윤석현은 병사를 보며, 마지막으로 당부의 말을 전했다.
"그래요. 요령보다는 실력을 키우는 게 중요합니다. 그걸 보여주세요."
"네. 알겠습니다. 좋은 말씀 감사합니다."
더 이상 대화는 오가지 않았다.

휴식이 끝나고, 다시 방송 촬영이 시작되었다. 윤석현은 50여 명 앞에서 고개를 들었다.
"여러분들! 이제 본선 2차 과제를 공개할 건데요. 그에 앞서 오늘 특별 규정에 대해 말씀드리겠습니다."
윤석현의 말이 끝나자, 옆에 있던 궁중 요리 전문가 윤혜숙 심사위원이 이어받았다.
"오늘의 주제는 테크닉입니다. 그래도 너무 걱정하지 마세요. 2인 1조니까요."
윤혜숙에 이은 마틴 최.
"바다의 양식, 생선은 과거부터 우리 삶을 윤택하게 해 주었어요. 가뭄이 들어도, 바다 사람들은 결코 굶주리지 않았죠. 우리나라도 삼면이 바다로 되어 있는데요. 그럼 생선에 대해 언급하지 않을 수가 없겠죠?"

사람들이 긴장했다. 과연 이번 요리의 주제는 무엇일까?
"오늘의 요리 주제는… 최연소 참가자 배윤아씨가 공개하겠습니다. 앞으로 나오세요."
갑자기 불려 나온 배윤아. 카메라의 스포트라이트를 받았다.
"배윤아 참가자는 어떤 생선일 것 같나요?"
"…동태 아닐까요?"
"후후, 과연 그럴까요? 팬트리에 가서 검은 박스가 올려진 카트를 가져오세요."
윤아가 심사위원의 말에 팬트리로 향했다.
이동식 카트 위에 놓인 검은 박스. 윤아가 냄새를 맡았는지 입을 열었다.
"동태 맞는 것 같습니다."
다른 사람들은 재료에 대해 잘 모르는 가운데, 성재만이 고개를 끄덕이며 요리사의 눈으로 재료가 무엇인지 알아냈다.
'대구?'
성재는 자신의 파트너 백동원에게 입을 열었다.
"동원이형, 대구 손질할 줄 아세요?"
"대구? 나 안 해봤는데…. 왜? 대구 같아?"
"…네. 대구입니다."
"어떻게 알아?"
"박스 크기가 커서 아무래도 대구 같아요."
대충 얼버무린 성재. 백동원의 실력을 파악한 그는 자신만의 작전을 세웠다.
윤아가 드디어 재료를 덮은 상자를 걷어냈다.
예상대로 커다란 대구가 놓여 있고. 참가자들은 뜻밖의 재료에 경악을 금치 못했다.
"오늘의 재료는 바로 대구입니다. 대구는 입이 커서 큰 대(大)와 입 구(口)를 써서 대구(大口)라고 부르고 있습니다."
"대구는 흰살생선으로 크기가 크고, 담백하고 고소한 맛으로 예로부터 인기가 많았는데요. 오늘은 그 대구를 통해 멘토-멘티의 협력 과정을 보도록 하겠습니다."

멘토와 멘티.
저번 과제에서는 멘티의 실력으로 탈락이 좌우됐다면, 이번 과제는 협동해야 한다.
"진행은 멘토-멘티가 각각 40분씩을 이용하여, 각자 한 가지 요리씩을 완성하여 내놓으면 되겠습니다. 아무래도 대구를 해체할 수 있는 멘토가 첫 번째 순서가 되는 게 유리하겠죠? 그래야 멘티가 이미 해체된 부위로 요리를 할 수 있을 테니까요."
룰은 간단했다. 시작 후 40분까지 파트너 중 하나가 요리 하나를 만들어 제출한다.
단, 일반인보다는 셰프들이 생선 해체 숙련도가 높을 게 분명하기에 첫 번째 요리는 셰프가 준비하며, 일반인이 요리하기 쉽도록 대구를 해체해놓는다.
심사위원들의 큰 그림. 과연 멘티 중에 대구를 손질해 본 참가자가 몇이나 있을까?
즉, 멘토의 역할이 중요한 과제. 자신의 요리를 완성하면서, 멘티가 사용할 부위를 완전하게 손질해놓는 게 이번 과제의 핵심이었다.
"각 팀은 순서를 정하고, 첫 번째 참가자만 아일랜드에 남고 2층에 올라가 주세요."

그중 23개의 팀은 멘토가 첫 번째 순서로 남았다.
그 이유는 간단했다. 멘티가 대구 손질 능력이 안 되니까.
그런데 2개 팀은 예외였다. 그들은 멘티가 앞에 나섰다.
한 명은 어시장에서 15년 동안 생선 장사를 했었던 김덕훈씨.
"김덕훈 참가자, 첫 번째 순서로 나오셨네요. 생선에는 자신 있는 거죠?"
"네! 15년간 이 일만 해 왔습니다. 누구보다 자신 있습니다. 보여드리겠습니다!"
"좋아요. 그럼 또 누가 있나… 어?"
전혀 예상치 못한 인물. 군복 입은 사내가 떡 하니 아일랜드에서 대기하고 있다.
남들은 다 셰프인데, 성재 팀만 일반인이 나왔다. 윤석현이 혀를 차며 말했다.
"강성재씨, 우리의 의도가 무엇인지 모르나요?"
"동원이형하고 상의한 결과 먼저 하는 게 낫다고 생각했습니다."
"생선 해체 잘할 수 있겠어요?"
"네. 군대에서 많이 해봤습니다."
"군대 납품은 생선이 다 해체된 거로 나오잖아요. 대구는 손질이 쉬운 생선이 아니에요. 적어도 5년 경력은 있어야…."
하지만 성재는 자신의 의지를 표출했다.
"저는 해 봤습니다. 그리고 자신 있습니다."
성재의 자신 있는 대답이 흘러나오자, 윤석현 심사위원은 고개를 저었다.
"백동원씨, 이러다 둘 다 망하는 수가 있어요."

백동원. 그는 성재의 실력을 모르는 윤석현의 말에 혀를 차며, 자신의 생각을 말했다.
"생선 해체는 성재가 더 잘한다고 생각합니다."
분위기가 조금 심각해지자, 다른 심사위원들이 윤석현을 말렸다.
"조금 흥분하신 거 아니세요?"
"아, 좀 그렇잖아. 아직 어린 친구인데, 뭐든지 다 잘할 수 있다는 자신감. 다들 1년 차 때는 그렇게 생각하지 않았어? 그게 어떤 의미인지 잘 알잖아."
"무슨 말씀이신지는 아는데 저들도 생각이 있겠죠."
"내가 말하는 건, 요리를 하다가 무너질까 봐 그런 거야. 과도한 자신감을 자신의 실력이 받쳐주지 못할 때, 그 좌절감. 다시는 칼을 못 잡을 수 있는 그 괴리감. 힘든 길인데 차근차근 밟아야지. 아직 1년도 안 한 친구가….'

그런데… 성재는 그의 예상을 뛰어넘었다.
경기가 시작되자마자 팬트리로 뛰어가는 성재. 그는 대구중에서도 가장 싱싱한 녀석으로 골랐다. 질병 하나 없고, 껍질이 튼튼하고, 크기가 커서 손질할 부위도 많지만, 그만큼 요리를 했을 때의 담백함과 고소함은 더욱 뛰어날 것이다.
성재는 가장 먼저 물을 끓였다. 조리시간을 단축하기 위해서였다.
그의 머릿속에는 자신이 만들 레시피와 백동원이 만들 레시피가 모두 정해져 있었다.
커다란 부엌칼을 들었다. 그리고 머리를 단번에 내리찍었다.
단단한 생선껍질. 역시나 한번에 잘리질 않는다.
다른 사람들도 고생하는 가운데, 성재는 같은 부위를 계속해서 내리찍었다.
퉁! 퉁! 퉁-퉁! 퉁-퉁!
잘리지 않을 것 같은 대구의 단단함.
하지만 같은 부위를 계속해서 내려찍자, 크기 1m가 넘는 생선의 머리와 몸통이 분리되기 시작한다. 심사위원들은 성재의 손놀림에 눈길을 보냈다. 거침없이 생선을 해체하기 시작하는 성재의 움직임에는 군더더기가 없었다.
다른 사람은 아직도 머리와 몸통을 분리하지 못하고 있는데, 성재 혼자만 독보적으로 행동하고 있다. 물이 끓자, 건새우와 다시마를 넣고 육수를 만든다. 그사이, 대구 배에 칼집을 내서 내장을 빼내고, 간을 따로 분리하기까지, 모든 게 척척 들어맞는다.
셰프들도 애를 쓰는 가운데, 성재는 독보적이었다.

윤석현은 성재의 생선 해체 모습을 보며 깜짝 놀라고 말았다.
'나보다 잘해? 완전 잘하잖아?'

그도 그럴 수밖에 없었다.
성재는 홀로그램의 동작을 따라가기 위해 모든 기술을 사용하고 있었다.
요리사의 눈.
요리사의 신체.
요리사의 팔.
거기에 터보모드까지.
게이지가 닳고 있다. 하지만 이 모드를 하지 않으면, 남들보다 빨리, 그리고 정확하게 할 수 없다. 지금의 주재료가 그러한 것. 이 요리를 완성하고 난 후에는 쓰러질지도 모르지만, 그래도 상관없었다.

이기고 싶었다.
보여주고 싶었다.
능력을 사용하는 것.
그래. 치사하다. 자신도 그렇게 생각했다. 하지만 이 능력에만 의존하지만은 않는다.
그가 이미 경험한 것들. 그리고 책을 통해 지식을 쌓은 것들.
그 모든 것들이 모여, 지금의 성재를 있게 만들었다.

성재의 얼굴에는 식은땀이 흐르고 있었다.
매운탕을 끓이며, 대구 흰 살을 따로 손질하는 성재.
윤석현의 얼굴에는 황당하다는 표정뿐이었다. 다른 셰프들은 자신의 요리를 위한 손질도 버거워하는데, 성재는 이미 매운탕을 끓이며, 백동원 셰프가 만들 부위를 손질하고 있다.
아마도 성재가 만들 요리는 대구 매운탕. 백동원 셰프가 만들 요리는 대구 스테이크.
맛을 보지 않아도 이건 승부를 알 수 있었다. 심지어 어시장에서 15년 동안 생선 손질만 했던 김덕훈도 성재에게는 이길 수 없었다.
성재의 과도한 자신감을 우려했던 윤석현에게 옆의 심사위원들이 말을 걸었다.
"대한민국 요리계에 천재가 나타난 것 같네요. 그렇지 않나요? 윤석현 심사위원님?"

253
아쉬운 탈락과 이별

윤석현은 다른 심사위원의 말을 인정할 수밖에 없었다. 성재는 백동원이 조리할 예정인 스테이크 부위까지 손질했다. 그것뿐만이 아니다. 혹시 조리에 실패할까 봐 스테이크 부위 한 점을 더 준비한다.

그렇다고 자신의 요리를 포기한 것도 아니다.

커다란 냄비. 보글보글 끓고 있는 매운탕. 가운데에는 특제양념과 섞여 붉은빛을 내는 대구의 흰 살이 보이고, 그 옆에는 고니와 알이 자리 잡고 있다.

성재는 생각했다. 소주와 먹으면 딱이겠다고.

하지만 지금은 대회. 아쉽게도 그럴 수 없다.

성재가 만든 요리.

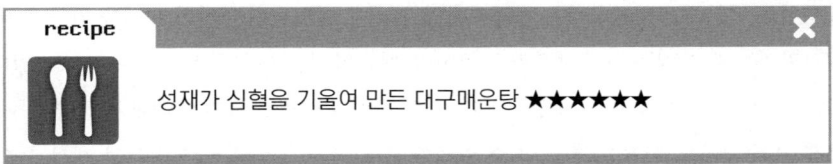

무려 6성짜리 요리.

하지만 성재는 아직 요리를 끝내지 않았다. 매운탕을 끓이면서 올라오는 거품을 제거해야만 깔끔한 맛을 유지할 수 있다. 그가 국자로 거품을 제거하자, 요리사의 눈으로 확인한

등급이 반짝이길 반복하더니, 6성 반 요리로 변화하고 말았다.

성재가 자신 있게 요리를 내놓자, 심사위원들은 너나 할 것 없이 앞으로 나왔다.

숨을 아직 잃지 않은 쑥갓이 마지막 대미를 장식한 가운데, 심사위원들의 숟가락이 성재의 요리를 향했다.

일단은 국물맛. 역시나 일품.

얼큰하고 개운한 맛 때문일까? 뜨거운 기운이 올라오며, 이마에서 땀이 난다.

'좋아. 이거야. 간이 너무 잘 됐어. 지적할 게 하나도 없는 것 같아.'

더구나 그가 고른 대구도 그냥 대구가 아니다. 성재가 엄선해서 고른 최상급 대구.

그래서일까? 살이 통통하고 야들야들한 게 일품.

호불호가 갈릴 수 있는 음식.

대구의 내장인 곤이(고니)가 들어가 있지만, 미식가들이라면 다들 안다.

이 부위가 가장 맛있다는 것을.

입안에서 살살 녹는 맛이 일품인 대구의 내장을 싫어하는 심사위원은 아무도 없었다.

심사위원 마틴 최는 성재를 보며 엄지손가락을 내밀며 말했다.

"좋았어요. 맛도 괜찮고, 조리과정도 좋았고, 자신감도 다 좋았어요. 강성재씨!"

"네."

"저는 강성재씨가 Top 10 안에 들어갈 수 있을 거라 봅니다."

Top 10. 경력직 셰프보다 높게 본다는 그의 인정.

옆에 있던 궁중 요리 전문가 윤혜숙 또한 놀라운 얼굴로 성재를 향해 말했다.

"성재씨."

"네."

"잘했어요. 정말 대단했어요. 요리사로서 테크닉은 물론이고, 맛, 발란스 모든 게 다 완벽했어요. 다만…."

다만? 뭐가 잘못된 거지?

성재는 영문을 알지 못한 채 바라보았다. 그녀가 해주고 싶은 이야기는 무엇일까?

"경력 1년이라는 게 믿기지 않아요. 정말 남들보다 몇 배는 노력한 게 엿보였어요. 왜 그렇게 필사적으로 요리를 하시는 거죠?"

요리를 하게 된 이유?

별것 없었다. 시스템이 시켜서.

그렇다. 어느 날 갑자기 요리사의 길이라는 시스템이 자신을 찾아왔기에. 단지 그뿐이었다. 그뿐이었는데 ….

그런데 지금은 아니다. 인생의 목표가 되어버렸다.

내가 왜 요리를 배우려 했을까? 왜… 받아들였을까?

아버지를 돕고 싶어서? 남들처럼 평범하게 살고 싶어서?

다양한 이유가 떠오른다.

충북 옥천에 살았던 폐가. 술병만 덩그러니 놓여있어, 들어가기조차 싫었던 집.

가족의 냄새라곤 하나도 나지 않았던 장소.

다 가난해서 생긴 일.

잘살아 보고 싶다. 남들처럼 평범하게 살아보고 싶다.

가끔은 브랜드 옷도 입어보고, 가족끼리 한 달에 한 번은 외식도 해보고 싶다.

소소하지만 자신은 누릴 수 없었던 것.

지독히도 가난해서, 17살부터 공사판을 돌아다녀야 했던 성재의 목표는 돈.

성재는 아직까지 정하지 못했던 자신의 꿈을 확실히 정했다.

"먹고 살 걱정 없이 잘 살고 싶습니다."

성재의 말에 요리를 하고 있던 윤동현의 눈가에 눈물이 핑 돌았다.

'저 자식!'

항상 옆에서 지켜봤기에. 같이 병사 생활을 하면서도 황금마차를 단 한 번도 이용하지 않았던 그의 모습을 보았기에 알 수 있는 것들.

자신은 살면서 한 번도 생각하지 못했던 것들.

가난. 먹고 살 걱정. 성재는 그런 것을 걱정하고 있었던 것이다.

백동원은 윤동현과는 다른 감정을 느꼈다.

자신도 어릴 때는 같은 처지였기에 느끼는 연민.

그러나 어느 정도 운명과 타협하고 말았던 자신과는 달리 자신의 운명을 극복하려고 노력하는 모습을 보이는 성재.

그래서일까? 스테이크 소스를 만들던 그가 갑자기 성재를 향해 소리쳤다.

"강성재! 파이팅! 힘내라!"
심사위원은 자신의 질문이 무색해지리만큼 민망한 상황에 일단 성재를 돌려보냈다.
"강성재씨, 일단 2층으로 올라가세요."
"네."
성재의 퍼포먼스는 화려했지만, 요리의 순위는 1등이 아니었다.
성재의 순위는 25명 중 4등.
적어도 요리사의 눈으로 본 등급은 25명 중 4번째로 랭크되어 있다.
성재는 아쉬웠다. 직업 보너스로 ☆만큼만 등급 업 했으면 순위가 달라졌을 텐데.
아쉽게도 이곳에서는 랭크 보너스가 적용되지 않는다. 그래서 남들과 같은 조건.

경연이 끝나고. 배윤아는 아쉬운 고배를 마신 채, 고개를 숙였다.
"배윤아씨, 대구감자샐러드, 시도는 좋았지만 토마토소스의 산미가 조금은 부족했던 것 같습니다. 멘토와 함께 이곳 경기장을 떠나주세요."
윤아는 심사위원의 결과에 납득하며, 고개를 숙였다.
그리고 그녀의 담당 셰프도 윤아와 함께 90도로 고개를 숙이며, 심사위원에게 감사의 인사를 건넸다.
"감사했습니다."
"많이 배웠습니다."
그 둘의 퇴장에 심사위원들이 격려를 해주었다.
"고등학생으로 여기까지 올라온 것도 잘한 거야. 힘내요. 아직 기회는 많잖아요."
"네! 열심히 하겠습니다."

그리고 또 한 명의 고교생. 그 역시 탈락이다.
"장종수씨, 채소를 곁들인 대구튀김. 겉은 바삭했는데, 속이 덜 익은 건 불 조절에 실패한 거예요. 그 정도는 아시죠?"
"네."
"고생하셨습니다. 멘토와 함께 이곳 경기장을 떠나주세요."
"감사합니다."
장종수는 굳은 표정이었지만, 심사위원의 결과를 겸허히 받아들였다.

실력 부족. 이건 돈으로 살 수 없는 것. 그렇기에 아쉽게 탈락의 고배를 마셨다.

성재는 자신과 함께 도전해 온 사람들의 탈락을 보며 안타까운 마음이 가득했다.

자신이 아는 마지막 인연 윤동현이 보인다.

"윤동현씨!"

"네."

"솔직히 합격을 줄 수는 없는 요리였어요. 맛의 밸런스가 깨져있었거든요."

"……."

"그런데 운이 좋았네요. 턱걸이 합격입니다. 다음에는 더 분발해주세요. 축하합니다. 2층으로 올라가세요."

"감사합니다!"

합격자와 불합격자. 방송에서는 더 이상 못 만날 운명.

가장 큰 형 윤동현이 자리를 마련했다. 종수와 윤아, 성재가 그의 부름에 응했다.

"종수야. 윤아야. 그동안 고생했다."

종수가 고개를 숙이며 말했고.

"감사합니다."

배윤아 또한 윤동현과 성재를 바라보며 입을 열었다.

"고마웠어요. 좋은 시간이었던 것 같아요."

그러자 윤동현이 품에서 무언가를 꺼낸다.

"윤아야. 이거 받아."

윤동현이 건네는 편지.

"이게 뭔데요?"

그 안에 든 것은 놀랍게도….

"추천서?"

"그래. 까들로프 교수님 추천서야. 이거 하나면 프랑스로 유학 올 수 있어."

"정말요?! 우와! 이거 저 주셔도 되는 거예요?"

"그래. 너희 학교는 3학년 때 실습연계과정으로 인정해줄 거야. 거기에 가서 9개월간 열심히 노력해서 디플로마 받고, 프랑스 레스토랑에서 일하든지 아니면 한국에 오든지 그건 네가 알아서 하고….”
윤동현의 배려에 옆에 있던 장종수가 짜증을 부렸다.
“형, 뭐야? 나는 안 줘?”
“넌 네가 혼자 받을 수 있잖아. 아버지께 말씀드리면 바로 받을 수 있는 거 아니야?”
“됐다. 됐어. 동현이형도 진짜 윤아한테 관심 갖지 말자. 너무한다. 너무해.”
“됐고, 어차피 오늘 우리 다 같이 있는 건 마지막이잖아. 그럼 모두 사진 한 장 찍자. 저기요! 작가님! 작가님!”
윤동현이 지나가는 작가를 불렀다. 막내 작가 제이로빈이 윤동현의 부름에 응답했다.
“네?”
“저희 사진 좀 찍어주세요. 4명 다 나오게요.”
“아, 그럴까요? 그럼 구도를 잡아주실래요?”
막내 작가의 말에 모두가 아일랜드 사이에 자리를 잡았다.
가장 좌측에는 성재가, 중앙 두 자리에는 윤동현과 배윤아, 그리고 오른쪽 끝에는 장종수가 위치하고 있다. 사진을 찍으려던 막내 작가가 이상한 점을 느꼈다.
‘어? 내가 생각한 건 이게 아닌데?’
그래서 동생들을 보며 말했다.
“저기요. 거기 강성재씨.”
“네?”
“옆이랑 자리 바꿔요. 가운데로 오세요.”
“네?”
“윤아씨랑 둘이 가운데 서시고요. 나머지 두 분은 양 옆으로 서세요.”

윤동현이 못마땅한 표정으로 작가에게 뭔가 말하려는데….
“아… 이대로….”
윤아가 막내 작가의 말에 호응하며, 미소를 지었다.
“작가님 말대로 이렇게 찍어요. 동현 오빠.”
성재에게 팔짱을 끼는 윤아. 그와 동시에 셔터 버튼을 누르고.

찰칵!찰칵!

막내 작가는 윤동현의 스마트폰을 다시 건네며 모두에게 흐뭇한 미소로 말했다.
"그럼~ 좋은 시간 되세요."
"네! 작가님도 행복한 하루 되세요."

대전으로 내려가는 길. 성재는 백동원을 보며 입을 열었다.
"동원이형."
"응?"
"스테이크 정말 대단했어요."
"그러냐? 생선 스테이크는 내가 좀 하지. 크크, 설마 네 발목 잡을 줄 알았어?"
성재는 진심이었다.
그가 만든 대구 스테이크의 등급은 무려 6성.
해외 유학이나 해외 경력 하나 없는 순수 국내파이지만, 그의 실력은 결코 다른 셰프에 비해 뒤처지지 않았다. 그리고 그건 자신도 마찬가지.

'나보다 실력 좋은 셰프가 대충 4~5명.'
군대에서 수많은 노력을 하며 달려왔고, 시스템이라는 미지의 능력까지 동원해 도움을 받아도 자신보다 뛰어난 사람이 존재한다. 그래서 오묘한 기분도 들고, 자극도 생긴다.
'얼마나 더 열심히 공부해야 될까? 세계 최정상의 셰프는 도대체 어떤 사람들일까?'
그의 심각한 표정을 본 백동원이 입을 열었다.
"성재야. 윤석현 심사위원 말에 너무 신경 쓰지 마."
"네?"
"다 너를 위해서 하는 말이니까, 심각하게 생각할 필요 없어."
그게 아니었는데, 백동원은 성재의 진지한 표정을 보며 걱정스러웠나 보다.
"네. 동원이 형, 고마워요."
"그래. 사람 사는 게 그렇잖아. 전진만 하다 보면, 지칠 때가 있거든? 그땐 주변에 아무도 안 남아. 사람이 항상 성공할 수는 없잖아. 그걸 우려해서 조언했을 거야."
"그런가요?"

그때, 백동원의 전화가 울렸다. 그는 블루투스로 연결되어 있는 핸드폰을 받았다.
- 안녕하십니까? 성재 아버지 강일용입니다.
"아, 안녕하세요."
- 성재 옆에 있습니까?
성재는 스피커폰으로 되어 있기 때문에 곧바로 아버지께 인사를 드렸다.
"아빠, 들려요. 말씀하세요."
- 그래. 너 결선 진출했다고?
"네. 그렇게 됐어요. 그런데 무슨 일이세요?"
- 아니, 군부대에서 전화가 왔는데, 너 내일 데려가야 된다고 하던데?
"내일이요? 어디를요?"
- 윤미옥이라고 권사님이라면 알 거라는데, 무슨 영부인을 만난다는데, 영부인이 설마 대통령 영부인은 아니지?
"음… 맞는 것 같은데요?"
- 맞아? 대통령 영부인께서 널 보자고 했다고?
"네. 맞아요. 예전에 한 번 보고 싶다고 말씀은 하셨었어요."
- 아이구, 우리 아들 옷 좀 사 입혀야겠네. 몇 시에 도착하니?
"오후 8시 안에는 들어갈 것 같아요."
- 그래. 올 때 되면 전화해. 밥은 먹고 들어오니?
"네. 저 동원이형이랑 같이 먹고 들어갈게요."
- 그래. 끊는다.
아버지가 전화를 끊자, 백동원은 당황한 목소리로 성재에게 말했다.
"영부인께서 너를 보고 싶어 했다고?"
"아 … 네! 그런 일이 있어요. 아는 분이 영부인하고 한식 관련 일을 하시거든요."
"그래?"
백동원. 그는 조금 전까지 성재를 타일렀던 것을 반성했다.
'성재는 그냥 앞만 보고 전진해도 될 것 같은데? 대통령에 영부인에 까들로프 셰프에, 캡틴까지 도대체 성재를 좋아하는 사람이 몇 명이야?'

낮도 이기려고 하고, 밤도 이기려고 하고!

백동원의 차량에서 내린 성재는 작별인사를 건넸다.
"동원이형, 덕분에 편하게 왔습니다."
"그래. 다음 촬영 때 보자. 종종 연락하고."
"네. 캡틴께도 안부 전해주세요."
"그래. 그나저나 캡틴 또 난리 날 것 같은데? 너랑 나랑 결선까지 올랐을지 상상이나 했겠냐? 자기가 나갈 걸 그랬다며 후회 엄청할 걸?"
"캡틴 얼굴도 뵙고 싶네요."
"그래. 시간 되면 와. 휴가 내서도 오고."
백동원이 떠나고, 계단을 오르려는 성재.
그때, 푸드트럭 한 대가 골목길에 주차했다. 그 차량을 보고 성재가 반갑게 불렀다.
"아빠!"
"성재야, 왔냐?"
"네. 집에 들어가요."
"됐어. 백화점 가서 옷부터 사자."

오후 8시 30분. 오후 10시까지는 열려 있을 줄 알았던 백화점의 문은 이미 닫혀있다.

강일용은 깜짝 놀라며 성재에게 물었다.

"백화점이 왜 이렇게 빨리 닫아?"

"영업시간이 오후 8시까지라는데요?"

"어이쿠, 뭔 놈의 장사를 이렇게 빨리 끝내?"

둘 다 백화점은 처음이라 겪는 일.

민망한 얼굴로 서로를 쳐다보다가, 이내 호탕하게 웃고 마는 부자.

"아빠! 백화점 한 번도 안 와보셨어요?"

"그러는 넌? 너도 안 가봤냐?"

"에이, 전 가봤죠. 친구들이랑 영화 볼 때, 가끔씩 오잖아요."

"옷은 안 사봤지? 그러니까 끝나는 시간을 모르지."

"사실 비싸잖아요. 할인할 때도 다른 곳보다 비싼데요. 요즘 세상에 누가 백화점에서 옷을 사요? 다 인터넷으로 주문하지."

"클클, 내 자식 맞네. 이걸 어쩌나, 좋은 옷 입혀서 가야 될 텐데…."

"괜찮아요. 내일 제가 제 월급 가지고 알아서 할게요."

"됐어. 군인이 얼마나 번다고. 아빠가 내일 체크카드 줄 테니까, 사 입어. 알았지?"

아버지의 마음. 그것을 모를 리 없는 성재가 고개를 끄덕였다.

'그래. 이건 받자. 아빠도 나한테 해주고 싶은 거야. 이걸 거절하면 오히려 불효야.'

"알았어요. 아빠, 우리 소주 한잔 해요."

"후후, 그럴래? 매운 닭발 어때?"

"좋죠. 근데 할머니랑 동생은 밥 먹었나 모르겠네요."

"먹었어. 이미 챙겨 먹었어. 오늘은 아빠랑 둘이 먹자. 알았지?"

아버지를 자세히 살펴보았다. 짙은 주름, 땀에 절어있는 노란 유니폼과 노란 모자. 그리고 몸에서 나는 땀내. 온종일 꿀타래만 만들다 보니, 그의 몸에서는 땀 냄새와 꿀 냄새가 섞인 요상한 냄새가 난다.

"아빠? 일단 씻고 먹죠?"

"그럴까?"

아버지의 친구들이 항상 하던 말이 있다. 남자가 친해지는 방법 3가지.

첫 번째, 같이 운동을 해라.

두 번째, 같이 담배를 피우거나 술을 마셔라.
세 번째, 같이 목욕을 해라.
성재는 목욕탕에서 아버지에게 등을 내놓았다.
강일용은 자식의 등판에 자신의 두터운 손을 위아래로 움직이며, 때를 밀었다.
"아빠, 이제 허리는 괜찮으세요?"
"허리? 괜찮아. 계속 치료받고 있잖아."
그런데 성재는 그렇게 생각하지 않았다.
탈의실에서 허리보호대를 빼시던 아버지의 모습을 목격했기 때문이었다.
"정말 괜찮으신 거죠?"
"그래. 당연하지. 뭘 그렇게 계속 물어봐?"
"아니면 됐고요."
"성재야."
"네."
"남자는 입이 무거워야 돼. 자신의 행동이나 말에도 책임질 줄 알고, 이제 너도 성인이니까 내가 무슨 말 하는지 알지?"
"네. 알아요. 잘 살게요. 열심히 하고."
"그래. 그래야 내 아들이지."
"아빠, 이제 뒤 도세요. 이제 제가 등 밀어드릴게요."
"아니야. 아빠는 됐어. 3일 전에 이미 다 밀었어."
"에이, 밀어드린다니까요."

성재는 아버지의 등 뒤로 걸어갔다. 제 딴에는 효도한다고 생각하고 행동한 것이다.
그러나 아버지가 소리쳤다.
"됐다니까!"
강일용이 성재의 손을 강하게 밀쳤다. 성재는 순간 놀라 아버지를 바라보았다.
그는 자리에서 일어나 샤워장 쪽으로 향하더니, 곧바로 세찬 물줄기 아래에서 머리를 맞대었다. 갑자기 이상한 행동을 한 아버지를 바라보는 아들.
'무슨 일이시지?'
애써 무시하는 아버지. 심각한 몸 상황을 애써 숨겼지만, 어제 있었던 일이 떠올랐다.

어제 점심. 충남대병원 응급실. 푸드트럭 장사를 하던 강일용이 소리를 내질렀다. 그의 옆에서는 동업자 윤정석이 안타까운 표정으로 그를 쳐다보았다.
"으아아악!"
"일용아! 괜찮아?! 그렇게 아픈 거야?"
"으아아아악! 으… 아아악! 제발… 으으으윽."
그걸 보며 놀라는 의사.
"간호사! 간호사! 모르핀! 모르핀 가져와요!"
다행히 주사를 투여하자 진정되는 통증.
그리고 떨어지는 눈물. 강일용이 소매로 눈물을 훔치며, 응급실에서 일어났다.
그런 그를 한심한 듯 쳐다보는 의사.
"강일용 환자. 제가 뭐랬어요? 일하지 말라고 했죠?"
"물리 치료하고 병행하면 괜찮을 거라고 생각했습니다. 죄송합니다."
"허리를 굽히는 동작 자체가 강일용씨한테는 무리라고요. 최소한 6개월은 참고 쉬어야만 된다고 했잖아요."
"그렇게 되면 저희 가족은…."
"강일용씨부터 생각해야죠. 그렇게 아파 죽겠는데, 또 일을 나가겠다고? 매일 진통제 먹으면서 살겠다고요? 그걸로도 못 버티는 순간이 오면 어떻게 할 건데요? 허리는 수술하는 게 아니라고 했잖아요. 수술한다고 좋아지지 않는다니까요."
"……."
"고집 피우지 마세요. 쉬세요. 이쯤 되면 강일용씨도 알아들었을 거라 생각합니다. 이제 괜찮아지셨으면 퇴원하세요."
"…죄송합니다."
"경고합니다. 강일용씨! 다음에도 이러면 강제로라도 입원시키겠습니다. 알겠어요?"
"네. 명심하겠습니다. 의사 선생님."

어제의 그 경험 때문일까? 그는 고개를 저으며 독백했다.

'안 돼. 아직은 성재가 알면 안 돼. 걱정시키면 안 되니까. 그리고 그게 아버지로서 해야 될 일이니까.'

목욕을 마치고, 강일용은 아들하고 닭발에 소주 한잔을 먹으러 나왔다.

실내 포장마차에서 아들과 오랜만에 함께하는 자리.

"결선이면 대단하네."

"운이 좋았던 것 같아요. 군대에서 좋은 선임도 만나고, 좋은 간부님들도 만났고요. 아빠는 어떠세요? 요즘 꿀타래 잘 팔려요?"

"그럼~ 당연하지. 이사 간 집 보면 몰라? 방 두 칸에 화장실도 있고, 부엌도 있고, 이 정도면 잘한 거지. 안 그래?"

"그렇죠?"

성재는 아버지의 말에 고개를 끄덕였다. 예전 방 한 칸짜리 원룸에 자신을 제외한 세 가족이 사는 것이 얼마나 안쓰러웠는지 모른다.

하지만 지금은 다르다. 할머니가 방 하나를 쓰고, 다른 한 방은 아버지와 민지가 같이 쓴다. 예전보다 환경이 좋아진 것은 사실이다.

"아빠, 상금 타면, 지금 집보다 더 좋은 곳으로 이사 가요."

"상금?"

"네. 우승하면 1억 준대요. 그 1억 받으면 우리 좋은 집 사서 이사 가요."

"후후, 됐어. 내가 네 돈을 어떻게 받니? 성재야."

"네?"

"이제 네 인생을 살아. 집안 걱정은 말고, 집은 아빠가 알아서 한다. 알았니?"

"……."

"아빠가 목욕탕에서 아까 말했지? 남자는 함부로 말하는 거 아니라고. 지킬 말만 해야 된다고."

"네."

"아빠 말은 내 스스로에 대한 약속이야. 그러니까, 이제 네 인생을 살아."

"…알겠어요. 열심히 해서 꼭 성공할게요. 아빠도 힘내세요."

"그래. 은석아(요 녀석아)! 소주 한 잔 따라라."

아들이 따라주는 소주를 약으로 생각하며 먹는 아버지.

'그래. 아들! 아빠도 열심히 살 거야. 이딴 고통, 아픔, 가족들을 위해서면 다 이겨낼 수 있어. 그러니까, 너도 열심히 살아라.'
그리고 그런 아버지의 생각은 못 읽어도, 진심이 무엇인지는 아는 아들.
'아빠, 항상 고마워요. 힘내줘서 감사하고요. 우리 가족! 이제 꽃길만 걸어요.'
아버지와 아들은 절대 속마음을 내비치지 않았다.
아버지는 아들을 위해서, 아들은 아버지를 위해서.
서로를 생각하는 마음.
부자(父子)의 술자리는 매운 닭발과 소주로 시작했고, 끝이 났다.

다음날 아침, 성재는 할머니와 동생을 보며 작별인사를 건넸다.
"할머니, 저 가요."
"왜 벌써 가? 저녁때까지 들어가야 되는 거 아니야?"
"아, 오늘 일찍 만나볼 사람이 있어서요. 할머니는 불편하신 곳 없으시죠?"
"이 나이에 불편한 곳 없는 게 이상하지. 다 아퍼. 그래도 괜찮어. 우리 손주가 걱정할 만큼은 아니야."
"네. 항상 건강하셔야 되요."
"그려. 그려 우리 손주! 조심히 들어가."
성재는 할머니에게 작별 인사를 끝내고 여동생을 향해 고개를 돌렸다.
아직 철모를 나이. 눈을 비비면서도 오빠를 향해 달려오는 착한 동생.
"가지망! 오빠, 왜 오자마자 가?"
"가야 돼. 민지야. 이마!"
"웅!"
쪽, 동생의 이마에 뽀뽀를 하고 떠나는 성재.
"다음에 보자."
"이…잉…이잉."
성재의 뒷모습을 보는 민지는 할머니 품에 안기더니 결국 울음을 터트렸다.
"으아-앙. 오빠 가지 말라고 해-앵. 할머니가 오빠 가지 말라고 하라고. 웅? 할-머니? 할머니…이!"

빌라 앞. 단장의 차량이 주차되어 있다.
"충성! 죄송합니다. 늦었습니다."
"어. 안 늦었어. 내가 일찍 온 거야. 타라. 성재야."
"네, 단장님, 잘 쉬셨습니까? 권사님! 오랜만입니다."
윤미옥 권사의 복장은 전통 한복. 단장의 복장은 양복이었다.
"성재는 군복이야? 꼭 군복 아니어도 되는데…."
"어제 전화로 복장을 묻길래 내가 군복 입으라고 시켰어. 성재, 너도 그게 편하지?"
"네. 군복이 편합니다."
"그럼 바로 서울로 쏘자."
"네. 알겠습니다."

권사님과 함께 가는 곳은 다름 아닌 궁중음식연구원.
창경궁 옆에 있는 그곳은 조선왕조 궁중음식에 대해 가장 체계적으로 배울 수 있는 유일한 장소였다. 주차를 하고, 한숨을 내쉬는 남편.
"당신, 나는 들어가면 안 돼?"
"보안 때문에 안 돼요. 성재만 들어갈 수 있어요."
"후-우, 뭔가 아쉽네."
"궁중 요리를 아무한테나 알려줄 수 있나요?"
"그래. 알았어. 기다릴게."
"그냥 기다리지 말고 바람이라도 쐬고 오세요. 한 서너 시간 정도는 걸릴 거예요."
"알았어. 서울 올라왔는데, 윤아라도 잠깐 보고 올게."
"그래요. 딸 데리고 맛있는 것 좀 먹이고, 어제 탈락한 거 위로도 해주고 해요. 아빠인데 그 정도는 해야죠."
"그래. 알았어. 잘하고 와."
"네. 그럼 갈게요."
그녀가 내리려는데 말리는 단장.
"아~ 잠깐!"
성재와 떠나려는 윤미옥의 볼을 향해 그가 갑자기 뽀뽀를 했다.
쪽!

갑작스러운 그의 행동에 놀란 눈으로 쳐다보는 성재. 그리고 씩 웃는 단장.
"뭘 봐?"
"아닙니다!"
윤미옥이 당황한 채 남편을 보며 나무란다.
"아~ 뭐하는 거예요?"
그러자 씩 웃는 단장.
"뭐? 우리 맨날 헤어질 때마다 하기로 했잖아."
"성재 앞이었잖아요."
"에이, 성재는 가족이나 마찬가지인데, 뭘 그렇게…."
"아이- 참… 됐어요. 갔다 올게요."
"그래. 이따가 집에 가면 밀린 숙제도 할 거야. 알지?"
"알았어요. 알았어. 꼭 이런 상황에 그런 얘기를 하더라. 변태도 아니고."
"후-후, 잘 다녀와. 우리 여-보!"
성재는 고개를 저었다.
'숙제가 밀려?'
사이는 좋아 보이는데, 밀린 숙제가 있다니까 단장님이 조금 안타까워 보였다.
'단장님도 요리를 배우기 시작하셨나?'
윤미옥은 그런 성재의 생각을 아는지 모르는지, 고개를 저으며 생각했다.
'아무튼, 군인 아니랄까 봐 체력은 정말 좋다니까? 낮도 이기려고 하고, 밤도 이기려고 하고! 욕심쟁이.'
자신의 본심을 들킬까 조마조마했던 그녀는 성재 앞에서 표정을 지우며 말했다.
"올라가자. 다른 분들 기다리시겠다."
"네."

궁중음식연구원. 그곳에는 14명의 여성 연구원과 1명의 남성 연구원이 있었다.
궁중음식 자체가 여성인 궁녀들이 왕에게 내놓는 요리였으므로, 여성 연구원이 많을 것을 예상하긴 했는데, 거의 대부분이 여성일 줄이야.
물론 그들 입장에서는 성재의 존재도 특별하긴 했다.
군복 입은 남자가 이곳에 온 것은 처음이었으니까.

"어머, 쟤가 영부인께서 보자는 애구나?"
"생각보다 어리네요."
"그러게. 어? 저 본 적 있어요. 이름이 성재! 유튜브에서 화제가 됐었잖아요."
"어? 베스트 셰프? 대통령님 존경한다는 그 애?"
모두가 서로의 말을 이어가는 가운데, 윤미옥은 고개를 숙이며, 15명 중 가장 높은 사람에게 성재를 데려가며 말했다.
"선생님, 이 아이가 영부인께서 데려오라던 그 아이예요."
성재는 윤미옥의 소개에 미소를 활짝 지으며 그녀에게 인사했다.
"처음 뵙겠습니다. 육군 상병 강성재입니다."
그리고 고개를 드는데, 그녀가 해맑게 웃으며 성재를 마주보았다.
'어? 잠깐만! 아는 얼굴이잖아.'

성재는 깜짝 놀랐다. 그녀는… 그녀는?
단아하고 고상한 흰색 한복을 곱게 차려입은 그녀가 성재를 향해 말했다.
"처음은 아닌 것 같은데? 안 그래요? 강성재 참가자?"
"심사위원님이 여기를 어떻게…."
"그건 내가 묻고 싶은 건데? 영부인께서는 왜 성재를 찾으셨을까?"
그랬다. 지금 16명 중에 대빵은?
요리대회의 심사위원 중 하나였던 윤혜숙이었던 것이다.

당신보다 내가 더 성재에 대해 잘 알 것 같은데?

윤혜숙은 강성재에 대해 호기심이 생겼다.
언제부턴가 눈앞에 아른거리는 키 작은 청년.
첫 만남일 텐데도 어색함 없이 밝은 미소로 인사를 건네는 그를 보며 의아한 생각도 들었다. 대회에서는 당당하면서도, 자신에 대한 고집과 불타는 승부욕이 걱정스러웠는데, 지금 보니 또 그건 아니다.
아무튼, 중요한 건 그게 아니었다. 지금은 이사장님과 영부인이 왔다는 게 중요하다.
"어머, 다들 와 계셨네요."
영부인이 먼저 인사를 건네자, 옆에서 그녀를 수행하고 있던 이사장도 말을 꺼냈다.
"다들 준비는 끝났니?"
"네. 다 끝났습니다."
"그래. 다들 지금부터 시작인 거 알지?"
"네!"
이사장은 영부인을 모시기 전에 무언가의 지시를 내린 모양이었다.
성재는 영부인을 바라보았고, 그녀 또한 성재와 윤미옥을 번갈아가며 쳐다보았다.
"미옥씨가 말한 사람이 얘야?"
"네. 이 아이가 성재에요."

이사장의 얼굴에 희미한 미소가 걸리고, 영부인 또한 성재를 보며 미소를 지었다.
'성재…어디서 많이 들어본 이름 같은데? 착각인가?'
어렴풋이 기억날 것 같으면서도 기억이 나질 않는다.
그럴 수밖에. 직접 본 것은 오늘이 처음이었으니까.
그녀는 성재를 향해 물었다.
"요리는 얼마나 배웠어? 그래도 30대 정도일 줄 알았더니… 이사장님도 그렇게 생각하지 않아요?"
"네. 저도 미옥씨 요리 가르쳐준 사람이라고 해서 적어도 30대로 봤는데, 지금 보니 10대라고 해도 믿겠어요. 성재는 나이가 어떻게 돼요?"
"이제 22살입니다."
"후-후, 우리 손자하고 나이가 같네. 이름이 성재라고 했죠?"
"네. 맞습니다."
영부인은 처음 만나는 성재를 향해 손을 내밀었다.

> 달성조건 3을 달성하였습니다

성재는 시스템창에 뜬 메시지를 애써 무시하며, 그녀와 악수를 했다.
영부인은 동네 아줌마 같은 환한 미소를 지으며 성재를 향해 말했다.
편안하지만 자상한 말투. 친절한 목소리에는 그녀의 인생 가르침이 담겼다.
"부른 이유는 다른 게 아니라, 오늘 행사를 보여주고 싶었어. 우리나라의 한식 문화 전통을 이어가는 행사를 보면 성재한테 좋은 경험이 될 것 같아서 부른 거야."
"좋은 기회를 주셔서 감사합니다."
궁중음식연구원의 이사장 역시 미소를 지으며 말했다.
"성재는 요리는 얼마나 배웠어?"
"군대에서 배우기 시작했습니다. 작년 10월부터 현재까지 11개월 차입니다."
"11개월? 아~ 그렇구나."
조금은 실망한 눈빛.

성재가 들어온 이유는 단순했다. 남자 자리가 한 석이 공석이기 때문에.

이곳에 있는 사람들은 대부분 5년 이상 요리를 배운 사람들이고, 그중에서 가능성 있는 사람들만 면접을 통해 선발해서 가르치고 있다.

물론 특별 케이스도 있다. 바로 윤미옥.

영부인의 눈에 든 케이스. 요리에 대한 소질은 많이 부족했지만, 열정적인 모습과 노력이 돋보였기 때문에 이사장은 그녀 또한 자신의 연구원에 받아들인 것.

영부인은 경복궁의 입장이 시작될 시간임을 확인한 후 이사장에게 말했다.

"지금 가봐야 되지 않나요?"

"네. 준비되었다니까 바로 출발하겠습니다. 다들 준비됐지?"

"네!"

경복궁. 그곳에는 수많은 인파들이 몰려있었다.

오늘은? 수라간 실습 및 시식 체험행사가 열리는 날. 성재는 관광객이나 다름없었다.

물론 다른 점은? VIP 관광객이라는 것.

이사장이 직접 설명하고, 영부인과 함께 듣는 자리.

"임금님의 부엌, 소주방은요. 음식을 만드는 기능을 했어요."

그녀가 말을 함과 동시에 버튼을 누르자, 관광객들이 낀 이어폰에 각국의 언어로 번역이 되고 있다. 중국어, 일본어, 영어, 거기에 프랑스어에 독일어까지.

"소주방에 들어가기에 앞서, 임금님의 식재료를 보관하는 생물방에 들어가겠습니다."

성재는 보안요원들이 함께하는 것을 보며 의아한 표정을 지었다.

그리고 그 의문은 금세 풀렸다.

그들의 신분. VIP관광객들로 알려진 사람들은 대사관 사람들이었던 것이다.

생물방에 있는 넓은 마당 같은 공간. 그곳에는 궁녀 복장을 입은 연기자들이 관광객들 앞에서 공연할 준비를 마친 채, 기다리고 있다.

관광객이 입장하자, 상궁 복장을 한 궁녀들 여럿이 고압적인 눈빛으로 나이 어린 궁녀들을 노려본다. 그리고 그중 가장 나이가 많은 상궁 하나가 아기 나인을 비롯한 어린 궁녀들에게 명령조로 말했다.

[모두 손을 올리거라.]

그녀의 말 한마디에 어깨높이까지 손을 올리는 궁녀들.

그들의 행동을 하나하나 지켜본 상궁 하나는 어린 궁녀들의 복장과 외모를 검사하기 시작하다가, 나인 하나의 손톱을 보더니, 얇은 막대로 손을 내리치며 다그쳤다.

[손톱을 누가 기르라 했느냐!]

[……]

[머리카락은 한 올도 빠져나오지 않도록 매고, 손톱은 짧게 깎으라 하지 않았느냐!]

[송구하옵니다. 마마!]

[네 이년! 지금 당장이라도 다듬지 못할까?]

성재는 연기자들을 보며 만족한 얼굴로 씩 웃었다.

군대에서만 하는 줄 알았던 손톱 검사가 궁중에서 먼저 시작되었을 줄이야.

장소를 옮겨 생물방에는 많은 종류의 다과가 준비되어 있었다.

많은 종류의 떡, 다식, 강정과 약과.

물론, 연기자는 그곳에도 있었다. 상궁 하나가 애기 나인에게 명령했다.

[이것이 무엇인지 아뢰어라!]

[네. 마마! 이것은 다색 다과이옵니다.]

임금이 먹는 음식이기에 하나라도 허투루 하는 게 없는 곳. 책으로만 보던 지식이 실제 눈으로 보는 체험형 학습으로 변하다 보니 느끼는 것도 많아진다.

그리고 드디어 대망의 하이라이트. 내소주방.

이사장의 입가에 미소가 깃든 곳도 바로 이곳이었다.

"이곳은 임금님의 수라상을 담당하던 곳입니다."

그녀의 말에 외국인들의 입가에 감탄사가 흘러나왔다.

"임금님은 하루 다섯 끼를 드셨습니다. 수라상은 대원반과 소원반, 책상반 이렇게 세 개의 상차림으로 나뉘게 되지요. 이때 두 명의 경험 많은 상궁들과 아직 경험이 적은 한 명의 나인이 동석해 임금님의 시중을 들게 됩니다."

성재는 설명을 들으며, 자신의 눈에 능력을 집중했다. 그들이 만든 음식. 그들이 설명해주는 역사. 그것들을 머릿속에 넣으려 노력했다. 모든 것을 다 배울 수는 없었지만, 그럼에도 많은 것을 얻을 수는 있었다.

부족한 것들은 레시피라는 특별한 능력이 보완해 줄 테니까.

궁중음식에 대한 숙련도가 높아지고, 대사관 아저씨들과도 친하게 되었다.

말은 통하지 않았지만, 제스처는 통했다. 그리고 아버지가 하신 말씀이 떠올랐다. 남자들끼리 친해지려면, 운동을 하거나, 같이 술이나 담배를 하거나, 목욕을 하라고. 이중 하나가 여기에서 가능했다.

임금이 먹던 음식과 함께 술이 곁들여지자, 먹기 시작하는 대사관 아저씨들. 말도 안 통하는데, 웃음만으로 대화가 가능한 신기한 경험.

중국에서 온 워 바오룽 대사관 아저씨. 미국에서 온 토마스 맥킨 대사관 아저씨. 일본에서 온 사카모토 토시로 대사관 아저씨. 그 외에도 독일, 프랑스 대사관 아저씨.

성재는 그 날 경험으로 소중한 인연을 얻게 되었다.

행사가 끝나고, 정리하고 다시 돌아온 궁중음식연구원.
건물 안에서 영부인은 미소를 지으며 성재에게 말했다.
"신경을 많이 못 써줘 미안하네. 괜한 시간 뺏은 건 아닌지 모르겠어. 아직은 이런 거에 감흥을 느낄 나이는 아니잖아."
성재는 영부인의 말이 무슨 뜻인지 잘 알고 있었다. 그러나 성재는 그녀가 생각하는 것보다 더욱 성숙했다.
"아닙니다. 오늘 좋았습니다."
"그랬어? 하긴 군인이 옆에서 술도 같이 먹으니까, 대사관 분들 많이 좋아하시더라."
"그건 제가 좀 실수한 것 같습니다."
"아니야. 체험행사가 다 그런 거지. 잘했어. 다그치려고 한 거 아니야."
"네. 감사합니다."
"그나저나 정말 많이 배웠습니다."
"배웠다고?"
영부인의 말에 성재는 자신이 익힌 것을 설명하기 시작한다.
"네. 아침 수라 기본상부터 낮것상, 저녁 수라에 반과상 등 제가 책으로만 배웠던 것들이었는데, 실제로 보니까 너무 뜻 깊은 하루였던 것 같습니다."
"후후, 많이 알고 있네. 공부 많이 했나 봐."
"네. 관심 있는 부분이라 관련 책 많이 보고 있습니다. 사실 여기 이사장님이 내신 궁중 요리 관련 책 3권도 전부 읽어보았습니다. 영부인께서 다음 주 출간하신다는 한식 세계화로 이르는 길이라는 책도 이미 예약주문 해놓았습니다."

"어머, 그래?"
성재의 말에 방긋 웃는 영부인. 자신이 내려는 책까지 관심을 가지고 있다는 병사의 말에 당연히 호감이 생긴다. 그녀가 이사장을 불렀다.
"이사장님? 연구원에 남자는 안 뽑나요?"
"사실 별사옹(別司饔), 탕수증색(湯水蒸色) 자리는 뽑았는데, 채증색(菜蒸色) 자리가 하나 비었긴 합니다."

별사옹은 고기요리 전문가, 탕수증색은 찜요리 전문가, 채증색은 채소요리 전문가를 뜻한다. 영부인이 씩 웃으며 성재에게 물었다.
"성재는 이런 곳 지원하고 싶지 않아?"
"제가 존경하는 이사장님도 계시고, 심사위원님도 있는 곳이고, 오늘 직접 같이 다녀보면서, 다들 훌륭한 분들이라는 것을 알게 되었습니다. 그래서 나중에 지원하고 싶은 마음이 커졌습니다. 그러나 지금은 아직 군인이고, 국방의 의무를 해야 하기에, 나중에 경력 더 쌓고 지원해보겠습니다."
"심사위원?"

성재는 심사위원 윤혜숙을 쳐다보았다. 그녀가 고개를 숙이며 예의를 차렸다.
"윤혜숙입니다."
"아, 혜숙씨! 베스트 셰프 심사위원으로 나간다고 했었지?"
"네."
"그런데 성재랑은…?"
그녀는 생각했다.
'어? 그러고 보니 남편이 부르던 애하고 이름이 같네. 어? 응? 잠깐만! 얘가?'
영부인은 알아차렸다. 동영상 속 청년과 눈 앞의 군인이 동일 인물이라는 것을.
그런데 기억나는 것은 그것뿐만이 아니다. 남편이 칭찬하던 그는 간첩도 잡았었다.
성재의 외모, 생김새, 얼굴이 매치되자 깜짝 놀라는 그녀.
'강성재?! 간첩 잡은 성재?'
아직은 외부에 알려지지 않은 비밀.
훌륭한 국가관과 가치관을 가지고 있다며 남편이 귀가 닳도록 칭찬하던 녀석이 요리에도 소질이 있었다니. 그리고 이미 자신과 인연이 있었다니.
그녀의 얼굴에는 자연스레 환한 미소가 깃든다.
'우연도 이런 우연이 다 있구나.'
성재가 인사를 건넸다.
"좋은 시간 만들어주셔서 감사합니다. 오늘 추억! 평생 기억하겠습니다."
"그래. 조심히 들어가."
"네. 감사합니다."
아쉬운 헤어짐. 하지만 인상 깊은 청년.
영부인은 자신이 불렀던 청년의 성공을 기원하며, 손을 흔들었다.

그리고 1주일이 지났다.
영부인은 남편과 함께 잡힌 일정을 소화하기 위해 한복을 입고 청와대로 들어왔다.
청와대에서 열리는 만찬. 이미 20여 명의 사람들이 먼저 도착해, 자리에서 그들이 오기를 기다리고 있다.
부부가 입장하자, 갑자기 군인 하나가 남편을 향해 힘찬 경례를 실시한다.
"충성!"
그의 행동에 옆에 있는 남편이 거수경례를 하며 받아준다.
그리고 남편이 씩 웃었다.
"어이쿠! 성재네. 귀여운 녀석!"
"응? 성재?"
"어. 간첩 잡은 애가 쟤라고 말했지? 요리에도 소질이 있었나 봐. Top 20명 안에 들어와서 오늘 초대되었고, 보면 볼수록 참 기특하단 말이야. 당신은 성재 처음 보지?"
영부인은 늠름하게 경례하던 성재를 보며 미소를 지었다.
"당신보다는 내가 더 성재에 대해 잘 알 것 같은데?"
부인의 말에 대통령의 얼굴에 의아한 표정이 실렸다.
'어? 나보다 더 잘 안다고?'

256

성재가 보내는 편지

대통령과 영부인의 등장. 숙연해지는 연회장. 대통령이 미소를 지으며 농담을 던졌다.
"다들 왜 일어나 있어요? 대단한 사람이라도 왔나요? 다리 안 아파요?"
그러자 영부인 또한 인자한 미소를 지었다.
"요즘에는 손님이 왕이라고 하잖아요. 저희 부부에겐 오늘만큼은 여러분들이 손님이니까, 편히 행동해요. 혹시 손님 아닌 분 있어요?"
인자한 미소 뒤, 유머감각. 왜 그럴까?
그리고 곧 정답을 알게 되었다.
청와대 셰프들이 일단 대통령에게 편하게 대한다.
"좋은 점심입니다."
"오! 김 셰프! 목소리가 좋네. 좋은 일 있나 봐?"
"네. 오늘 마누라가 딸이랑 부산으로 놀러 갑니다. 그래서 퇴근하면 저 혼자입니다."
"큭큭, 아내랑 남편이랑 서로 좋은 상황이네. 그렇지?"
"네."
"그런 김에 하이파이브?"
"좋습니다!"
셰프와 하이파이브를 하는 대통령.

마치 미국의 전 대통령 오바마를 보는 것만 같다.

대통령은 이랬다. 업무를 처리할 때만큼은 체계적이고, 전문적이며, 전반적인 상황만 보는 게 아닌 전체 상황을 고려하여 판단하고 결심한다. 그러나 업무가 아닌 경우에는 누구보다 편하고, 즐겁고, 재밌고, 보람 있게 지내기를 원했다. 그래서 장관들이나 비서관들에 비해, 청소, 경비, 요리 등을 담당하는 사람들은 상대적으로 편한 분위기.

이런 분위기가 유지되면서도 요리의 수준은 대한민국에서 최고 수준에 근접해있다.

성재는 요리사의 눈을 보며, 대통령과 하이파이브를 한 셰프의 미식등급을 확인했다.

김호태 셰프한테 보이는 미식등급은?

무려 7성 반. 검은 별 7개와 하얀 별 하나.

성재는 까들로프 셰프보다도 높은 김호태 셰프의 미식등급에 혀를 내둘렀다.

'장난이 아니구나. 요리 실력은 얼마나 될까?'

그가 야심 차게 내놓은 메인 요리는 칠면조 구이.

성재는 그가 이 요리를 만들기 위해 무려 하루를 투자했다는 사실을 알게 되었다.

칠면조 뱃속에 들어있는 계피와 통마늘 때문에 자극적이지 않은 향긋함이 살아나니, 그것대로도 일품. 오븐에 굽는 시간만 무려 4시간 30분. 시간제한이 있는 대회에서는 만들 수 없는 정성 가득 담긴 요리. 모두 김호태 주방장을 인정할 수밖에 없었다.

참가자들은 이제 서로의 얼굴을 익히기 시작했다.

대한민국에서 진행하는 전국 요리대회. 그곳에서 Top 20에 들었다는 것.

그것은 서로의 실력을 인정받았다는 증거.

청와대라서 굉장히 고상하고, 조용할 것 같았지만, 분위기는 전혀 그렇지 않았다.

그건 다 유쾌한 대통령 덕분.
식사를 마치고, 후식이 나오길 기다리는 동안 자유스러운 분위기 속에서 재치 넘치던 대통령이 드디어 입을 열었다.
"박동민 셰프?"
"네. 대통령님!"
"청와대에 들어오고 싶다고 썼어요. 왜 그렇게 생각했나요?"
"네. 제 꿈이었습니다. 대통령님의 아침부터 저녁을 책임지고, 진귀한 요리를 매일매일 준비하며, 요리실력도 키워보고 싶었습니다."
"아, 그런데 어쩌나? 나는 사실 라면에 밥 말아 먹는 거 좋아하는데…."
순간 정적.
"하-하, 농담입니다. 박동민 셰프! 어때요? 시켜주면 잘 할 수 있어요?"
"네! 시켜만 주신다면, 열심히 해보겠습니다!"
대통령은 만찬 전, 각 참가자들로부터 그들이 하고 싶은 말이 담긴 편지를 받았다. 머리 좋은 그는 각자 무엇을 말했는지 다 기억하고 있었다.
박동민이 그 1번. 대통령이 그를 향해 말한다.
"1등은 해야 제가 생각해보지 않겠어요?"
"1등 하면 청와대 일식담당 조리장으로 들어올 수 있습니까?"
"에이! 박동민 셰프!"
"넵!"
대통령은 씩 웃으며, 존댓말에서 친근한 반말을 섞었다.
"욕심이 너무 거한 거 아닌가요? 어떻게 한 번에 최고 자리를 노릴 생각을 해? 차근차근 단계를 밟아가야지. 내가 조리장을 4명 뽑아놨는데, 당신이 오면 한 명을 좌천시켜야 되죠? 그 네 사람은 박동민씨를 어떻게 보겠어? 죽일 놈 될 것 같지 않아?"
"아… 그렇습니다. 제가 주제넘었던 것 같습니다."
"후-후, 박동민 셰프, 주제넘다니! 자네가 그런 말 하면 남들은 어떻게 하라고?"
"네?"
대통령은 그때, 주변을 둘러보며 장난스럽게 말했다. 편한 자리.
"박동민 셰프처럼 여기 오고 싶다고 쓴 사람이 20명 중 무려 11명이나 되는데! 자기 비하는 상관없지만, 당신 빼고 10명 다 주제넘은 사람으로 만들 거야?"

박동민은 대통령의 말에 주변 셰프들을 바라보았다. 다들 똑같은 생각들.
'뭐야? 나만 이런 생각한 게 아니었잖아?'
성재 또한 마찬가지였다. 설마 자신 빼고 10명이나 청와대에서 일하고 싶다는 말을 적을 줄은 상상도 못했었기에….
영부인이 즐거운 얼굴로 대화를 이어갔다.
"우리 남편이 놀란 건 뭐냐면요. 오늘 참석한 20명이 셰프 10명하고 일반인 10명이라고 했잖아요."
그녀에게 돌아가는 모두의 시선.
"글쎄, 셰프 10명 모두가 청와대 오고 싶다고 적었다네요. 아니 우리 남편, 뭐가 그렇게 좋아요? 저는 같이 살면서도 사람들이 이 사람 왜 좋아하는지 모르겠어요. 매일 관사에서는 반찬 투정만 하는데…."
그녀의 말에 박동민이 씩 웃으며 말했다.
"관사에도 조리장이 직접 음식 하지 않습니까?"
"청와대 조리장들은 주말엔 다들 퇴근해야죠. 대통령이라고 직원들 주말까지 퇴근 안 시키면 그게 정상인가요?"
"아…."
영부인이 주말에는 남편을 위해 직접 요리를 한다. 그리고 반찬을 투정하는 대통령.
사생활이 밝혀지자 난감한 표정으로 허허실실 웃는 대통령이지만….
그를 이상하게 보는 사람은 단 한 명도 없었다.
대통령의 솔선수범. 높은 신분에 따르는 도덕적 의무.
노블레스 오블리제를 몸소 실천하고 있는 대통령. 말로만 들었는데, 실제로 그런 이야기를 듣고 나니, 다들 그에 대한 경외감이 표정에서 드러났다.
성재 또한 마찬가지였다.
'정말 대단하시구나. 저번에도 앞에서는 내색 하나도 안 하셨다가, 위수지역 해제 하는 것도 다 들어주시고, 우리 단장도 진급시켜주시고….'

현재의 대통령. 무소속 출신 국회의원으로는 처음 당선된 대통령.
그래서일까? 마음이 더 가는 것도 사실.
성재는 보면 볼수록 뛰어난 대통령을 보며, 고개가 절로 수그러졌다.

"강성재!"
"상병! 강성재!"
"너도 오고 싶다고?"
성재도 다른 사람과 마찬가지로 대통령에게 보내는 편지에 썼었다. 물론 성재가 공부를 열심히 하긴 하지만 잘하진 못한다. 그래서 어휘력이 뛰어나진 않았다.
그래도 열심히 썼다. 삐뚤빼뚤. 악필이었지만, 그래도 대통령님께 보내는 편지니까, 자필로 썼다. 그 편지 내용이 바로 이것.

충성! 육군 상병 강성재입니다. 대통령님! 그동안 안녕하셨습니까? 저는 대통령님과 만난 후부터 많은 일을 겪었습니다. 부대도 강원도에서 3군 본부가 있는 계룡본부로 옮겼고, 그곳에서 각군 총장님께 요리를 만드는 무궁화회관의 요리병도 되었습니다. 배원영 대령을 진급시켜주셔서 정말 감사합니다. 그분께서 저를 여기까지 이끌어주신 것 같습니다.
그리고 사과드려야 할 것이 있습니다. 제가 가장 존경하는 사람은 사실 대통령님도 있지만, 아버지도 존경하고, 배원영 준장도 존경합니다. 텔레비전 촬영이라서 제가 조금 오버를 했습니다. 그것으로 많은 이슈가 되어서 폐를 끼친 것 같아 송구스럽습니다. 대통령님! 사실 저 요리 배운지는 얼마 안 되었지만, 이제는 남들 앞에서 잘한다는 소리를 많이 듣습니다. 나중에 기회가 된다면 맛있는 요리 만들어드리고 싶습니다. 대통령님! 항상 국민들 편에 서서, 국가의 안위와 발전을 위해 힘써주십쇼. 감사합니다. 그리고 사랑합니다. 충성!

오글오글.
하지만 이게 성재가 인생에서 배운 말과 행동.
그의 인생. 친구보다 노가다 아저씨. 동생보다는 형들. 후임보다는 선임과 지낸 시간이 많았고, 간부들과 지낸 시간이 많았기에 내뱉을 수 있는 말들. 그의 생각이 고스란히 적힌 편지를 읽은 대통령의 얼굴엔 당연히 미소가 터져 나올 수밖에 없었다.
편지를 읽은 대통령의 질문에 성재가 대답했다.
"네! 꼭 가고 싶습니다."
"군인이 올 수 있나?"

"잘 모르겠습니다."

"일단 1등 하는 게 먼저겠지?"

병사는 청와대에 들어올 수 없다. 청와대에서 복무하는 것은 곤란하다.

그러므로 아무리 성재가 1등 하더라도 청와대에서 복무하는 것은 불가능하다.

셰프 10명이 있는데, 성재가 1등 할 리는 없으므로, 대통령이 별생각 없이 말했다.

"다들 1등 하면, 원하는 사람에 한해서 청와대로 특별채용 하겠습니다. 물론 5급 공무원인 조리장은 아닙니다. 7급이에요! 그래도 들어오고 싶나요?"

대통령의 제안. 상금 1억 원보다 더 가치 있어 보이는 제안.

그 기회를 잡기 위해 모두가 대답했다.

"네! 꼭 가고 싶습니다."

같은 주 토요일. 방송 촬영이 시작되었다. 결선에 오른 20여 명이 서로를 쳐다본다.

모두가 경쟁자. 상금 1억 원과 청와대 취업이 걸린 자리. 돈은 예전보다 못 벌지 몰라도, 명예로운 자리이기에 욕심이 나는 곳. 더구나 몇 년만 일하다가 밖에 나와 식당을 차리면 대박이 날 터. 심사위원들은 못마땅한 얼굴로 참가자들에게 말했다.

"다들 잘 다녀왔나요?"

"네! 좋았습니다."

"아니, 심사위원은 왜 초대를 안 한 거야? 진짜 속상해서 미치는 줄 알았다니까!"

청와대의 실수? 심사위원의 농담에 참가자들의 얼굴에는 웃음이 감돌고.

"그래서 우리도 준비했죠."

그걸 유도한 심사위원이 고개를 들며 질문한다.

"청와대는 주말에 요리 안 한다면서요?"

그의 질문에 다들 고개를 끄덕이는데….

한혜숙 심사위원이 미소를 지으며, 깜짝 놀랄만한 소식을 전한다.

"그래서 우리가 초대했습니다. 오늘의 특별 심사위원! 청와대 조리장 김호태씨! 앞으로 나와주세요!"

청와대 양식조리장 김호태가 등장하자, 참가자들이 다들 한목소리로 외쳤다.

"칠면조! 칠면조! 칠면조! 칠면조!"
얼굴이 붉어진 김호태 조리장. 갑자기 정색을 하며, 선이 굵은 목소리로 위압했다.
"이 분위기 뭐죠? 나 심사위원으로 초대된 건데? 나 보면 쫄아야 되는 거 아니야?"
그러자 쥐죽은 듯 조용해진 분위기.
"후후, 역시 탈락이 걸리니까, 참가자들이 농담에도 웃지를 못하네요. 참가자 여러분! 오늘은 내가 손님이니까 왕 맞죠?"
청와대 양식 조리장 김호태. 특별 심사위원이라는 직함. 등장만으로 모두를 압도한다.
"아무튼, 날 놀린 사람들, 다들 실력이 어떤지 내가 직접 확인해 봅니다?"
그의 말에 윤혜숙이 눈치를 주며 말했다.
"분위기 잡지 말고, 진행을 하셔야죠."
"아, 맞네. 진행하죠. 오늘 저는 베스트 셰프 결선 1차 특별 심사위원으로 이 자리에 왔습니다. 여기서 살아남으시는 분들은 해외로 가시게 되실 겁니다."
해외 촬영. 단 한 번도 해외를 나가보지 않은 성재의 두 눈이 동그랗게 커졌다.
"그러나 좋은 일만 있는 것은 아니겠죠?"
"처음으로 개인전이 이루어지는데, 오늘의 탈락자는 무려 8명입니다. 그럼 주제를 발표하겠습니다. 오늘의 주제는?"

김호태의 굵은 목소리가 결선무대를 장악했다.
그에게 시선이 쏠린 참가자들. 중요한 순간 벌어지는 그의 멘트.
"60초 광고 보고 진행하겠습니다!"
기대가 무너지자, 야유를 부리는 참가자들.
"아ㅡ우!"
사실 이것은 사전에 심사위원의 준비된 대사. 그것을 충실히 이행한 김호태.
같은 시각. 감독이 막내 작가를 불러 칭찬했다.
"로빈아! 대사 잘 썼다?!"
그러자 제이로빈이 씩 웃었다.
"감사합니다! 감독님!"

257

청와대 조리장의 실력

김호태는 활짝 웃으며 참가자들을 향해 말했다.
"오늘의 주제는 바로 〈김호태를 이겨라〉입니다."

어리둥절.
청와대 셰프를 이기라고? 일반인은 물론 셰프 출신 참가자들도 경악을 금치 못하는 가운데…. 심사위원들이 김호태 특별 심사위원을 향해 말을 꺼냈다.
"김호태씨."
"네?"
"특별 심사위원 자격이 박탈되었습니다. 지금부터 참가자들과 동일한 포지션에서 미션에 임하시면 되고요. 미션에서 1등을 하시면, 상금 500만 원을 받게 될 겁니다."
"500만 원이라, 노려볼 만 한데요?"
"후후, 좋습니다. 봐주실 생각은 없을 것 같네요. 참가자 여러분! 주목해주세요. 오늘의 미션은 발표한 바와 같이 〈김호태를 이겨라〉입니다. 즉, 김호태 셰프가 꼴찌를 해서, 여기 계신 20명 모두가 이긴다면, 오늘 탈락자는 없습니다."
"아까 8명은 탈락시켜야 된다고 하지 않으셨나요?"
"네. 그래도 청와대 셰프인데, 만만치는 않겠죠? 일부러 질 생각도 없으신 것 같고. 설마 꼴찌 할 생각은 없으시죠?"

"저요? 지금 1등 생각하고 있는데?"

김호태는 자신 있는 말투로 심사위원의 말에 답변했다.

"음, 그 자신감! 기억해두겠습니다. 그럼 오늘의 식재료를 한 번 가져오시겠어요?"

"그러죠."

심사위원들의 요청에 김호태가 펜트리로 갔다. 수많은 식재료가 보관되어 있는 곳. 그곳의 이동카트 위에 올려진 검은 박스. 그 안에 오늘의 재료가 담겨있다.

성재는 씩 웃었다. 아일랜드 옆자리에 있던 윤동현이 성재를 향해 물었다.

"왜 웃어?"

"아무것도 아니에요."

성재는 한 때 선임이었던 형의 질문에 대답했다.

"뭐야? 싱겁긴… 제발, 제발, 좋은 거 걸렸으면 좋겠다."

"저도 그랬으면 좋겠습니다."

김호태가 박스를 열자 나오는 재료.

목살, 갈비살, 사태, 안심, 앞다리살, 등심, 항정살, 삼겹살, 갈매기살, 돼지꼬리.

모두가 각각 2접시씩 놓여있는 가운데 돼지 꼬리만 1접시가 놓여있다.

참가자들은 다양한 부위를 보며 환호성을 질러야 할지, 탄식을 흘려야 할지 가늠하지 못했다. 그 이유는 돼지꼬리 부위 때문이었다.

심사위원은 미소로 일관하며 말했다.

"이번 미션은 돼지고기입니다. 여러분들이 원하는 부위를 다 쓸 수 있으면 좋겠죠?"

그들의 말에 참가자들이 다 같이 대답했다.

"네!"

"그러나 그렇게 기회를 드릴 수는 없죠. 저번 미션 1등이셨던 박동민 참가자 앞으로 나오세요."

박동민은 자신 있는 발걸음으로 나왔다. 심사위원 윤혜숙이 미소를 지으며 말했다.

"박동민 셰프, 1등이면 권한이 있어야겠죠?"

"권한이요?"

"네. 혜택이 있어야죠. 박동민 셰프는 각 참가자들에게 여기 있는 11가지 돼지고기 부위를 재료로 정해줄 수가 있습니다."
"오… 좋은 건가 보네요."
"네. 박동민 셰프는 청와대 조리장에 가고 싶다고 들었는데요. 가장 먼저 그 청와대 조리장을 맡고 있는 김호태 셰프가 요리할 재료를 결정할 권한을 드리겠습니다. 어떤 재료를 주시겠습니까?"
박동민은 심사위원의 말에 씩 웃었다. 그러자 김호태가 난감한 웃음을 지었다.
"뭔가 상황이 역전된 것 같은데?"
그의 말에 박동민이 90도 숙여 인사를 건네며 호태에게 말했다.
"김호태 셰프님, 존경하고 있습니다."
"네. 반가워요. 설마 돼지 꼬리를 주진 않겠지?"
"네. 그 설마입니다. 돼지 꼬리 받아주세요."
박동민은 일말의 망설임도 없었다. 돼지 꼬리를 김호태에게 건네며, 미소를 지었다.
"야-야! 대회가 이게 뭐야?! 심사위원분들! 이거 너무 한 거 아니에요? 나 상금 주려고 한 거 아니었어요?"
심사위원들은 웃음으로 일관했다.
"김호태 셰프님은 평소에 좋은 이미지는 아니었나 본데요?"
마틴 최가 팩트폭력을 날리고, 윤혜숙이 마무리 멘트를 날린다.
"김호태 참가자! 돼지 꼬리 가지고 가장 뒤쪽 빈자리로 가 주세요."
"진짜? 나? 돼지 꼬리 걸린 거야?"
"네. 맞습니다. 빨리 자리로 가 주세요. 저희도 진행 빨리 해야 빨리 끝나니까요."
"이-건, 아니잖아? 어?"

김호태는 어이없다는 표정이었다. 반면 다른 참가자들의 얼굴에는 화색이 돌았다.
심사위원은 다시 박동민에게 권한을 주었다.
"박동민씨, 이제 차례대로 참가자들이 나오면 재료를 정해주시면 됩니다."
성재의 차례는 4번.
성재가 앞으로 나오자, 박동민이 그를 향해 해맑은 미소를 지으며 물었다.
"우리 성재씨는 무슨 부위로 요리하고 싶어요?"

"아… 저는 등심 부위가 좋을 것 같습니다."
그러자 박동민은 등심 접시를 집었다 다시 내린 후, 옆에 있는 삼겹살을 꺼내주었다.
"그럼 삼겹살!"
"네?"
"삼겹살로 하라고! 우리 군인, 화이팅!"
"아… 네. 알겠습니다."

그리고 20명 중 5위인 백동원과 박동민, 그 둘은 원래 아는 사이다.
"동원아, 형 믿지?"
"네. 믿죠."
"너는 뭐로 요리하고 싶냐?"
백동원은 그가 너무 친해서 청개구리처럼 나올 것을 알기에, 자기가 제일 자신 없는 재료를 말했다.
"사태가 좋을 것 같은데요."
"그래? 음, 넌 사태."
"네?"
"사태가 좋다며! 사태하라고!"
"……."
박동민은 대부분 사태 부위를 꺼려하는 것을 알고 있기에 진짜로 사태를 주었다.
그리고 마지막 순번인 윤동현. 그의 앞에는 등심과 항정살이 놓여있다.
"윤동현씨?"
"네."
"재벌이시죠?"
"…남들은 그렇게 부르고 있습니다. 그냥 편하게 부르셔도 됩니다."
"등심이 좋아요? 항정살이 좋아요?"
"정해주시는 거 하겠습니다."
"그래도 등심이 좋잖아요?"
"…네."
"그래요. 재벌이니까, 특별히 등심 같은 항정살 드릴게요. 항정살 들고 가세요."

"……."
윤동현은 어이가 없었지만, 어쩔 수 없었다. 1등 말고는 버려지는 세상.
이게 바로 승부. 재벌이라는 배경도 여기에서는 하나도 도움이 되지 않는다.
항정살을 들고 아일랜드에 돌아온 윤동현을 보며 성재가 씩 웃었다.
그러자 그는 빈정이 상한 듯, 성재를 나무랐다.
"뭐야? 그 웃음! 짜증-나."
"박동민 셰프는 처음부터 등심 쓰려고 했던 것 같아요. 스테이크 할 것 같은데요."
"그렇지? 그럴 것 같았어. 아~ 항정살로 뭐 하나?"
"항정살, 할 수 있는 요리는 많잖아요."
"항정살이 뭐가 많냐? 기름기 많아서 힘들 것 같은데 …."
"동현이형! 파이팅!"
"에이쒸!"

[오늘의 주제! 돼지고기, 조리시간은 60분, 그럼 각자 받은 재료를 주재료로 사용하여 음식을 만들어주세요!]
성재는 곧바로 팬트리로 달려갔다. 오늘의 미션. 김호태를 이겨라.
김호태가 돼지 꼬리를 가져갔기에 다들 여유로운 미소를 지으며 소리치는 참가자들.
"돼지 꼬리는 이깁시다!"
"후후-훗! 모두 살아남죠!"
"당연하죠!"

청와대 만찬 자리 이후, 참가자들은 부쩍 친해졌다.
그리고 오늘의 미션 자체가 한 명만 이기면 되는 것이기에, 경쟁만 있었던 전과는 사뭇 분위기가 달랐다.
그러나 성재는 왠지 모르게 위기의식을 느꼈다.
김호태. 그의 말도 안 되는 미식등급. 자신이 보았던 사람 중에 가장 높은 등급.
그건 맛을 구별할 수 있는 능력이 최상위군에 속한다는 것.
조리가 시작되고 각자 요리에 집중하기 시작했다. 성재도 삼겹살 부위를 이용하며, 어떻게 하면 심사위원에게 칭찬을 받을까 고민하며 요리에 임했다.

구이를 하면 아주 맛있는 부위겠고, 베이컨처럼 롤로 만들어도 맛있어지겠지만, 아무래도 너무 흔한 요리는 평가에서 감점사유가 될 것 같았다.
그리고 심사위원 역시 이제는 성재를 주목하고 있다.
"강성재 참가자?"
"넵!"
"어떤 요리를 준비하는 건가요?"
"된장 조림하고, 고추장 조림요리를 하려고 합니다."
"고추장? 된장?"
"네."
"흐-음, 삼겹살은 기름기가 많은 부위라서, 보통 구운 요리를 많이 하는데, 조림 요리를 한다고요?"
마틴 최는 고개를 저으며 성재에게 물었다. 그러나 윤혜숙은 다른 생각이었다.
'배웠네. 궁중 요리 기법이잖아. 공부를 많이 했어. 티가 많이 나.'
아무 말 없는 윤혜숙, 그래서일까? 성재는 윤혜숙 대신 마틴 최를 바라보며 말했다.
"믿어주시면, 만족시켜드릴 수 있을 것 같습니다. 열심히 하겠습니다."
"좋습니다. 일단은 뭐, 볼게요."

그다음, 심사위원들이 향한 곳은 당연히 돼지 꼬리를 가지고 요리하는 김호태.
마틴 최 심사위원이 요리하는 김호태를 보며 말했다.
"김호태 셰프님? 만만치 않으시죠?"
"야! 마틴! 너 나 방해하는 거야?"
"하하, 방송 중인데, 반말은 좀…, 흐흐."
"나 망신 주려고 일부러 이러는 거지?"
"아니… 아닙니다. 상금 타셔야죠."
"그럼 돼지 꼬리를 주지 말았어야지!"
"제가 드린 건 아니잖습니까? 응원하겠습니다! 김호태 파이팅!"
"됐어! 가! 가버려!"
불평을 터트리는 김호태 셰프. 다들 그의 태도를 보며 안심했지만, 성재는 예외였다.
뭔가 모를 긴장감. 그의 예사롭지 않은 손놀림. 그리고 조리법.

성재는 벌써 그가 시도하는 레시피를 파악하고 있었다.
'돼지꼬리찜? 잠깐만! 진짜야?'
청와대 셰프 김호태의 손놀림이 현란하게 움직이기 시작했다.
압력솥에 들어가는 한방재료들. 당귀, 황귀, 계피와 구기자. 그리고 꼬리와 채소.
간장을 조려준다. 그러자 한방육수와 간장 조림의 냄새가 진동을 하기 시작하고, 30분이 지나자, 그 냄새에 참가자들의 시선이 점점 김호태에게 쏠리기 시작했다.

성재는 직감했다.
그가 1등이겠다고….
이번 요리는 자신이 이길 수 없겠다고.
돼지꼬리만 주지 않았어도 이런 일은 없었을 텐데, 남들이 기피하던 돼지꼬리가 이번 요리의 핵심이 되었다. 다른 참가자들의 모든 심사가 끝나고, 성재는 3등에 랭크.
그러나 그는 발을 동동 구르며 손을 모았다.

'불안해. 불안해 미칠 것 같아.'
김호태의 요리 등급이 결과를 이미 말해주고 있다.
성재는 자신보다 높은 등급의 요리를 보며 불안에 떨었다.
'나 떨어지는 건가? 탈락 후보?'
심사위원들의 반응은 성재의 불안을 알기라도 한 듯, 칭찬 일색이었다.
"지방이 적고 콜라겐 부위가 많아서 마음에 들어요. 식감은 족발과 비슷하면서도, 기름이 적어서 정말 맛있네요."
"단백질이 풍부하고, 고급스러운 식감, 탱글탱글, 쫀득쫀득한 맛이 너무너무 맛있었어요. 솔직히 놀랐어요. 돼지의 누린내도 하나도 없었고요. 한방 재료를 사용해서 그런지 더욱 더 고급스럽다는 느낌을 많이 받았던 것 같습니다."
"김호태 셰프님, 청와대 조리장이신 이유를 알 것 같고요. 김호태씨를 위한 상금, 받아 가셔도 될 것 같습니다. 심사위원 세 명이 상의한 결과 오늘의 요리 1등은 김호태씨의 돼지꼬리찜 요리였습니다. 축하드립니다."

〈김호태를 이겨라〉! 미션! 전원 탈락인 것인가?

참가자들이 허망한 표정으로 서로를 바라본다. 일말의 기대.
그러나 예고했던 사항은 바뀌지 않는다.
"이번 과제는 통과한 사람이 없기에 20명 전부 탈락후보에 올라왔습니다. 이번 탈락 선발은 예고해드렸던 것과 같이 총 8명이 될 것 같고요. 그 8명은 오늘 이 자리에서 결정되게 됩니다."
김호태는 미안한 표정으로 사람들에게 말했다.
"다들 미안하게 됐어요. 살살 하려고 했는데, 아- 참…."
그러자 참가자들은 고개를 저으며 김호태에게 말했다.
"아니에요! 굉장하셨어요."
"좋은 가르침이 된 것 같습니다."
김호태 셰프가 박동민을 나무랐다.
"박동민 셰프, 당신이 내 성질만 안 건드렸어도, 이렇게 진심으로 하진 않았을 거야."
그러자 박동민이 고개를 저으며 말했다.
"그래도 진심으로 하셨을 것 같은데요?"
"야! 야-이! 나~ 이러면 이미지 큰일 나."
"이미 큰일 나셨습니다."

그들의 말에 심사위원들은 미소를 지으며, 진행을 이어갔다.
"다들 열심히 하셨고요. 아직 탈락한 건 아니니까, 너무 실망하진 마시고요. 탈락 과제 발표해야죠?"
"이번 탈락과제는 요리의 재료 맞추기입니다. 오늘 특별 심사위원이자, 참가자로 나와주신 김호태 셰프님이 지금부터 같은 요리 20개를 만드실 겁니다. 그러면 그 요리를 여러분들이 직접 보고, 먹어보기도 하고, 냄새를 맡아보기도 하면서 재료 전부를 맞춰주시면 되는 겁니다. 두 시간 후, 한 명씩 따로 호명하겠습니다."

김호태의 확신

성재를 비롯한 참가자들이 대기실에서 기다리고 있다. 윤동현은 혀를 찼다.
"와! 미쳤네. 청와대 실력이 저 정도였어?"
성재는 윤동현의 말에 대답했다.
"칠면조 구이 했을 때부터 어느 정도 예상은 했었지만…."
"와- 진짜! 넘사벽이었다. 이 정도인 줄은 상상도 못 했어."
"그러니까 청와대에 선발되어 간 거겠죠. 사실 저도 많이 놀랐어요. 동현이형."
성재의 솔직한 심정이 담긴 대답. 호텔 셰프들을 압도하는 청와대 김호태의 실력을 보며, 자신이 햇병아리 수준이라는 것을 깨달았다.
자신이 미리 준비한 재료도 아니고, 남들이 기피하는 재료로 1등을 해버렸으니, 참가자들도 멘탈이 흔들리는 것은 당연한 일. 베르사체 호텔의 수석 주방장이자, 이번 미션에서 김호태 때문에 2등으로 밀려난 주방장 강민욱이 큰 소리로 말했다.
"와! 진짜! 김호태 장난 아니네. 미친 거 아니야? 어떻게 돼지 꼬리로 1등을 하냐?"
그러자 이번 미션 3등으로 밀려난 박동민이 그의 말에 호응했다.
"저도 그 생각 했어요. 돼지꼬리찜에 한방재료를 결합하니까, 이건 졌다 싶더라구요."
"짜증나. 동민이 네가 내 다음이었고, 그다음은 누구였지?"
"아… 누구였더라? 나 다음 누구냐? 손 좀 들어봐."

성재는 자신을 부르는 박동민에게 고개를 돌려 손을 들었다. 박동민이 말했다.

"어! 너! 이리 와 봐! 큰 형님이 찾는다."

성재는 자신을 찾은 강민욱을 향해 걸어갔다.

그가 왜 부르는지도 모른 체, 불려가는 것. 성재는 그가 나이가 제일 많아 보였고, 악의는 없어 보였기에, 특별히 경계하진 않았다.

그의 행동 또한 성재의 예상과 크게 다르진 않아보였다.

"아 맞다! 동민이 다음이 군인이었지? 이름이 성재 맞냐?"

"네. 강성재입니다. 강민욱 셰프님. 처음 인사드리겠습니다."

"그래. 군인이라 그런지 예절은 바르네. 궁금한 게 있었는데, 넌 요리 어디서 배운 거냐?"

그의 호기심. 성재는 그의 물음에 대답했다.

"군대에서 배웠습니다."

"에이, 군대에서 무슨 삼겹살로 조림 요리를 해? 창의력이 장난 아니던데?"

성재는 그의 질문에 무슨 대답을 해야 할지 몰라 생각에 잠겼다.

'뭐라고 대답해야 돼? 그냥 궁중요리 중에 조림 요리가 있어서 시도한 건데….'

그렇다고 너무 오래 대답하지 않으면 이상하게 생각할 게 분명했다.

그래서 대충 생각나는 대로 입을 열었다.

"책 보고 배웠습니다."

"책에는 그런 거 안 나와. 삼겹살하고 조림은 안 맞는데?"

"……."

"아무튼, 강성재! 너 전역하고 갈 곳 없으면 우리 호텔로 와라."

"호텔 말씀이십니까?"

"그래. 너는 싹수도 있고, 실력도 있어 보이니까, 내가 나중에 특별 채용해줄게."

그의 호텔 베르사체. 힐튼 호텔에 이어 국내에서 두 번째로 잘 나가는 외국계호텔.

나쁘지 않은 제안이었기에 성재가 고개를 끄덕이며 긍정의 대답을 토해냈다.

"생각해보겠습니다. 좋게 봐주셔서 감사합니다."

그러자 옆에서 박동민 셰프가 바람을 잡았다.

"야! 성재야. 우리 형님이 널 인정한 거야. 엄청 좋은 기회라고! 너는 경력도 없고, 경험도 없는데 키워준다는 뜻이야, 그러니 당연히 '네! 알겠습니다. 감사합니다.' 라고 대답 해야지. 그걸 '생각해보겠습니다.'라고 대답하면 어떻게 하냐? 내가 네 나이였으면 무조건 고개 숙이면서 '감사합니다. 평생 사부로 모시겠습니다.' 이렇게 대답하겠다. 안 그래?"
박동민의 말에 성재가 가벼운 웃음으로 일관하며, 다시 한번 대답을 꺼냈다.
"제안은 감사한데, 다른 곳에서 제안받은 곳도 있고 해서…."
성재의 대답에 강민욱이 빈정 상한 표정을 지으며 말했다.
"뭐? 지금 우리 호텔이 마음에 안 드는 거야? 아니면 내가 싫은 거야?"
분위기가 요상하게 흘러간다. 안 그래도 탈락 후보에 올라가서 심기가 불편한 강민욱.
농담이라도 하며 기분을 풀어보려 했는데, 듣기 싫은 말을 하는 성재가 못마땅하다.
"마음에 안 든다기보다, 제가 아직 군인이라 확답 드리기가 뭐해서 그렇습니다."
이어진 성재의 대답은 그의 불편한 심기를 더욱 불편하게 만들기에 충분해 보였다.
강민욱이 격앙된 목소리로 말했다.
"야! 너 제안 받은 데가 어디야? 우리 호텔이면 국내 정상급인데! 웃기고 앉아있네. 어디야! 어디야!"
카메라가 돌아가지 않는 대기실. 그렇기에 더욱더 막말을 할 수 있는 분위기.
성재는 곤란한 표정으로 강민욱을 쳐다보았다.
'왜 이렇게 됐지?'
답답한 느낌. 자신이 딱히 잘못 한 건 없는데, 자신에게 화를 내는 선배 요리사를 보며, 성재가 고개를 숙이며 일단 물러났다.
"죄송합니다. 제가 경솔했던 것 같습니다. 사과드리겠습니다."
"야! 사과고 뭐고 이 형이 묻잖아. 너한테 들어오라고 제안한 곳이 우리 호텔보다 급이 얼마나 높은데? 어딘데? 힐튼이야? 신라? 조선? 거기도 아니면 어디야? 어?"
그는 물러날 기색이 없어 보였다. 누구 하나는 잡아서 화를 풀어야 직성인 모양.
성재가 주먹을 쥐었다. 하지만 그가 나설 기회는 없었다. 윤동현이 답했기 때문이다.
"까들로프 교수님이 성재한테 제안했는데요? 왜요? 강민욱 셰프님이 까들로프 교수님보다 잘 나가시나요?"
"아니, 뭐? 까들로프?"
"네. 프랑스에 둘밖에 없는 미슐랭 쓰리스타 레스토랑의 수석주방장이자, 프랑스 요리학교 책임교수 맡고 있는 까들로프 교수님이요."
까들로프를 모르는 사람은 아무도 없었다. 그의 이름이 나오자, 성재를 향한 눈빛이 다들 바뀌어버렸다. 국내에서 호텔요식업에 종사하는 사람 중 까들로프 교수의 명성을 모르는 사람이 몇 명이나 있을까? 더구나 다른 사람도 아니고 재벌 손자인 윤동현. 그의 정보력은 아무리 봐도 참가자들 중에서는 최고일 게 분명한데, 그가 성재를 인정해준다. 백동원 또한 말을 더했다.
"선배님들, 동현이가 말한 건 다 사실이에요. 까들로프 교수님이 저번에 저희 호텔에 성재랑 같이 오셨었거든요. 성재를 자신의 레스토랑으로 데려가고 싶다고 제안했었을 때, 저도 옆에 있었습니다."
웅성거리는 셰프들. 까들로프가 제안할 정도까지라곤 생각 못 했던 그들이 성재를 훑기 시작한다. 당황한 강민욱은 성재를 째려보며 다그쳤다.
"사실이야?"
성재는 그의 말에 담담하게 대답했다.
"그런 사실은 있습니다."
"너! 도대체 정체가 뭐냐?"
"취사병입니다."
원론적인 성재의 대답에 짜증이 난 강민욱. 그는 과장된 목소리로 입을 열었다.
"아, 이해 안 돼! 진짜 어이가 없네. 어이가 없어."

그때 열리는 대기실. 모두가 갑자기 조용해지고. 문 앞에 도착한 방송국 FD 하나가 앞선 경기에서 최고순위였던 강민욱을 향해 입을 열었다.
"강민욱씨, 들어오시랍니다."
강민욱이 자리를 옮겼다.
그의 위치는 심사위원들 앞. 김호태가 만든 요리의 재료를 맞추는 과제.
그 요리가 덮개에 가려져 있다. 그는 생각했다. 이번 미션은 자신이 1등 할 거라고.
'김호태 셰프의 전공은 양식이니까 웬만하면 다 맞출 수 있어. 나한테 유리해.'
그런 생각을 아는지 모르는지, 심사위원들과 함께 서 있던 김호태는 싱글벙글 웃으며, 강민욱을 향해 말했다.
"강민욱씨, 제가 만든 요리의 재료는 총 18가지입니다. 이 18가지를 이름 순서에 상관없이 말해주시면 됩니다. 단, 한 번이라도 틀리면 두 번 다시 기회는 없습니다."
"네. 알겠습니다."
"좋습니다. 요리 덮개를 개방하겠습니다."

김호태가 만든 요리.
양식임이 분명할 텐데… 그래야 했는데, 예상을 빗나가 버렸다.
"찜닭인 겁니까?"
강민욱의 질문에 김호태가 웃으며 답했다.
"제가 직접 만든 안동 찜닭입니다. 당황한 눈치네요? 찜닭은 많이 안 먹어 보셨나 봐요?"
"……."
찜닭, 레스토랑에서는 하지 않는 요리. 한식을 김호태가 내놓자 당황한 강민욱.
"괜찮으십니까?"
"네. 조금 당황했지만, 괜찮습니다."
그는 자신의 소매로 식은땀을 닦으며, 심사위원의 질문에 대답했다.
"좋습니다. 바로 대답해주시면 됩니다."
강민욱은 보이는 재료부터 답을 하기 시작했다.
한 번이라도 틀리면 기회는 없었다. 그렇기에 시각적으로 완벽한 재료만을 말했다.

"닭 있습니다."
그의 말에 김호태가 3명의 심사위원 앞에 서서, 18가지 재료가 담긴 단지의 뚜껑 중 하나를 열며 그에게 대답했다.
"네. 닭 있습니다."
"감자 있습니다."
"네. 감자 있습니다."
"표고버섯 있습니다."
"네. 표고버섯 있습니다."
하나, 둘 재료를 맞춰가는 강민욱.
'뭐지? 양념장 재료가 뭔지 모르겠어.'
그가 이미 말한 양념장 재료는 간장과 후추. 그런데 단맛 재료가 확실치않다.
"설탕…."
"설탕이라고 말 한 것 맞습니까?"
"네. 맞습니다."
"설탕은… 없습니다."

"하… 아….."

강민욱은 한숨을 내쉬었다.

"강민욱 참가자는 12가지 재료를 맞췄습니다. 현재까지 1등입니다. 대기해주십시오."

"알겠습니다."

그는 홀로 대기하며, 다음 참가자의 입장을 지켜보았다.

강민욱 다음 순위였던 참가자가 문을 열고 자신 있게 인사하며 들어온다.

"안녕하십니까?"

"들어와요."

주위를 두리번거리는 박동민. 그에게 심사위원이 물었다.

"박동민 참가자는 강민욱 참가자가 18개 재료 중 몇 개나 맞췄을 것 같나요?"

"음… 16개 아닌가요?"

"후후, 박동민 참가자도 그만큼 맞췄으면 좋겠습니다."

"어? 몇 개 맞췄나요? 17개 맞췄나요? 아니면 18개?"

"그건 알려드릴 수 없습니다. 그럼 지금부터 요리를 보고, 재료를 맞춰 주십시오."

박동민이 재료를 확인하는 과정에서 강민욱이 고개를 푹 숙였다.

'젠장… 쪽팔려 죽겠네. 쟤는 자신이 있다는 거잖아. 동민이보다 못 맞추면 안 돼.'

그런데 다행이었다.

'오-예! 나만 그런 거 아니었네. 아, 괜히 긴장 탔잖아.'

박동민은 11개까지 맞춘 다음, 그와 똑같이 설탕에서 실수를 저질렀다.

"설탕 있습니다."

"설탕은 없습니다. 박동민 참가자는 총 11개를 맞추어 현재까지 2등입니다. 강민욱 참가자 옆에 서 주세요."

"아… 설탕 아니었네. 민욱이형! 몇 개 맞추셨어요?"

그러자 강민욱이 심사위원을 쳐다보며 그들의 허락을 맡았다.

"다음 참가자 오기 전에는 말해도 돼요."

강민욱이 입을 열었다.

"아, 나도 설탕에서 틀려버렸다. 12개."

"그래요? 형은 16개는 맞출 줄 알았는데… 이거 생각보다 어렵네요."

"그래. 어렵더라. 재료를 다 어떻게 알아맞히냐? 그럼 천재지."

"맞아요. 저희들은 안정권이겠죠?"

다음 참가자는 바로 강성재. 앞서 탈락미션을 치른 두 사람은 그를 지켜보았다.
성재가 앞에 서자, 심사위원이 먼저 입을 열었다.
"강성재 참가자, 18개 재료가 있습니다. 총 몇 개나 맞출 수 있을 것 같습니까?"
그러자 성재는 잠시 고민하다가, 입을 열었다.
"다 맞출 수 있을 것 같습니다."
성재의 자신감 넘치는 대답에 잠자코 있던 심사위원 윤석현이 고개를 저었다.
"18개를 다 맞추겠다고요?"
힐튼 호텔의 주방장이자 심사위원인 그의 질문에 성재가 정면으로 마주 보며 말했다.
"네. 다 알 것 같습니다."
"좋습니다. 그럼 지금부터 시작하겠습니다."
성재는 별생각이 없었다. 이미 재료는 다 알고 있었다. 그러나 먹어보지 않는 것은 예의가 아니었다. 벌써부터 기품이 느껴진다.
완벽한 조리시간을 지킨 그의 찜닭은 이미 예술이었다.
질기지도 않고, 퍽퍽하지도 않은 닭다리가 젓가락으로 찢긴 후, 입으로 들어간다.
간장으로 조려진 만능양념이 입안에 침을 고이게 만든다.
양념과 버무려진 당면이 성재의 이빨에 의해 잘리며, 입안에 후루룩 들어간다.
성재는 알았다. 그의 요리는 한 가지만 빼고 완벽했다고.
자신의 혀가 증명했다. 재료 맞추기 미션을 위해 대충 만든 요리가 아니었다.
심혈을 기울인 요리가 그의 앞에 놓여있다.

성재가 감탄사를 내뱉었다. 그리고 고개를 숙였다.
그게 성재에겐 김호태 셰프에 대한 경의의 표현이었다. 성재는 이런 부분에서는 부끄러운 줄을 몰랐다. 오히려 낯부끄러울 정도의 칭찬도 서슴없이 말한다. 이 모든 게 군대에서 배운 행동.
군 장성들이 상관에게 칭찬을 하듯, 성재의 입에서도 그런 말이 튀어나왔다.
"정말 맛있습니다. 김호태 셰프님! 최고의 요리를 해주셔서 감사합니다."
김호태의 얼굴에 미소가 깃들었다.

"재밌는 녀석이네."

"진심이었습니다."

또 한 번 오그라드는 멘트. 하지만 진심인 걸 알기에 김호태는 애써 미소를 지운다.

"그래. 내가 한 요리, 맛있는 건 나도 잘 알아. 그런데 이건 재료를 맞추는 미션이잖아. 쓸데없는 말 하지 마."

"알겠습니다. 바로 재료 답변 드리겠습니다."

성재는 곧바로 재료를 말하기 시작했다.

"닭 있습니다."

"닭, 있고."

"당근 있습니다."

"당근도 있고."

그런데 성재는 이런 과정이 너무 불필요하게 느껴졌다.

"저… 연속으로 말해도 되겠습니까?"

"연속으로? 말하는 건 좋은데, 틀리면 바로 탈락이야. 심사위원님들 맞죠?"

김호태의 질문에, 심사위원들이 고개를 끄덕였다.

한편, 그의 행동을 오른쪽 옆에서 지켜보고 있던 박동민이 조소를 머금었다.

'어리석네. 그러다 실수하지. 젊은 애들은 꼭 저렇다니까.'

물론 강민욱도 마찬가지 생각이었다.

'건방진 놈! 탈락이나 해라.'

그런데 성재가 연속으로 말하기 시작하자, 그들의 눈이 동그랗게 커진다.

"표고버섯, 대파, 양파, 홍고추 있고, 청양고추도 들어갔습니다. 통깨 넣으셨고, 당면하고, 떡국용 떡 있습니다. 물은 생수 넣으신 것 같고, 간장과 다진 마늘, 그리고 올리고당 넣으셨습니다. 생강가루도 있고, 통후추는 갈아서 넣으셨습니다."

하나하나 단지의 뚜껑을 열어 개봉하는 김호태.

성재가 말한 16개의 재료가 모두 단지 안에 놓여 있었다.

김호태는 감탄하며 성재를 향해 물었다.

"끝?"

그리고 생각했다.

'이건 못 맞추겠지. 변별력 때문에 맛이 거의 안 나게 조금만 넣었으니까.'
그런데 성재가 김호태를 향해 되묻는다.
"저 한 가지만 여쭈어봐도 되겠습니까?"
그는 여유 있는 얼굴로 성재에게 말했다.
"말해봐."
"계피가루는 왜 넣으셨는지 궁금합니다. 그것만 안 넣으셨으면 더 맛있는 안동찜닭이 되었을 것 같습니다."
'뭐야? 계피가루를 맞춘 거야? 그걸 알아냈어?'
일부러 절대 못 맞출 만큼 소량만 넣었는데, 그걸 알아맞히자 당황한 김호태.
심사위원들도 그 사실을 알기에 경악했다. 김호태는 일단 표정을 굳혔다.
"그걸 말할 의무는 없을 것 같은데? 계피가루, 정답으로 말할 거야?"
성재는 고개를 끄덕이며 대답했다.
"주제넘어서 죄송합니다. 계피가루 있습니다."
김호태의 성난 말투. 그러나 속마음은 정 반대.
'이 녀석, 엄청나잖아?'
당황함을 숨기려고 했지만, 이미 말투에서 드러난다. 어느새 반말을 하게 된 김호태.
"계피가루 있고, 마지막 재료는?"

마지막 핵심 재료. 이걸 맞추는 것은 거의 불가능에 가깝다.
그런데 성재는 그 어려운 걸 해낸다.
"캐러멜 소스 있습니다."
"……"
모두가 말을 멈췄다. 강민욱과 박동민은 성재의 활약에 대단해하면서도, 어이없다는 눈빛으로 쳐다보았다. 캐러멜 소스라니, 안동찜닭에 왜 캐러멜 소스가 들어가나?
그러나 놀랍게도, 그 재료가 18번째 재료로 들어가 있다.
미식등급 별 7개인 김호태가 확신했다. 이 녀석은 정말 최고라고! 완벽한 녀석이라고!
'이 녀석, 절대미각이다. 천만 명에 한 번 나올까 말까 한 절대미각. 나하고 같은 부류야.'
그가 말문이 막히자, 뒤에 있던 심사위원 마틴 최가 진행을 이어갔다.
"강성재 참가자! 18개 모두 맞췄습니다. 현재까지 3명의 참가자 중 1등입니다."

누가 성재를 건드렸냐?

이어지는 탈락미션. 참가자들이 하나하나 탈락의 고배를 맛보고 있었다.
백동원 셰프는 13개로 7등. 윤동현은 11개로 간신히 공동 10등에 올랐다.
공동 10등이 3명. 그래서일까? 18개의 재료 중 11개까지가 세이프.
그보다 아래는 탈락이다.
일반인 중 살아남은 사람은 윤동현과 성재뿐이었다. 그중에서도 독보적인 인물은 물론 성재였다. 그가 맞춘 개수가 18개. 셰프들의 따가운 시선들이 그를 향했다.
성재는 시스템에서 호감도를 보여주어서 바로 알 수 있었다. 결선 2차에 오른 사람 중 자신에게 적대감을 가지거나, 호감도가 떨어진 사람이 무려 6명. 아무렇지 않거나, 호감도가 상승한 사람이 5명. 호감도에 따라 반응도 둘로 갈렸다.
"강성재씨, 축하해요."
"잘했어요. 같이 Top 5를 목표로 해봐요."
절대미각의 소유자라며 성재를 추켜올려주며, 축하해주는 사람들이 있는 한편,
"쟤 뭐냐?"
"아- 씨펄, 저 군바리 새끼 하나 때문에 쪽팔려 미치겠네."
요식업계에서 나름 저명인사인 자신들을 눌러버린 군인에 대한 적대감을 보이는 사람들도 있었다. 그들끼리 모여 하는 말이 멀리 떨어진 성재에게까지 들릴 정도.

윤동현과 백동원이 안타까운 표정으로 성재를 바라보았다.
하지만 성재는 괜찮았다. 그는 지난 1년간 성장했다.
옛날이었다면 불끈 쥐었을 주먹이, 지금은 활짝 펴진 채, 밝은 웃음을 지으며, 헤어지는 사람들과 악수를 하며 작별인사를 하고 있다.

"다들 고생하셨습니다."
성재는 자신의 마음을 다스릴 수 있었다. 사사로운 감정에 휘둘리지도 않았다.
군대에서의 다양한 경험이 그를 성숙하게 만들었다.
군대에서도, 사회에서도 다양한 부류의 사람이 있기 마련.
'실력으로 보여주자. 그럼 돼.'
성재는 불필요한 감정소모 없이 자신의 의지를 다시 한번 다짐했다.
돌아오는 길, 결선 2차에 오른 12명에게만 나눠 준 안내문.

〈해외 로케이션 촬영 관련 안내문〉
촬영기간 : 9. 29(토) ~ 30(일)
촬영장소 : 일본 도쿄 신주쿠 워싱턴 호텔
준비사항 : 여권, 신분증, 여벌의 옷
※ 2주 후 촬영이므로, 여권이 없으신 분들은 지체없이 발급 신청 바랍니다.

"아, 해외는 처음이네."
백동원은 차량을 운전하며, 성재에게 말했다.
"저도 처음입니다."
"그래? 너도 안 가봤냐?"
"동원이형도 안 가보셨어요?"
"그래. 인마! 흙수저들끼리 대전에서 소주 한잔 할까?"
"저는 복귀해야 되는데요. 그것보다 동원이형? 워싱턴 호텔에서는 어떤 과제를 낼까요?"
"글쎄다. 감이 안 잡히는데?"
"밀가루 음식 했고, 생선 했고, 육류인 돼지고기 했으니까, 디저트 요리가 나오지 않을까요? 일본에는 예쁜 모양의 디저트가 많이 유명하잖아요."

"디저트? 그럴 수도 있겠다. 그나저나, 성재야."
"네. 말씀하세요."
"아까 참가자들의 말, 너무 신경 쓰지 마. 셰프들은 원래 경쟁의식이 심하잖아."
백동원의 말에 성재가 대답했다.
"신경 안 쓴다면 거짓말인데, 영향 안 받으려고요. 세상에는 좋은 사람도 많으니까요."
"세상은 호락호락하지 않아. 사람 너무 쉽게 믿지 마."
"괜찮아요. 동원이형 같은 분들도 있잖아요. 제가 믿고 싶은 사람은 믿을래요."
"……."
성재의 말에 말문이 막힌 백동원.
'얘 뭐야? 왜 울컥하게 만드냐?!'

다행히 때마침 걸려오는 전화. 번호를 보니, 윤동현이다.
"어? 재벌 손자 동현이네. 너한테 걸려온 전화인 것 같은데?"
"아, 감사합니다."
성재는 윤동현에게 자신에게 연락할 일이 있으면 백동원 셰프에게 연락하라고 미리 전해 두었다. 그래서 자신에게 걸려온 전화인 것을 알 수 있었다.
"여보세요? 동현이형?"
- 응! 강성재! 너 인마! 아까 그 사람들 때문에 우는 거 아니지?
"아니, 내가 왜 울어요?"
- 크크, 울보새끼, 질질 짜지 마라!
친한 사이이기에 허심탄회하게 마음을 열고 놀리는 윤동현.
성재는 그가 사실은 자신을 걱정해서 전화한 거라는 것을 잘 알았다.
한때는 군대 선임이었던 동현의 전화. 성재 역시 그의 걱정을 장난으로 받아쳤다.
왜? 친하니까!
"형! 형은 나 걱정할 시간에 형 요리 실력이나 좀 신경 써. 매번 꼴찌로 간신히 탈락 면하면서, 무슨 나를 신경 쓴다고 그래?"
- 야- 뭐야? 야! 강성재!
"왜? 형! 왜?"
- 됐어. 나, 아빠한테 말해서 수석주방장들 다 내 옆에 붙여서 연습할 거야. 알았어? 다음

번엔 내가 너 이긴다. 각오해라!
"후-후, 알았어. 그리고 형! 나 걱정해줘서 고마운데, 나 다음 달이면 병장이야. 신경 안 써도 돼. 나 이제 이등병 아니야."
- 크큭, 네가 상병이든, 병장이든 넌 항상 내 짬찌야. 알았냐? 2주 뒤에 보자.
"응. 형! 조심히 들어가!"
- 그래. 인마!

그날 저녁 성재는 부대에 복귀했다. 성재는 부대에서도 바쁜 하루를 보냈다. 오전에는 성우마을을 돌며, 사모님들에게 요리를 가르쳐드렸고, 오후에는 회관에 내려와 장성들을 비롯한 간부들에게 맛있는 요리를 제공했다. 그리고 저녁과 야간 연등시간에는 요리 관련 책들을 탐독하며, 부족한 부분을 채우려 노력했다.
그런데 문제가 생겼다. 야간에 울린 방송. 당직사령이 부른 것이다.
[강성재 상병! 강성재 상병! 지금 즉시 지휘통제실로! 사유는 당직사령 호출입니다.]
지휘통제실. 관리대대 지원과장(인사, 군수, 동원 업무 담당)이 심드렁한 표정으로 성재를 바라보고 있었다. 그는 1주일 전 이곳 부대로 전입해 온 육군 대위.
전방 GP에서 2차 중대장을 마치고, 후방지역으로 내려온 그가 성재를 부른 것이다.
"충성! 상병 강성재! 지휘통제실에 용무 있어 왔습니다."
"그래. 앉아 봐!"
아직 전방의 물이 빠지지 않아서 그런지, 공격적인 말투.
그가 내놓은 서류는 강성재의 국외 여행 신청서.
"너! 이거 뭐냐?"
"행정지원관님께 보고한 겁니다."
성재의 대답에 지원과장이 소리를 질렀다.
"야- 이 새끼야!"
"상병 강성재?"
"인마! 해외는 장성급 이상 지휘관이 한 달 전에 승인하게 되어 있어. 그런데 2주 전에 신청하면 나보고 어쩌라고? 어쩌라고!"
성재는 그의 말에 자초지종을 설명했다.

"어제 방송국에서 받아서, 바로 지원관님께 바로 보고 드린 겁니다. 지원관님께서도 괜찮다고 하셨습니다."
"지원관이 책임자야? 내가 책임자잖아. 장성급 지휘관에게 결재받는 게 쉬운 줄 알아? 군대가 애들 장난이야?"
"그럼 제가 어떻게 하면 되겠습니까?"
"가지- 마! 한 달 뒤에 가던가, 가지 말던가, 난 이거 결재 못 올려. 규정대로 해야지. 아주 제멋대로네. 나가! 나가!"
성재는 꼰대 대위의 말에 할 말을 잃었다.
"알겠습니다."
더 이상 지원과장이랑 대화를 나누지 않았다.
장성급 지휘관! 자신이 결재 받기는 너무나 쉽다. 그래도 절차를 따르려고 했는데. 막히면 어쩔 수 없다. 직접 할 수밖에….

다음 날 성재는 국외여행 신청서 결재문건을 가지고 대대장에게 들고 갔다.
대대장은 성재를 보며 미소를 지었다.
"성재구나. 무슨 일이니?"
"충성! 대대장님, 단장님께 직접 결재 맡고 와도 되겠습니까?"
"그래? 성재야. 요즘 총장님들 여전히 자주 오시지?"
"네. 대대장님, 주 1~2회는 오시는 것 같습니다."
"그래. 우리 성재 때문에 요즘 대대장이 마음이 편해. 연대장님도 좋아하시고, 단장님도 좋아하시고, 총장님도 다들 우리 부대 믿어주시고."
"저 때문이 아니라, 다 대대장님께서 잘하셔서 인정받으셔서 그런 것 같습니다."
성재의 아부 멘트에 활짝 웃음꽃이 피는 대대장.
병사의 활약을 알고 있기에, 총장들이 어떻게 생각하는지 알고 있기에, 다루기 까다롭다고 생각했는데, 오히려 부대를 위하는 병사의 행동에 마음이 열려버렸다.
"결재받으러 다녀오겠습니다."
"그래~다녀 와!"
그리고 10분 뒤인 09시 15분. 단장실에 가서 배원영 준장에게 직접 결재를 받아 온 성재가 오전 대기 후 퇴근하려는 지원과장이 있는 지원과에 들렸다.
똑똑!
"들어와!"
"충성! 상병 강성재! 용무 있어 왔습니다."
"뭐냐? 안 된다고 했잖아."
"결재 맡았습니다."
"뭐?"
"대대장님께 허락 맡고, 단장님께 결재 받아왔습니다. 명령 처리 부탁드리겠습니다."

　　국외여행 신청서
　　군번 : 17-XXXXXXX.
　　계급 / 성명 : 상병 강성재.
　　사유 : 2018년 9월 29일부터 1박 2일로 진행되는 KBC주관 베스트 셰프 해외촬
　　　　　영을 위해 국외여행 신청서를 제출합니다. 열심히 하겠습니다.
　　최종 결재권자 : 준장 배원영 [결재 득(得)]

지원과장은 자신을 쏙 빼놓고 결재를 받은 병사를 보며 어이없다는 표정을 지었다.
"넌 도대체 정체가 뭐냐?"
전방에 있어서 TV를 볼 수 없는 환경이었기에, 성재의 활약을 모르던 남기훈 대위.
녀석은 아무렇지 않은 듯, 미소를 지으며 말했다.
"취사병입니다. 아니, 지금은 무궁화회관 요리병입니다."
자신이 생각했을 때는 규정상 불가능한 일이었으므로, 쉽게 처리가 되지 않을 줄 알았는데, 혼자 처리해 온 병사를 나무랄 수는 없었다.
이미 결재도 득한 상황이기에, 할 말이 없었던 것.
"어이가 없네. 일단 알았다. 나가."
"네. 충성! 좋은 하루 되십시오."
성재가 나가고 전화가 걸려왔다.
따르르르릉!
관리대대 지원과장은 자신의 사무실에서 전화를 받았다.

"통신보안, 관리대대 지원과장입니다. 무엇을 도와드릴까요?
- 어. 나 단장인데!
단장이란 목소리에 깜짝 놀란 지원과장이 큰 목소리로 대답했다.
"충성! 부대 이상 없습니다."
- 네가 어제 당직사령이었냐?
"그렇습니다."
- 해외 촬영 가지 말라고 네가 그랬어?
"아… 아닙니다!"
- 아니긴 뭐가 아니야. 어제 밤에 지휘통제실로 불렀다며? 그리고 국외여행 신청서 반려시켰다며! 네가 무슨 권한으로 그걸 반려해?
단장의 호통에 당황한 지원과장.
'뭐지? 강성재, 이 새끼 뭐지? 꼰지른 건가? 단장님하고 무슨 관계야? 아들인가? 아닌데, 성이 다르잖아. 뭐야? 친척인가?'
머리를 굴려봐도 답이 나오지 않는다.
일단은 사실대로 보고해야 후환을 면할 수 있기에 그는 있는 그대로 대답했다.
"……제가 실수한 것 같습니다."
그러자 호통이 다시 한번 수화기 너머에서 들려온다.
- 지원과장!
"대위 남기훈?"
- 너, 보직 받은 지 며칠이나 됐지?
"1주일 됐습니다."
- 다른 데 가고 싶냐? 다시 전방 갈래?
"…죄송합니다."
- 노파심에서 말하는데, 성재 불러서 또 혼내지 마라. 너만 죽는다. 알았지?
"알겠습니다. 죄송합니다. 다시는 이런 실수 안 하겠습니다. 충성!"
- 그래. 이번에만 경고야. 알았어?
"알겠습니다. 충성! 계속 근무하겠습니다."
- 그래.

그리고 30초도 지나지 않아, 지휘통제실에서 다급하게 지원과로 올라온 교육장교. 그는 같은 3사관학교 2년 후배.
"지원과장님! 선배님!"
"뭐야?"
"성재 건드리시면 어떻게 하십니까? 성재 건드리면 다 죽습니다."
"그게 무슨 소리야. 걔가 뭔데?"
"삼군 총장님들하고, 사모님들이 아끼는 병사가 성재입니다. 대통령도 성재 이름을 압니다. 왜 걔를 건드리셨습니까? 얼른 검색창에 성재 쳐보십시오. 대통령이 성재 부르는 영상도 인터넷사이트에 떠 있습니다."
후배의 말에 휴대폰으로 동영상 검색을 해보는 지원과장. 말이 되는 소리냐며 다그치려고 하는데, 요리 프로그램 프리퀄에서 진짜로 대통령이 강성재의 이름을 부른다.
"이거 실화냐? 뭐야? 병사 새끼가 왜 이렇게 유명해?"
"…그러니까 함부로 건드리지 마십시오. 안 그래도 단장님이 왜 성재가 직접 결재 맡으러 왔냐며, 대대장님께 확인전화 걸었습니다. 대대장님도 확인차 지휘통제실로 전화하셨고, 그거 알려드리려고 통화 시도했는데, 통화중이라서 직접 올라왔습니다."
"뭐? 대대장님?"
"네. 대대장님께서 어제 상황근무병하고 통화해서, 지원과장님이 성재 갈군 거 알게 되셨고, 단장님께도 보고된 것으로 알고 있습니다."
"진짜야?"

말이 끝나기 무섭게 걸려오는 전화. 남기훈 대위가 긴장해서 전화를 받았다.
"통신보안, 지원과-자…."
- 야! 대대장실로 당장 튀어 와!
"알겠습…."
- 뚜-뚜-뚜…우뚜….
대답도 하기 전에 끊어지는 대대장의 전화. 그를 위로하는 후배.
"선배님?"
"어?"
"군생활 꼬이신 것 같습니다. 가서 대대장님께 비십시오."

260
지원과장님? 맛있는 음식 해드리겠습니다

남기훈 대위가 대대장실에서 나왔다.
전입해 온 지 1주일. 전방에서 복무한 것은 물론, 일본 OAC(고군 교육과정)도 수료하며, 3사관학교 동기 중에서는 상위 5% 안에 들 정도로 브레인이었던 그가 면전에서 혼난 것은 처음이었다.
대대장의 갈굼은 아주 가관이었다.
"어디서 배워먹은 버릇이야?"
"죄송합니다!"
"여기가 전방이냐?"
"아닙니다."
"너는 생각이 없냐? 그 머리로 어떻게 일본 위탁 교육을 다녀왔냐? 빽으로 갔어?"
"아닙니다. 제가 실수했습니다. 용서해주십시오."
"너 때문에, 성재 걔가 심적으로 영향이라도 받았어 봐. 지금 총장님이며, 사모님들이며 다 성재 칭찬하고 있는데, 네가 뭔 권리로 성재를 갈궈? 너는 앞뒤 사정도 모르고 지휘하냐? 지원과장! 야! 인마!"
"죄송합니다."

약 20분 동안 정신교육을 제대로 받은 그는 지원과에 들어와 축 늘어졌다.
어제 당직 근무로 26시간 이상 잠도 못잤는데, 지휘관에게 혼나니 정신이 쏙 빠진다.
그런데 그게 끝이 아니었다. 지원과 계원이 과장을 불렀다.
"지원과장님?"
"왜? 지금 꼭 말해야 돼? 나 기분 별론데 ….."
"작전과장님께서 당장 튀어 오랍니다."
"……."
지휘통제실 뒤편 별도의 방. 작전과장실에 있는 소령 하나.
비문이 수북이 쌓여있는 그의 책상. 그가 비밀문서를 수정하다 말고 지원과장을 보며 소리를 질렀다.
"야! 남기훈!"
"대위 남기훈."
"이 새끼가! 아침부터 대대장님 기분 다운되셨잖아. 너 도대체 뭐하는 놈이야? 뭐하는 놈이길래 첫 근무부터 사고를 치냐? 어?"
간부들 사이에서 전해오는 내리갈굼. 간부들의 내리갈굼은 남다르다.
제일 윗 계급 간부부터 가장 아랫 계급 간부까지 차례대로 갈군다.
단장부터, 대대장, 작전과장까지 갈굼 3종 세트를 연달아 당하는 남기훈.
'아, 국외여행 신청서 이거 하나 때문에, 나 이렇게 털리는 거야?'
당직근무를 서면서, 졸지도 않고, 24시간 FM대로 근무를 서며 대기한 자신이 이렇게 어이없는 이유로 털리는 게 당황스럽다. 하지만 이게 현실. 이때는 빌어야 한다.
"죄송합니다."
"우리 부대가 뭐하는 부대냐? 서포트 하는 부대지?"
"그렇습니다."
"여기는 대위인 너보다 병사 한 명이 더 중요해. 강성재? 걔는 1주일에 2번씩 총장님 회식 준비하고, 매일 아침마다 장군 사모님들 대상으로 요리교실 열어서 가르쳐준다. 네가 더 중요해? 아니면 취사병이 더 중요해?"
"취사병이 중요한 것 같습니다."
"잘해라? 다음부터 설칠 때, 안 설칠 때 잘 가리고. 알았냐?"
"알겠습니다."

지원과장은 간신히 멘탈을 붙들어 맸다. 몸은 피곤한데, 정신은 또렷해졌다. 누가 또 갈굴지 몰라 신경이 날카로워졌기 때문이었다.

며칠 후. 성재가 외국 간다는 소식이 계룡대 전역에 퍼졌다.

〈무궁화회관 다음 주 일요일 휴무 안내〉
계룡대 무궁화회관을 이용해주시는 군 장병 여러분께 진심으로 감사드립니다.
저희 무궁화회관은 기존 매주 토요일 휴무에 이어, 9월 30일(일)에 특별 휴무에 들어갑니다.
강성재 상병의 요리대회 해외촬영 건으로 인해 부득이하게 결정되었으므로, 기존 예약자분들께서는 양해 부탁드립니다.
※ 9월 30일 기존 예약자는 다음번 예약 시 원하는 날짜에 이용할 수 있는 우선권을 부여하겠습니다.

국군 인트라넷에 올라온 공지문. 그 공지문을 읽은 사람은 하루 만에 무려 3,634명. 그리고 수없이 걸려오는 전화. 남기훈 대위는 그제야 성재의 인기를 실감했다.
각군 장군들은 물론 하사부터 대령까지 누구하나 할 것 없이 무궁화회관 예약을 문의하기 위해 전화한다. 그리고 그 전화가 통화 중일 때는 성재를 비롯한 요리병이 취침을 하는 대대 막사, 그리고 대대 지원과 사무실까지 전화가 온다.
이번 전화도 그런 전화였다.
"통신보안, 지원과장 대위 남기훈입니다. 무엇을 도와드릴까요?"
- 어! 나 육본 기획정책실장인데!
"충성!"
- 자리 어떻게 한 자리 안 되냐?
"어떤 자리 말씀이십니까?"
- 무궁화회관!
"…죄송합니다. 저희도 예약 관련해서는 어떤 권한도 없습니다."
- 야!

"대위 남기훈?"

- 너 뭐냐? 알아보긴 했어? 뭔데 바로 거절해!

"죄송합니다. 알아보겠습니다."

- 알아보고 전화해! 알았어?!

어이없이 욕을 먹는 자리. 여기가 바로 그런 곳.

대위 나부랭이 따위는 아무것도 아닌 곳. 바로 계룡대다.

남기훈은 한숨을 쉬었다. 왜 이런 곳에 자신이 지원했는지 ….

장군들, 영관급 장교들의 이유 없는 화를 받아내야 하고, 육군본부, 해군본부, 공군본부는 물론 군사법원, 인사사령부 등에 출근하는 병사들도 다 챙겨야 하는 자리.

특히 무궁화회관은 각 군의 참모총장님들이 지대한 관심을 가지고 있어 그쪽 업무에 신경을 곤두세워야 해 스트레스가 가중되기까지 했다.

이 모든 게 성재 탓. 강성재를 볼 때마다 남기훈 대위는 울화통이 터졌지만, 그놈은 그걸 아는지 모르는지, 자신에게 퉁명스럽게 경례만 하고 지나간다.

그런데 문제가 생겼다.

그건 바로 육군총장님이 배원영 준장에게 건 통화 때문이었다.

"계근단장!"

- 네. 총장님!

"성재, 일본 간다며? 누가 인솔하냐?"

- 인솔 간부는 없습니다. 방송국 관계자들이랑 가는 것으로 알고 있습니다.

"야! 인솔 간부를 보내야지. 성재가 해외 가서 잘못되면 어떻게 할 거야? 그때 무궁화회관은 어떻게 하고?"

- 고려해보겠습니다.

"어떻게 할지 판단해서 오늘 내로 보고해! 제한사항 있으면 보고하고!"

- 알겠습니다.

배원영 준장, 그는 스마트한 장군이었다.

그는 바로 계근단 인사과장에게 임무를 주었다.

"일본어 잘하는 놈 뽑아와! 간부로!"

"알겠습니다."

그리고 그 명단은 어이없게도 단 한 명.

"얘 밖에 없냐?"
"네. 그래도 이 친구 일본 OAC도 수료했고, JPT 성적도 1급입니다. 인사평정도 최근 8년 동안 상위 10% 안에 포함된 것으로 알고 있습니다."
"얘가? 남기훈이?"
"그렇습니다."
"아… 영 아닌 것 같던데…."
"맞습니다. 제가 개인자력 확인해봤습니다."
"알았다. 데이터가 그렇다면 그래야지. 관리대대 지원과장 불러와!"
그래서 불려 온 남기훈. 배원영 준장이 고압적인 시선으로 그를 훑고, 위관 장교의 꽃, 대위 계급장을 가진 남기훈이 고개를 푹 숙인다.
"야! 남 대위!"
"대위 남기훈?"
"너, 가서 사고 안 칠 자신 있지?"
"임무 주시면 완벽히 수행하겠습니다."
"말만 그러지 말고, 가서 똑바로 해라. 총장님 관심사항이다. 알았냐?"
"알겠습니다. 잘하겠습니다. 단장님."
"성재한테 무슨 일 터지면, 옷 벗을 각오해야 될 거야. 알았어?"
"알겠습니다."

고작 일개 상병의 해외촬영에 인솔간부로 따라가게 된 남기훈.
'이 일로 옷까지 벗어야 된다니?'
출국 당일, 군부대에서 인가받은 차량에 성재를 태우고 인천공항으로 향하며, 자신의 신세를 한탄했다.
"강성재!"
"상병 강성재?"
"너, 진짜 정체가 뭐냐?"
"취사병입니다."
"그거 말고, 총장님하고는 무슨 관계야?"
"아무 관계도 아닙니다."

"하-아, 이해가 안 되네. 네 요리 맛있냐? 자력 보니까 요리 경력도 없더만. 일부러 안 적은 거냐?"
"아닙니다. 경력은 군대 취사병이 끝입니다."
"말이 안 되잖아."
그가 불편한 말투로 말하자, 성재는 입을 꾹 닫았다.
그의 그런 행동이 오히려 남기훈 대위를 불편하게 만든다.
'뭐야? 얘 갑자기 왜 말을 안 해? 총장님한테 내가 갈군다고 이르는 거 아니야? 나 진짜 X 되는 거 아니야?'
그래서일까? 그가 다시 태세를 전환했다.
"성재야. 미안했다."
"아닙니다. 과장님! 저 별로 신경 안 씁니다. 걱정하지 마십시오."
성재의 대답. 그런데 그런 대답이 더 불안하고.
'나 실수한 거야? 군 생활 겁나 꼬인 것 같은데?'
다시 한번 목소리를 낮추며 병사에게 말한다.

"성재야. 강성재! 사실은 너 걱정해서 하는 말이었던 거 알지?"
호감도를 보고 그의 속마음을 알고 있는 성재는 무덤덤한 목소리로 말했다.
"저 빽도 없고, 그냥 병사입니다. 다른 간부님들처럼 편하게 하십시오. 그게 저도 편합니다."
성재는 그를 배려해서 한 말이지만, 그게 지원과장을 더 초조하게 만들었다.
'아, 조-때-따! 이 새-끼! 완전 삐졌네.'
그런데 그 마음은 성재도 마찬가지였다.

> 사용자 강성재에 대한 남기훈의 호감도가 32하락했습니다

'아, 이 간부님 말하고 속마음이 달라서 계속 신경 쓰이네. 솔직하면 좋을 텐데 ….'
그렇다고 병사인 자신이 간부인 그한테 뭐라고 할 수도 없다.
공항 앞, 참가자들이 도착한 것을 확인하던 방송 작가가 성재를 발견했다.
"성재씨! 왔어요?"

"네. 작가님!"
"어? 옆에 분은 누구세요?"
"성재 부대의 지원과장님입니다. 잘 부탁드리겠습니다."
방송작가는 고개를 끄덕이며 대답하고, 성재에게 물었다.
"아, 신분이 병사니까, 인솔간부가 있어야 되겠군요. 성재씨는 언제 전역해요?"
"이제 7개월 조금 덜 남은 것 같습니다."
"아직 많이 남았네요."
"네."
비행기에 처음 타는 성재. 고막에서 삐-이 소리가 나자 자신도 모르게 침을 삼켰다.
그러자 소리가 울렸던 귀 내부 압력이 떨어지며 다시 정상으로 돌아왔다.
하늘에서 바라본 전경.
성재는 생각했다.
'내가 비행기도 다 타보네.'
비행기에서 내린 후 리무진 버스에 타고, 곧바로 촬영이 시작될 호텔로 향한다.
버스에서 작가들이 촬영 일정을 안내해주었다.
"오늘은 늦었으니까 일단 자고요. 내일 촬영 예정이에요. 저희 호텔 숙소는 2인 1실이니까, 일행분하고 주무시면 되고, 혹시 외출하실 예정이면 저희 제작진에게 말씀해주시고 외출 부탁드려요."
"네! 알겠습니다."

참가자들이 호텔 안에 들어가자 호텔 레스토랑의 임직원들이 제작진을 만난다.
성재는 그제야 왜 이 호텔로 잡았는지 이유를 알게 되었다.
'여기 호텔하고 레스토랑 홍보 때문이었구나.'
그렇다면 이번에도 특별 심사위원이 심사하지 않을까?
성재뿐만 아니라 모든 사람의 생각이 똑같았다.
일본인 셰프들. 내일 촬영 시 그들을 공략하는 게 모두의 목표.
예상대로 호텔 안에는 특이하게도 간이 주방이 마련되어 있었다.
준비된 냉장고 안에도 요리재료가 가득하다. 하루 정도 연습하라는 배려.
'아예 판을 깔아줬구나. 연습하라고. 저녁때 즈음이면 카메라도 들이닥치겠네.'

그러나 성재는 여기서 시간을 보낼 생각이 없었다.
'직접 봐야 돼! 심사위원들이 좋아하는 요리를 요리사의 눈으로 확인해야 해!'
남기훈 대위가 방 바깥으로 나가려는 성재를 불렀다.
"강성재!"
"상병 강성재?"
"어디 가?"
"잠깐 레스토랑 좀 가려고 합니다."
"뭐? 나한테 허락 맡고 가야지! 그리고 저녁 아까 기내식 먹었잖아."
"가도 되겠습니까?"
성재의 말에 남기훈이 단호하게 말했다.
"안 돼. 방 안에 있어."
그런데 성재는 이미 마음을 굳혔다.
"죄송합니다. 지원과장님."
"야! 야!"
성재는 호텔 방문을 나섰다. 지금은 심사위원이 될지도 모르는 셰프들이 좋아하는 음식이 무엇인지 확인하는 절차가 중요했다. 병사가 뛰어가자 남기훈 대위가 씩씩거리며 따라오고, 성재는 그에게 붙잡히면 영영 기회를 잃을 것 같아 레스토랑이 있는 1층 방향이 있는 계단으로 달렸다.
"야! 강성재! 강성재!"
그러자 당황한 듯 소리치는 남기훈 대위.
'탈영하려는 건가? 나 조-때 보라고?'
지원과장은 성재를 붙잡기 위해 달리고 달렸다.
간밤에 술래잡기도 아니고, 병사 녀석 체력이 얼마나 좋은지 따라잡을 수가 없다.
'미치겠다. 나 죽었다. 아까 갈군 것 때문에 도망가는 거야? 미친-새끼! 아!'

그런데 녀석은 진짜 레스토랑에 들어간다.
그리고는 망연자실한 얼굴을 하고 있다.
'뭐야? 쟤 왜 저래?'
그러더니, 주머니에서 수첩과 볼펜을 꺼내 무언가를 삐뚤삐뚤 적어가기 시작한다.

"요놈! 잡았다. 야~야! 너 뭐하는 거야?"

지원과장이 성재의 뒷목을 잡았고, 잡힌 성재는 고개를 숙이며 남 대위에게 말했다.

"지원과장님?"

"왜? 그렇게 탈영하고 싶었냐?"

"그건 아니고, 이거 읽으실 수 있습니까?"

"뭐?"

성재가 수첩에 적은 글씨가 눈에 들어왔다.

삐뚤빼뚤하지만 분명한 건 히라가나라는 것.

남기훈이 이상한 눈으로 성재를 바라보고.

"너, 이 글자 모르고 적은 거냐?"

성재 또한 남기훈 대위를 향해 말했다.

"읽으실 수 있으십니까? 해석하실 수 있으십니까?"

"당연히 읽고 해석도 다 하지. 근데 뭐야? 이것 때문에 난리 친 거야?"

성재는 그의 대답을 듣고 혼자만의 미소를 지으며 말했다.

"지원과장님?"

"뭐!"

"맛있는 음식 해드리겠습니다. 숙소로 올라가십시오."

"얘 왜 이래? 너 싸이코니?"

"아닙니다. 제가 소지품을 잃어버렸다고 착각했습니다. 물의를 일으켜 죄송합니다."

성재는 셰프들이 좋아하는 레시피를 확보한 후, 아무 일도 없었다는 듯 다시 숙소로 올라갔다. 어이없다는 표정으로 그의 뒤를 쫓는 지원과장 남기훈 대위.

그때, 성재의 행동을 지켜보던 홀로그램이 머리띠에 글자를 새겨넣었다.

〈남기훈 = 번역기〉

모두의 예상

남기훈은 언제 사고 칠지 모르는 강성재를 유심히 지켜보았다.
'이 새끼! 나 때문에 탈영 실패한 거야. 그리고 대충 둘러 댄 거고.'
그런 녀석이 또 요리에는 열성적이다.
'뭐지? 태세전환이 빠르네. 이 녀석 고단수인가? 아-! 미치겠다. 녀석의 생각을 모르겠어. 가시방석이야. 가시방석.'
성재는 그의 호감도 변화 따윈 전혀 신경 쓰지 않았다. 호감도를 껐으니까.
'남기훈 호감도 OFF'
어차피 자신에게 해를 가할 사람은 아니었다. 자신을 탐탁지 않게 생각하면서도 자신이 수첩에 쓴 글자를 번역해준 지원과장.
그를 위해 일단 간단한 요리를 시작했다.
그가 번역해준 요리는 총 3가지였다.
고베 스테이크와 복어회, 그리고 문제의 キチキチのオムライス.
스테이크는 시스템의 도움을 받을 수 있고, 복어회는 자격증이 없어 뜰 수가 없다.
그런데 문제는 마지막 메뉴, 키치키치 노 오므라이스.
일본음식 레시피 2성급부터 5성급까지 뒤져보지만 아무리 찾아도 나오질 않는다.
성재는 직감했다. 이건 주방장 고유의 음식일 거라고.

대중적인 조리법이 아닌 경우 레시피 스킬에 투자해도, 모든 요리를 알아낼 순 없다.
이럴 때는 직접 요리를 시도하며, 익혀야 한다. 그래야 레시피를 얻어낼 수 있다.
모든 게 경험의 요소.
성재는 연습시간을 벌기 위해, 냉장고의 식재료로 나가사키짬뽕을 만들어 내놓았다.
"이거 일단 드시겠습니까?"
"겨우 이게 다야? 이걸로 요리대회 나가려고?"
"아닙니다. 요리대회 내일 메뉴는 지금부터 준비할 겁니다. 나가사키짬뽕은 제가 군대 선임한테 배운 요리인데 드셔 보십시오. 입맛에 맞으실 겁니다."
"자신감 대단한데? 나 입맛 까다로운데?"
성재는 그의 말에 속으로 웃었다.
'2성 반이시면서, 뭐가 까다롭다는 겁니까?'
하지만 속마음을 감춘 그는 다시 한번 지원과장에게 말했다.
"일단 드셔 보십시오."

 recipe | 강성재가 만든 나가사키짬뽕 ★★★★　　✕

식자재마트에서 유통되고 있는 나가사키짬뽕 육수원액을 물과 희석시켜 오징어, 새우, 낙지, 미더덕, 양배추, 양파, 숙주나물을 곁들인 음식

성재는 큰 노력은 하지 않았다. 남기훈 대위에게는 이 정도로 충분했으므로.
역시나, 반응이 왔다.
그럴만했다. 그의 미각은 짜리였으니까. 지원과장의 생각이 표정에 드러났다.
"오! 우와! 미쳤다. 진짜 맛있는데?"
"그렇습니까?"
"너, 대충대충 한 것 같은데, 그게 아니었구나?"
맛있는 음식 앞에서는 전방에서 130여 명을 관리하고 통제했던 남기훈 대위라도 표정을 감추지 못했던 것. 침이 꼴깍꼴깍 넘어가고, 성재가 만든 국물을 먹을 때마다 몸에서 더 넣으라고! 더 먹자고 신호를 보내는데 ….
성재는 예상한 반응을 직접 확인하며, 그에게 부탁조로 말했다.
"재료가 때마침 냉장고에 있어서 가능했던 것 같습니다. 그런데 지원과장님?"

"(우물우물) 어. 왜?"

자신이 연습해야 될 음식. 아무래도 키치키치노 오므라이스.
그 메뉴를 검색해야 될 시간.
"스마트폰 좀 써도 되겠습니까?"
"그래. 써."
"네. 인터넷 검색 좀 해보겠습니다."
"그래그래. 어우~ 진짜 맛있네. (후루룩~ 우물우물)"
성재는 곧바로 와이파이에 접속된 스마트폰을 이용하여 유튜브에 접속했다. 그리고 지원 과장이 해석한 글자를 검색어에 넣었다.
역시나, 유명한 레스토랑이 나온다. 볶음밥 위에 오믈렛을 부어 만드는 요리.
일단 맛은 확인할 수 없었지만, 화려한 퍼포먼스가 인상적이었다.
성재는 결정했다. 오늘 저 요리를 만들어보겠다고.
복어회를 좋아하는 심사위원이 걸리거나 고베 스테이크를 좋아하는 심사위원이 걸리면 시간만 날리는 것이겠지만, 그만큼의 가치가 있는 음식이라고 판단한 것이다.
성재는 밤을 새며, 키치키치 노 오므라이스를 연습하기 시작했다.
시스템으로 레시피조차 나오지 않는 주방장만의 특별한 음식.
'한 번이라도 방문하고, 직접 옆에서 봤으면 쉽게 만들 수 있었을 텐데…'
하지만 이 또한 남들과 같은 조건.
시행착오도 겪긴 하지만 그의 곁에는 홀로그램이 있다. 처음에는 노이즈를 일으키던 녀석도 2번째 시도, 3번째 시도에서 차차 그 빈도가 줄어들며 나아지기 시작했다.
시간이 흐르고, 벌써 4번째 시도.

> 키치키치노 오므라이스 ★★★★~★★★★★☆ (숙련도 6%)

팬 위에서 채소가 볶아지기 시작한다. 지글지글, 자글자글.
햄과 다진 고기를 집어넣고, 다시 한번 볶기 시작한다.
그다음은 간장 소스를 넣고 비벼주면 오므라이스 속 볶음밥이 완성된다.
문제는 그다음. 키치키치 오므라이스의 가장 힘든 점은 바로 오믈렛.

겉은 익히고, 안쪽은 반숙이 되게 만드는 것. 프렌치 오믈렛이 겉과 속이 균일한 것과 달리 이곳 일본에서는 겉은 익고, 속은 반만 익힌 게 유행한다.

숙련도 75%… 숙련도 82%… 숙련도 89%…

점차 올라가는 레시피 숙련도. 드디어 유튜브에서 시청한 요리를 완성시킨 성재.
홀로그램 녀석이 아직 사라지지 않고 씩 웃는다. 성재가 속으로 물었다.
'뭐냐?'
그러자 녀석은 완성된 성재의 요리를 보며, 자신의 머리띠를 꺼낸다.
거기에 이미 쓰여 있는 글씨.
〈頑張って!(힘내!)〉
그리고 두 번째로 꺼내는 머리띠.
다행히 거기에는 한글로만 쓰여 있는데…
〈언어 공부도 좀 하고!〉

성재는 녀석을 보며 속으로 말했다.
'너 요즘 건방지다?'
녀석은 혓바닥을 내밀며, 메롱메롱거리며 약 올리더니, 다른 차원으로 모습을 감췄다.
그래도 성재는 녀석이 싫지 않다. 오히려 친근하게 느꼈다. 때로는 친구 같았다.
녀석의 도움이 있었기에 지금의 요리를 만들 수 있었으니까.

 recipe 　　성재표 키치키치노 오므라이스 ★★★★★☆　　

간장, 고기, 채소 베이스로 만든 볶음밥에 반숙오믈렛을 올린 요리

그리고 그 요리를 먼저 맛볼 수 있는 혜택. 지원과장이 성재를 향해 말했다.
"이번 건 먹어봐도 되냐?"
"네. 드십쇼. 이건 제대로 완성된 것 같습니다."
"후후, 그래! 잘 먹을게."
"아, 잠시만 기다려주십시오."

성재는 식칼을 꺼내 볶음밥 위에 얹은 오믈렛을 반으로 가른다.
쫘라락!
오믈렛의 중앙 부분이 갈라지며, 촉촉한 계란물이 볶음밥에 넘치도록 흘러내린다.
그야말로 장관.
"오-우야! 이건 뭐야? 폭포수 흘러내리는 것 같은데?"
"이게 아까 제가 유튜브에서 본 그 키치키치노 오므라이스입니다."
"본 걸 직접 만든 거야?"
"그렇습니다. 드셔 보십시오."
남기훈 대위는 일단 압도적인 시선 강탈에 미소를 지었다.
마치 미국식 아침인 에그베네딕트를 떠올리는 성재가 만든 요리.

그 맛은? 역시나 환상이다.
짭짤한 듯하면서도 아삭아삭한 간장, 채소, 고기 볶음밥과 반숙 오믈렛의 완벽한 하모니.
짠맛, 단맛, 고기의 감칠맛, 기름맛, 계란 반숙의 촉촉함이 공존하는 요리.
보기도 좋고 먹기도 좋은 음식. 보는 즐거움, 먹는 즐거움을 동시에 느끼는 음식.
남기훈 대위는 이제 왜 다들 성재, 성재, 성재 하는지 알게 되었다.
그의 실력은 방송으로 만들어진 이미지가 아니었다. 전방 GOP에서 생활하며, 취사병들은 거기서 거기인 줄 알았는데, 성재는 그 격을 달리한다.
다른 취사병들이 동네의 허름한 분식점이라면, 성재는 백화점의 전국구 맛집이랄까?
그는 순식간에 한 접시를 비워낸 후, 성재에게 말했다.
"우와! 미쳤다. 이-야! 강성재?"
"상병 강성재?"
"너 장난 아니구나?"
성재는 그의 칭찬에 다시 한번 되물었다.
"입맛에 괜찮으십니까?"
"응. 나한테 딱이네. 한마디 해줄까?"
"음. 네. 한마디 부탁드리겠습니다."
"하나 더!"
"잘 못 들었습니다?"

"하나 더 달라고!"
"네. 하나 더 만들겠습니다."
남기훈 대위, 그는 오늘 성재의 돌발행동도 다 잊고 성재의 노예가 되어 버렸다.

다음날 아침. 모두의 예상대로 호텔 레스토랑에서 촬영 준비 중이었다.
성재는 만족한 얼굴로 다른 사람을 쳐다보았다.
다들 긴장한 눈빛. 어떤 레스토랑 셰프가 특별 심사위원이 될까 예상하고 있었다.
"미츠노 셰프가 특별 심사위원이 되지 않을까?"
"그것보다는 사카모토 셰프가 될 것 같습니다."
"마츠이 셰프도 가능성 있지 않을까요?"
그런데 한국에서 날아온 세 명의 심사위원들은 씩 웃으며, 12명의 참가자들을 바라본다.
그중 여성 심사위원이 가장 먼저 입을 열었다.
"어제 소문이 돌더군요. 여기 호텔 레스토랑 셰프가 특별 심사위원이 될 거라고요."
마틴 최가 방긋 웃으며 말했다.
"모두가 그럴 거라고 생각했다면서요? 그래서 잠자코 있었지요."
윤혜숙, 마틴 최의 말만 듣고서는 아직 누가 심사위원이 될 것인가, 알 수가 없다.
그러면 마지막 남은 한 명의 심사위원. 그는 바로 힐튼 호텔의 윤석현.
"맞습니다. 오늘 요리를 심사할 심사위원이 저희 세 명은 아닙니다. 그러나 …."
침을 꿀꺽. 금방 말해주면 좋겠는데, 이런 심사위원들은 꼭 시간을 끈다.
"여러분이 예상한 일본 셰프분들도 아니지요."
아니라고?
그럼 누구? 누군데? 여기 일본까지 와서 누가 심사위원을 맡게 된다는 건데?
그때! 갑자기 빔프로젝터가 켜지고. 동영상이 재생된다.
그리고 들리는 일본어.

"오하요 고자이마스!"
한 여성이 미소를 지으며 자신을 설명하고, 그 밑에는 자막이 달린다.
"안녕하세요. 저는 26살 아오이 마사미라고 합니다."

아오이 마사미 / 세이가쿠 유치원 선생님(26세),
그녀는 청순하고 밝은 미소로 참가자들에게 손을 흔들었다.
"한국에서 온 셰프님들께서 우리 햇님반 원생들에게 파티를 열어주신다고 들었어요. 우리 원생들! 카메라 보며, 맛있게 해주세요! 해봐요!"
그러자 갑자기 카메라 화면이 돌아간다.
해맑은 미소를 짓는 6살 아이들. 꼬마들이 수줍은 얼굴로 카메라를 향해 말했다.
"맛있게 해주세요!"
일본어였지만, 글로벌 시대에서 그들의 언어를 몰라도 몸짓과 표정만 봐도 무슨 말을 하는지 이해가 가능했다. 다시 돌아가는 화면.
아오이 마사미가 미소를 지으며 다시 셰프들에게 말했다.
"기대해도 좋겠죠? 한국에서 온 셰프님들! 힘내세요!"

스크린이 내려가고. 심사위원들이 오늘의 주제를 발표한다.
"오늘의 주제는 일본 세이가쿠 유치원 학생들을 위한 디저트 파티입니다. 그럼 저번 1등인 강성재 참가자와 2등인 최권우 참가자 앞으로 나오세요!"
성재는 심사위원의 부름에 응했다. 앞으로 나아가는 성재.
그는 자신을 탐탁지 않게 생각하는 6명 중 하나인 최권우가 노려보는 시선을 느꼈다.
시기와 질투를 유발하는 순위. 심사위원들이 성재에게 첫 번째 키를 부여했다.
"이번 미션은 단체 미션입니다. 강성재씨와 최권우씨는 각각 강성재팀과 최권우 팀을 만들어 세이가쿠 유치원 학생들이 각자 먹을 수 있는 맛있는 간식 한 접시를 만들어내면 되겠습니다. 그럼 저번 탈락미션 1등이신 강성재씨!"
"네."
"먼저 팀원 한 명을 뽑아주세요!"

262

성골과 진골

성재는 주변을 둘러보았다.

실력대로 뽑아야 할까? 아니면 자신에게 호감을 가진 사람을 뽑아야 할까?

이건 경쟁. 무조건 실력이 먼저였다. 실력 있는 사람이 살아남는 대회.

팀 경기에서 1억 원의 상금을 위해서는 실력 좋은 사람을 먼저 선점해야 한다.

성재의 선택은 어떻게 보면 당연해보였다.

"저는 강민욱 셰프님을 뽑겠습니다."

강민욱.

저번 미션, 청와대 셰프를 이겨라에서 참가자 중 1등. 우승 후보자 중 하나.

그런데? 그의 표정이 좋지 않았다. 강민욱은 생각했다.

'저 새끼가 날 왜 뽑아?!'

그는 자신과 급이 비슷한 셰프들에게 미리 말해두었었다.

팀 경기를 할 경우, 5성급 호텔 출신끼리 팀을 편성하자고. 근본도 없는 지방 호텔 놈들과 일반인들을 빨리 걸러내자고.

군바리 놈이 황당하게도 자신을 뽑으니 화가 치밀었다.

다행히 신은 그의 편이었다. 힐튼 호텔의 윤석현 심사위원이 강민욱에게 물었다.

"강성재 참가자가 강민욱 참가자를 팀원으로 선택하였습니다. 받아들이시겠습니까?"

거부권. 생각도 못 한 천운(天運).

강민욱은 일말의 망설임도 없이 대답했다.

"죄송합니다. 다른 팀으로 가고 싶습니다."

"네. 선택권은 이제 최권우 참가자에게 돌아갔습니다. 최권우씨!"

"네!"

"팀장으로서 누구를 팀원으로 선택하시겠습니까?"

"저는 강민욱 참가자 선택하겠습니다."

"역시나 강민욱씨가 인기가 많네요. 이미 마음은 정하셨겠지만 다시 한번 묻죠. 최권우 팀에는 들어가시겠습니까?"

강민욱은 어색한 미소를 지으며 심사위원에게 말했다.

"네! 최권우씨 팀에 들어가겠습니다."

"좋습니다. 최권우씨 팀에 강민욱씨가 들어왔습니다. 강민욱씨, 최권우씨 옆자리로 이동해주세요. 다시 한번 룰을 말씀드리지만, 각 팀은 6명까지 선발할 수 있고, 선발되지 않은 참가자는 인원이 부족한 팀에 강제 분류됩니다. 신중하게 결정해주세요."

성재의 얼굴은 울상이 되었다. 일반인인 자신을 팀장으로 인정해주지 않는 분위기. 셰프들이 방송 앞에선 티내지 않았지만, 은근히 일반인을 무시하는 게 보였다.

팀장이 된 게 오히려 악영향을 미치는 상황.

성재는 마음을 다잡았다. 흔들리지 않았다. 지금은 침착하게 다른 사람을 팀원으로 뽑아야 한다. 그래서 성재는 그 이름을 불렀다.

"죄송합니다. 저도 다른 팀으로 가고 싶습니다."

그리고 최권우는 그런 박동민을 뽑아간다.

성재 옆에는 아무도 없고, 최권우 옆에는 박동민과 강민욱이 있다.

성재는 고개를 저었다. 스스로 강인해지려 노력했다.

'지지 말자. 언제부터 나약했다고 그래? 당당하게 정면 보고 아무렇지 않게 행동해!'

두 눈에서 눈물이 글썽거렸지만, 그는 참았다. 입술에 힘을 주고, 침을 꿀꺽 삼키며, 마음을 진정시켰다.

여기서 울컥하면 지는 거였다.

내일이면 병장이다. 전 국민이 보는 방송에서 부끄러운 모습을 보이고 싶지 않다.

그런데 자꾸 분위기에 눌린다. 그의 표정이 울상이 되어가는 게 누군가에는 읽혔다.

같이 레스토랑에서 일했던 백동원은 그런 동생을 위해 큰 소리로 말했다.
"성재야! 나 뽑아!"
침묵.
성재의 팀에 가고 싶어 하는 사람은 셰프 중 백동원 뿐이었다.
그런데 셰프가 아닌 사람 중에는 또 있었다. 바로 윤동현이었다.
"성재야! 나 뽑아! 괜찮으니까, 너랑 팀 할 테니까!"
세 명의 심사위원들은 그 둘을 보며 고개를 끄덕였다.
개인의 심성, 성향을 확인할 수 있는 계기가 되었기에, 그들로서도 만감이 교차했다.
성재는 백동원의 외침에 고개를 끄덕이며 그를 불렀다.
"동원이 형을 뽑겠습니다."
그러자 심사위원이 백동원을 부른다.
"백동원씨?"
"네! 성재와 함께 하겠습니다."
그렇게 진행된 팀. 최권우는 최강의 6명, 셰프 팀을 만들어냈다.
그들은 하나같이 인 서울에 있는 5성급 특급호텔 주방 출신 요리사.
반면, 성재의 팀은 지방에 있는 3, 4성급 호텔 출신 요리사 넷과 일반인 둘.
누가 봐도 승부는 뻔해 보이고, 최권우 팀은 속으로 환호성을 내질렀다.
팀이 편성되자 별도의 시간을 주는 심사위원.
"그럼 먼저 별도 회의시간 30분 드리겠습니다. 참가자들은 어떤 파티 요리를 할지 의논해서 저희에게 제출해주세요."
각 팀들은 자신들이 어떤 콘셉트로 디저트를 만들지 회의를 시작했다.

강성재네 팀.
성재는 일단 고개를 숙이며 선배 셰프들에게 예의를 갖췄다.
"부족한 제 팀에 오셔서 정말 죄송합니다. 그래도 최선을 다해주셨으면 좋겠습니다."
백동원이 고개를 저으며 말했다.
"야! 됐어. 무슨 신라시대 성골과 진골도 아니고! 다들 어차피 이렇게 될 운명인 거 알고 있었잖아요?"

백동원의 말에 경기도 광주 출신 조윤태 셰프가 입을 열었다.
"치사하더라! 서울 사람들끼리 모여서 한 팀을 이루는 게, 참 보기도 안 좋고, 내가 지방이라서 무시당하는 느낌도 들고."
대구 출신의 최환철도 말을 꺼낸다.
"그러게요. 어제 그 사람들끼리 호텔방에서 모여서 이야기할 때부터 조짐은 보였는데, 대놓고 이렇게 나올 줄은 몰랐네요. 진짜 서러워서 이거 방송 하겠어요?"
마지막 제주 출신 셰프 또한 입을 열었다.
"어쩌겠어요? 우리가 못난걸. 잘난 사람들끼리 팀을 맺겠다는데, 그렇게 해야죠. 성재씨한테는 말 놓아도 되죠?"
성재는 제주도 출신 염기훈의 말에 고개를 끄덕였다.
"네. 다들 저보다 형님들이니까 편하게 말씀하세요."
성재가 승낙하자, 염기훈이 대뜸 반말로 말했다.
"그래. 강성재! 내가 너한테 한마디만 하자!"
"네. 말씀하세요."
"너! 인마! 자신감 좀 가져! 아까 울상인 거 보고 짜증나 죽는 줄 알았다. 사람이 죽었냐? 아니면! 우리가 승부에서 져서 탈락이라도 했어?"
"그건 아닙니다."
"그럼 당당하게 해야지. 우리 팀장이 너잖아. 네가 뽑았든 아니든, 성재 네가 지금은 팀장이잖아. 군대에서는 병사가 지휘관 말 듣지?"
"네."
"여기는 팀원들이 팀장 말 듣는 거야. 다들 동의하죠? 백동원씨!"
"네?"
"성재한테 친하다고 뭐라고 갈구지 좀 마세요. 그리고 윤동현씨?"
"네?"
"동현씨한테도 말 편하게 할게. 너도 재벌이라고 성재 갈구지 말고! 사석에서 보니까 막 반말하고, 뭐 지나가는 말로는 계약하자고 그러던데! 성재 싫다는 표정 못 봤어?"
얼굴은 다 아는 사이. 그래서일까? 평소에 마음에 담아둔 이야기를 하는 사람들.
윤동현은 갑자기 그의 말에 고개를 숙였다.
'아, 읽혔나?'

자신보다 인생 선배. 염기훈이 정확히 꿰뚫어보자, 그는 고개를 끄덕였다.
"제가 성재를 좋아합니다. 흐흐, 주의할게요."
그렇게 간단한 인사를 나누고, 팀장으로서 첫 임무를 받게 된 성재.
그가 자신의 생각을 조심히 꺼내 들었다.
"저는 꿀타래는 확실히 잘하거든요. 혹시 디저트 만드는 거 해보신 분 있으신가요?"
그러자 성재를 제외한 모두가 손을 든다. 백동원이 자신 있게 말을 꺼낸다.
"성재야. 너 저번에 나하고 같이 차 안에서 말했잖아. 디저트 나올 것 같다고!"
"네. 그랬었죠."
"나, 그래서 연습 많이 했다? 일본 간다고 들어서 일본 길거리 음식 중에 괜찮은 것도 많이 준비했고, 그러니까 걱정하지 마."

백동원의 말에 제주도 출신 염기훈도 입을 열었다.
"다들 제주도는 관광객 많은 거 아시죠? 저희도 일본 관광객들 많이 오기 때문에, 관련 디저트는 많이 연구해두었거든요. 솔직히 저희 호텔은 한국인 관광객보다 일본인이나 중국인이 더 많기 때문에 이번 미션은 저도 기여할 수 있다고 봐요."
하나, 둘 서로의 의견을 나누는 강성재팀.
서울, 대전, 광주, 대구, 제주도까지 전국 각지에서 모인 참가자들의 의견이 모이자, 다양한 의견이 제시되고. 모두의 의견을 취합한 성재는 팀원들에게 말했다.
"그럼 저랑 동현이형은 형들 디저트 만드는 거 서포트를 할게요. 발굴이나, 아니면 반죽 준비하면서 형님들을 도와드리는 거로 하겠습니다."
"그래! 그렇게 하자!"
"네! 그럼 다 된 것 같죠!"
"잠깐만! 파이팅 한 번 해야지!"
염기훈의 말에 모두가 손을 모은다. 그리고 그가 구령을 외쳤다.
"하나! 둘! 셋!"
"강성재 팀! 파이팅!"

반면, 최권우팀은 처음부터 삐걱거렸다.
"일본 애들은 캐릭터 넣는 거 좋아한다니까! 캐릭터 도시락이나, 동물 모양의 디저트라던가 이런 거."
"그냥 피자나 치킨 같은 게 인기 많을 것 같은데요."
"일본 애들 몰라? 아기자기한 거 좋아하잖아."
"……."
다들 자기주장들이 강해, 의견취합이 안 되는 엘리트들의 집단.
팀장 최권우는 자기 주장만 하는 사람들 때문에 아직까지도 메뉴를 정하지 못했다.
"시간 얼마 안 남았어요. 빨리 메뉴 결정해야 돼요. 어떻게 하실 건데요?"
끝까지 의견이 갈리자, 가장 목소리가 큰 강민욱이 팀장에게 말했다.
"그럼! 각자 자신 있는 디저트 한 종류씩 준비하는 거로 하자! 그럼 6종류 나올 거 아니야? 그렇게 하면 되지."
"그렇게 하시죠!"
"그게 좋을 것 같네요!"
"그렇게 해서 6종류 디저트 만들면 되겠네요. 저도 동의합니다."
최권우는 팀장으로서 자신의 목소리가 전달되지 않자, 홀로 고개를 숙였다.
'아, 이거 제대로 되려나, 중구난방인 거 같은데? 아! 몰라! 몰라!'

회의가 끝난 후, 조리가 시작되었다.
강성재 팀과 최권우 팀은 서로 의견을 나눈 후, 조리에 들어간다.
심사위원 마틴 최는 의외의 눈빛으로 성재를 바라보았다.
"강성재씨?"
"네?"
"꿀타래 안 해요?"
"네. 오늘은 안 하려고 합니다."
"어? 당연히 그거 할 줄 알았는데? 그거 완전 인기 있었잖아요."
"음, 꿀타래는 만드는 과정이 재밌는 거라서, 오늘은 아껴두겠습니다."
"알겠어요. 아쉽네요. 오늘 꿀타래 한 번 더 먹는 줄 알았는데 …."
마틴 최의 말에 성재가 씩 웃으며 말했다.
"그것보다 오늘은 형님들이 준비한 더 맛있는 디저트로 보답해드리겠습니다."

"음, 그럼 강성재씨는 옆에서 보조만 한다는 거죠?"
"네. 오늘은 그럴 생각입니다."
성재가 생닭을 손질했다. 아이들이 먹으니 순살로만 만들어야 해서, 손이 많이 간다.
윤동현도 마찬가지. 윤동현은 혼자 튀김가루와 밀가루를 이용해 반죽에 집중했다.
시간이 흐르고.
쿠키, 치킨, 피자, 그런데 여기서 성재가 팀장으로서 해야 될 일이 있다.
그건 남들의 실수를 바로잡아주는 것.
"기훈이형?"
"어?"
"오븐 조리시간 원래 35분으로 하셨었어요?"
"어. 나 할 때는 그랬는데?"
"음, 오븐 출력은 확인하셨나요? 한국에서 쓰던 거 하고 제품이 틀리니까 출력이 다를 수 있잖아요."
"아! 그걸 생각 못 했네! 어쩌지?"
성재는 씩 웃었다.
"다행히 이건 군대에서 쓰는 기종이라 조리시간을 알거든요. 제가 조정해도 될까요?"
"그래? 이걸 군대에서 써? 일제인데?"
성재는 대충 둘러대었다. 시스템으로 최적의 조리시간을 알 수 있는 성재에게 오븐의 기종 따위는 중요하지 않으니까.
"군대에서 써요. 요즘 군대 얼마나 좋은데요."
"그래? 어휴! 다행이다. 십년감수했네."
"제가 도움이 되어서 다행이네요."
성재는 오븐의 최적 조리시간을 입력 후, 윤동현을 바라보았다.
"형! 어디가?"
"응? 반죽 꺼내러."
"숙성 15분은 더 해야 돼! 이스트 넣었다고 해도 너무 빨라."
"그러다 실패하면? 다시 만들 여유시간은 있어야지."
"아니야. 형! 여기 형들은 실패 안 해. 그러니까 숙성 더 시키자."
"아, 불안한데…."

"걱정하지 마. 형은 저기 동원이형 좀 옆에 가서 도와줘. 나는 다른 분들 챙길게."
"알았다."
윤혜숙은 성재의 침착한 모습을 보며 고개를 끄덕였다.
팀장으로서 해야 할 일. 팀원들이 얼마나 착실히 준비하고, 계획대로 진행되는지 확인하는 일. 그는 이미 셰프로서, 주방장으로서 어떻게 후배 셰프들을 이끌고 가르쳐야 하는지 몸에 배어 있었다.
그리고….

"우와! 쿠키 대박 잘 익었다. 성재야! 오븐 조리시간 바꾼 거 잘 한 거 같다."
"그래요? 다행이에요."
하나하나 완성되어 가는 강성재 팀의 요리. 실패 한 번 없이, 순탄하게 흘러가는 팀원들의 중심에는 결선에 오른 사람 중 가장 나이 어린 강성재가 있었다.
윤혜숙이 인자한 미소로 성재를 쳐다보자, 마틴 최가 윤혜숙에게 말을 건넸다.
"어떠세요? 대단하죠?"
"뭐가요?"
"성재요. 저 나이에 형들 사이에서 자리 잡아서 열심히 하는 모습이 너무 기특하지 않으세요? 성재는 만약 여기서 떨어진다고 해도, 제가 데려가서 키워주고 싶네요."
마틴 최의 말에 윤혜숙 또한 고개를 끄덕였다.
'성재는 확실히 남들의 마음을 사로잡는 무언가가 있어.'

건군 제70주년 국군의 날 기념행사

서로 잘난 맛에 아무 말 없이 각자의 요리만 집중하고 있던 그들에게 문제가 터졌다.
"제가 먼저 오븐 쓴다고 했잖아요."
"미리 말씀을 하시던가! 지금 와서 쓰자고 하면 어쩌자는 겁니까?"
웃으며 강성재 팀을 이길 수 있다고 확신했던 그들의 신념이 무너지기 시작했다.
팀워크. 거기서 중요한 것은 시간 분배. 최권우팀은 각자 실력에 자신 있었지만, 서로 협력하는 것에 대해서는 문제가 있었다. 오븐에 사람이 몰린 것도 그 때문이고….
"저! 여기 도와주시면 안 될까요?"
"왜요? 아깐 자신 있다면서요!"
일손이 부족한 곳에 서포트해 줄 사람은커녕, 다툼만 있을 뿐이다.
심사위원은 고개를 절레절레 저었다. 그리고 머리를 맞대었다.
"마틴 최 심사위원님, 어떻게 생각하세요?"
"저는 이번 경기는 중단시켜야 된다고 생각합니다."
"그래도 중지까지는…."
"아니요. 완성되지 못한 요리를 일본 아이들한테 내놓다니요! 이건 국민에 대한 신뢰 문제입니다. 거부권부터 뭔가 이상했어요. 그때 저희 심사위원들이 나서야 했잖아요."
"그건 그런데…."

거부권의 의견을 낸 막내 작가. 그는 감독의 따가운 시선에 땀을 삐질삐질 흘렸다. 자신이 낸 의견이었기 때문이었다.
감독은 심사위원들로부터 의견을 수렴했다. 그리고 막내 작가 제이로빈을 불렀다.
"로빈씨?"
"네… 감독님…."
"다음 촬영부터는 나오지 마세요."
"…감독님… 한 번만… 한 번만 봐 주시면 안 될까요?"
"네. 국물도 없어요. 해고입니다."

마침내 아이들을 위한 시간이 되었다.
세이가쿠 유치원에서는 요리사 형들이 만든 요리로 멋진 파티가 시작되었다.
치킨, 피자에 계란으로 만든 에그타르트. 그리고 건강에 좋은 한국식 화채까지.
유치원 선생님은 아이들의 의견을 물으며 해맑은 미소를 지었다.
"타베트짱? 도시요?" [타베트! 어때요?]
"오이시요! 스고쿠 오이시!" [맛있어요! 정말 맛있어용!]
파티가 끝나고. 심사위원들은 아이들과의 평가를 생략하고, 결과를 통보했다.
"최권우 참가자! 팀장으로서 부끄럽다고 생각하지 않으십니까?"
"죄송합니다."
"최권우 팀 6명! 전원 탈락 후보에 선정되었습니다."
"그리고 강성재 팀 6명은 본선 3차 진출에 성공하였습니다. 축하합니다."
희비가 엇갈리는 가운데…. 심사위원들은 탈락미션을 부여했다. 또다시 팀 미션.
이번에는 6명이 3팀으로 나뉘어, 최고의 디저트를 만드는 미션. 각자 20분씩, 40분의 시간을 분배하여 디저트 메뉴를 내놓는 시간. 6명 중 겨우 2명만이 살아남았다.
"최권우씨! 기분이 어떠십니까?"
"홀가분한 것 같습니다."
"고생하셨습니다. 그럼 지금 즉시 이곳 경기장을 떠나주세요."
그렇게 실력 있는 특급호텔 6명 중 4명이 탈락의 고배를 마셨다.

한국의 10월은 맑고 상쾌하다. 그리고 오늘은 군인들의 공식 휴일. 국군의 날이다.

그러나 계룡대는 달랐다. 성재는 아침부터 분주히 움직였다.

행정반. 중대장이 휴가여서, 대리임무로 지원과장님이 경례를 받는다.

"충성!"

남기훈 대위가 성재의 경례를 받아주었다.

"충성!"

"신고합니다. 병장 강성재!"

"상병 윤석민!"

"동 김지명!"

"일병 조종헌!"

후임병들까지 관등성명을 대자, 성재가 힘찬 목소리로 말한다.

"이상 4명은 2018년 10월 1일부로 각각 1계급씩 진급을 명받았습니다. 이에 신고합니다!"

남기훈 대위가 미소로 일관하며, 계급장을 붙여준다.

찍찍이 계급장.

'이제 병장이구나.'

군생활의 끝이 얼마 남지 않은 가운데, 성재가 다시 한번 후임병을 지휘했다.

"대리 중대장님께 대하여 경례!"

"충성!"

그리고 병장이 된 성재를 지원과장이 불렀다.

"강성재!"

"병장! 강성재!"

"오늘 상 받는다며?"

"그렇습니다!"

"잘해라! 생방송이다!"

"알겠습니다."

장소는 다시 무궁화회관. 오늘은 건군 제70주년 기념이다.

16시 30분에 국방부 장관 외 각군 총장님 등 귀빈들이 예약손님으로 잡혀 있다.

스마트폰으로 주식 현황판을 보고 있던 박재영 상사가 고개를 저었다.

"아, 뭐야? 왜 갑자기 인터넷이 안 되지?"

그러자 옆에 있던 병사가 입을 열었다.

"원래 국군의 날 행사 진행하면 핸드폰 못 쓴다고 들었습니다."

"그래?"

현재, 계룡대 전 지역에 재밍 전파가 퍼졌다. 전파 방해로 계룡대에서는 휴대폰 통화나 무선 통신기기를 사용할 수 없다.

그렇다는 것은….

VIP가 등장한다는 것.

박재영 상사는 TV를 켰다. TV방송에서 정훈장교가 실시간으로 상황을 중계했다.

　남성 정훈장교의 진행.
　[현재, 대통령님과 함께 입장하고 계신 분들은 국방부장관과 합참의장, 육, 해, 공군 참모총장과 기무사령관, 특전사령관입니다.]
　여성 정훈부사관.
　[또한, 육, 해, 공군 해병대에서 군사대비태세 유공자로 차상철 상사, 강성재 병장이 함께 입장하고 있습니다.]

성재는 수만 명이 지켜보는 가운데, 대통령, 총장님들, 그리고 같이 근무했던 23사단 철벽회관 조리실장과 나란히 걷고 있었다. 오랜만에 보는 차상철 상사. 그는 뇌진탕 이후 건강을 완전히 회복하였고 성재를 보며 기특한 나머지, 미소를 지었다.

'녀석, 벌써 병장이네.'

반면, 성재는 차상철 상사를 보며 다른 생각을 했다.

'건강 회복하셨네요. 많이 걱정했었습니다.'

[차상철 상사는 지난번 삼척 간첩 사건 때, 철두철미한 군인정신을 발휘해 국민의 귀감이 되었습니다.]

[또한 강성재 병장은 당시 같은 장소에서 회관조리병으로 복무하며, 해당간부에게 적시적소에 보고하고, 상황에 유연하게 대처한 바가 있습니다. 큰 박수 부탁드립니다.]

진행이 끝나고, 재향군인회를 비롯한 참석자들이 태극기를 휘날리며, 대통령을 맞이했다. 대통령이 자리에 오르자 지휘자가 구령을 시작했다.

[부대~ 차렷!]

정복을 입은 한 장군. 그를 본 성재가 흐뭇한 미소를 지었다.

'단장님! 멋있습니다.'

배원영 준장, 그가 흰 수갑(예도용 장갑)을 낀 오른손에 예도칼을 잡고, 그가 후방에 있는 제대에 명령을 내린다.

[대통령님께 대하여~ 받들어~ 총!]

육, 해, 공군의 예하제대들과 육군사관학교, 해군사관학교, 공군사관학교, 간호학교, 거기에 3사관학교의 생도들까지 그의 명령에 제식동작을 수행한다.

"충~ 성!"

엄청난 목소리. 행사장 전역을 울리는 외침이 모두의 마음을 젖게 만든다.

그들의 목소리야말로 국가의 부름. 군인들의 목소리를 배원영 준장이 이어받는다.

예도의 손잡이가 입을 향할 때!

"충!"

다시 45도 아래로 바닥을 향할 때!

"성!"

철저한 제식 동작을 본 대통령의 얼굴에도 미소가 깃든다.

대통령이 눈썹에 손끝을 올리며 경례를 받자, 울리는 팡파르.

"빰빠람빠 빰-빠바밤!"

"빰빠람빠 빰-빠바밤!"

그런데 특이한 것은? 군악대의 연주와 함께, 포성이 울리기 시작한다.

펑! 펑! 펑! 펑!

연주가 끝나고.
[세워~총!]

대통령에 대한 경례가 끝이 났다. 이어지는 진행은 국기에 대한 경례. 애국가 제창, 순국 선열 및 호국영령에 대한 묵념. 모두가 태극기 앞에서 숙연하게 고개를 숙인다.
성재는 모든 행사가 끝난 줄 알았다. 그런데….
"다음은 열병이 있겠습니다. 열병!"
성재는 처음으로 열병 행사를 보았다. 수상자이기에, 단상에서 지켜보는 영광.
배원영 준장의 명령.
"열병!"
그러자 각군 생도를 비롯한 각 제대가 복명복창한다.
"열병!" "열병!" "열병!" "열병!"
그리고 대통령은?
[대통령님께서는 하단하시어 열병차량에 탑승하시겠습니다.]
대통령이 내려오자, 정훈장교가 다시 이어받았다.
[대통령님께서는 지금 계단을 내려와 사열차에 탑승하고 계십니다.]
국방부 장관이 동승하려는데, 대통령이 입을 열었다.
"국방부장관! 성재하고 차상철 상사 태워야지!"
"네. 준비 마쳤습니다. 뒤에 있습니다."
대통령의 사열차는 3열로 개조되어 있었다. 성재는 당황했지만 티를 내진 않았다.
이 모든 게 생방송 중. 차상철 상사도 영광으로 여기며 기쁜 내색을 애서 지웠다.
열병 2호차에는 합참의장과 육군 참모총장이,
열병 3호차에는 해군 참모총장과 공군 참모총장이 탑승한 가운데, 차량이 출발한다.

[계속해서 제병 지휘관 배원영 장군의 안내로 대통령님의 사열차가 열병 부대의 선두로 이동하겠습니다.]
제병 지휘관인 배원영 장군이 조수석에 타고. 대통령이 그를 향해 말했다.
"자네가 안내하는 건가?"
"그렇습니다! 편안히 모시겠습니다."

"후후, 기대하지!"
대통령과 함께 탄 차량에 대한 열병.
각 제대가 멋진 열병 자세와 함께 경례를 시작한다. 역동적인 북한과는 달리, 차분하면서도 절도 있는 동작으로 대통령께 이동하며 경례하는 제대들.
아직 임관도 하지 못한 생도들도, 각군 의장대들도 오늘만큼은 한 달여 기간 동안 연습한 성과를 톡톡히 내며, 대통령께 좋은 인상을 심어주었다.
열병이 끝나고 이어지는 대통령의 훈시.
대통령은 나라를 걱정했다.
북한의 급변하는 상황과 주변 정세에 대해 우려스러운 분위기를 말했다.
그리고. 그럴수록 우리 군인들이 제 역할을 해야, 나라가 바로 설 수 있다고 했다.
군대 기강이 해이해졌을 때 나라는 반드시 무너졌다며, 힘들고, 수고스럽더라도, 국가를 위해, 국민을 위해, 가족을 위해, 친구를 위해 지금 제 자리에서 최선을 다해줄 것을 다시 한번 당부했다.
그 후 대통령은 고맙다고 말했다.
여러분이 있어서 지금의 우리나라가 강대국에 둘러싸인 가운데서도 발전하고, 세계로 뻗어 나갈 수 있었다고. 자신도 지금은 사라진 갑종장교 출신으로 중위로 제대한 후, 현재까지도 군인들만 보면 가슴이 뛴다며! 항상 고맙고, 존경하고 있다고 말했다.
그래서일까? 모두가 숙연해지는 가운데, 눈물을 훔치는 사람들도 있었다.
대통령 훈시가 끝나고. 특전사들의 공연이 시작되었다.
독거미 부대와 707부대의 낙하공연. 203특공여단의 태권도 시범이 진행되었다.
성재는 태권도 시범을 보며 깜짝 놀랐다.
'어?'
누군가가 540도 돌려차기를 하는데, 어디서 많이 본 체형이었다.
[지금! 203특공여단 오민호 하사가 540도 돌려차기를 보여주고 있습니다. 그는 세계군인체육대회 태권도 부문 우승자로, 세계 군인들 중 가장 태권도를 잘하는 선수입니다. 많은 박수 부탁드립니다!]
오민호?! 오민호잖아!
드디어 간부가 된 오민호! 성재는 그를 보며 씩 웃었다.
'간부 된 거! 축하한다. 민호야!'

대통령의 기억

인간 정보, 휴민트. 지난 정부 시절 다 죽었다고 알려진 그들.
사실 휴민트는 아직 많이 남아있었다.
비밀로 하려던 그 사건. 그러나 이미 그 소식은 이미 북한에 흘러들어 갔다고.
다행인 점은 북한 입장에서 그녀가 중요한 멤버는 아니었다. 철저하게 훈련받은 정찰총국 사람과는 다르게, 그녀는 단순히 탈북한 후, 동생을 통해 협박당했던 것이었다.
그러므로 공식화해도 된다고. 그래야 더 안전하다고.
그래서 비밀로 했었던 간첩 사건을 대중에 공개했다.
핵심 멤버인 차상철 상사와 강성재의 신분도 다 공개했다.
그럼에도….
국정원에서는 배원영 준장을 통해 제안을 해 왔다.

"혹시 원한다면 이름, 주소, 주민등록번호 다 바꿔줄 수 있어. 너희 가족들도 전부."
주소, 이름을 바꾼다? 지금까지 내가 이룩해온 것을 전부 부정하라고?
"정말 위험한 것 아닙니까?"

"아니. 우리나라는 항상 북쪽에 대해 확실한 정보를 가지고 있어. 전쟁이 나도 하루 전에는 알 수 있고, 미사일 발사 조짐도 미국의 군사위성 지도로 예상할 수 있지."
"그렇게 쉽게 볼 수 있습니까?"
"그래. 매 15분마다 북한 전역의 사진이 넘어와. 그걸 우리 군인들이 받아서 해도(지도에 대한 해석)하는 거지. 미군도 우리한테 일부지역은 검토를 맡길 정도니까. 서로 상생한다고 봐야겠지. 아무튼, 군을 믿어라. 국가를 믿어. 안전하다면 안전한 거야."
"그래도 가족하고 엮여 있는 거라서, 조금은 불안합니다."
"후후, 황장엽 정도는 되어야 북한에서 죽이러 오지. 널 죽이려고 무슨 위험을 감수하겠어?"
"아버지와 상의 좀 해보겠습니다."
"성재야."
"병장 강성재?"

배원영이 고개를 저으며 서류 하나를 내밀었다.
신분 변환 동의서.
단장이 진지한 표정으로 성재에게 말했다.
"그럼 결정하고 여기에다 사인해. 그럼 신분 바뀌고 바로 전역하는 거야. 할 거니?"
신분을 바꾸는 것. 그럼 지금 나간 대회는? 내가 쌓아놓은 명성은?
자신이 올려놓은 금자탑이 송두리째 무너질 것이다.
이제 모두가 자신의 얼굴과 이름을 안다.
아니다. 이겨낼 수 있다고 생각한다. 그래서 그는 바로 전화를 했다.
아버지와의 통화. 의외로 담담한 목소리다.
- 그래? 군인들이 그렇다면 그런 거겠지.
"정말 괜찮으세요? 위험해지실 수도 있는데요?"
- 아들!
"네."
- 아빠는 걱정 마. 그리고 요즘 시대에 사람 죽이러 오는 간첩이 어디 있어? 그리고 넌 북한에 대해 뭐 알지도 못하잖아. 20년~30년 훈련받은 놈들을 너 죽이는 데 쓰겠니? 손해가 더 크겠다! 군인들 말 믿어. 그리고 성공을 위해 달려!

"네. 알았어요."
- 요리대회는 잘하고 있는 거지?
"네. 아빠! 이제 곧 대통령님 오세요. 가서 요리해야…."
- 후후, 대통령이라…아빠는 실감이 안 나네. 알았어. 끊자.
"네!"
성재는 전화를 끊은 후, 고민했다. 서류 봉투에 든 문서.
그는 그 문서를 가지고 배원영 준장에게 말했다.
"단장님, 괜찮습니다."
"전역시켜준다고 해서, 고민 좀 오래 할 줄 알았는데?"
"괜찮습니다. 이제 병장인데 만기 전역해야 되지 않겠습니까?"
"그래! 지금 VIP께서 곧 오실 테니까, 준비해."
"알겠습니다."

얼마 후, VIP가 대통령 별장과 계룡대의 지하 벙커를 둘러보고 무궁화회관에 왔다.
무궁화회관 주변에 깔린 수많은 경호원들. 성재는 맛있는 음식을 준비했다.
한 상 가득 차린 음식. 물론 혼자 하진 않았다. 동료들과 함께, 준비한 음식들.
대통령과 국방부장관, 합참의장, 각 군 총장 앞에 성재가 서 있다.
성재는 대통령과 장관 앞에서 경례를 실시했다.
"충성!"
"그래! 성재야. 네가 만든 요리라고?"
"그렇습니다!"
성재를 바라보는 대통령과 장관과 총장님들. 다들 대통령에게 잘 보이려고 아등바등.
그러나 대통령의 얼굴은 오로지 성재만 향한다.
그들도 성재가 왜 잘나가는지 알고 있었다.
그동안 함께 했으니까. 그 녀석이 왜 예쁨 받는지 알고 있으니까.
성재는 대통령이 가장 좋아하는 요리가 무엇인지 알고 있었다.

대통령이 가장 좋아하는 요리는 놀랍게도,

부대찌개.

성재는 최선을 다했다. 실수 하나 하지 않으려 레시피 하나하나에 정성을 다했다.

부글부글. 끓어오르는 냄비 안. 햄과 소시지가 보인다. 국방부장관이 당황했다.

'VIP께 부대찌개를 내놓으면 어떻게 해? 알아서 잘한다며! 배준장! 배준장 어디갔어?'

그런데 가장 끝에 앉은 배원영은 아무렇지 않은 듯 성재를 바라본다.

'문제를 모르는 거야? 아니! VIP께 어떻게 부대찌개를 내놓는 거야? 생각이 있는 거야? 없는 거야?'

그런데 대통령의 얼굴엔 미소가 걸려있다.

대통령은 과거의 추억에 잠겼다. 그리고 그 추억을 상기하며 물었다.

"하하, 국방부장관! 부대찌개 이름이 왜 부대찌개인 줄 알고 있나?"

"…그건 잘 모르겠습니다."

"군대에서 제대를 부대라고 부르지?"

"그렇습니다."

"그 부대에 찌개를 섞어서 부대찌개라고 부르는 거야."

"아…."

국방부장관은 의외로 기분 좋아진 대통령의 얼굴을 보았다.

그는 부대찌개에 대한 좋은 기억을 가지고 있는 듯했다.

"내가 태어난 건 의정부, 1952년이었지. 그때에는 정말 먹을 게 없었어. 그렇잖아. 6.25 전쟁기간이었으니까. 38선을 기점으로 계속 소모전만 하고 있어 불안해 죽겠는데, 기반 시설은 다 파괴되어 있어. 재건하는 데만 해도 수십 년은 걸릴 것 같은데, 그때 막 내가 태어났단 말이지."

"그러셨습니까?"

"전쟁이 끝나고, 서울도 발전하지만, 미군 부대는 여전히 주둔해 있었지. 그땐 나도 꼬마였어. 녀석들이 지나가면 되지도 않는 영어로 초콜렛! 초콜렛! 하고 외쳤었지."

"고생하셨겠습니다."

"사실 부대찌개도 초콜릿하고 똑같아. 녀석들이 배고픈 사람들을 위해 소시지나 햄 같은 걸 줬었지. 그런데 그게 엄청 느끼하잖아. 사람이 고기를 안 먹다가 먹으면 속이 막 울렁울렁거린단 말이야. 그래서 사람들이 연구를 해. 이걸 어떻게 해야 먹을까? 그러다가 김치랑 같이 끓여본 거야. 그런데 말이야. 웃기게도 말이야. 이게 엄청 맛있는 거야. 김치, 고추장, 두부, 햄, 소시지만 넣어도 간이 딱 맞아. 다른 걸 넣을 필요가 없을 정도니까. 그때야 워낙 먹을 게 없기도 했지만, 요즘에도 부대찌개 찾는 사람 많잖아. 내 고향 의정부는 부대찌개 골목이 여전히 있을 정도니까."
국방부장관의 눈빛은 대통령에 이어, 배원영 준장을 향하고 있었다.
'이 새끼, 뭐지? 여기까지 생각했던 건가?'
그러나 이건 배원영 준장도 몰랐다. 전혀 생각하지 않았던 거였다.
단지, 그는 하나만 고려했다.
무슨 연유에서인지 몰라도, 성재가 하는 요리는 항상 평가가 좋았다.
영 아닌 것 같은 요리여도, 항상 긍정적인 반응을 만들어냈다.
그래서 이번에도 왜인지 그럴 것 같았고, 그 예상은 보기 좋게 맞았다.
그는 생각했다. 성재에게는 행운을 가져다주는 무언가가 있다고.
축복받고 있다고. 열심히 살았기에, 그런 축복을 받는 거라고.
그는 종교를 믿고 있었기에, 성재는 그런 축복을 받은 아이라고 생각한 것이다.
성재는 그들의 호감도 변화를 보며, 만족했다.
대통령의 호감도도, 국방부장관, 합참의장, 각 군 총장의 호감도도 상승하고 있다.
"충성! 조리 다 됐습니다. 이제 드셔도 됩니다."
성재가 말을 끝내자, 대통령이 숟가락으로 부대찌개를 들었다.

호로록!
뜨거운 국물을 입안에 넣는 대통령.
그의 몸은 현재 계룡대의 무궁화회관에 있었지만, 정신은 1961년도 의정부에 가 있었다.
그는 아직 어린 10살이었다. 너무 배가 고파 거리에서 구걸을 하고 있었다.
자신과 같은 처지에 있는 사람이 너무나 많았다. 세상은 힘들었고, 정말 어려웠다.
그때, 미군 장교가 걸어가는 것이 보였고, 무작정 뛰어갔다.
되지도 않는 영어를 말했다. 초콜릿! 초콜릿! 이라고.
그런데 녀석이 초콜릿 대신 소시지를 던져준다. 그러면서 머리를 쓰다듬고는 자전거를 타고 어디론가 사라진다. 어린 소년은 그것을 품에 숨기고 집으로 향했다. 숨긴 것은 지나가다 다른 사람에게 뺏기지 않기 위해서였다.
그만큼 어려운 시절이었다.

막 기울 것 같은 초가집 안에는 그의 어머니가 있었다. 가마솥에 물을 끓이고 있는 그녀는 꽤 야위어 있었다. 포대기로 아이 하나를 등에 업고, 이제 막 5살 난 아이는 어머니의 곁에서 불을 지피는 것을 지켜보며 말했다.
"배고파…."
"그래. 기다려. 금방 되니까…"
"응."

그때, 이제 막 도착한 소년이 말했다.
"어머니! 미군 아저씨한테 소시지 받아왔어요."
"이리 주렴."
그것을 보며 환한 미소를 짓는 어머니. 그때 처음 먹어본 부대찌개.
대통령은 그때와 똑같은 맛을 낸 성재의 요리를 보며 감탄했다.
"정말 맛있네. 진짜 맛있어."
맛있을 수밖에 없었다.
성재의 발밑에는 상관을 위한 요리에 발동하는 오오라가 돌아가고 있었다.
그 불빛은 성재에게서 대통령으로, 대통령에게서 국방부장관에게, 그리고 합참의장, 그리고 각군 총장에게까지 퍼져나갔다. 등급은 5성급이었지만, 대통령에게는 7성급 요리보다도 더 맛있게 다가왔을 거였다.
왜? 추억이 담긴 요리였으니까.

대통령이 성재를 부른다.
"강성재!"
"병장 강성재?"
"어이쿠! 녀석, 병장 됐구나?"
"그렇습니다!"
"내가 부대찌개 좋아하는 거 어떻게 알았어?"
성재는 대통령의 질문에 대답하지 않았다.
아니, 대답할 필요가 없었다. 그는 이미 정답을 정해놓았으니까.
"아니다. 됐다. 배원영!"

"준장 배원영!"

"자네 작품인가?"

배원영이 성재를 바라보았다. 그리고 성재 또한 배원영 준장을 바라보았다.

그 둘은 마음이 맞았다. 그래서 동시에 대답했다.

"성재 작품입니다."

"단장님이 지시하셨습니다."

서로의 공이라고 돌리는 두 사람. 그 둘의 케미를 보며, 대통령이 미소를 지었다.

'후후, 둘 다 맘에 드네.'

그래서일까? 그가 성재를 향해 말했다.

"성재야."

"병장 강성재?"

"너! 배원영 준장이 좋냐?"

"그렇습니다!"

"배원영 준장! 가만히 생각해보니까, 너는 성재를 잘 만난 것 같애. 안 그래?"

대통령의 질문에 배원영이 고개를 끄덕이며 대답했다.

"그렇습니다. 성재 덕분에 진급도 한 것 같습니다."

"후후, 그럼 내가 또 제안 하나 하지."

대통령의 제안? 장관과 총장, 합참의장의 고개가 대통령을 향해 돌아간다.

그리고 놀랍게도 그의 제안은?

"성재가 만약 1등 하면, 너도 청와대 같이 와라."

배원영 준장은 대통령의 농담에 허허실실 웃으며 대답했다.

"저도 그랬으면 좋겠습니다. 선발만 해주신다면 열심히 하겠습니다."

"후후, 그래. 그래!"

그리고 성재의 앞에 메시지가 떠오른다.

달성조건 5 대통령이 좋아하는 음식(부대찌개) 대접하기를 달성하였습니다

강성재씨! 누구에게 드리겠습니까?

대통령이 떠났다. 국군의 날이 지나고 매년 10월 초가 되면 계룡대에서 벌어지는 일.
국군 페스티벌!
국군 페스티벌은 계룡대 대부분의 지역을 시민에게 개방하고, 군대의 문화, 역사 그리고 군대 전반에 관한 모든 것을 시민들과 함께하는 문화행사이다.
분대장인 성재를 비롯한 후임병들은 오늘 무궁화회관이 아니라 비상활주로 앞에서 먹거리 부스를 운영한다.
이 페스티벌을 위해서 공군 이글스는 몇 주간 계룡대 전 지역에서 비행연습을 했다.
공군 이글스의 F-50 전투기 5대가 나란히 편대비행을 시작했다. 다섯 갈래로 갈라지는 비행기. 그들의 뒤 꽁무니로 터져 나오는 각양각색의 연막탄.
시민들은 환호성을 질렀다. 시끄러운 소음 속에서도 1년에 한 번 볼까 말까 한 멋진 광경에 매료되어 있는 사람들. 그런 사람들을 위해 열심히 준비하는 요리병들.
성재가 오늘 만들 요리는 손이 덜 가고 만들기 쉬운 조각 스테이크다.
아버지와 장사했던 추억을 상기하며 조리에 들어가는 성재.
녀석을 위해 4명이 서포트를 시작한다.

"강성재 병장님? 가스통 하나 더 가져오겠습니다. 부족할 것 같습니다."

"그래. 조리실장님께 보고 좀 해줘."
"강성재 병장님? 브로콜리 부족해 보이는데 말입니다."
"그래? 실장님하고 같이 다녀올 수 있지? 그거 말고 빨간색 파프리카랑 양송이도 부족할 것 같거든. 고기만 너무 많이 샀다."
"알겠습니다. 브로콜리, 파프리카, 양송이 실장님께 말씀드리고 다녀오겠습니다."
성재가 연 먹거리 부스. 계근단 말고도 2경비단, 통신대대, 군악대, 화생방지원대, 그리고 인접부대인 203특공 1대대에서도 부스를 차렸다.
그러나 붕어빵, 김밥, 떡볶이 등을 준비한 곳과 유난히 차별되는 성재의 먹거리 부스.
상대적으로 간단하고, 조리에 어려움이 없는 안전한 음식을 하는 다른 부대와 달리, 성재의 부스에서는 숙련도가 높은 음식을 만들고 있다.
채소가 듬뿍 담긴 한 접시 스테이크.
비록 요리는 은박지접시에 담지만, 그 풍성함은 다른 곳과 비교가 되지 않는다.
가격은? 시중과는 비교도 되지 않을 만큼 싼 5,000원. 원가 4,200원인 조각 스테이크를 5,000원에 팔고 있으니, 사람들이 몰리고 시민들은 성재를 알아보기 시작했다.
"어? 베스트 셰프! 성재씨 맞죠?"
성재는 미소를 지으며 말했다.
"네. 맞습니다."
"소식 들었어요! 본선 올라갔다면서요. 꿀타래 정말 잘 만드시더라구요."
"아…보셨습니까?"
꿀타래, 예선 통과할 때의 메뉴. 지금 방영하는 방송에서는 이제 예선이 끝난 상태.
"윤아씨는 어떻게 돼요?"
역시 화제의 멤버는 성재 뿐만이 아니었다. 윤아의 활약. 예쁜 여고생이 노력하는 모습은 방송에서 화제를 몰고 올 수밖에 없다.
"윤아는… 방송에서 확인하셔야 될 것 같습니다. 답변 못 해드려 죄송합니다."
"아, 아니에요. 비밀이시구나. 얼마죠?"
"5,000원입니다. 수익 일부분은 불우이웃장병 돕기에 사용될 예정입니다."
"네!"
올리브 오일에 두른 고기와 적색, 노란색 파프리카. 그리고 양송이와 흰양파, 적양파.
다양한 색깔이 식욕을 자극하고, 성재의 웃음이 그녀도 미소를 짓게 만든다.

"맛있으실 겁니다. 드셔 보십시오."
병장 성재의 말.
그녀는 미소와 함께, 그녀에게 소스 하나를 건넸다.
"어? 이게 뭐예요?"
"스테이크 소스입니다."
성재의 특제 스테이크 소스. 시중에서 구입해도 되지만, 자존심이 허락하지 않았다.
그가 만든 소스의 이름은 오리엔탈 특제 소스. 양파와 토마토, 고추를 다지고, 간장과 미림, 설탕, 물, 다진 마늘, 포도씨유를 이용해 만들었다.
그녀는 소스의 강렬한 맛에 깜짝 놀랐다.
짭짜름하면서도, 채소와 잘 어울리는 소스. 그리고 씹히는 고기. 치아가 상하 운동을 할 때마다 스테이크 안에 가두어놓았던 육즙이 버티지 못하고 바깥으로 빠져나온다.
육즙은 파프리카, 브로콜리와 만나 느끼하지 않으면서, 건강한 맛을 자아냈다.
단순히 5,000원짜리 요리라고 생각했지만, 22,000원짜리 스테이크 전문점에서 먹는 음식보다 더 맛있다.
그도 그럴 수밖에 없는 것이 여기는 성재의 구역.
대회에서는 사용하지 못했지만, 위수지역에서는 성재의 능력이 정확히 발휘되기에, 직업 보너스에 의해 평소보다 등급이 ☆만큼 상승했다.

사실 놀란 것은 그녀가 아닌 성재였다.
'예전보다 숙련도가 많이 올랐어.'
성재가 처음 만든 스테이크는 3성이었는데, 지금은 5성 반짜리다. 예전과는 달리 좋은 재료도 선별할 수 있고, 숙련도도 많이 올랐으며, 다양한 소스 배합 등도 알아냈기에 5성 이상의 요리를 만들 수 있는 것이다. 길거리 음식이 5성 반. 그러니 다들 미치고 환장할 수밖에. 계룡시 전 지역에서 성재보다 등급이 높은 음식점은 없었다.
계룡은 인구 4만의 작은 소도시였다. 거기에 성재 같은 요리사가 출동했으니, 시민들이 관심을 가지고 지켜보는 것은 당연지사.
조리실장인 박재영 상사는 차량을 이용해 가스통과 식재료를 운반하다가 길게 늘어선 줄을 보고 경악을 금치 못했다. 기다리는 사람이 무려 60여 명. 그리고 계속해서 더 길게 늘어선 줄. 그에 반해, 다른 부스는 한가할 정도다.

찰칵! 찰칵!
성재를 찍는 사람들. 그들은 바로 SNS에 성재가 떴다는 사실을 올렸다.
좌측에서는 성재가 은박지 접시에 담은 스테이크 사진이 올라가 있고,
우측에는 설명글이 쓰여 있다.

베스트 셰프 강성재씨가 계룡대 국군 페스티벌 먹거리 부스에서 스테이크 팔고 있어여! 착한 가격 대박! 맛 대박!
스테이크 + 채소 + 소스 조합 싫어하는 사람은 없을 거에영.
소스도 3가지 종류를 고를 수 있네영. 계룡에 오면 뭐다? 조각 스테이크!
해시태크 #강성재스테이크 와 함께 계룡의 맛있는 것을 모두 올려주세요.

#강성재스테이크 #계룡 국군페스티벌 #조각스테이크 #맛집추천 #이색행사 #먹스타그램 #핫플레이스 #일상 #꿀맛 #존맛
ydtgw@fdads 맛있어 보임. 존나 추천함
sseudt31@dfg 강성재 병장 단 거 실화니?
nu144@lu3156ous 가즈아!
sa511@dafsa 성재 존잘!
jid251@kia__ 계룡시 고고고!
♡ 211회 / 조회 1,541회

성재를 위한, 성재에 의한, 성재 때문에 대박 난 행사였다.
국군페스티벌이 진행되는 동안 첫날에는 5,000여명이 행사에 방문했는데, 둘째 날에는 무려 2만여 명이 방문했다. 계룡시 인구의 절반 가까이 되는 사람들이 행사에 참가하자, 군 관계자들의 얼굴에는 미소가 걸렸다.
문제는 셋째 날부터였다. 첫날 인스타그램에 올린 그 글은 조회수가 무려 80만까지 올랐다. 그리고 방문객은 무려 3만 2천 명. 역대 최고 기록을 갱신한 것이다.
성재는 몰려드는 손님을 커버하기 위해, 자신의 능력을 사용했다. 스테이크가 익는 철판의 빈자리가 없을 정도로 가득 채운 후, 요리사의 신체를 이용해 빠른 동작으로 빈틈없이

처리하는 녀석. 그 장면을 사람들은 인상 깊게 쳐다보며 동영상을 올린다.

성재는 힘들어도 최선을 다했다.

주변에서 서포트 하기는 했지만, 거의 80%는 성재가 다 했다고 봐도 무방했다.

손님들도 성재가 해주는 스테이크를 먹기를 원했기 때문이었다.

"박 상사님! 한 접시 주면 안 되겠어요? 사령관님이 가져오라는데!"

그러자 박재영 상사가 고개를 숙이며 말했다.

"전속부관님, 죄송합니다. 줄을 서셔야 될 것 같습니다."

"왜요? 사령관님이 가져오라고 했다니까요."

"4성 장군, 아니 대통령님이 오셔도 안 될 것 같습니다."

"이유를 말씀해주셔야죠. 도대체 왜 안 된다는 겁니까?"

그러자 박재영 상사가 시민들을 가리키며 말한다.

"수십 개의 스마트폰이 성재를 촬영하고 있습니다. 지금 찍히면 제아무리 VIP라도 비난을 피해가긴 어려울 것 같습니다."

역대급 행사.

넷째 날에는 무려 5만 5천 명의 관광객이 계룡시를 찾았다.

물론 다채로운 행사를 준비한 것도 컸다. 헬기에도 타볼 수 있고, 군 관련 태권도 시범, 연극, 바자회, 그리고 전투기, 전차 등을 실물 그대로 관람할 수도 있다.

성재의 공이 컸다. 강성재가 만든 조각 스테이크를 먹으려면 무려 3시간이나 줄을 서야 하기 때문이었다.

성재의 영향력은 점차 커져만 갔다.

그 주 토요일. 성재는 계룡대에 없었다. 대신 방송국에 가 있다.

방송국 세트. 백동원이 성재를 보며 미소를 짓는다.

"강성재?! 너 완전 스타 됐더라!"

"무슨 말씀이십니까?"

"너 지금 실시간 검색어 1위야."

실시간 검색어.

심사위원도 성재가 실시간 검색어에 올랐다는 소식을 듣고, 대화를 나누기 시작했다.

"강성재 참가자 이야기 들었어요? 지금 실시간 검색어 1위에요."
"정말?"
마틴 최의 말에 윤혜숙 심사위원이 스마트폰을 쳐다본다.
그리고 성재를 향해 삐뚤어진 시선으로 바라보는 두 사람도 있다.
특급호텔 출신 6명 중 단 2명만 살아남은 녀석들. 그들이 성재를 노려보고 있다.

촬영이 시작되었다. 세 명의 심사위원이 나타나자, 박수로 맞이하는 참가자들.
심사위원들은 화제의 인물이 된 군복 입은 강성재를 불렀다.
"강성재씨!"
"네!"
"병장 진급한 것 축하해요."
"감사합니다."
"강성재씨, 병장 진급한 게 실시간 검색어에 올랐네요."
"네. 저도 들었습니다."
"국민들을 향해 각오 한마디 하셔야죠! 앞으로 나오세요."
성재가 윤혜숙 심사위원의 부름에 앞으로 나왔다.
심사위원들은 인기가 높아진 강성재를 향해 미소를 지으며 말했다.
"지금 현재! 요리대회에 임하는 각오 말씀해주세요!"
성재는 이런 상황이 될 줄은 상상도 못 했다.
실시간 검색어에 오르고, 자신의 진급이 이슈가 된다.
잘 생기지도 못했고, 키도 작다. 잘 살지도 못하고, 공부를 잘하지도 못한다. 배운 거라고는 노가다 일과 요리 뿐이다. 그런데 국민들이 자신을 보며 응원해준다.
성재가 말했다.
"충성! 병장 강성재! 꼭 1등하고 싶습니다!"
심사위원들은 22살 청년을 진심으로 응원했다. 윤혜숙도, 마틴 최도 한마음이었다.
"1등 하면, 1억도 받고 청와대 가잖아요. 그런데 강성재씨는 특수신분인 군인이라 갈 수 있을지 모르겠네요."
"모르겠습니다. 일단은 도전해보겠습니다."
"좋습니다. 강성재씨! 사실 각오 말하라고 부른 건 아니고요."

"네!"
"스테이크로 계룡대에서 대박 났다면서요?"
"대박까진 아니고, 시민들이 많이 좋아해 주신 것 같습니다."
"그래요. 오늘 과제가 무엇인지 가져와 보세요."

성재가 카트를 끌고 온다. 그 위에 검은 박스. 성재가 미소를 지었다.
"강성재씨, 뭔가 눈치를 챘나 보네. 무엇 같아요? 예상되는 음식, 말해도 됩니다."
"고기, 소고기인 것 같습니다."
성재는 왜 심사위원이 자신을 불렀는지 알게 되었다.
자신이 만들었던 스테이크의 재료인 소고기가 오늘의 핵심 재료였다.
저번 돼지고기와 같이 여러 부위가 놓여 있다.
"강성재씨! 저번 경연 우승팀의 팀장이셨죠?"
"네!"
"그럼 강성재씨가 자신을 포함한 참가자 8명이 요리할 부위를 각각 정해주세요."
그들은 성재와 친함에 따라 희비가 엇갈렸다.
성재는 이번에도 가장 먼저 강민욱을 불렀다.
"강민욱 참가자님!"
그러자 그가 애써 괜찮은 표정을 지으며 대답했다.
"네!"
그러나 성재는 그를 용서할 생각이 없었다.
특급 호텔이라고, 다른 지방 출신들을 차별하던 엘리트들의 행동.
그가 말했다.

"소 꼬리 드리겠습니다."
성재의 말에 강민욱의 표정에 썩소가 걸렸다.

심사위원의 태도 변화

성재는 각 참가자들에게 원하는 부위를 분배했다.
백동원 셰프에게는 갈비를, 윤동현에게는 등심을…
그리고 자신에게는 안심을….
최고의 부위. 그러나 성재와 한 팀이었던 사람 중에 녀석을 탓하는 사람은 없었다.
이번 미션은 탈락자가 없다.
그러나 1등을 하게 되면, 탈락미션 없이 다음 경선으로 올라갈 수 있다.
"강성재씨! 너무 속보여요. 가장 좋은 부위를 선택했네요."
마틴 최 심사위원의 말에 성재는 아무 대답도 하지 않았다.
"좋습니다. 강성재씨의 우승에 대한 집념, 그게 성공할지, 실패할지 지켜보겠습니다. 이번 미션부터는 여러분 중 2명의 요리만을 선택하여, 맛볼 생각입니다. 조리과정 중에 저희를 만족시킬 수 있게 하는 게 관건이겠죠?"
마틴 최의 말에 윤혜숙이 말을 더했다.
"이것만 명심하세요. 저희의 마음을 사로잡을 수 있는 요리! 8명 중 그런 사람이 나와 주셨으면 좋겠네요."
성재는 그들의 말에 고개를 끄덕였다. 자신이 안심을 택했을 때, 이미 하고자 하는 요리는 정해져 있었다. 심사위원도 어느 정도는 예상했다. 아니, 모두가 예상했다.

성재가 안심을 선택했을 때부터 ….

"그럼 지금부터 60분 드리겠습니다. 시작하세요!"
팬트리로 달려가는 참가자들. 성재 또한 온 힘을 다해 뛰었다.
성재의 손에서 만들어지는 음식.
그건 바로 실시간 검색어에 자신을 오르게 만든 그 음식.
스테이크였다.
성재는 딱 한 가지가 아쉬웠다. 그건 고기의 숙성시간. 아쉽지만, 그건 그거대로 감안해야 했다. 하지만 나머지는 문제없었다. 모든 게 자신이 해왔던 것이기에. 더구나 군대에서는 가격에 식재료를 맞췄던 것과 달리 이곳에서는 최상급 재료가 널려 있었다.
성재가 조리를 시작했다.
질 좋은 소금과 후추, 허브가루로 마리네이드를 시작하는 녀석.
과도할 정도로 많이 뿌리는데도, 심사위원은 성재의 조리과정을 그저 지켜볼 뿐이다. 왜? 잘하고 있으니까.
'그래. 저 정도 두께면 과도할 정도로 많이 뿌려야 간이 맞아.'
성재는 팬을 미리 달구기 시작했다.
그리고 마리네이드가 끝난 스테이크를 팬 위에 올려놓는다.
그러자 고기의 단면이 비명을 지르기 시작했다.
치지직!
붉은 단면이 달궈진 팬과 만나 연기를 일으키며 내는 소리였다.
가끔 고기를 들춰볼 법도 한데, 성재는 절대 익힌 단면을 확인하지 않았다.
심사위원들은 고기를 두고 채소를 손질하는 성재를 보며 우려의 목소리를 내었다.
"스테이크 굽는데 확인해야 되는 거 아닌가요? 뒤집는 순간이 중요하잖아요."
성재는 심사위원의 말에 자신 있게 대답했다.
"아직 46초 남았습니다. 그 후에 뒤집겠습니다."
"네?"
"이제 41초 뒤에 뒤집겠습니다."
"……."
분 단위도 아니고, 초 단위로 대답하는 병사. 마틴 최는 처음으로 자존심이 상했다.

'초 단위로 체크하고 있었던 거야? 완전 미쳤잖아! 진짜야?'
남들이 보면 잘난 척하는 것으로 보일 수도 있었다.
하지만 성재는 그런 의도가 아니었다. 실제로 남은 시간이 그만큼이었다.
그리고 지금은 요리하느라 바빴다. 재료를 손질하는 게 중요하다.
팬을 두 개 사용한다. 그래야 채소와 스테이크가 가장 맛있는 상태일 때, 심사위원에게 내놓을 수 있다. 스테이크를 굽는 팬 옆에 버너를 켜고 채소는 따로 굽는다.
파프리카, 양파, 양송이, 브로콜리 거기에 아스파라거스까지.
스테이크와 곁들이면 맛있는 재료들.
발화점 250도인 포도씨유를 쓰는 녀석.
성재는 스테이크를 구운 후, 접시에 담지 않고, 요리망에 스테이크를 올려 레스팅을 시작했다. 겉면에 부득이하게 흘러나온 육즙을 떨어뜨리면, 스테이크 안과 밖의 온도가 안정되면서 내부의 육즙이 골고루 자리 잡게 된다.
심사위원들은 생각했다. 지금까지는 완벽해 보이지만 스테이크란 것은 까봐야 안다.

성재는 자신이 만든 스테이크를 자신 있게 쳐다보았다.
백동원 셰프와 윤동현은 알고 있었다.
'성재, 기어코 만들었구나. 까들로프 교수가 인정한 그 스테이크를!'
언젠가는 나올 줄 알고 있었다.
성재표 스테이크가 엄청나게 맛있는 것도 알고 있었다.
굽기면 굽기, 육즙이면 육즙, 조리과정에서도 군더더기가 없다는 것을.
그러나 이렇게 빨리 가지고 나올 줄은 몰랐다. 굳이 왜? 지금? 심사위원들이 선택하지 않을 수도 있는데? 결승에나 내놓을 줄 알았는데… 그게 아니어도 좀 더 늦게….
하지만 성재의 생각은 달랐다.
요리대회에서는 자신이 원하는 요리, 준비한 요리를 아무 때나 할 수 없다.
기회가 있을 때 보여주어야 한다. 더구나 실시간 검색어까지 오른 지금!
그들은 반드시 자신을 택할 것이고, 그렇게 되면 실력을 제대로 보여줄 수 있다고 생각했다. 심사위원들이 반드시 자신을 택할 거라 믿기에 필살기를 내보인 것이다.
그 생각은 정확히 적중했다. 심사위원도 실시간 검색어 이야기를 했다.
"실시간 검색어까지 올랐는데, 안 먹어 볼 수가 없겠죠?"

"우리가 먹어보고, 시청자들께 정확히 알려주죠. 이게 맛있는 건지, 아니면 그저 그런 헛소문이었는지! 그럼 판가름나겠죠. 본인에게 득인지, 실인지 ….”

그래서일까? 성재가 심사위원들에게 가장 먼저 불려갔다.

"강성재씨! 요리 가지고 앞으로 나오세요.”

성재의 표정에는 자신감이 실려 있다.

요리등급. 무려 6성 반!

최상급 식재료가 구비되어 있는 이곳이기에, 길거리 음식과는 차원을 달리한다.

마리네이드부터 굽기과정, 레스팅까지 단 하나의 과정도 놓치지 않고 만들어낸 성재표 한우 안심스테이크.

요리 등급 하락까지 앞으로 6분 33초 남았습니다

심사위원이 성재를 향해 물었다.

"강성재씨! 괜찮겠어요? 우리가 먹어보고, 맛없다고 하면, 시청자들 난리 날 텐데?”

성재는 상관없었다.

"괜찮습니다.”

맛있으니까.

자신 있으니까.

무조건 만족 시킬 수 있었으니까.

시스템의 도움 때문에 맛있는 게 아니다. 시스템 없이도 충분히 만들 수 있었다.

수백 번, 아니 수천 번도 더 만들어 본 스테이크였다.

적어도 여기! 이곳! 셰프들 중에서 단시간 내에 스테이크를 가장 많이 만들어본 사람은 자신이었다.

심사위원은 강성재의 말을 듣고 앞으로 나왔다. 마틴 최가 나이프를 들고 묻는다.

"굽기는 어떻게?”

"미디엄입니다.”

"좋습니다. 먼저 미디엄인지 아닌지 확인해보겠습니다.”

포크와 나이프를 이용해 고기를 잘라가는 마틴 최의 손.

모두가 숨을 멈춘 채, 그 결과를 확인했다. 모니터 화면에 잡힌 스테이크.

그 단면은? 완벽한 미디엄.

너무 얇지도 않고 두껍지도 않은 두께. 고루고루 구워진 고기.

소금을 이용해 고기의 불필요한 수분을 없애 탄탄해진 단면.

심사위원들은 각자 포크를 이용해 성재가 구운 스테이크를 입에 넣었다.

레스팅을 거친 스테이크는 심사위원의 입안에서 놀고 있었다.

그들이 치아로 자신을 건드릴 때마다 촉촉한 육즙을 뿜어댔다.

심사위원들은 성재가 구운 고기를 보며 할 말을 잃었다.

미디엄도 정도가 있다. 미디엄 레어, 미디엄 웰.

그러나 성재는 그 어느 축에도 속하지 않았다. 그만큼 조리시간이 정확했던 것.

불의 세기가 버너마다 다를 텐데, 성재는 그 어려운 것을 단번에 해낸다.

그리고 더 놀라운 것은 초 단위로 머릿속으로 계산하는 것.

그것은 제아무리 숙련된 요리사라고 해도 다 할 수 있는 게 아니다.

마틴 최는 그 점에서 성재를 높게 평가했다. 자신은 항상 스테이크를 구울 때, 옆에 알람 전자시계를 놓고 굽는다. 실수를 하지 않기 위해서였다.

하지만 녀석은 그런 것 따위는 쓰지 않는다. 머릿속으로 계산이 되니까.

솔직히 부러웠다. 절대미각과 조리 시간을 정확히 캐치하는 능력.

어쩌면 강성재는 한국에서 100년에 한 번 나올까 말까 한 요리사일지도 모른다.

과연 녀석의 끝은 어디일까?

얼마나 성장할까?

지켜보고 싶어졌다. 솔직히 마음이 뺏겨버렸다.

저번에 이어, 이번까지, 성재는 단 한 번도 자신을 실망시키지 않는다.

아니! 오히려 기대하게 만든다. 그래서! 그가 말했다.

"강성재씨!"

"네."

"강성재씨는요. 가끔 초보같이 보여요."

"네?"

"자만심에 빠져있고! 자기중심적이며! 때로는 자신이 너무 완벽하다고 생각하는 것처럼 느껴졌어요. 재료 맞출 때도 그랬고, 오늘도 그랬어요. 인정하시나요?"

성재는 마틴 최의 말에 할 말을 잃다가, 다시 한번 생각을 정리하고 말했다.
"죄송합니다. 제가 건방졌던 것 같습니다."
"아니… 그걸 말하려는 게 아니에요. 성재씨! 솔직히 이번 요리 쉬웠죠? 너무 자신 있는 거였죠? 그래서 내가 물으니까 짜증낸 거죠?"
"…아닙니다."
"아니에요. 성재씨한테는 당연한 건데, 제가 물으니까 짜증난 거예요. 초 단위로 체크하는 게 성재씨 입장에서는 당연했는데, 나는 그동안 이해를 못했던 거죠. 강성재씨!"
"네?"
"이번 스테이크, 정말 맛있었습니다. 그리고 인정합니다. 강성재씨는 결승에 올라갈 것이라고 저는 확신하고 있습니다."

윤혜숙도 마틴 최의 말에 이어 자신의 평가를 말했다.
"성재씨. 나, 너무너무 놀랬어요. 성재씨가 다재다능한 것은 알았는데, 너무너무 잘하는 거야. 한식도 잘해! 양식도 잘해, 그리고 일식도 잘해. 설마 중식까지 잘하는 건 아니겠죠? 그럼 진짜 안 되지. 아직 1년이라면서요."
"네. 이제 취사병으로 임무수행한지 만 1년 됐습니다."
"아~ 난 상식선에서 진짜 이해가 안 간다. 강성재씨, 저도 합격 드리겠습니다. 그리고 강력한 우승후보라는 것, 저도 예상해봅니다. 수고하셨습니다."
"감사합니다."
마틴 최에 이어 윤혜숙까지 인정했다.
이제 힐튼 호텔의 윤석현 심사위원만이 남았다. 윤석현과 사적으로 연락 하고, 술도 마시는 강민욱 참가자. 같은 외국계호텔 출신인 강민욱이 윤석현의 독설을 기대했다.
'저번 술자리에서 밀어준다고 했지? 괜히 어쭙잖은 스테이크 칭찬하지 마. 스테이크가 다 똑같은 스테이크지! 맛있으면 얼마나 맛있다고!'
그때, 윤석현의 말이 흘러나왔다.
"강성재씨!"
"네. 심사위원님!"
"어때요?"
"어떤 것 말씀이십니까?"

"지금 기분이요. 제가 무슨 말을 할 것 같나요?"
강민욱이 홀로 미소를 지었다.
'쟤는 진짜 저런 분위기 잘 낸다니까! 차분한 분위기에서 엄청나게 압박하겠지. 좋아! 잘하고 있어! 그래! 가는 거야!'
그것을 아는지 모르는지, 강성재는 고개를 숙인 채, 입을 열고 있다.
"기분은 좋은 편이지만, 심사위원님이 어떤 말씀을 하실 건지 잘 모르겠습니다."
윤석현이 입가에 미소를 지었다.
강민욱은 생각했다. 저 미소 뒤에 숨겨진 독설이 금방 튀어나올 거라고.
그런데! 녀석은 다른 말을 한다.

"전역하면 우리 힐튼 호텔에서 일해 볼래요?"
"네?"
"힐튼 호텔! 국내 외국계 최정상! 내 밑에서 배울 기회! 강성재씨에게 드릴게요. 아~ 우승 꼭 할 필요 없어요. 전역만 하면 몸만 와요. 내가 키워줄게요."
그러자 옆에 있던 심사위원들이 반발한다.
"아니, 심사위원님! 지금 사심을 말하면 어떻게 합니까?!"
"그런 얘기는 사석에서 말해야죠."
윤석현 그는 씩 웃었다. 그 또한 이제 강성재의 매력에 홀랑 빠져버렸다.
심사위원으로서 객관적인 자세를 유지하려 했지만, 매력적인 청년의 태도. 어려운 환경 속에서도 당당한 육군 병장의 자신 있는 모습이 그의 마음을 사로잡은 것이다.
성재는 자신을 인정해 주는 윤석현의 말에 미소를 지었다.
"좋은 말씀 감사합니다!"
"좋습니다. 강성재씨! 자리로 돌아가 주세요."

267
성재의 빈자리를 채우는 사람들

성재의 평가가 끝나고, 남은 7명은 자신이 선택되기를 바라며 심사위원을 향해 고개를 돌렸다. 성재는 자신과 저번에 같은 팀이었던 5명이 선택되기를 기원했다.
백동원, 윤동현, 광주 출신의 조윤태, 최환철, 그리고 염기훈.
하지만 심사위원의 농간이었을까? 꼬리로 요리를 한 강민욱이 선택되고 만다.
"강민욱 참가자, 요리 가지고 앞으로 나오세요."
강민욱이 앞으로 나오고, 윤혜숙 심사위원이 앞에 나온 그 남자를 보며 물었다.
"꼬리곰탕이라 해서 많이 기대했어요. 마지막까지 푹 끓이던데, 괜찮게 되었나요?"
"네. 잘 되었다고 생각합니다."
대답과는 달리 그는 땀을 삐질삐질 흘렸다. 그는 알고 있었다.
'강성재! 강성재 이 새끼!'
성재도 안다. 고작 60분의으로 완벽한 꼬리곰탕을 끓일 수는 없다. 이유는 세 가지.
첫째! 핏물을 빼주는 시간이 필요했다.
둘째! 누린내를 제거하려면 센 불에서 팔팔 끓여야 한다. 그런데 요리대회 도구는 업소용처럼 화력이 좋지 못하기 때문에 시간이 오래 걸린다.
셋째! 뽀얀 국물을 우려내려면, 처음 끓인 물의 반 정도가 되어야 한다. 시간이 오래 걸리는 요리. 꼬리찜으로 했다면 그나마 60분 내로 들어올 수 있었는데!

성재는 그가 꼬리찜은 안 할 거라는 것을 알고 있었다.
'자존심이 상했겠죠. 청와대 셰프가 이미 돼지꼬리찜을 했었으니까, 똑같은 요리는 못하겠다고 생각하셨겠죠. 그게 실패의 원인일 겁니다.'
곰탕으로 만들었기에 예상되는 혹평이 쏟아져 나온다.
"강민욱씨, 곰탕 국물이 탁해요."
"시간이 없다 보니, 그렇게 된 것 같습니다."
"시간이 없었으면 다른 요리를 했어야죠. 경력 23년 셰프가 그것도 생각 못 했어요?"
윤혜숙 심사위원의 말에 강민욱이 고개를 푹 숙였다. 마틴 최도 마찬가지였다.
"강민욱씨! 우승 후보로 보고 있었는데, 그 생각 접어둬야겠네요. 지금의 강민욱씨 실력으로 결승은 아무래도 힘들 것 같습니다."
강민욱은 자존심에 상처를 입었다.
자신보다 요리 경력이 짧은 마틴 최가 자신의 요리 실력을 가지고 평가하고 있다.
'건방진 새끼! 어디서 피도 안 마른 게…'
하지만 티를 낼 수는 없다. 카메라가 돌아간다. 그는 울분의 감정을 속으로 삭인 채, 마지막 심사위원을 바라보았다. 자신과 사석에서 자주 만나는 윤석현 심사위원. 그는 그래도 좋은 말을 해줄 거라 믿었다.
그런데….
"강민욱씨? 전 이런 생각을 했어요."
"……."
"왜 힐튼 호텔이 국내 외국계 호텔 브랜드 1등의 자리를 놓치지 않는지…."
강민욱은 어이가 없었다.
'뭐? 네가 이렇게 나와?'
그런데 그게 끝이 아니다.
"많이 분발해주세요. 같은 외국계 호텔 총주방장으로서 같은 급으로 본 제가 한심해질 지경입니다. 강민욱씨가 오늘만큼은 부끄럽네요. 자리로 돌아가 주세요."
강민욱은 4개의 카메라로부터 스포트라이트를 받았다. 그래서 표정을 감출 수가 없었다. 그들의 공격으로 인해 떨리는 몸, 꽉 쥐어진 주먹, 치켜뜬 눈썹.
그런 표정은 단 3초도 짓지 않았지만, 이미 카메라는 그 순간을 포착하고 말았다.

이어지는 탈락 미션. 성재는 2층으로 올라가 우승자의 여유를 즐겼다.
'과연 어떤 과제가 나올까?'
과제는 정말 충격적이었다.
"오늘의 주제는 바로 배추겉절이입니다. 모두 앞으로 나오세요."
윤혜숙 심사위원은 그녀가 직접 담근 배추겉절이를 참가자들에게 돌렸다.
"먹어봐요. 다들! 어떤 맛인지…."
아삭아삭하고, 시원하면서 적당히 짜고 매운맛. 배추의 싱싱함을 그대로 느낄 수 있는 겉절이. 모두 긴장했다. 이 겉절이와 탈락 미션은 어떤 연관이 있을까?
"제가 이 배추 겉절이를 만드는 데 한 시간이 걸렸습니다. 여러분도 지금부터 한 시간이면 배추 겉절이를 만들 수 있겠죠?"
"네! 가능합니다!"
"그런데 배추 겉절이만 만들면 대회가 아니잖아요. 그에 어울리는 요리까지 같이 부탁드리겠습니다. 그럼 지금부터 60분 드리겠습니다. 시작합니다!"
강민욱 셰프는 당황함을 감추지 못했다. 자신은 총주방장이 된 후, 김치를 담가 본 경험이 없었다. 대부분 외국 손님들이고, 한국 손님들이라고 해도, 고급 이미지를 추구하는 외국계 호텔의 분위기상 김치를 찾는 경우는 드물었다.
설사 손님이 겉절이를 찾는다고 해도, 그건 1~5년 차 신입 셰프들이 맡아서 한다. 베테랑이 신경 쓸 필요가 없는 요리. 그런데 대회에서 이런 주제를 내놓았다.
황당할 따름.
그는 기억을 더듬었다. 남들을 힐끗힐끗 쳐다보며 배추겉절이를 담그기 시작했다.
반면, 그와 다르게 지방 출신 셰프들은 경력에 상관없이 숙련도가 높았다. 호텔이 영세하기에, 후배 셰프들이 많지 않아 평소에도 배추 겉절이를 직접 준비해왔었다.
국내 손님 비중이 높아 양식, 일식 전문이어도 김치는 필수. 특히 김치 겉절이는 금방 담글 수 있고, 담근 직후가 가장 맛있기 때문에, 호텔 레스토랑에도 필수였다.
사람들이 배추 밑동을 자른다. 작은 잎을 잘라서 찢어주고, 큰 잎들은 식칼을 이용해 아래로 그으며 쓰-윽 하고 잘라준다. 그리고 소금을 뿌려, 노란 배춧잎하고 섞이게 만드는 것.

다음은 소금에 절일 때! 핵심은 절이는 시간. 그래야 제대로 간이 밴다.
여기서부터 각자의 숙련도 차이가 나타나기 시작했다. 찹쌀가루와 뜨거운 물을 넣고 거품기로 섞어주는 사람들. 강민욱은 그제서야 아차 싶었다.
'맞아! 뜨거운 물! 아 짜증나!'
그는 시간에 쫓겨 물을 버너에 올린다. 찹쌀가루가 물과 섞여 되직해지면?
부추와 쪽파, 양파를 썰어 따로 준비하고. 고춧가루와 설탕, 다진 마늘, 액젓, 설탕, 생강, 그리고 배즙과 방금 만든 찹쌀풀을 섞어준다. 여기까지가 조리과정 끝.
메인 과제를 수행했으니, 그에 곁들일 메뉴를 준비할 차례. 윤동현은 칼국수를… 백동원은 수육을…. 다른 참가자들도 각자 겉절이에 잘 맞는 요리를 내놓기 시작했다.
반면 강민욱은 위기에 빠졌다.
'아, 이거 큰일났다. 겉절이가 나올 줄은 몰랐어.'
메인 요리에서 만회해야 한다는 생각에, 남들이 시도하지 않을법한 버섯 베이컨 크림 리조또를 준비한다.

주어진 시간이 끝나고. 이제 탈락자를 정해야 할 때….
모든 참가자들이 우열을 가리기 힘들다. 실수를 한 사람이 현재까지 나오지 않으니.
강민욱은 버섯 베이컨 크림 리조또를 가지고 앞으로 나왔다. 심사위원은 물었다.
"리조또요?"
"네. 조금은 느끼할 수 있는 리조또의 강렬한 맛을 겉절이가 중화시켜 잘 어울릴 거라고 생각합니다."
"그렇게 생각할 수도 있겠네요. 먹어보죠."
모짜렐라 치즈와 파마산 치즈가루, 새송이버섯과 베이컨, 통마늘, 버터와 생크림을 주재료로 해서 느끼한 맛이니 배추 겉절이와 함께라면? 제법 괜찮은 조화가 예상된다.
하지만 윤혜숙이 불만스러운 얼굴로 말했다.
"강민욱씨?"
"네."
"배추 겉절이가 좀 약해요. 간이 덜 뱄어."
"아닙니다. 제대로 했습니다."
"먹어봐요. 직접!"

그녀의 말에 자신의 겉절이를 먹어보는 강민욱. 확실히 배추가 밋밋했다. 소금에 절이는 시간이 남들보다 부족했기에 일어나는 현상. 강민욱의 얼굴이 창백해졌다.

"먹어보니까 알겠죠? 강민욱씨 아이디어는 참 좋았어요. 그런데! 겉절이가 잘 안 됐잖아요. 핵심 메뉴가 이런데, 생각한대로 조화가 되겠어요? 이게 최선이었나요?"

"……."

"대답이 없네. 윤동현씨! 겉절이 만든 거 다시 앞으로 가져와 봐요."

앞서 심사위원으로부터 호평을 받았던 윤동현이 겉절이를 가져온다.

"윤동현 참가자가 만든 겉절이 먹어봐요. 자기 것하고 얼마나 틀린지…."

강민욱은 짜증이 치밀어 올랐다. 심사위원이 일부러 윤동현을 불렀다고 생각했다.

경력 하나 없는 윤동현을 불러, 자신의 자존심에 스크래치를 낸다고.

윤혜숙 심사위원의 생각은 달랐다.

'동현이가 겉절이는 제일 잘했어.'

그럴 수밖에. 지난 며칠간 자신의 그룹사 호텔의 주방장이 총출동하여 집중적으로 지도해 주었다. 이제까지 나온 메뉴와 과제를 제외하고, 나올만한 것들을 추려 집중적으로 연습했고, 그게 이번에는 적중했던 것이다.

"왜 이런 결과가 나왔다고 생각하세요?"

"잘 모르겠습니다."

"색깔부터 봐요. 찹쌀풀을 제대로 안 했어. 양념이 잘 안 들러붙어서 색깔도 연하고, 소금에 40분 이상 절였어야 하는데, 그것도 부족했고. 60분의 주어진 시간을 겉절이에 우선해서 투자했어야 하는데, 리조또 만드느라 핵심을 잃은 거지. 알겠어요?"

"네."

"강민욱씨? 앞치마를 벗고, 이곳 경기장을 떠나주세요."

"잠깐만요! 평가… 아직 안 끝났잖아요. 1명 더 남았는데…."

"평가 끝났습니다. 강민욱씨, 앞치마를 벗고 이곳을 떠나주세요. 수고하셨습니다."

절망에 떨어졌다.

자신이 최고인 줄 알았던 강민욱. Top 5안에도 들지 못한 채 탈락의 고배를 마셨다.

그런 그를 멀리서 지켜보는 한 남자. 그의 편에 서서 그를 응원했던 남자.

청와대에서 가장 먼저 편지를 개봉하며 화제의 인물이 된 셰프.

이제 서울 특급호텔 출신 중에서는 박동민만이 살아남았다.

모든 평가가 끝난 후, 성재를 포함해 생존한 7명. 박동민을 제외한 6명은 같은 팀이었던 만큼, 서로를 향해 격려하며, 우정을 다졌다.

군 부대의 일정은 항상 똑같다. 패턴도 반복된다.
한 명이 빠지면, 다른 누군가가 대체한다. 그런데 이건 고려하지 못했다.
성재가 빠지면?
"야! 성재야. 이런 건 미리 알려줬어야지. 합숙이라니!"
"죄송합니다. 어제 그렇게 통보가 왔습니다. 방송국에서 제공한 숙소에서 무조건 같이 지내면서 촬영해야 한다고 합니다."
"하-아, 너 가면 누가 대체하니? 총장님들은 누가 상대하고!"
"그래서 말입니다. 제가 추천인원 2명을 뽑아봤습니다."
"추천인원?"
"그렇습니다. 한 명은 단장님도 아는 강희철 하사인데, 지금 1군사령부 관사에 있다가 군사령관님 바뀌고 나서, 보직 변경되어 단구동 통일회관에서 조리부사관으로 일하는 것으로 알고 있습니다."
"그래? 희철이? 아! 기억난다. 걔 요리 잘하나? 못하지 않았나?"
"열심히는 하는 것으로 알고 있습니다. 그래서 2명 추천합니다."
"그리고 또? 누군데?"
"그게 말입니다. 단장님은 잘 모르실 텐데, 요리 잘하는 사람 있습니다. 저랑 같이 베스트 셰프 본선에도 오른 친구고…."
"아~! 걔? 그렇군. 그 친구가 있었네. 협조요청 한 다음에 파견을 의뢰해야겠네."
그렇게 무궁화회관에선 성재가 빠지고, 강희철과 김용우가 대체인원으로 들어왔다.
같은 시각, 36사단 인근 통일회관 안. 김용우는 싱글벙글 웃음꽃이 피었다.
"강희철 하사님!"
"왜?"
"저! 강성재 상병 싫어했는데, 이제는 좋아지려 합니다."
"응. 걔 이제 상병 아니야. 병장이야."
"그래도 저보다 짬찌지 않습니까? 그냥 상병이라고 부르렵니다."

"가서 좋냐?"

"엄청 좋습니다. 최고로 좋습니다."

"아-아, 난 모르겠다. 가서 정말 좋을까? 이게 최선일까?"

"좋지 않습니까? 3군 본부가 있는 계룡대, 각군 참모총장님께 음식을 만들어드리고, 가끔은 대통령도 만나고! 최고지 않습니까?"

강희철은 성재 후임으로 갔던 취사병 시절이 떠올랐다.

강림소초로 가고 난 후, 한 달동안 얼마나 털렸었는지….

'아, 씨발… 나 거기 가서 또 X 되는 거 아니야?'

그의 예상이 맞았다. 설상가상 그곳에는 과거 자신의 상관인 박재영 상사가 있다.

"어? 희철이! 왔어?"

"하사 강희철! 잘 지내셨습니까? 행보관님!"

"그래. 성재 오늘 아침에 서울로 출발했다. 그리고 이제부터 조리실장이라고 불러."

"알겠습니다."

"오늘 저녁에 해군총장님 만찬 있으니까, 바로 장 보러 가자. 알겠지?"

강희철, 그는 고개를 절레절레 저으며, 박재영 상사한테 말했다.

"조리실장님? 저 오늘부터 연가입니다."

"연가?"

"네. 그렇습니다. 숙소 정리하고, 집에서 1주일간 쉬다가 재충전하고 오겠습니다. 전문하사라서 연가 다 쓰라고 합니다. 하루에 3만 원 밖에 안 준다고…."

"그래? 그럼 어쩔 수 없지."

허락을 맡은 강희철. 그는 씩 웃으며 후임을 불렀다.

"용우야? 실장님께 인사드리고, 요리 잘해. 자신 있지?"

"네. 자신 있습니다."

김용우는 그때까지 몰랐다. 그 날부터 자신에게 지옥이 시작되었다는 것을….

행보관님이 바꿔 달래

서울의 한 고급 맨션.

오늘 이곳으로 온 이유는?

방송국에서 제공하는 숙소 입주가 아직 시작되지 않았기 때문이었다.

지금은 내부 인테리어 보강공사 중이라며, 저녁부터 내일까지 원하는 때 입주하면 된다고 연락이 왔기에, 성재는 일단 서울에 살고 있는 윤동현에게 연락을 했다.

같은 처지인 그가 자신의 맨션으로 초대했다. 그리고 다른 사람도 초대했다.

"지금 온다는데? 희철이 올라오고 있대."

"희철이 형?"

"그래. 강희철 하사! 크크크."

그가 씩 웃었다. 성재는 그동안 강희철에게 무슨 일이 있었는지 잘 모르고 있었다. 자신이 떠난 소초에서 강희철이 갈굼을 왜 받았었는지, 왜 그런 일을 당했는지….

하지만 이제는 안다.

자신에게 사정사정하며, 파견을 빼달라고 하지만 이미 결정된 것을 어쩌겠는가?

그래서 제안했다. 연가 다 쓰라고.

다행히 그 작전이 성공한 듯했다.

"그런데 걔는 왜 하사 지원했냐?"

"잘 모르겠어. 형! 근데 희철이 형하고는 친해?"
"당연하지! 걔랑 같은 중대였잖아. 얼마나 촐랑거리는데~, 아무튼 우리 희철이 오면 뭘 할까?"
"아~ 형! 내가 친한 형 또 있거든. 서효석이라고 형도 봤을 텐데."
"서효석? 누구지?"
"에이! 김밥 할머니 있잖아. 한식 선택한 후에 김밥 말아서 떨어진 그 할머니 멘토!"
"아~ 그 김밥 멘토! 기억난다. 방송에서 웃겨 죽는 줄 알았다. 표정 완전 썩었던데?"
"그 사람이 효석이형이야. 불러도 될까?"
"그래. 시간 되면 오라고 해."

성재는 서효석에게 연락을 했다. 그러자 오후에는 올 수 있다는 답변이 왔다.
"그럼 17시까지 와."
- 그래. 알았어. 가야지.
"응. 그때 희철이형도 온대."
- 크크, 걔는 하사 왜 지원했냐?
"다 그 이야기 하네. 이따 와서 얘기해."
일단 손님을 불렀으면 해야 될 일이 있는데~ 그건 뭐냐? 접대였다.
"장 보러 가자. 네가 요리할래? 내가 요리할까?"
"형이 해도 되고."
"아니야~ 네가 해."
윤동현은 자신의 실력을 보여줄 생각이 없었다. 어제까지도 자신의 그룹사 호텔 총주방장들이 총출동하여 자신을 개인지도 해 주었다.
'도련님! 자신감 가지십시오! 충분히 가능하십니다.'
'도련님! 잘하고 계십니다.'
물론 칭찬 일색인 놈들이었지만, 나름 도움이 된 면도 없지 않아 있었다.
맨션 안 주차장. 그가 리모콘 버튼을 누르자 주차장을 막았던 셔터가 올라간다.
셔터가 뒤에 대기하고 있는 벤츠. 운전석에는 윤동현이, 조수석에는 성재가 탔다.
그들은 대형마트에 들러 재료를 사왔다. 알아보는 사람이 있었지만,
"성재씨! 여기 좀 봐요."

"동현씨! 흰 양복 잘 어울리시네요."
별로 개의치는 않았다.

장을 보고 돌아오는 길. 윤동현이 성재를 향해 물었다.
"너, 왜 그걸로 뭐하게?"
"이따 보여줄게."
"그래. 그러든가, 뭐가 그렇게 비밀이 많냐?"
"형도 자기 요리 안 보여주려고 나 시킨 거잖아."
"크크, 알아챘어?"
"아이, 진짜 형! 달라붙지 마."
"알았당."
다시 도착한 맨션에서 성재가 요리를 준비한다. 때마침 강희철이 도착했다.
"동현이형!"
"강 하사님 오셨어요?"
그가 윤동현을 부르자, 익살스러운 말투로 강희철을 비꼬는 전역한 선임병.
"에이! 그러지 마요."
"알았엉."
그리고 성재가 입을 연다.
"희철이형! 거기 앉아."
그런데 그가 성재를 곱게 볼 리가 없다.
자신을 지옥 입구 앞까지 데려다 놓고 떠난 녀석에게 강희철이 시비조로 말했다.
"형? 너 나한테 형이라고 했어?"
그러자 강성재가 미소를 지운 채, 딱딱한 자세로 간부인 강희철에게 말한다.
"충성! 병장 강성재! 제가 실수했습니다. 강희철 하사님! 소파에 앉아계시겠습니까?"
이런 분위기가 싫다. 일반 부사관하고는 다르게, 군기가 약간 빠진 신분.
간부와 병 사이의 미묘한 존재, 전문하사. 전문하사인 강희철이 성재에게 투덜거렸다.
"야! 됐어. 누가 그렇게까지 하래?"
그러자 윤동현 또한 강희철에게 뭐라 한다.

"야! 강희철!"
"네?"
"너 많이 컸다? 너 이등병 때 누가 챙겨줬어?"
"윤동현 병장님이 챙겨줬습니다."
"장난해? 군대 놀이 계속할 거야?"
"…죄송합니다."
"짬도 안되는 게! 앉아서 TV나 보고 있어. 다른 사람들 더 올 거야."
"네!"
성재의 요리가 완성되어가고 있었다. 시간도 어느덧 오후 5시를 가리키고 있다.
벨이 울리고, 윤동현이 쪼르르 달려나간다.
"어? 내가 나가려고… 했는데?"
성재는 누가 왔는지 확인하려고 인터폰을 보았다. 성재도 아는 얼굴이 보인다.
서효석이 아니라, 배윤아. 윤동현이 어쩔 줄을 몰라하며, 배윤아에게 말했다.
"윤아야! 들어 와."
"동현 오빠, 집이 좋네요. 어? 성재 오빠도 있었네."
성재는 윤아를 보며 깜짝 놀랐다.
"너, 머리 어떻게 된 거야?"
분명 머리를 잘랐는데, 지금은 또 긴 생머리다.
"붙였어요."
"붙여?"
"계속 묻지 마영. 아, 진짜 성재 오빠는 여자에 대해 잘 모르는 것 같아."
"아… 알았어."
그런데 배윤아 가는 곳이라면 어디든 따라오는 녀석도 있다. 윤동현이 째려본다.
"야! 장종수! 넌 왜 왔어?"
"형이야말로, 왜 나 안 불렀어요?"
"응?"
"윤아는 형을 남자로 안 생각해요."
장종수의 말에 윤동현의 얼굴이 새빨개졌다.
"야! 그 얘기를 왜 해?"

"아니, 그냥 잊어버리셨나 해서요."
"됐고! 나랑 성재랑 Top 7에 올라가서 방송국에서 제공하는 숙소에 들어가, 그래서 오랜만에 얼굴 보려고 불렀지, 우린 다 같이 베스트 셰프에 도전했던 사람들이잖아."
윤동현의 말에 배윤아가 받아치다가, 한 남자를 보고 말을 흐렸다.
"아, 그렇네요. 다들 다 본선에… 응?"
그러자 윤동현이 활짝 웃으며 강희철을 소개했다.
"아, 맞다! 저기! 저 녀석은 강희철이라고, 대한민국에서 위대하고 훌륭하신 육군 전문하사님이셔! 요리 엄청 잘하시는 조리부사관이시기도 하고! 인사해!"
윤아와 장종수가 인사를 건넨다.
"안녕하세요!"
그러자 강희철 또한 청순한 윤아를 보며 미소를 짓는다.
"저 기억해요? 연대에 있을 때! 교회 가끔 지원 갔었는데!"
"음… 모르겠어요. 성재 오빠는 기억하는데….'
윤아의 말에 실망한 희철의 표정을 본 윤동현.
"야! 강희철! 너 표정이 왜 그래?"
"뭐가요?"
"윤아가 부담스러워하잖아. 지금부터 윤아한테 과도한 관심 갖기 없기!"

화기애애한 분위기 속, 성재는 활짝 웃으며 요리를 내놓기 시작했다.
군대 선임들이었고, 간부님의 따님이면서 이제는 오빠 동생이 된 사이도 있고. 자신을 스승으로 생각하는 고등학교 동생까지, 많은 사람들이 함께 한다.
"먼저 땅콩 탕수육부터 드세요."
윤기가 좔좔 흐르는 탕수육. 그들은 곧바로 식탁에 모여, 성재의 요리를 맛본다.
다들 요리라는 공통된 주제로 뭉치니, 대화도 고급스럽다.
"성재 오빠! 튀김 겉면이 굉장히 부드럽네요. 폭신폭신한 스펀지 같은 식감이 인상적이에요. 반면 내부는 굉장히 잘 익었어요. 어떻게 한 거예요?"
윤아가 먼저 말을 꺼내자, 장종수가 고개를 끄덕이며 말했다.
"확실히 좀 틀리네요. 음, 형! 혹시 기름 몇 도에서 튀긴 건가요?"
"160도 정도일 거야. 재보지는 않았는데, 조금 낮은 온도에서 오래 튀겼어."

"아… 그런데 그것만으로는 설명이 안 될 것 같은데…."
그러자 윤동현이 옆에서 씩 웃는다.
"두 번 튀긴 거야. 그러니까 이런 맛 나는 거고. 고기는 한 번 고온에서 튀겼고! 그다음 튀김 옷 얇게 입혀서 저온에서 또 튀겼고, 그래서 흰색 튀김옷으로 나온 거잖아."
"오~ 맞다. 그렇게 하면 되겠구나."
그런데 그때, 마지막 손님이 들어온다. 성재는 효석을 향해 손을 흔들었다.
"효석이형! 들어와요!"
효석이가 씩 웃는다.
"응. 어? 본선 멤버들 다 계셨네요. 아, 희철이는 예선에서 떨어졌었지."
강희철이 부들부들거렸다. 효석은 강희철은 신경 쓰지 않았다. 자신을 불러준 성재와 그리고 나중에 사업 파트너가 될 수 있는 윤동현이 자신에게는 더 중요했다.
"동현씨! 초대해줘서 고마워요."
"아니에요. 성재가 효석씨한테 많이 도움받았다고 하더라구요. 이번에 아쉽게 떨어지신 것, 정말 안타깝습니다."
"후-우! 그것 때문에 요즘도 짜증나 죽겠네요. 아직까지 가루가 되도록 레스토랑에서 까이고 있습니다. 그 할머니 나중에 만나면 진짜 콱!"
"하하, 일단 앉으시죠! 성재가 지금 요리 만들어주고 있거든요."
서효석은 윤동현과의 만남을 즐거워하며, 자리에 앉았다. 그런데 뭔가 이상했다.
'잠깐만! 강성재? 이거 뭐야? 이 자식 뭐야!'
성재가 준비한 요리는 중화요리 코스. 자신의 레스토랑에서 판매하고 있는 것들.
그는 곧바로 성재가 만든 땅콩탕수육을 입안에 넣었다. 그리고는 짜증이 팍!
'씨…X, 따라 한 것만이 아니잖아. 업그레이드를 했어?'
그리고 이어지는 코스 요리. 성재가 말했다.
"다들 미안해요~ 시간이 좀 오래 걸렸네. 동파육입니다."
동파육?
그는 설마설마했다. 그런데 진짜 따라 했다. 짙은 색, 윤기 나는 중국식 수육.
적당한 비계와 살. 그리고 특유의 갈색빛을 띠는 껍질.
서효석이 그것을 입안에 넣었다. 그리고 충격에 빠졌다.
'캐러멜까지 따라 했어. 이 자식! 이 자식!'

그것을 아는지 모르는지, 다른 사람들은 칭찬 일색이다.

"성재 오빠, 진짜 대-박! 이거 진짜 맛있어요."

"성재 형! 동파육 저, 많이 먹어봤는데, 형이 한 게 제일 맛있어요. 달콤짭짤하면서도 느끼하지 않아서 엄청 맛있네요."

윤동현도 놀랬다.

'얘 뭐지? 중화요리도 할 줄 알았던 거야?'

그의 예상에 중화요리는 없었다. 성재가 잘하는 것. 그건 한식, 그리고 양식.

그게 끝인 줄 알았다. 그런데 뭐라고? 중식까지 한다고?

반면, 의기양양한 얼굴로 서효석을 바라보는 강희철.

자신을 놀렸던 서효석이 한 방 제대로 당하자, 만족감을 느낀 것.

일부러 맛있는 표정을 지으며 요리를 입안에 넣고, 서효석에게 말했다.

"효석이형?"

"……."

"아무래도 성재가 형 레시피, 알아차린 것 같죠?"

성재의 비밀을 어렴풋이 알고 있는 강희철과 서효석.

그리고 그 말뜻을 아직 알아차리지 못한 윤동현.

엇갈리는 표정으로 서로를 바라보는 가운데, 성재가 다음 요리를 내놓는다.

바삭바삭할 정도로 기름을 먹인 식빵, 그 안쪽에 다진 새우와 달걀흰자, 녹말가루를 반죽해서 튀긴 요리. 서효석이 일하는 레스토랑에서도 가장 잘 나가는 메뉴 중 하나.

성재가 모두를 향해 말했다.

"다음은 멘보샤입니다."

강성재는 서효석의 호감도가 떨어진 것을 보며 고개를 끄덕였다.

사용자 강성재에 대한 서효석의 호감도가 61 하락했습니다

반면…

> ⚙ ✓ ✗
> 사용자 강성재에 대한 장종수의 호감도가 300 상승했습니다
> 사용자 강성재에 대한 강희철의 호감도가 73 상승했습니다

두 명의 호감도는 상승했다.

배윤아는?

'아, OFF 해 두었었지.'

사실 이제 호감도는 크게 개의치 않았다. 사람의 기분에 따라 오르고 내리는 호감도. 처음에는 많이 신경 썼지만, 그게 다 부질없다는 것을 알게 되었기 때문이었다.

성재는 다른 사람의 기분을 엿보는 것 같다는 죄책감에 호감도를 OFF로 조정했다.

'서효석 호감도 OFF'

'장종수 호감도 OFF'

'강희철 호감도 OFF'

이제 배도 불렀고, 시간도 저녁이니, 방송국에서 마련한 숙소에 갈까 하는데, 또 하나의 메시지가 떠오른다.

'어?'

> ⚙ ✓ ✗
> 사용자 강성재에 대한 김용우의 호감도가 600 하락했습니다

그때, 강희철이 성재를 부른다.

"성재야! 화장실에 있냐?"

"응! 형! 왜?"

"야! 해군 총장님 좋아하는 요리가 뭐야? 지금 무궁화회관 난리 났다는데? 행보관님이 바꿔 달래."

오늘의 특별 심사위원

그 후에도 무궁화회관에서는 계속 성재와 강희철 하사의 휴대폰으로 연락이 왔다.
성재는 그날그날 자신이 알고 있는 간부들의 특징들을 말해주며 대처하라고 했지만, 김용우가 하루 만에 적응할 순 없었다.
그럼? 깨질 수밖에.
호감도가 계속 하락해가는 가운데, 성재는 김용우의 호감도를 OFF로 돌렸다.
물론 휴대폰도 전원 OFF로 돌렸다.
"출발할까?"
"응. 이제 가요! 형!"
아쉬운 헤어짐. 그리고 저녁때 들어온 방송국에서 제공한 숙소.
언제부터였을까? 병장 진급 이후였을까?
아니, 군 입대 이후부터였을 것이다.
성재는 모든 삶이 즐거웠다. 하루하루 경험이 매우 소중하게 느껴졌다.
지금 삶도 그랬다. 숙소에 모인 사람들을 보면 저절로 웃음이 나온다.
같은 길을 나아가는 사람들을 보며, 자극도 되고, 서로 도움도 된다.
"성재야. 넌 방, 누구랑 쓸래?"
"누구누구, 남았어요?"

"나랑 너랑, 그리고 동현씨, 그리고 박동민씨! 한 분은 스탭이랑 쓴다고 들어가서, 남은 4명끼리 정해야 돼."
백동원 셰프의 말에, 갑자기 윤동현이 끼어든다.
"저~ 성재랑 쓰고 싶습니다."
그러자 백동원이 고개를 젓는다.
"그건 좀 곤란한데~"
"네? 곤란이요?"
"응. 성재는 나랑 쓸 거라서 말이야. 이건 동현씨가 양보해줬으면 해."
"싫어요. 저 박동민 셰프님이랑 쓰기 싫은데요."
"그건 나도 마찬가지인데?"

박동민, 노선을 잘못 타서, 갑자기 기피대상에 오른 사람.
왜 이렇게 되었을까? 나 때문이었을까? 내가 1등 해서? 성재는 고민했다.
생각해보니 꼭 자신 때문은 아니었다. 지방 출신 셰프 중 누군가 1등 했더라도 비슷한 분위기가 되었을 것이다. 이런 분위기를 선도한 강민욱 셰프가 원인.
그리고 거기에 동조한 셰프들이 만든 분위기. 분명 당해도 싼 사람들인데….
왜 이등병 시절이 떠오르는 걸까?
'관심병사였을 때… 임상희 일병님이나 조상준 상병님이 챙겨주지 않았다면 난 어떻게 되었을까? 시스템 말대로 구제불능이 되어 있지 않았을까?'
관심병사로 낙인찍혀 지금쯤 정신병원 어딘가를 돌고 있을지도 모를 일.
솔직히 그땐 너무 힘들었다. 하지만 도와주는 사람들이 있었기에 극복했다.
지금 박동민이 그런 상태. 성재가 손을 들었다. 그러자 백동원이 미소를 짓는다.
"그래! 성재야~ 나랑 쓰는 거지?"
백동원이 저렇게 나오는데, 윤동현이 가만 있을 리가 없다.
"성재는 저랑 쓴다니까요. 셰프님!"
그 둘의 말에 성재가 말했다.
"전 박동민 셰프랑 쓰겠습니다."
"뭐?! 그 사람이랑 왜 써?"
"그럼 동원이형이 쓰실래요?"

"아니, 나는 싫지."

"그럼 누가 같이 써요?"

"동현씨?"

그러자 윤동현도 가만히 있지 않았다.

"제가 왜 그 사람이랑 쓰나요? 전 성재랑 쓸 건데요."

결론, 아무도 박동민하고 쓰고 싶지 않다. 그래서 성재가 나섰다.

"두 분이서 같이 쓰세요."

"……."

짐을 들고 박동민이 있는 2층 첫 번째 방으로 들어간 성재.

트레이닝복 차림으로 갈아입은 박동민이 성재를 쳐다본다.

"왜?"

성재는 웃으며 말했다. 물론 그와의 관계는 조심스러웠기에 다나까 말투를 사용했다. 예의를 차리면서도, 거리를 둘 수 있는 말투라 껄끄러운 사람과는 이게 편했다.

"오늘부터 같이 방 쓰러 왔습니다."

"너희들, 대놓고 나 싫어하던 거 아니었어?"

"그럴지도 모르겠습니다."

"뭐?"

"박동민 셰프님이 어떻게 나오느냐에 따라 달라지지 않겠습니까?"

"……됐어. 말하지 마."

"…알겠습니다. 그건 그렇고 핸드폰 번호 좀 알려주시겠습니까?"

"뭐냐? 너?"

"다른 사람은 몰라도 전 박동민 셰프가 싫진 않습니다. 아직 서로 잘 모르는 거라고 생각합니다. 그래서 알아가고 싶습니다."

"뭐야? 너 게이냐?"

"그건 아닙니다. 그냥 표현 방법이 원래 제가 이렇습니다."

"미친놈 아니야? 크크."

그러면서도 휴대폰 번호는 알려주는 박동민. 서로의 전화번호를 교환한 후, 성재는 짐을 풀었다. 그리고 옷을 갈아입었다. 성재를 바라보던 그가 갑자기 피식 웃었다. 성재는 그의 표정을 포착하고 다시 말을 걸었다.

"왜 웃으십니까?"

"아니, 촌스럽다. 촌스러워! 런닝 색깔이 갈색이 뭐냐?"

"이상합니까?"

"그래. 완전 이상하다."

"이건 그나마 나은 겁니다. 국방색이나 디지털 무늬도 있습니다."

"도긴개긴이지. 꼭 그런 거 입어야 돼?"

"전 군인이지 않습니까? 박동민 셰프님도 군대 다녀오시지 않으셨습니까?"

"나? 다녀왔지. 크큭."

그는 다시 한번 피식 웃었다.

"그런데 새삼스럽게 왜 그러십니까?"

"웃겨서, 네가 Top 7까지 올라왔다는 게 사실 말이 안 되잖아."

"뭐가 말이 안 되십니까?"

"요즘엔 간부들이 쌀하고 김치 안 훔쳐가?"

"그런 이야기는 처음 듣습니다."

"나 때는 기름도 훔치고, 쌀, 식용유, 김치, 고기 등 돈 되는 건 다 집에 들고 갔었는데 … 그래서 취사병들이 아무리 맛있게 음식 해봐야 건더기 없는 잡탕이었거든. 그래서 취사병들이 이렇게까지 주목받을 일이 없었지. 세상 많이 바뀌었다. 바뀌었어."

"20년 전하고 지금은 다르지 않겠습니까? 박동민 셰프님이 어떻게 생각하는지는 모르겠는데, 전 군대가 좋습니다. 저에게 새로운 인생을 제시해준 곳이고, 하루하루 살아가면서 가족과 친구, 동료의 소중함을 느끼게 하는 곳이라고 생각합니다."

"후--후, 어린 녀석이 가르치려고 들어?"

"그건 오해십니다."

"크큭, 됐다. 아, 전역한 지 20년이 넘었는데도 너만 보면 옛날 생각이 나네."

성재는 약간의 대화만으로 표정이 풀린 박동민을 보며 미소를 지었다.

"박동민 셰프님? 너무 풀죽어 있으시지 마십시오. 별일 아니지 않습니까?"

"네가 그 말 하니까 기분이 묘하다?"

"저니까 그렇게 말할 수 있는 겁니다. 그럼 전 씻고 오겠습니다."

성재는 진솔한 대화를 나눠보고 알게 되었다. 세상에 진짜 나쁜 사람은 거의 없다고.
성재는 바깥으로 향한다. 그러자 창문 밖을 쳐다보던 윤동현이 말했다.
"야! 어디 가?"
"잠깐 밖에 갈까 하는데…."
"왜?"
"형! 스토커야?"
"야~ 크크! 같이 가!"
성재는 휴대폰을 열었다. 그리고 확신했다.
'역시 내가 알고 있던 것하고 같네.'
요즘 SNS는 좋다. 모든 정보가 나오니까. 케이크 전문점. 성재가 안으로 들어섰다.
"저걸로 사야겠다."
"어? 케이크? 너 생일? 아닌데, 너 생일 6월 아니었나?"
"응. 나 6월이야."
"나도 생일 아닌데, 그럼 백동원 셰프가 생일이야?"
"아니야. 형! 동원이형도 아니야."
"잠깐만! 야! 설마! 너~!"

성재는 1층에 케이크를 내려놓고, 모두를 불렀다. 그리고 오늘 박동민 셰프가 생일이란 것을 말했다. 조금은 경계했던 사람들도 있었지만, 다수가 챙겨주자는 분위기로 변화하게 된 것은 성재의 말 때문이었다.
"분위기가 그렇게 만든 거지. 정작 박동민 셰프는 아무 말도 하지 않았잖습니까? 저희도 같은 방법으로 하실 겁니까?"
"……."
"선배님들! 그럼 박동민 셰프님 불러오겠습니다."
"그래. 그게 맞지."
성재가 안으로 들어간다. 혼자 침대에 누워 스마트폰을 보는 박동민.
"무슨 생각 하십니까?"
"왜?"

"오늘 가족하고 보내시지. 왜 숙소에 들어오신 겁니까?"
"가족?"
"결혼하시지 않으셨습니까?"
"가족들 다 해외에 있어."
"아… 역시 그러실 줄 알았습니다."
"응? 그럴 줄 알았다니?"
"잠깐 1층에 내려가서 술 한잔 하시겠습니까?"
"크크크! 야! 강성재! 너 술 먹고 싶었지? 그래서 친한 척 한 거지?"
"음… 흐흠!"
성재가 멈칫하자, 박동민이 씩 웃었다.
박동민도 사실 오늘만큼은 좀 쓸쓸했다. 가족들을 해외에 두고, 혼자 국내에서 돈을 버는 기러기 아빠인 자신이 오늘만큼은 한없이 처량하다.
그래서 술도 생각났다.
"가자! 먹자! 소맥?"
계단을 내려가는데 불이 어둡다. 소리도 나지 않고. 인기척도 없다.
박동민은 푸념을 늘어놓았다.
"다들 나갔나?"
"그건 아닐 겁니다."
그때, 들려오는 생일축하 노래.
"생일 축하합니다!"
"생일 축하합니다!"
박동민은 생일케이크 옆에 쪼르르 서 있는 다섯 명의 사람들을 보며 놀랐다.
'뭐지? 내 생일? 날 챙겨준다고? 우리가 그렇게 모질게 했는데?'
그러나 그들은 별로 개의치 않았다. 지나간 과거는 과거. 현재는 현재.
과거의 잘못은 지금부터 반성하고, 잘 극복해나가면 된다.
"사랑하는 박동민 셰프~! 생일 축하합니다."

빵-빵-빵!
요란하게 터지는 폭죽. 이어지는 모두의 축하 말.

"박동민 셰프님! 생일 축하합니다."
성재가 형들의 말이 끝나자, 박동민에게 말했다.
"촛불 끄셔야죠!"
박동민, 외로운 기러기 아빠인 그는 오늘 소외감 대신 같은 셰프로서의 동질감을 느끼고 있었다.
후-우!
많은 폐활량에서 나오는 입김에 꺼진 촛불. 성재는 촛불이 꺼지며 올라오는 연기를 보며 생각했다. 해묵은 감정들 전부 연기처럼, 흘려보내자고.

그날 밤. 성재는 푹 잤다.
반면, 같은 방에서 잠을 자던 박동민은 잠을 설쳤다.
'어휴, 쟤 왜 이렇게 잠꼬대를 많이 하냐?'
성재의 잠꼬대 덕분에 자다가도 몇 번을 깬 박동민. 그래도 뭐라 하진 않았다.
아침부터 기상나팔이 울렸다. 성재는 누워있던 몸을 들어 스트레칭을 했다.
다리를 쭉 뻗기도 하고, 잡아당기고, 양손을 깍지 껴 천장을 향해 올려보기도 하고.
그러다 문득 생각했다.
'아! 여기 군대 아니지?'
그때, 펜션 안에 작가 한 명이 돌아다니며, 입을 열었다.
"오늘 아침 7시부터 야외 촬영 있을 예정이에요. 다들 씻고 6시 30분까지 나오세요."
야외 촬영? 성재는 내용을 전파하는 작가를 향해 물었다.
"작가님! 야외 촬영이요?"
"네. 맞아요."
"어? 그런데 로빈 작가님은 어디 가시고, 작가님이…."
"아, 로빈 작가님은 지금 예능 쪽에서는 짤리시고, 웹소설 쪽으로 가셨어요."
"웹소설이요?"
"네. 취사병 뭐 소설 쓴다는데, 그게 성공하겠어요?"
"힘들겠죠?"
"뭐? 성재씨 이야기를 쓰면 가능성 있긴 하겠네요."

"그런가요? 좋게 봐주셔서 감사합니다."
"얼른 씻고 나와요. 오늘 조금 빡셀 거예요."
빡세다? 얼마나 힘들길래?
성재는 작가가 왜 빡세다고 한지 알게 되었다. 버스로 엄청나게 먼 곳까지 이동한다.

그들이 도착한 곳은? 놀랍게도 계룡대.
심사위원들은 이미 군부대 안에서 모두를 기다리고 있다.
"여러분~ 군부대는 예상 못 하셨죠?"
"……."
"오늘 여러분들이 계신 계룡대에는 약 2,000여 명의 간부님들이 계시다고 해요. 그중 장군님들은 총 44분이 계시고요."
"……."
"오늘은 그 장군님들 중 3분이 심사위원으로 특별히 나와 주실 거예요. 그럼 오늘의 특별 심사위원님들! 나와 주실까요?"
성재는 깜짝 놀랐다. 지금 이 상황. 꿈인지, 생시인지….
해군 참모차장이 앞으로 나왔다.
"해군 참모차장입니다. 오늘 특별 심사위원을 맡게 되었습니다. 잘 부탁드립니다."
그리고.
"공군 참모차장입니다. 오늘 특별 심사위원을 맡게 되었습니다."
해군, 공군이 나왔으면, 육군 또한 나와야지!
"육군 참모차장입니다. 여러분들의 건승을 기원합니다!"

성재의 충격적인 탈락

성재는 참모차장들의 등장에 땀을 뻬질뻬질 흘렸다. 심사위원들이 성재를 부른다.
"강성재 참가자! 괜찮아요?"
"아닙니다!"
바짝 군기가 든 병장.
"왜 그래요?"
"제가 경례를 할 타이밍을 잊었습니다. 지금 해도 되겠습니까?"
윤혜숙은 성재의 말에 미소를 띠며 말했다.
"지금 하세요!"
성재는 힘찬 경례구호를 실시했다.
"충~성!"
그러자 육군, 해군, 공군 참모차장이 성재의 경례 구호를 받아준다.
"충성!"
"필승!"
"필승!"
"아~ 맞다. 강성재씨! 계룡대에서 근무하시나요?"
"그렇습니다."

"그럼 오늘 나오신 특별심사위원님들도 성재씨 요리는 맛보셨겠네요."
육군 참모차장의 입가에 미소가 걸렸다. 성재는 긴장했다.
호국미식회, 육군 사조직 모임의 회장. 육군 참모차장은 항상 긴장을 불러일으키는 사람 중 하나였다. 그런 그가 마이크를 잡자, 성재 또한 긴장한 것이다.
"가끔 먹습니다."
"제가 듣기로는 요즘 장군님들 사이에 미식회 모임이 생겼다고 들었어요. 어떤 모임인지 자세히 말씀해주시겠습니까?"
마틴 최의 말에 육군 참모차장이 미소를 지었다.

"원래는 강원도 동부에서 근무하는 사람들끼리 먹는 것이라도 맛있게 먹자며, 호국미식회라는 모임을 결성했었습니다. 지역 맛집도 탐방하고, 경제도 살리자는 취지였죠."
"그런데요?"
"지난주부터 저희 계룡대 지역 내에도 같은 취지의 모임 하나를 만들었습니다."
"설마 또 미식회인가요?"
"그렇습니다. 저희 장군단들이 모인 '성우미식회'가 지난주에 결성되었고, 영관급을 중심으로 '행복한 모임', 그리고 각 군 주임원사를 비롯해 부사관들이 주축이 된 '맛집탐방'이라는 동아리가 결성되었다고 들었습니다."
"그렇군요. 잘 들었습니다. 군대에도 많은 모임이 장려되고 있군요. 자! 그럼 미션 발표할 시간입니다. 저번 미션 1등 앞으로 나오세요."
성재가 앞으로 나온다. 심사위원이 성재를 향해 다시 묻는다.
"기분이 어떠세요?"
"많이 긴장됩니다."
"이번 미션은 특별히 여기 계신 특별 심사위원님들이 선정해주셨어요. 이제까지 하지 않았던 과제 중에서 하나를 선택하셨는데요. 어떤 과제를 선택했을 거라 보십니까?"
성재는 도저히 몰랐다. 세 명이 좋아하는 요리가 다 달랐으니까.
"잘 모르겠습니다."
"주방에서 재료를 가져오시겠어요?"

경연장소 무궁화회관. 그곳에 준비된 간이식 조리대. 후임병들과 눈이 마주쳤다.

"분대장님! 힘내십시오!"
"강성재 병장님! 파이팅!"
녀석들이 응원해온다. 그리고 조리실장도 자신을 응원한다.
"우승해라!"
그런데 한 명이 자신을 쩨려보고 있다.
"……."
김용우의 눈빛을 느낀 성재는 그를 지나쳐 검은 박스가 있는 카트를 끌고 나갔다.
'후-우, 김용우 상병, 많이 화났나? 괜히 미안해지네. 의도한 건 아닌데…'
아무튼, 지금은 그것에 신경 쓸 시간이 아니다. 지금은 이번 과제를 통과하는 데 집중해야 한다. 각군 차장님이 선택한 과제는 과연 무엇일까?
요리사의 눈을 이용해 바라본 결과는….
"강성재씨! 갑자기 표정이 좋아 보여요."
"네. 기분 좋습니다."
"그럴 리가 없는데… 강성재씨한테는 가장 불리한 과제일 텐데요."
"그렇습니까?"
성재는 씩 웃었다. 모든 게 최고의 조건이었다.
성재가 검은 박스를 걷어낸다. 그러자 오늘의 과제가 보인다.
김이 모락모락 올라온다. 흰 국물, 벌건 국물, 두 개의 국물요리가 박스 안에 있었다.
"강성재씨, 오늘 미션은 뭐인 것 같나요?"
"짬뽕입니다."
"네. 맞습니다. 짬뽕입니다. 짬뽕은 중국에서 기원하여, 일본을 거쳐 한국에 정착한 화교들에 의해 전파되었습니다. 중화요리 하면 짜장면, 탕수육과 더불어 짬뽕이 생각날 텐데요. 오늘은 각자의 개성이 담긴 짬뽕을 90분 이내에 만드시면 되겠습니다."
성재는 쾌재를 불렀다. 육군 참모차장을 비롯한 각 참모차장도 쾌재를 불렀다.
'성재가 만드는 짬뽕, 기막힌 국물, 그리고 어디서도 맛볼 수 없는 화려한 퍼포먼스!'

심사위원은 그 사실을 모르고 있었다.
성재가 짬뽕을 잘 만든다는 사실을…
중화요리를 잘 한다는 사실을….

"그럼 지금부터 90분 드리겠습니다. 각자 자신만의 짬뽕을 만들어보세요!"

모두 각자의 요리에 집중했다.
면을 직접 만드는 부류도 있고, 시판 면을 그대로 사용하는 사람도 있었다.
성재는 직접 만드는 부류에 속했다. 그러나 그런 사람은 소수였다. 웬만큼 제대로 반죽하지 못하면, 그냥 기계로 뽑아 파는 면이 더 낫기 때문이었다.
심사위원도 성재를 걱정했다.
"괜찮겠어요?"
"네! 자신 있습니다."
"항상 자신 있다지만, 오늘은 정말 걱정되어서 그래요."
"정말 괜찮습니다."
"양이 너무 많은데? 20인분은 넘는 것 같아요."
"네. 일부러 많게 했습니다."
"그거 다 사용하려고요?"
"아닙니다! 일부만 사용할 겁니다."
성재의 손놀림이 빨라지기 시작한다. 직접 면을 뽑는 다른 사람은 밀대로 반죽을 미는데, 성재는 반죽을 밀 생각을 안 한다. 다른 사람은 칼로 반죽을 면 크기로 써는데 성재는 썰지 않는다. 왜? 왜일까? 심사위원이 걱정스러운 표정으로 성재를 바라본다.

그런데 놀랄 일이 일어난다.
사상 초유. 성재가 갑자기 뭉쳐진 반죽을 가지고 퍼포먼스를 시작했다.
면을 늘리고, 다시 반으로 접고, 늘인다.
위, 아래, 위, 아래! 왼쪽, 오른쪽, 왼쪽, 오른쪽!
그의 손에서 반죽이 움직일 때마다 면의 가닥이 2배씩 늘어난다.
'설마 수타면을 하는 거야?'
성재의 장기. 아니, 서효석의 장기를 120% 흡수해 자신의 것으로 만든 녀석이 심사위원들 앞에서 처음으로 자신의 능력을 공개했다.
반죽이 하늘에서 춤을 추고 있었다.
그 반죽이 잠깐 휴식을 취하려 조리대 밑으로 내려오자, 신의 손에서 밀가루 눈이 바닥으로 떨어진다. 신은 자신의 손에 먹을 수 있는 생명수를 묻혔다.
그리고는 반죽에 자신의 생명수를 불어넣었다.
반죽은 찰기를 되찾는다. 그리고 다시 한번 2배로 분열할 수 있는 힘을 얻는다.
가닥이 늘어날수록 그 신을 관찰하던 심사위원의 동공이 흔들렸다.

'수타면, 처음 뽑아본 솜씨가 아니야.'
'미쳤네. 생선 손질도 할 줄 알고, 수타면도 할 줄 알고, 한식, 양식, 일식, 중식 다 기본 베이스 이상이었던 거야. 정말 22살 맞아?'
심사위원들의 동경하는 눈빛이 보인다. 수타면 뽑기, 심사위원 3명 중 이것이 가능한 사람은 단 한 사람도 없었다. 윤혜숙도, 마틴 최도 마찬가지다.
재벌집 손자 윤동현은 어렴풋이 짐작은 하고 있었다. 그가 까들로프의 맨션에서 만들었던 짬뽕. 그런데 저런 식으로 화려하게 만들 줄은 상상도 못 했다.
백동원도 마찬가지였다.
'성재, 역시 넌! 끝판 왕이었어.'
그런데 성재가 요상한 그릇을 꺼낸다. 접시 안에 태극 문양이 그려져 있는 그릇.
'짬짜면?'
다른 사람들은 긴장했다. 이제까지 강성재가 보여준 것은 이해할 만한 수준이었다.
미식 관련해서 놀랍기는 했지만, 어디까지나 그건 음식 수준과는 무관한 능력이었다.
그런데 지금은 다르다. 성재의 손놀림은 마치 15년 이상 경력의 중화요리사를 보는 것만 같았다. 그런데 녀석은 면뿐만 아니라, 다른 동작도 빠르다.
다른 사람이 한 가지 동작을 할 때, 두 가지 이상의 동작을 하니까.
성재를 보며, 혀를 차는 자가 또 하나 있다. 녀석은 다른 사람에게 보이지 않는 존재.
그가 머리띠로 자신의 감정을 말한다.
〈적당히 해!〉
그러자 성재가 속으로 생각했다.
'너나 적당히 해!'
홀로그램이 알려주는 것을 따라 하는 것보다, 자신이 하는 게 이제 더 빠르다.
그는 두 개의 짬뽕을 준비한다.
한쪽은 차돌박이수타짬뽕, 그리고 반대쪽은 나가사키홍합수타짬뽕.

위수지역이라 그런지 보너스 등급이 붙는다.

recipe 　**강성재가 만든 짬짬뽕 ★★★★★★☆**　　　

완벽한 조리시간을 지킨 차돌박이 수타짬뽕과 나가사키 홍합짬뽕을 분할된 한 그릇에 담았다
면은 직접 만들었으며, 차돌박이와 해물, 홍합 등은 최상의 재료를 사용했다
직업 보너스에 의해 ☆만큼 등급이 향상되었다

그것뿐만이 아니다. 성재의 발밑에서 오오라가 돌아간다.
오오라는 육군 참모차장을 거쳐, 해군 참모차장, 공군 참모차장의 발밑에도 돌아간다.
오오라에 의해, ☆만큼 등급이 더 상승! 지금 그들에게 제공되는 요리는 거의 7성급.
이제까지 남들과 같은 선상에서 출발했다면, 오늘은 남들보다 한 발자국, 아니 열 발자국만큼 더 앞선 상태. 다른 참가자들도 나름 창의적이고 독창적인 짬뽕 요리를 내놓지만, 성재를 이길 수는 없었다.
군대 내에서는 성재가 최강자니까!
위수지역에서만큼은 짱이니까!

특별 심사위원의 시식시간. 그들은 정중했다. 공정한 잣대로 평가하려 했다.
그런데 성재의 요리를 입에 넣자마자 느꼈다.
'어? 너무너무 맛있잖아?'
그래서일까, 절제하지 못하고 후루룩 면을 삼킨다.
'와 미쳤다. 미쳤어! 국물 봐. 쩐다.'
결국, 육군 참모차장은 실수를 저지르고 말았다.
평가해야 될 요리가 이미 바닥을 드러내고 있다.
그런데 공군 참모차장과 해군 참모차장도 똑같은 실수를 저지른다.
그들은 느꼈다. 주변으로부터 느껴지는 따끔한 시선을….
그래도 멈출 수가 없다. 너무 맛있어서, 평소보다 더 맛있어서.
오늘 요리는 최강이기에. 성재는 우승을 확신했다.
다른 사람들도 마찬가지. 성재의 우승을 확신했다.
그리고 심사위원들도 우려 섞인 표정으로 각군의 참모차장인 중장 셋을 바라본다.

'프로그램 망치는 거 아니야?'

그런데 그들은 성재를 우승으로 선언하지 않았다.
성재 요리만 국물까지 다 비웠고, 다른 사람 요리는 맛만 본 주제에.
"이번 미션의 우승자는 삼겹살짬뽕을 만드신 박동민 씨입니다. 삼겹살이 짬뽕 국물과 의외로 잘 어울리더군요. 정말 맛있게 먹었습니다."
카메라가 꺼진 틈, 기존 심사위원들이 성재와 박동민의 요리를 비교해서 먹어본다.
다른 참가자들도 성재의 요리를 먹어본다. 확실히 성재의 요리가 훨씬 맛있다.
아니 최고로 맛있다. 너무너무 맛있어서 다른 사람과 비교가 되지 않는다.
'과장이 아니었구나. 처음부터 정해놨던 거야. 성재를 우승시키지 않으려고!'
그런데 왜? 그들이 왜 성재를 탈락시켰을까?
세 명의 심사위원이 의문에 빠졌다.
"오늘의 과제 합격자는 박동민씨입니다. 축하합니다."
"감사합니다."
"그럼 바로 탈락 미션에 들어가야겠죠. 탈락미션 또한 특별 심사위원이 나와서 심사해주시겠습니다."
특별심사위원의 등장.
모두가 처음에는 강성재에게 유리한 평가를 내줄 거라 예상하며, 경계했지만, 참모차장의 평가를 보며 오히려 성재가 불리하다는 것을 깨달은 참가자들이 안심하는 그때,
또 한 명의 장군이 등장한다.
"들어오세요!"
성재는 다시 한번 깜짝 놀랐다.
"안녕하십니까? 계룡대 3군 본부의 작전통제권을 가지고 있는 합참의장입니다. 세 명의 심사위원과 함께 특별 심사위원으로 출연하게 되었습니다. 잘 부탁드립니다!"
그리고 깨달았다. 왜 자신이 1등 하지 못했는지!
'그랬구나! 그래서 날 탈락시켰구나.'

성재야. 너를 한 번도 못 이겨 보네

"합참의장님? 주제 발표해주셔야죠?"

심사위원들의 말에 합참의장이 어색한 미소를 지었다.

"네. 오늘의 탈락미션 주제는! 최고의 탕수육 만들기입니다."

탕수육.

중화요리 인기순위 No.2.

참가자들은 왜 탕수육이 나왔는지 다들 납득했다. 짜장면은 변별력이 거의 없기 때문이었다. 대한민국 어느 집을 가도 짜장면은 거기서 거기다. 김연복 셰프가 운영하는 가게를 가도, 서효석 셰프가 운영하는 레스토랑을 가도 그건 마찬가지.

그러나 탕수육은 다르다. 요리사가 누구냐에 따라 다양하게 나온다.

기름의 온도에 따라, 튀김 방법에 따라, 튀김 옷에 따라, 소스에 따라 다양한 탕수육이 나올 수 있다. 그래서 우리 국민들은 짬뽕집이 맛있거나 탕수육이 맛있는 집을 찾아가지. 짜장면이 맛있는 집을 찾아가진 않았다.

오늘의 주제 탕수육!

"제한 시간 60분 이내에 가장 맛있고, 특색 있는 탕수육을 만들어주세요! 그럼 지금부터 시작합니다!"

탈락 후보에 놓인 6명의 참가자들. 그럼에도 성재는 자신 있었다.
'고맙습니다. 효석이형!'
성재는 자신 있게 탕수육을 준비했다. 가장 먼저 할 일은 고기를 밑간해두는 일.
소금과 후추를 이용해 밑간을 하면, 곧바로 채소를 손질한다.
이번에는 평소에 하던 것과 달랐다.
'합참의장님은 고구마 요리를 많이 좋아하시는구나.'
상대방의 좋아하는 요리가 보이는 요리사의 눈.
파인애플, 당근, 오이, 양파를 썬 성재는 미리 밑간해 둔 계란 흰자와 녹말가루를 섞기 시작한다. 튀김옷을 입은 고기. 그리고 준비된 고구마.
그런데! 성재가 갑자기 이상한 시도를 시작한다.

"강성재씨? 그건 어디다 쓰려고?"
"이걸 넣어야 맛있습니다."
땅콩, 건포도, 아몬드를 물엿과 섞는 성재. 그리고 팬에서 조리한다.
그제야 성재의 의도를 알아차린 심사위원들.
'저렇게 하면, 소스랑 섞이면 별로인데…'
그러나 성재는 이미 그 대책도 세워놓았다.
'무조건 찍먹으로 가야 돼. 그래야 단맛과 단맛이 섞이지 않으니까.'
곧이어 성재의 전매특허가 나왔다. 버너 2개를 놓고 동시에 조리하기.
마틴 최가 감동의 눈길을 보냈다.
"성재씨는 지금 초 단위로 조리시간을 재고 있겠죠? 진짜 대단하네요."
"궁금하면 물어보면 되잖아."
"물어볼까요? 강성재씨! 조리시간 얼마나 남았어요?"
성재는 심사위원의 질문에 간단히 대답했다.
"소스는 2분 16초 남았고, 위에 견과류는 1분 31초만 더 하면 됩니다."
"그래요? 한 번 시간 재어 봐도 될까요?"
"네. 괜찮습니다."
녹말물을 주걱으로 젓기 시작하는 성재의 손놀림에 탕수소스가 굳어가기 시작한다.
성재는 한 팔로는 탕수소스를 젓다가, 다른 손으로 팬을 들어 조리대로 옮겼다.

마틴 최는 고개를 끄덕였다. 성재는 거의 엇비슷한 시간에 조리를 끝낸다. 알람 시계도 사용하지 않고 말이다.

"다 만들었습니다."
"지금 제출해도 괜찮겠어요? 그럼 가지고 앞으로 나오세요."
특이했다. 탕수육의 튀김옷이 흰색이었다.
심사위원은 성재의 조리과정을 보며 고개를 끄덕이면서도 걱정스런 표정을 지었다.
"분명 잘 만들었네요. 그런데 이렇게 되면 안쪽이 잘 안 익는 거 아시죠?"
"네. 알고 있습니다."
"그럼 확인해볼까요?"
그러나 성재는 걱정이 없었다. 이미 2번 튀긴 탕수육이었다.
한 번은 고기를 익히기 위해, 또 한 번은 얇고 부드러운 튀김옷을 입히기 위해.
거기에 합참의장이 좋아하는 고구마도 곁들였다. 바삭바삭한 고구마 튀김.
"소스는 일부러 따로 만든 건가요?"
"네. 이건 무조건 찍먹으로 먹어야 합니다."
"에이, 난 부먹 좋아하는데!"
마틴 최가 장난스러운 말투로 말하자, 성재가 그의 말을 받아쳤다.
"오늘부터 찍먹도 좋아하시게 될 겁니다."
탕수육 소스가 고구마와 만났다. 바삭바삭한 고구마가 탕수육 소스의 뜨거운 수분과 만나 금방 부드러워진다. 그리고 아몬드, 땅콩, 건포도로 만든 강정 느낌의 음식.
성재가 손을 절레절레 저으며 심사위원들에게 말했다.
"아! 저건 탕수육 소스랑 같이 섞으면 안 됩니다."
"그래요?"
"네! 그냥 먹어야 더 맛있습니다."
활짝! 웃음꽃이 피는 심사위원들. 합참의장도 마찬가지였다.
성재의 요리는 군더더기가 없었다. 좋아하는 고구마도 곁들여져 있으니 대만족이다.
나눠 튀긴 그의 숙련도 때문일까? 심사위원들의 입가에는 미소가 깃들었다.
"강성재씨! 요리 실력이 더 좋아진 것 같아요? 비결이 뭐에요?"
"군 부대에서 만들어서 더 맛있는 것 같습니다."

"군인이라서? 군인이라서 군 부대에서 만들면 더 맛있다?"
"네! 그런 것 같습니다."

사실이었다. 성재의 요리는 직업 보너스에 의해 ☆만큼 등급이 향상된 상태였다.
그리고 발밑에서 오오라가 돌아가며 합참의장에게까지 퍼진다.
합참의장은 정신을 차리지 못했다. 다른 사람들이 한 점, 한 점 먹는 가운데, 합참의장은 혼자 세 점, 네 점씩 집어먹는다.
"합참의장님?"
"아…(우물우물), 네?"
"심사위원이잖아요. 다 드시면 어떻게 해요."
"그렇군요. 헤헴… 음…."
그러나 이미 접시는 반 이상 비워져 있다.
"강성재씨! 합격입니다."
"감사합니다!"
성재는 여유로운 미소를 지으며 웃었다. 합격 때문만은 아니었다.
그 이유는? 새로운 호칭이 생성되었기 때문에!

> 강성재가 4성 장군의 50% 이상을 공략하였습니다
> 호칭 〈4성 장군으로부터 요리로 인정받은 자〉를 얻었습니다
>
> 〈4성 장군으로부터 요리로 인정받은 자〉
> 군인들을 위한 요리 시 등급 보너스가 주어집니다

그리고 또 시스템이 자신에게 말을 건다.

> 국내를 넘어, 외국 군인들에게도 요리를 해보세요. 혹시 아나요? 외국 군인들에게도 등급 보너스가 주어질지~

'군인 말고 일반인한테는 보너스 안 되냐?'
아무튼, 없는 것보다는 나으니, 성재는 고개를 끄덕이며 제 자리로 돌아갔다.

주어진 60분이 모두 지났다. 심사위원들의 결과가 발표되고 있다.
성재는 숨죽이며 동료들의 결과를 지켜보았다.
"윤동현씨! 죄송하지만 자리로 돌아가 보세요."
"네. 알겠습니다."
"백동원씨! 합격 수준에 이르진 못한 것 같습니다. 잠시 보류하겠습니다. 자리로 돌아가 주세요."
이제는 정이 든 사람들. 그래도… 결국 한 사람이 떨어진다.
심사위원은 고심 끝에 그 이름을 불렀다.
"윤동현씨!"
"네."
"그동안 고생 많으셨습니다. 윤동현씨가 만든 연근탕수육, 충분히 훌륭했습니다. 하지만 다른 참가자들의 요리가 오늘만큼은 더욱 좋았기에, 탈락 대상자가 되었습니다."
"네. 알겠습니다."
"마지막으로 하시고 싶은 말씀은요?"
"그동안 주변 사람으로부터 많은 도움을 받아왔고요. 인생을 살아오면서, 돈보다 더 소중한 게 많다는 것을 알게 되었습니다. 성재야!"

형의 부름에 동생이 응했다.
"어?"
"고맙다!"
"아니야. 내가 더 고마워! 형! 수고했어."
그런데 성재의 말에 갑자기 윤동현이 눈물을 글썽인다. 심사위원이 입을 열었다.
"윤동현씨! 왜 그래요?"
"아니… 제가 성재 선임이었거든요. 그런데… 저 녀석 한 번도 못 이겨봐서… 이기고 싶어서… 특별 과외도 받았는데…."
"윤동현씨? 괜찮으실까요? 집에 들어가시면 회장님인 할아버지나 아버지께서 혼내지 않을까요? 여기서 우시면 곤란한데…."
그러자 소매로 눈물을 훔치며, 마지막 인사를 하는 윤동현.
"감사합니다. 그동안 잘 대해주셔서 감사합니다!"

"네! 고생하셨습니다. 윤동현씨! 이곳 경기장을 지금 즉시 떠나주세요!"

방송이 끝나고, 성재를 비롯한 참가자가 다시 버스를 탑승했다. 버스 안쪽에서 윤동현이 홀로 구석에 앉아있는 것이 보인다. 백동원이 성재를 밀며 말했다.
"가-봐!"
성재는 윤동현을 바라보았다.
"뭐?"
"아니, 형! 방송에서 왜 그랬어?"
"몰라! 나도! 갑자기, 지난 기억이 막 스쳐 가잖아."
윤동현은 탈락이라는 말을 듣는 순간, 갑자기 자신이 요리를 다시 해야겠다고 결심한 때를 떠올렸었다.
조리학과를 나왔지만, 요리를 대충대충 했었던 그는 성재를 만나고 요리에 대한 즐거움을 느꼈고, 다시 한번 요리에 대해 제대로 배워보고 싶다는 생각을 했다. 그래서 부모님의 반대에도 불구하고 프랑스까지 가서 최고의 교육과정을 배우고 있었다.
성재를 이기고 싶었다. 하지만 그럴 수 없었다.
단, 한 번도! 정식교육을 받지 못한 그를 이길 수는 없었다.
그가 느낀 것은 성재에 대한 분함이 아니었다. 자신의 노력부족에 대한 분함이었다.
성재가 얼마나 노력했는지는 안 봐도 알 수 있었다. 자신보다 몇 배를 노력했을지 뻔히 예상이 갔다.
같이 생활해 왔기에, 같은 길을 걸어가기에, 자신도 성재의 옆에 서서 같은 꿈을 꾸고, 발맞추어 같은 길을 같이 걸어가고 싶었는데, 성재는 어느새 자신이 따라잡을 수 없을 만큼 앞에서 더 위를 향해 나아가고 있다.
"형!"
"응?"
"레시피 노트 줄까?"
"됐어."
"어휴~ 형! 우리 우정! 변치 않는 거지?"
"그래. 당연하지! 너나 나 버리지 마. 알았어?"

"형을 내가 왜 버려?"
"그럼 전역하면, 프랑스로 와. 같이 요리 배우자."
"그건 좀 고려 좀 해보고. 그리고 그거 알아?"
"뭐?"
"까들로프 교수님이 나한테 삐져서 김용우 상병이라는 사람 자신의 제자로 받아들인 거."
"에이, 너한테 삐진 건 아니다. 그 친구가 가능성이 있어 보였겠지."
"아무튼, 모르겠어. 그런데 있잖아. 우리 인생은 길잖아? 아직 20대인데 뭐를 고민해. 실패하면 또 성공을 위해 다시 재기해서 노력하면 되는 거지."
"그렇겠지?"
"응. 그러니까, 형 울지 마."
"이제 안 울어, 인마!"
"그리고 프랑스는 모르겠어. 일단 보류."
"응?"
"아니야."
성재는 말을 얼버무렸다. 그리고 생각했다.
'지금 당장은 청와대가 더 좋은 자리인 것 같아. 형!'
버스는 어느새 숙소에 도착했다. 이미 윤동현의 회사 사람들이 와서 짐을 싣고 있다.
"동현씨! 잘 가요!"
"네! 그동안 감사했습니다."
"나중에 또 시간 나면 뵙고요!"
"네~ 형님들! 그동안 정말 감사했습니다. 항상 건강하시고, 꼭 우승하세요!"
윤동현이 떠났다. 그리고 6명이 남았다.

숙소 스케줄은 빡빡했다. 다음날부터 가만두질 않는다.
심사위원 윤혜숙이 6명을 불러놓고 말했다.
"여러분들! 어휴~ 남자들만 있어서 그런지, 홀아비 냄새가 장난 아니네요."
그녀의 말에 성재가 입을 열었다.
"어제 형들하고 같이 3:3 농구 좀 했습니다."

"그런가요? 여러분께 전해 드릴게요. 한 시간 이내로 떠날 준비를 해주세요."
"또… 경연인가요?"
"그건 말해드릴 수 없습니다."
윤혜숙이 자리를 떠나자, 사람들이 고개를 절레절레 저었다.
"이번엔 어디야? 군부대 갔으니까, 이제 초등학교나 중학교 아니야?"
"그건 아닌 것 같은데요. 저번에 일본에서 유치원생 대상으로 한 미션과 겹치니까 이번엔 그럴 것 같진 않아요."
"그래도 6명만 남았으니까, 팀전으로 할 것 같은데!"
"아! 맞아요! 호텔에서 셰프들한테 평가받는 줄 알았잖아요. 혹시 국내 호텔 셰프들이 특별 심사위원으로 나오는 것은 아닐까요?"

모두의 예상.
그러나 전부 틀렸다. 경기도 안성으로 향하는 버스. 어느 시설 안으로 들어가는 버스.
성재를 비롯한 모두는 이곳이 어디인지 간판을 보고 알게 되었다.
〈새터민의 보금자리, 제2의 인생〉
그곳이 탈북한 사람들이 교육받는 하나원이라는 것을!
그 장소를 본 어느 한 셰프 출신 참가자가 외쳤다.
"이번엔 북한 요리냐?!"

탈북민을 위한 요리

하나원, 지금은 탈북자들을 위한 교육시설.
현재 안성에 위치한 이곳은 청소년과 여성 탈북민들이 거주하고 있다.
성인 남성은? 강원도에 따로 제2하나원이라는 시설에 입소해있다고 한다.
일단 촬영준비가 덜 되었다고 해서, 이곳 시설을 홍보할 촬영을 하기로 했다.
"겉옷 모두 벗으시고요. 노출 꺼리시는 분들은 검은색 티셔츠 있으니까 입어주세요."
"네!"
그리고 그것을 카메라 감독이 촬영장면에 담는다.
마틴 최가 씩 웃으며 겉옷을 벗었다. 군살 없이 탄탄한 몸매.
그리고 수영복으로 유명한 아쿠아 브랜드를 입은 그가 물속에 뛰어든다.
"오~! 심사위원님! 대박! 진짜 멋있으세요."
"어휴! 뭐야. 자기 몸 자랑하러 온 거야?"
각기 다른 반응을 보내는 가운데, 마틴 최가 미소를 지으며 말했다.
"저랑 50m 자유형 시합할 사람 있어요? 여기 참가자 중에서 절 이기면 제가 저희 레스토랑 평생 무료이용권 드릴게요."
마틴 최의 레스토랑 평생 무료이용권이 달린 즉석 게임.

그는 어릴 때 수영선수로도 활동했었기에 그만큼 자신이 있었다.

그런데 누군가가 손을 든다.
"어? 너야?"
"네!"
성재는 웃통을 깠다. 군인으로 체력단련을 게을리하지 않았던 그의 몸매가 드러난다.
"오~ 오!"
모두가 감탄하고. 성재가 씩 웃는다.
"수영 대결! 응하겠습니다."
그러자 마틴 최가 성재에게 조건을 달았다.

"대신! 지면 우리 레스토랑에서 일하는 거야."
"아…."
"너무 했나? 한 달! 아니 일주일 일 하기!"
성재는 일주일이면 감내할 수 있다고 생각하고 고개를 끄덕였다.
"알겠습니다."
"그래! 윤석현 심사위원님! 카운트 봐주세요!"

마틴 최로부터 호루라기를 건네받은 윤석현이 호루라기를 불고, 두 명이 수영장 끝에서 다이빙을 하며, 자유형 대결을 펼쳤다.
마틴 최는 자신 있었다. 분명히 자신이 이길 거라 생각했다.
그런데 젊은 녀석이 자꾸 자신의 옆을 따라붙는다.
'뭐야? 얘 도대체 뭐야!'
카메라 앞에서 자신의 멋진 모습을 보여주고 싶었는데, 성재의 실력이 수준급이다.
성재는 양팔을 가르며, 자신의 수영실력을 뽐냈다.
'수영 가르쳐 주셔서 고맙습니다.'
스승이 있었기에, 마틴 최를 간단히 제압할 수 있었던 성재. 물론 능력도 썼다.
'요리사의 신체!'
지구력, 체력, 스테미나 등 모든 것을 올려주는 기적과 같은 능력.

마틴 최가 결승선에 도착했을 때, 성재는 이미 수영장 밖을 빠져나와 윤석현이 건네주는 음료를 마시며 빙긋 웃고 있었다. 당황한 마틴 최가 성재를 향해 묻는다.
"강성재씨! 수영 언제 배웠어요?"
"군대에서 배웠습니다."
"에이, 거짓말하지 말고! 누구한테 배웠는데?"
"해군 총장님이 직접 가르쳐주셨습니다."
"해군 총장님? 총장님이 직접 가르쳤다고?"
"네. 총장님이 수영 정말 잘 가르쳐주십니다."
성재의 말에 윤석현이 빙긋 웃으며 성재에게 말했다.
"강성재씨! 수영 가르쳐준 해군 총장님께 경례 한 번 해봅니다."
"네. 알겠습니다."
성재는 다리를 모으고, 카메라를 향해 시선을 돌린 채, 힘찬 경례를 실시했다.
"필승! 해군 총장님! 사랑합니다!"

체육관, 강당 등을 들려 홍보영상을 촬영한 일행이 마지막으로 도착한 곳. 주방이 딸려있는 강의장. 심사위원과 인사를 나눈 하나원 원장이 웃음을 지으며 말했다.
"이곳 하나원은요. 설립된 지 올해로 19년째, 다녀간 탈북민 수만 3만 2천여 명에 달하고 있습니다. 지금은 420명이 함께 생활하고 있습니다."
그의 말에 심사위원이 말을 받아주었다.
"그럼 이곳에서는 어떤 과정을 거치나요?"
그가 말을 시작했다. 그런데 너무 길다. 무려 10분 이상 설명을 해왔다.
요약하면 이랬다. 제1과정, 정서안정 및 건강검진. 제2과정 진로지도 및 직업탐색. 제3과정 한국사회 이해증진. 제4과정 초기정착 지원….
원장은 말을 계속 이어간다.
"저희 하나원은 최고의 시설을 갖추고 있습니….'"
"저 원장님? 설명은 거기까지만 부탁드릴게요. 시간이 없어서."
"아… 네! 하나만 더 설명하고."
"괜찮습니다. 이따 따로 인터뷰 시간 가질게요."
말이 많은 원장이 떠나고. 심사위원들이 드디어 과제를 발표한다.

"오늘 주제는 탈북민들을 위한 요리입니다."
그러자 참가자들이 야유를 부리고.
"우— 우!"
심사위원은 당황한 얼굴로 참가자들에게 말했다.
"왜요? 예상했잖아요? 아까 다들 예상하지 않았어요? 누가 '이번엔 북한요리냐?'라고 말하지 않았어요?"
이제 심사위원들도 참가자들에게 정이 들었다. 그래서 딱딱한 표정을 지었던 예전과는 달리 웃음도 보이고, 미소도 보인다. 또 한 명의 셰프가 심사위원에게 물어본다.
"팀전인가요?"
심사위원들은 씩 웃었다.
"이제 우리가 말 안 해도 다 아네요. 팀장 누군지 알죠? 지난번 1등! 박동민씨 앞으로 나오세요. 2등 강성재씨! 앞으로 나오세요!"
박동민과 강성재. 그 둘은 심사위원의 부름에 앞으로 나왔다.
"박동민씨! 지난번 우승하셨잖아요. 누구를 뽑으실 건가요?"
박동민은 주변을 둘러보다 백동원을 쳐다보았다.
"백동원씨와 함께 하겠습니다."
"백동원씨! 박동민씨와 함께 하시겠습니까?"
그러나 백동원은 고개를 저었다.
"아닙니다. 저는 성재랑 하고 싶습니다."
박동민은 깜짝 놀라며, 백동원을 쳐다보았다.
'아니, 왜? 우리 화해한 거 아니었니?'
그런데 성재가 백동원을 보며 고개를 끄덕인다.
"동원이형이랑 함께 하겠습니다."
백동원 뿐만이 아니었다. 나머지 4명 또한 성재의 컨택을 기다리고 있다.
성재는 곤란해 하는 표정을 지었다.
'동현이형이 같이 있었으면 좋았을 텐데… 그럼 고민할 필요도 없는데!'
하지만 가위바위보를 하라고 할 수도 없고, 제비뽑기를 하라고 말할 수도 없었다. 그는 결국 한 명을 택했다.
"조윤태씨 뽑겠습니다."

성재가 조윤태를 뽑은 이유는 단 하나.
'북한에서 사는 곳이 가장 가까우니까.'
그렇게 편은 갈라졌다. 박동민은 나머지 두 사람을 보며 물었다.
"저희 화해 한 거 아니었어요?"
"그건 그런데 성재가 잘 할 것 같아서…."
"백동원씨가 성재 선택하길래 저도 모르게… 성재에게 뽑아달라고 했네요. 죄송해요."
참가자들의 대화가 끝나고, 마틴 최가 주의사항을 말했다.
"고기나 기름진 음식 비율이 너무 높지 않으면 좋겠어요. 모두 다 그런 건 아니지만, 탈북민들은 평소 고기를 많이 먹지 못해서, 몸이 적응하는 데 시간이 걸린대요. 물론 다들 한국에 온 지 2달 가까이 되는 분들이지만, 주의해주셨으면 좋겠어요."
"알겠습니다."
"그럼 탈북민 7명을 위한 요리, 준비해주세요. 준비시간은 60분입니다."
같은 요리를 7개를 준비해야 된다. 박동민이 자신의 팀에게 말했다.
"북한 요리할 줄 아는 사람 있어요?"
"저는 못합니다."
"저도 못하는데요."
"음, 심사위원님? 꼭 북한 요리로 해야 되나요?"
"그건 아닙니다. 한국 요리로 내놓아도 괜찮습니다. 단, 그분들이 만족할 수 있는 음식이었으면 좋겠습니다."
"아, 알겠습니다. 저희는 삼계탕으로 가겠습니다."
반면 성재는 씩 웃으며 사람들에게 말했다.
"동원이형! 북한 요리할 줄 아는 거 있으세요?"
"나는 없는데… 아, 나도 삼계탕 생각했었는데, 저쪽이 선수 쳤네."
"조윤태 셰프님은요? 북한 요리…."
"아, 나도 좀 어려워 보일 것 같은데…."
"그럼 제가 또 팀장으로서 메뉴는 제안해도 될까요?"
"뭐 할 건데?"
"형님들이 고르세요. 제가 3개 할 줄 알거든요."
"3개?"

"네. 옥류관식 평양냉면하고요. 함경도식 가오리찜, 그리고 신흥관식 명태순대요."
"뭐라고? 너! 진짜야?"
"제가 거짓말할 이유는 없죠. 이순옥 아주머니한테 배웠거든요."
"이순옥이면… 대-박! 그 아줌마 북한요리로 유명한 탈북자잖아. 너 완전 미쳤구나?"
"후후, 미친 건 아니고요. 배운 적이 있어요. 그럼 세 가지 다 할까요? 제 지시만 따라주시면 가능할 것 같은데!"
"알았어. 세 가지 다 해보자."
그들의 허락이 떨어지자, 성재가 지시를 내린다.
"조윤태 셰프님! 일단 가오리 손질 좀 부탁드리겠습니다."
"그래!"
"동원이형! 형님은 명태 내장 좀 꺼내주세요. 옥수수 가루 좀 만들어주시고요."
"어. 옥수수는 없던 것 같은데?"
"그럼 전분 가루로 하죠 뭐."
성재는 지시를 내려놓고, 자신이 가장 빨리 할 수 있는 채소손질에 들어간다.
탁탁탁탁! 탁탁탁탁!
기계와 같은 소음이 주변에 울려 퍼지고.
툭툭툭툭! 툭툭툭툭툭툭!
거품기를 이용해 계란을 풀어준 후, 팬에 올려 계란지단을 만들기 시작한다.
심사위원들은 물론 다른 팀 참가자들도 깜짝 놀랐다.
성재 팀, 가장 경력이 짧은 병사의 지시에 따라 팀이 움직이고 있었다.
"동원이형! 채소 그만 익혀야 돼요! 빼요! 빼!"
"네. 조윤태 셰프님은 전분 가루 조금만 넣으세요. 소가 찢어지지 않을 정도만요."
"순대 안에 가루를 넣으면 질겨지거든요. 이게 식감도 좋아지고, 찢어지지도 않아서 먹을 때 맛있어요."

이번 미션은 탈락자가 없는 과제다. 그런데 상대팀과 너무 격차가 크다. 북한에서만 맛볼 수 있는 요리를 만드는 성재팀과 삼계탕을 만드는 박동민 팀. 누가 이길까?
결과는 뻔했다.
"이거 장군님이 먹던 거 아니니?"

성재가 탈북민 아줌마의 말에 씩 웃었다.

"평양 옥류관처럼 만들어봤습니다. 양배추 김치하고 육편, 계란 지단하고 같이 드셔 보세요. 정말 맛있을 거예요."

"어머나! 어머나!"

성재는 놀라는 그녀에게 말을 보탰다.

"남북 정상회담에서도 저희 대통령님께 북한에서 준비했던 음식입니다. 후회하지 않으실 겁니다."

그리고 다른 한쪽에서는….

"이거! 내가 제일루 좋아하는 명태순대다. 이거."

"종말? 종말 명태순대야?"

"그렇다니까!"

북한 내에서도 고위 간부들만 먹었다는 평양 냉면과 명태 순대. 하나원에 온 이후, 북한 요리를 먹지 못했던 그들이 고향에 대한 추억을 떠올리게 되는 계기가 되었다.

결과는? 당연히 만장일치였다. 박동민 팀은 성재를 보며 한숨을 내쉬었다.

'저 새낀 진짜 뭐지? 진짜 결승 갈 것 같은데?'

심사위원들도 마찬가지였다.

'성재는 미래에서 회귀한 건가? 아니면 환생한 거야? 어떻게 못 하는 요리가 없냐?'

마틴 최는 결심했다.

'성재 꼭 영입하자. 영입해서 우리 레스토랑으로 데려가야겠어.'

물론 그건 윤혜숙 심사위원도 마찬가지였다.

'우리 궁중 요리 후계자로 키워야 돼. 성재가 딱이야. 영부인께서도 좋아하시고, 실력도 되고, 나이도 어려서 가능성이 무궁무진해. 기회 봐서 따로 말해야겠다.'

그 둘이 그런데 윤석현 심사위원이라고 다를까?

'아, 탐난다. 최고다. 최고야! 어떻게 하면 저렇게 할 수가 있는 거지? 타고난 천재는 저런 건가?'

맛이면 맛, 영양이면 영양, 플레이팅이면 플레이팅. 뭐하나 빠지는 게 없는 성재.

"강성재씨, 백동원씨, 조윤태씨! Top 5 진출에 성공하셨습니다. 축하합니다!"

그리고 이어지는 탈락미션. 미션은 머랭치기.

거기서 결국 제주 출신의 염기훈이 탈락하고 말았다.

돌아가는 길. 염기훈은 손을 절레절레 저으며, 공항으로 가는 버스에 탑승했다.

"고마웠어. 모두들 감사했습니다."

"염기훈 셰프님! 고생했어요."

"성재씨? 세상에는 참 많은 사람들이 있다는 것을 느꼈어요. 제주도에서 나름 날고 긴다고 느꼈는데, 이번 대회 참가해보고 성재씨 보면서 많이 느끼네."

"아, 죄송합니다."

"죄송할 게 뭐가 있어. 다 성재씨가 잘해서 그런 건데, 우리! 우정 변치 않고 나중에 또 연락하면서 만나요. 다들~ 괜찮죠?"

"그럼요!"

"그럼 가볼게요. 모두! 안녕!"

염기훈이 떠났다. 5명이 남았다. 쓸쓸한 빈자리. 하지만 성재는 아무렇지 않았다.

군대 복무를 하며 사람들과 헤어짐에 대해 경험하고 배웠기 때문이었다.

언젠가는 다시 만난 날을 기다리며, 성재는 자신의 방으로 들어갔다.

그때, 같은 방 룸메이트인 박동민이 성재를 향해 말했다.

"성재야. 군 부대에서 조금 전에 네 핸드폰으로 전화 와서 받았었다. 누구 상병이라는데, 빨리 전화 걸어야 될 것 같은데?"

"아, 잠시만요."

그때, 떠오르는 메시지.

| 김용우의 호감도가 0 이하로 하락하여 적개심으로 변환되었습니다 |

성재는 씩 웃으며, 휴대폰 전원을 껐다. 박동민이 묻는다.

"왜 그래?"

"아무것도 아니에요."

"그래? 내려가서 밥이나 먹자."

"네!"

세미 파이널! 결승 진출자는?

Top 5에 든 참가자들. 이제 한 번만 더 올라가면 결승이라는 소식이 들려왔다.
세미 파이널. 해석하면 준결승. 성재는 자신과 함께하는 4명의 셰프들을 바라보았다.
얼굴은 험상궂지만, 마음만은 누구보다 착하고 정의로운 백동원 셰프.
무뚝뚝한 편이고, 속내를 잘 드러내지 않는 박동민 셰프.
항상 씰룩씰룩 웃고 있는 조윤태 셰프.
마지막, 남자답지 않은 하이톤으로 조곤조곤 말하는 최환철 셰프.
다들 경력 10년 이상의 베테랑. 박동민 셰프는 경력 20년 이상. 성재는 생각했다.
'우리 5명 중 결승에는 누가 올라갈까?'
그때, 최환철이 말했다.
"박동민 셰프님! 볶음밥 완전 맛있는데요."
"후후, 게살 볶음밥이야. 아~ 떡볶이도 있으니까 먹자"
부담스럽지 않은 양. 그런데 다 분식집에서 나올만한 메뉴. 성재는 물었다.
"박동민 셰프님은 셰프신데, 평소에 이런 평범한 음식을 드세요?"
"그럼? 난 사람 아니야? 셰프도 사람이야 인마!"
성재의 말에 다른 사람들도 씩 웃었다.
"성재야. 너는 군인이면 짬밥만 먹냐? 밖에 나가면 피자도 먹고 치킨도 먹고 하지?"

"그렇죠."
"우리는? 사람은 똑같아. 우리도 분식 먹고, 아이스크림도 사 먹고, 과자도 먹고!"
"네. 알았어요."
"후후, 성재 삐졌다!"
"아니에요."
"에이~ 삐졌는데?"
"아니라니까요!"
"진짜 삐졌네."

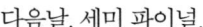

다음날, 세미 파이널.
앞에 선 심사위원들은 고개를 끄덕이며 참가자들을 바라보았다. 그리고 질문했다.
"박동민씨! 누가 우승할 것 같습니까?"
"제가 우승 할 것 같습니다."
"그런가요?"
"네. 자신 있습니다."
심사위원 마틴 최의 질문에 박동민은 자신이 우승하겠다며 자신감을 표현했다.
"강성재씨! 우승하고 싶어요?"
"네. 정말 하고 싶습니다."
"우승하면 뭐할 건데요? 상금 1억 원 받으면 뭐하실 건데요?"
"음, 일단 동생에게 루루공주 사주기로 했습니다."
"루루공주요?"
"네."
"그거 사줘도 돈 많이 남을 텐데? 남은 돈은요?"
"조그마한 가게를 가져볼까 합니다. 아버지가 푸드트럭 하시는데, 이제 곧 겨울이잖아요. 그래서 따뜻한 가게 안에서 일하실 수 있도록 보탬이 되고 싶습니다."
"…알겠습니다. 그럼 열심히 해야겠네요."
"네! 열심히 하겠습니다."
"그럼 백동원씨! 자신 빼고! 누가 결승에 진출할 것 같나요?"

"일단 성재는 올라갈 것 같고요."
"네. 성재가? 경력도 없는데?"
"심사위원님도 성재 잘하는 거 아시잖아요."
"후후, 그건 노코멘트 하겠습니다. 그래서요? 성재 말고 다른 사람은?"
"음… 박동민씨 경계하고 있습니다. 그래도 웬만하면 제가 올라가고 싶습니다."
"그래요. 높은 성적은 아니지만, 백동원씨도 점점 두각을 나타내고 있어요. 그래서 가능성이 있다고 생각해요. 힘내주세요!"

심사위원들은 5명의 셰프들에게 모두 의견을 물어보았다.
단순한 질문과 대답이었지만, 각자의 생각을 엿볼 수 있었던 좋은 기회.
"세미 파이널, Top 5에게 주어진 과제를 발표하겠습니다. 오늘은 특별히 아직 앞에 한 번도 안 나온 최환철 셰프가 나와주시겠습니다."
최환철 셰프가 심사위원의 부름에 앞으로 나온다.
오늘의 주제는 과연 어떤 것이 될까? 이제 웬만한 건 다 해본 것 같았다.
그래서 도저히 감이 잡히질 않는다.
카트 안에 있는 박스.
성재는 요리사의 눈을 활성화시켜 안쪽 재료를 확인해보지만 소용없었다.
'안 보여. 안에 텅텅 비어 있다는 건가?'
박스 안에 식재료가 없다. 도대체 왜?
"최환철씨? 박스를 개봉해주시겠어요?"
박스가 개봉되자 안에 들어있는 것은 글씨가 쓰여 있는 엽서.
성재는 왜 보이지 않았는지 확실히 알게 되었다.
엽서 안에는 이렇게 쓰여 있었다.

〈자신의 추억이 담긴 요리.〉

모두가 갈피를 못 잡는 가운데… 심사위원이 말을 이어간다.
"요리라는 건요. 맛도 중요하지만 안에 담긴 이야기가 굉장히 중요하다고 생각해요. 모두 셰프, 셰프 지망생으로서 추억이 담긴 요리 하나쯤은 있을 거예요. 그 요리를 우리 세 심사위원에게 보여주세요. 그리고 설득해주세요. 5명 중 가장 진솔한 이야기가 담긴 요리를 만든 한 분은 결승 진출이 확정됩니다. 제한시간은 120분입니다."

성재는 주마등처럼 스쳐 지나가는 기억을 떠올렸다.

추억이 담긴 요리? 그에게는 너무나 많았다.

이제까지 배운 과정 전부, 모두가 추억이 담겼다.

만 1년 1개월, 짧을 수도 있지만, 성재에게는 너무나 길었던 군 생활.

시작은 이등병, 지금은 병장. 성재가 심사위원에게 내놓을 요리는?

백동원은 케이크를 만들고 있었다.

그런데 특이한 것은? 오븐이 아니라 전기밥솥을 이용해 만든다.

"어떤 추억이 담겼기에, 전기밥솥에 케이크를 만들어요?"

"완성되고 말씀드리겠습니다."

그리고 박동민은 작가에게 말해, 재료를 공수한다.

"박동민씨? 광어가 필요하다고요?"

"네."

"오늘이니까 구해주는 거예요."

"네. 감사합니다."

백동원이 가장 먼저 손을 들었다. 그러자 심사위원이 그를 불러낸다.

"백동원씨가 만든 케이크. 먹기 전에 들어볼까요? 어떤 추억이 담긴 건가요?"

"첫 결혼기념일에 아내가 저한테 해 준 케이크입니다."

"결혼기념일?"

"네. 아내는 저라는 사람 딱 하나만 보고 결혼했습니다. 아시다시피 요리사가 먹고살기 힘든 직업이잖아요."

"…그렇죠."

요리사의 각박한 현실. 정말 엘리트가 아닌 이상에야 10년 차나 20년 차나 30년 차나 연봉은 비슷하다. 하루 16시간씩 일하고 받는 돈은 3,000만 원 정도.

많다고 하지만 일하는 시간에 비해서는….

"그땐 정말 어려웠습니다. 결혼기념일인데 수중에 돈이 하나도 없었어요. 솔직히 첫 결혼기념일인데, 아내 결혼기념일도 잊을 정도였으니까, 저도 정신이 없었죠. 먹고 사는 데만

급급했었으니까."
"그렇군요."
"아내도 식당 일을 나가요. 김밥천재라는 분식 프렌차이즈에서 일하거든요. 거기서 재료를 가져왔나 봐요. 그걸로 인터넷 보면서 뒤지더니, 저한테 해주더군요."
"아…."
"그때의 기억을 생각하며, 오늘은 제가 아내에게 케이크를 해준다고 생각하고 만들어보았습니다."
"잘 들었습니다. 그럼 시식해보겠습니다."
백동원이 전기밥솥을 이용해 만든 아몬드 케이크.
성재는 그의 정성을 보며 깨달았다. 정말 진심이 담긴 요리였다.
심사위원도 기분 좋은 웃음으로 백동원에게 말했다.
"좋았어요. 아내 분 입장에서 생각하고 먹으니 참 맛있네요. 자리로 돌아가 주세요."

그다음은 박동민이었다.
그는 광어회 한 접시와 매운탕을 내놓았다. 보기만 해도 먹음직스러운 한 상 식사.
"박동민씨, 들어볼까요?"
"저도 아내에 대한 이야기입니다."
"네."
"아내와 저는 낚시를 정말 좋아했어요."
"아… 그랬군요."
"제가 요리사다보니까, 그날 잡은 고기를 그 자리에서 바로바로 해줬었거든요. 6년 전 그날은 아내와 같이 낚시를 하러 갔는데 시작부터 광어가 걸린 거예요. 그래서 광어회 한 접시 딱 만들고! 매운탕에 소주를 먹었죠."
"아내분이 정말 좋아하셨나 봐요. 저도 소주랑 회 너무너무 좋아하는데…."
마틴 최가 빙긋 웃었다.
그런데 윤혜숙이 마틴 최의 허리춤을 찌르며 가만히 있으라는 제스처를 취한다.
'뭐지? 뭐 있어요?'
'조용히 해!'
윤혜숙이 말린 후, 엄숙한 분위기에서 박동민이 말을 꺼냈다.

"그게 마지막이었습니다. 텐트에서 자고 그 다음날 아침, 집으로 돌아오는 길에 교통사고를 당했거든요. 아내는 그 날 하늘나라로 갔고, 저는 병원에서 6주간 혼수상태였습니다. 원인은 트럭의 졸음운전이었죠."
"…고인의 명복을 빕니다."
"괜찮습니다. 가끔 혼자 있는 날이면 아내를 떠올리며 이렇게 먹습니다. 심사위원님들이 좋아하실지 모르겠네요."
심사위원들은 그가 만든 요리를 맛보고, 조용히 고개를 끄덕였다.
"아내분이 하늘나라에서 박동민씨 많이 생각하겠어요. 정말 맛있네요."
"매운탕이 정말 얼큰하고 좋네요. 박동민씨와 하늘나라에 계신 아내분의 이야기, 정말 감명 깊었습니다. 좋았습니다."

다음은 성재. 성재의 요리를 본 심사위원은 빵 터졌다.
식판에 담긴 요리.
"이게 뭔가요?"
"군대식 돈가스입니다."
"돈가스? 사연 들어보죠."
"저는 관심병사였습니다. 편부가정이어서 부대 배치받자마자 관심병사가 되었습니다."
"그랬군요."
"네. 그때 당시 중대장님은 관심병사인 저를 TOD로 보내고 싶어 하셨습니다. 총들고 싸우지 않고, 감시장비를 조작하며, 적의 침투나 위협을 확인하는 직책이었습니다."
"취사병이 관심병사가 더 많이 갈 것 같은데요. 아닌가요? 아… 미안해요."
"아닙니다. 괜찮습니다. 독립부대 소초의 취사병은 다양한 것을 해야 합니다. 저는 공용화기인 MG-50을 숙달되게 다뤄야 했고, 여러 사람이 있는 게 아니라, 혼자 40여 명의 식사를 책임져야 했기에, 하나부터 열까지 똘똘한 사람이 맡는 직책이 취사병이었습니다. 그런 저를 가장 먼저 믿어준 게 윤동현 병장이었고, 저는 윤동현 병장의 인정을 받고 싶었고, 또 요리에 대해 관심이 있었기에, 중대장님의 인정을 받고 싶었습니다. 그래서 제가 처음 시도한 요리가 중대장님이 좋아하는 돈가스였습니다."
"그래서 인정받았나요?"
"…요리로는 실패했습니다."

"그랬나요?"
"당시에는 제 요리솜씨가 뛰어나지 못했고, 중대장님도 제가 요리를 잘한다고 해서 관심 병사인 저를 취사병으로 써 줄 생각도 없었던 모양입니다."
"그랬군요. 그럼 그 상황을 어떻게 극복하고 취사병이 되셨나요?"
"…행군을 했습니다. 야간에 군장을 메고 소초 책임구역을 돌며, 제 의지를 중대장님께 보여주었습니다. 정말 힘들었지만, 극복하고 싶었고, 이겨내고 싶었습니다. 체력의 한계를 느꼈지만, 너무너무 힘들었지만, 할 수 있다는 것을 보여주고 싶었습니다."
"그랬군요. 잘 들었습니다. 그럼 강성재씨의 추억이 담긴 돈가스, 한 번 먹어볼까요?"

성재는 자신의 진심이 이번에도 전해지길 바랐다.
그러나 그렇지 못했다. 그래서 아쉬웠다.
자신보다 더 안타까운 사연이 담긴 요리가 있었기 때문이었다.
5인의 추억이 담긴 요리를 맛본 심사위원들이 성재가 아닌 다른 참가자를 택한다.
"박동민씨! 결승 진출 축하합니다. 2층으로 올라가 주세요."
"감…사! 감사합니다!"
박동민이 결승에 올라갔다. 그는 4명의 참가자들과 포옹을 하며, 기쁨을 함께 누렸다.
성재를 포함한 다른 4명은 아쉬워하면서도 그의 결승 진출을 진심으로 축하했다.
심사위원은 박동민이 2층으로 올라간 후, 말을 이어갔다.
"이제 세미파이널, 마지막 한 자리가 남았어요."
"그리고 그 자리는 여기 있는 4명 중에서 나올 겁니다."
"그럼 마지막 한 자리를 위한 미션! 공개하겠습니다. 2등이었던 백동원씨! 검은 박스 가지고 앞으로 나오세요."
백동원이 검은 박스를 가져온다. 그리고 성재가 또다시 그 박스 안을 쳐다보았다.
'이번에 떨어지면 끝이야. 제대로 해야 돼.'
그런데 식재료가 또 보이지 않는다.
'나… 떨어지는 걸까?'
가슴이 쿵쾅쿵쾅, 항상 1등만 해서 자신 있었는데, 막상 이렇게 되어보니 성재는 불안해 미칠 것만 같았다. 그와 동시에, 백동원이 검은 박스를 개봉했다.
그러자 또 엽서에 글씨만 덜렁 그려져 있다.

〈단골손님에게 내놓는 요리.〉

정체불명의 요리. 차라리 주제를 제대로 정해주면 좋을 텐데, 저렇게 나오니까 답이 안 보인다. 그 때문일까? 성재는 자신감이 바닥까지 떨어졌다.
그러나 심사위원들은 그런 성재의 마음도 모르고 진행을 이어간다.
"여러분들이 요리사였다면, 저희가 심사위원으로 활동하며, 행동했던 것, 말투, 그 외 모든 것을 토대로 저희들의 특징을 파악했을 겁니다. 각자 좋아하는 부위, 재료, 그리고 선호하는 조리법 등에 대해 당연히 알게 되었겠지요. 그 눈썰미를 체크하는 미션입니다. 저희는 여러분들의 조리과정을 보지 않고, 음식만 보겠습니다. 즉 블라인드 테스트입니다. 각자 3개의 요리를 만들어 FD분들을 통해 저희 이름을 적어 제출해주세요. 아, 걱정은 하지 마세요. 저희들은 누가 만든 요리인지 알지 못합니다. 그러니 심사숙고해서 저희가 가장 좋아할 만한 요리를 만들어주세요. 우리가 여러분의 단골손님이었으니까, 요리사라면! 이 정도는 충분히 자신 있으시겠죠?"

마지막 말에 성재가 하늘을 향해 기도했다.
감사하다고, 정말 마지막 기회를 주셔서 감사하다고!
모든 심사위원들의 좋아하는 요리를 알고 있는 성재. 그가 3명의 심사위원들을 요리사의 눈으로 집중해서 쳐다보며, 각자 그들의 좋아하는 요리가 무엇인지 다시 한번 확인한다. 모두가 어리둥절하는 동안, 심사위원들은 바깥으로 이동하며, 말했다.
"왜 대답이 없어요? 다들 자신 있죠?"
"네!"
"그럼 2시간 후에 뵙겠습니다."
심사위원이 퇴장했다.
참가자들과 방송 관계자만 남은 가운데, 작가 한 명이 참가자들에게 말했다.
"지금부터 120분 동안 심사위원들을 위한 요리를 만들어주세요!"

휴가 간다고 말했어야 되는데

세미 파이널, 마지막 결선 진출자를 가르는 미션.
예선부터 보아왔던 심사위원들의 특징들을 상기하며, 내가 실수한 것은 없나, 따로 체크해야 될 것은 없나 꼼꼼히 따지는 사람들.
'윤혜숙 심사위원은 땅콩소스를 싫어했다고 들었어.'
'마틴 최는 연근을 싫어하고, 좋아하는 건 고기 종류였나?'
각자 3개의 요리를 제출한 참가자들. 심사위원석 앞에 있는 탁자에 놓여 있는 이름.
윤혜숙의 이름이 적힌 삼각 레이블 앞에 5개의 요리.
마틴 최 앞에 5개의 요리. 윤석현 이름 앞에 5개의 요리가 가지런히 놓여 있다.
참가자들은 작가의 안내에 따라 입을 함구했다.
그와 동시에 심사위원들이 대기석에서 다시 심사장으로 돌아왔다.
윤혜숙이 마틴 최에게 말했다.
"많이 연구했나 봐. 내 앞에 한식밖에 없네."
"제 앞에는 고기요리밖에 없네요."
윤석현. 그의 앞에는….
'뭐야? 다 샐러드잖아?'
세미 파이널 4명의 진출자. 그들은 단골손님이나 다름없었던 심사위원들의 취향을 정확히 알고 있었다. 심사위원들은 서로를 보며 피식 웃었다.

"심사위원 실격이네요."

"그런가요? 너무 취향 저격했죠?"

"후-후."

하지만 각자의 앞에 놓인 5개의 요리 중에서 유난히 심사위원의 눈길을 끄는 한 메뉴가 있다. 윤석현에게도, 윤혜숙에게도, 마틴 최에게도 있었다.

"5개 중에 3개를 고르라면 못 고르겠는데, 한 개를 고르라면 고를 수 있겠네요."

"저도 그래요. 제 취향을 완벽하게 알아차린 요리가 딱 하나 있네요."

"어? 나도 그런데?"

성재는 미안했다. 그리고 감사했다. 어떻게 보면 치팅. 보고 베낀 거나 다름없었다. 남들이 알아채지 못했을 뿐, 이건 사기였다. 성재는 마음의 가책을 느끼고 있었다.

심사위원들이 각자의 요리를 고른 후, 그 요리를 만든 사람이 누군지 물었다.

"파스타 튀김 샐러드 만든 참가자 누구죠? 제 앞으로 나오세요."

"접니다."

"저는 이 요리가 가장 맛있었어요. 기름은 안달루시아, 유자청을 쓰신 것 맞죠?"

"네. 맞습니다."

"거기까지 제 취향을 알아낼 줄은 생각도 못 했어요. 너무 맛있게 잘 먹었습니다. 축하합니다. 제가 선택한 참가자는 강성재씨입니다."

첫 번째 요리의 심사평이 끝나고. 마틴 최가 자신이 고른 요리를 말한다.

"갈릭 찹 스테이크, 만든 참가자도 앞으로 나오세요."

그런데 참가자들이 술렁이며, 나오질 않는다. 성재는 정면을 응시했다.

그러자 마틴 최가 성재를 바라보며 놀라움을 감추지 못했다.

"강성재씨가 만든 건가요?"

"네. 맞습니다."

"먹기 좋은 크기로 썰어진 스테이크, 단맛은 조청을 이용해 내셨더군요. 찹 스테이크에서 향긋한 마늘향이 나서, 제가 딱 좋아했던 맛인 것 같습니다. 제가 선택한 참가자도 강성재씨가 되었습니다."

윤혜숙은 미안한 표정을 지었다. 자신이 선택한 참가자가 탈락할 수밖에 없다니.

"미안해요. 제가 발표해도 결승은 못 올라갈 것 같네요."

그러자 백동원을 선두로, 다른 참가자들이 큰 목소리로 말했다.
"괜찮습니다!"
그래도 발표는 발표.
"저는 이 요리를 만든 사람이 무조건 결승에 올라가야 된다고 생각했어요. 120분 안에 다른 요리를 제출하고, 이 한 상 차림을 내놓는다는 게 쉽지 않은 일이거든요."
윤혜숙의 말에, 참가자들이 누구의 요리를 말하는 건지 직감했다.
'또… 또….'
그녀가 자신이 선택한 메뉴를 말하며 참가자를 불렀다.
"굴솥밥에 배추겉절이, 그리고 산적하고 쌈채소. 한 끼 밥상을 제공해주신 참가자 또한 앞으로 나오세요."
그런데 또 나오지 않는다. 윤혜숙의 눈동자가 동그랗게 커졌다.
미세한 떨림. 그리고 놀람.
성재는 미안한 기색을 지우지 못했다. 너무 미안했다.
"강성재씨…가 만들었나요?"
"…네."
심사위원은 놀라움을 감추며, 침을 삼키고, 성재를 향해 말했다.
"축하합니다. 세 명의 심사위원 모두에게 선택받아, 강성재씨가 제2회 베스트 셰프 코리아, 파이널 진출에 성공하셨습니다. 축하합니다!"
성재는 뒤돌아보았다. 이번 미션 전까지만 해도 양심의 가책은 별로 느끼지 못했다.
하지만 이번 요리를 하며 확실히 알았다. 좋아해서는 안 될 일이라고.
결코, 실력 때문에 이긴 건 아니라고.
성재의 표정을 보며, 형들이 앞으로 뛰어나와 위로한다. 백동원이 머리를 쓰다듬었다.
"야! 성재야. 너 표정이 왜 그러냐? 좋아해도 되잖아."
"…죄송합니다."
"이 새끼, 왜 또 울먹여? 아까까지는 다 이길 것 같은 표정을 짓더니…."
"안 울 겁니다."
"그래. 자신감 가져! 눈썰미도 실력이야."
백동원의 말에 다른 참가자들도 성재를 응원했다.
"성재, 넌 정말 대단했어. 솔직히 깜짝 놀랐어. 처음 널 봤을 때부터, 지금까지. 형들이 너보다 못해서 떨어진 거니까, 미안한 표정 짓지 마. 알겠니?"
"네."
"꼭 우승해라."
그들의 응원이 끝나고 심사위원 또한 성재에게 말한다.
"강성재씨. 기뻐해도 좋아요. 당신은 군대에서 전설을 쓰고 있는 거잖아요. 누가 알았겠어요? 경력 하나 없는 취사병 출신이 결승에 올랐을 거라고."
"그래! 강성재씨! 얼굴 핍시다. 우승한 거 아니잖아요? 작별 인사해야 된다고요!"
성재가 담담하게 고개를 끄덕이고. 윤석현이 다른 세 명의 참가자들에게 말했다.

"백동원씨."
"조윤태씨."
"최환철씨."
"모두 고생하셨습니다. 한마디씩 하시죠."
백동원은….
"정말 제 인생 최고의 경험이었고요. 제 부족함 또한 알게 되었습니다. 이제 본업으로 돌아가서 더욱더 훌륭한 셰프가 되겠습니다."
조윤태.
"많은 것을 느꼈어요. 세상에는 정말 대단한 사람들이 많다는 것을 느꼈습니다. 앞으로 열심히 해서, 훌륭하신 선배분들의 발자취를 따라가고 싶어요. 열심히 할게요."
그리고 최환철.
"조금은 후련해졌다고 할까요? 마음이 싱숭생숭했는데, 막상 떨어지니 기분이 묘하네요. 긴장감이 사라지니까 그런 것 같기도 하고. 아! 저는 박동민씨 응원하겠습니다."
"네? 성재 응원 안 하고요?"
"에이, 국민들이 다 성재 응원할 텐데, 저라도 박동민씨를 응원해야죠. 저번 미션 같은 편이었잖아요. 박동민 셰프님! 우승하세요!"
최환철의 말에 2층에 있던 박동민이 손을 흔들어주었다.
"다들 고생하셨습니다. 그럼 세 분은 지금 즉시 경연장을 떠나주세요."
손을 들며 바깥으로 떠나는 세 명의 참가자.
세미 파이널은 그렇게 종료가 되었다.

방송국에서 2주 동안 숙소는 마음대로 써도 된다고 했지만, 성재는 부대로 복귀했다.
'괜히 미안해지네.'
떠오르는 한 사람.
김용우 상병의 적개심. 과연 지금은 어떨까?
계룡대는 노란 단풍이 부대 전체를 가득 메우고 있었다.
은행잎이 떨어지고, 4차선 도로 옆에는 가로수 옆에 있는 은행나무가 자신의 생명을 퍼트리기 위해 1년 동안 길렀던 자식들을 외부세계로 흘려보냈다.
인간 입장에서나 벌레 입장에서는 지독한 악취나 다름없었지만, 그들 입장에서는 생존의 몸부림. 매년 10월 중순, 은행열매를 퍼트리려는 생명체와 그것을 치우려는 군인들의 전쟁이 또 한 번 시작되는 중이었다.
무궁화회관에 도착한 성재. 평소라면 꽉 차 있을 회관 입구.
그러나 오늘은 그 어느 곳보다 한산하다.
"충성! 실장님! 복귀했습니다."
"왔냐? 나가 봐."
실장의 표정 또한 좋지 못했다.
"실장님, 왜 그러십니까?"
성재의 질문을 들은 후임병들은 분대장인 성재를 데리고 구석으로 가서 말했다.
"분대장님? 실장님하고 김용우 상병 어제 성우회관 불려가서 엄청 혼났습니다. 이래서 원사 달아줄 수 있겠냐고, 군생활 계속할 거냐고 장군님들께서 그랬답니다."
"그래? 김용우 상병은 왜?"
"사모님들이 해주는 밥이 더 맛있다고, 김용우 상병은 도대체 왜 뽑은 거냐고 같이 올라가서 혼났답니다."
성재는 생각했다.
'그렇겠지. 사모님들 실력도 많이 늘었으니까, 내가 요리교실 열면서 고생한 게 얼마나 되는데… 기본 3성짜리는 다 만드실 텐데….'
그런데 이상하다. 김용우 상병은 5성짜리도 기본으로 만드는 사람인데, 왜?
"장군님들께서 왜 화를 내셔?"

"아… 원래 성우미식회 창단식을 여기서 했는데, 육군 참모차장님이 불같이 화를 내셨답니다. 맛 더럽게 없다고. 분대장님이 부대에 빨리 복귀해서 다행입니다."
"그랬구나."
"아, 또 있습니다. 행사 준비 미흡으로 헌병대 조사시킨다는 소문이 있습니다."
"헌병대? 조사?"
"네. 그래서 실장님은 원사(진)이신데, 진짜 진급 못 하실 수도 있다고…."
"에이, 소문이잖아."
"자세한 것은 저희도 잘 모르겠습니다."

그때, 담배를 태우고 들어오는 김용우. 성재는 그를 향해 목례로 인사를 대신했다.
"오셨습니까?"
"저… 이 쒸발!"
김용우의 적개심. 망설임 없이 표출되는 녀석의 표정.
"왜 욕을 합니까?"
"욕 안 나오게 생겼어? 네가 나 추천했잖아."
"그 전에 아저씨한테 전화 드렸잖아요. 하고 싶다고 아저씨가 직접 말씀하셨잖아요."
"이렇게 될 줄은 몰랐지."
"저 일할 때는 안 그랬습니다. 총장님도, 각군 차장님도, 다른 장군님들도 다 좋아하셨는데, 왜 김용우 아저씨한테만 까칠한지 모르겠습니다."
"야! 아무튼, 나 복귀하면 다시는 안 온다. 알았어? 끝난 거지? 너 복귀한 거지?"
"일단은 복귀했습니다."
"후-우, 다행이네. 강희철 하사님한테 연락이나 해야지."
"저, 잠깐 막사 좀 다녀오겠습니다."
"그래. 난 오늘 짐 챙긴다. 내일 뜰 거다. 다신 안 와! 여기! 다시는 안 올 거야."
김용우가 그러거나 말거나, 막사로 돌아온 성재. 그를 반겨주는 지휘관, 배원영 준장.
"그래. 결승 진출 했다고?"
"네. 2주 시간 남았는데, 휴가 좀 다녀와도 되겠습니까?"
배원영 준장은 성재의 말에 고개를 끄덕였다.
"휴가? 그래. 그런데 성재야."

"……."
"무궁화회관 지금 난리 난 것… 아니다. 다녀와."
"……."
성재도 말을 아끼고, 배원영 준장도 말을 아꼈다.
"휴가 가서 결승 준비 잘하고! 꼭 우승해라."
"네. 알겠습니다. 그런데 단장님? 같이 청와대 가십니까?"
"뭐?"
"대통령님께서 제가 우승하면 같이 청와대 오라고 하셨다고 들었습니다."
"후-후, 그거야 다 농담이시겠지. 그런 거 신경 쓰지 말고, 우승할 생각만 해."
"알겠습니다. 휴가 보내주셔서 감사합니다."
"감사는 뭘? 밀린 휴가 네가 가는 건데!"
"아… 네. 그렇습니다."
"아-참! 이거 가져가."
배원영 준장이 성재에게 무언가를 꺼내준다.
봉투. 그리고 그 안에 든 종이 3장.
"이게…."
"너 떨어뜨려서 미안하다고, 참모차장님들이 너 주라더라."
"네?"
"저번 심사 때 미안했다고, 너 주래. 기억하지?"
"네. 감사합니다."
그 안에 든 것은 포상 휴가증.

    4박 5일 포상 휴가증 - 해군 참모차장
    2박 3일 포상 휴가증 - 공군 참모차장
    7박 8일 포상 휴가증 - 육군 참모차장

그것을 받고 잠시 고민에 빠진 성재가 물었다.
"단장님? 정기 휴가 취소하고, 이 포상 휴가부터 쓰면 안 되겠습니까?"
"차이 있나?"

"그렇습니다. 포상 휴가는 언제든 짤릴 수 있지 않습니까?"
"그렇긴 하네."
"네. 그것 때문에 포상 휴가부터 먼저 쓰고 싶습니다."
"그렇게 해. 바로 출발해."
"아, 지금 말씀이십니까?"
"그래. 여기 있어 봐야 뭐해. 대회 준비해야지."
"신경 써 주셔서 감사합니다."

해군, 공군, 육군 참모차장님께 받은 포상 휴가를 그 자리에서 붙여 쓰는 성재.
원래는 서로 다른 성격의 휴가(정기+포상, 보상+포상 등)만 붙여 쓸 수 있지만, 장성급 이상 지휘관의 허락이 있다면, 마음대로 붙여 나갈 수 있다.
그래서 성재는 특별히 포상 휴가 + 포상 휴가 + 포상 휴가를 붙여 썼다.
막사에 복귀하자마자 바로 짐을 챙겨 휴가를 나갔다.
오랜만에 돌아온 집. 이제는 원룸이 아니라 투룸. 이게 다 아버지가 열심히 일하셔서 얻은 공간. 성재는 일 나간 아버지를 떠올리며, 감사한 마음을 가졌다.
'아빠, 고마워요.'
그런데 갑자기 경고의 메시지가 떠오른다.

사용자 강성재에 대한 김용우의 적개심이 위험수치에 이르렀습니다
현재 위험구역 이탈중 - 그에게 접근하지 마십시오

집안이 바뀌었어요

집이 좀 낯설었다. 왜일까? 예전 집 보다 넓어져서일까.
방 2칸, 화장실, 복도라고 부르기 민망할 정도로 좁은 주방이 전부인데 왜?
삶이란 게 정말 웃기다. 원룸만 살아도 소원이 없겠다고 생각한 게 엊그제 같은데, 지금은 투룸도 좁다고 생각된다.
집에는 아무도 없었다. 할머니는 워낙 돌아다니시는 것을 좋아하시고, 민지는 유치원 갔고, 아버지는 장사하러 가셨으니까.
성재는 군복을 벗고 샤워를 했다. 샤워기에서 흘러나오는 세찬 물줄기.
'저번 집에서는 수압이 낮아서 고생했었는데….'
그리고 깔끔한 내부 인테리어.
'그러고 보니, 원룸 살 때는 타일도 다 뜯어져 가는 화장실이었나?'
아버지가 고생한 결과 삶은 풍족해졌다. 성재는 조용히 웃으며 머리를 감았다.
그런데 그때, 딸깍 소리와 함께 집으로 누가 들어왔다. 성재는 미소를 지었다.
'아빠도 양반은 못 되네.'
이 시간에 집에 들어올 수 있는 사람은 아버지밖에 없으니, 성재는 별 불편함 없이 머리를 감고 수건으로 물기를 말리며 화장실 밖으로 나오는데 ….

"어머!"

"아… 앗!"

성재는 깜짝 놀라 화장실로 다시 들어갔다.

"누…구세요?"

"그러는 그쪽은 누구세요?"

여성의 당황한 목소리, 성재는 고개를 저으며 말했다.

"저, 여기 집 사는 사람인데요."

"그럴 리 없어요. 여기 일용씨 집이에요. 누구세요? 누구냐고요! 경찰 부를 거예요."

"저희 아버지가 강일용인데요."

성재의 말에 중년 여성의 말문이 막혔다.

"…성재? 일용씨 아드님?"

"네."

"아… 그렇구나. 아줌마는 일용씨랑 만나는…."

"그것보다 아줌마, 잠시 집 밖으로 나가주시거나, 아니면 서랍장에서 팬티 하나만 꺼내주실래요?"

"…나가 있을게."

"네. 5분 뒤에 다시 문 열어드릴게요."

성재는 고개를 숙였다. 자신의 모든 것을 본 아줌마. 아버지와 만나는 분이란다.

팬티를 입고, 속옷을 입고, 평상복으로 갈아입었다.

식탁 위, 그녀가 싸서 온 반찬통이 아직 정리되지 않은 채, 놓여 있다.

성재는 체념한 듯, 고개를 끄덕이며 집 문을 다시 열어주었다.

"다 갈아입었니? 들어가도 될까?"

"이미 들어 오셨었잖아요. 들어오세요."

머리가 아파왔다. 성재는 상황 파악을 하기 위해 물었다.

"언제부터예요?"

"응?"

"언제부터 만나셨나요?"

"6개월?"

"음, 뭐하시는 분이신데요?"
"지금은 에어로빅 강사 하고 있어."
성재는 그 말에 한숨을 푹 쉬었다.
'아빠는 진짜 욕망 덩어리구나.'
그리고 되물었다.
"괜찮으세요?"
"응?"
"저희 아버지 돌싱이잖아요. 괜찮으시겠어요?"
"아, 나도 돌싱이야. 그래서 서로 맞는 게 많은 것 같아. 불편했니?"
"조금은요. 아니, 좀 많이 불편하네요."
"…미안해지네."
"아니에요. 언젠가는 이런 일이 있을 줄 알았는데, 이렇게 빨리 올 줄은 몰랐어요. 초면에 죄송한데요. 자제분은 있으신가요?"
"…아니, 없어."
"알겠습니다. 하던 것마저 하세요. 전 나가볼게요."
"나 때문에 그러는 거라면 그러지 않아도 돼."
"아닙니다. 씻고 나가려던 참이었거든요."
성재는 후다닥 밖으로 나왔다. 휴대폰, 체크카드, 집 키. 그게 그가 가진 전부.
밖에 나오니 할 일이 없다.
'오늘은 쉬려고 했었는데….'
아무튼, 지금은 전화를 걸어 자초지종을 확인해야 한다. 그런데 아빠가 통화 중이다.
계속, 계속! 계속!

성재는 무작정 걸었다. 그런데 만날 사람이 없었다.
친구들은 다 군대 갈 시기. 그리고 딱히 대전에 친구가 많은 것도 아니다.
아니지. 친구는 없어도, 형들은 있구나? 성재는 가장 친한 형한테 전화를 걸었다.
- 응. 성재야. 웬일이냐? 네가 먼저 전화를 다 걸고?
"동원이형, 뭐해요?"
- 뭐하긴, 주방에서 일하고 있지. 넌 부대에서, 아니네. 휴대폰이네? 우리 강성재씨 레스

토랑 출근 안 하고 뭐하고 있으려나?
"……."
- 할 일 없지? 인마! 레스토랑 와! 돈도 벌고, 형들 얼굴도 보고 그래야지.
"생각 좀 해보고요."
- 그래! 그럼 나 지금은 바쁘니까, 올 거면 문자 남겨!
전화를 끊자마자, 곧바로 벨소리가 울린다. 아버지였다.
"아빠…"
- 들었다. 어디냐?
"나? 지금 레스토랑 가고 있어요. 일하던 곳."
- 됐고, 은행동으로 와. 다 설명해줄게.

은행동, 아버지는 그날 장사를 접고, 성재를 근처 다방으로 데려갔다.
지하 1층, 조금은 어두운 느낌. 그 안에서 쌍화차 한잔과 커피 한잔을 시킨 아빠.
"아이구~ 우리 사장님 아들내미인가 봐. 똑같이 생겼네."
"그런가요? 하하. 저희 아들 잘생겼죠? 베스트 셰프, 강성재!"
"베스트 뭐?"
"베스트 셰프요. KBC에서 주말마다 하는 요리 경연 프로그램! 안 보세요?"
"에이, 우리 같은 사람은 그런 거 안 보지."
"알았어요. 둘이 얘기 좀 할게요."
"응. 필요한 거 있으면 부르고."
아버지는 한숨을 푹 쉬었다. 그리고 성재를 향해 말했다.
"성재야. 내가 밉니?"
"아니요. 왜 밉다고 생각하세요?"
"그거야 당연히 죽은 너희 엄마 때문에…"
"괜찮아요. 예상했었어요."
"응?"
"아빠가 저한테 여자 만나라고 할 때부터 조금은 이상한 눈치를 채긴 했었어요. 그런데 막상 겪고 나니까 혼란스럽긴 하네요."
"헤어질까?"

"아니요. 왜 헤어져요? 아빠 좋다는 사람인데…."
"이해해주는 거지? 아빠, 새로운 사람 만나도 되는 거지?"
"그럼요. 저는 아빠가 행복했으면 좋겠어요. 민지도, 할머니도, 우리 가족 전부 다 행복했으면 좋겠어요."
"그래. 이해해줘서 고맙다."

아버지가 쌍화차를 마시기 시작했다. 더 이상 아무 말은 없었다.
어색한 침묵이 흐르자, 성재가 먼저 입을 열었다.
"민지는 알아요?"
"알지."
"할머니는요?"
"당연히 알지."
"그럼 왜 저한테는 말 안 하셨어요?"
"우리 아들 군대에서 방황할지도 모르는데, 어떻게 말을 해."
"후후, 아빠! 나 성인이에요. 이제 22살이라고요."
"그래. 알지."
"알았어요. 같이 장사할까요?"
"뭐?"
"푸드트럭, 오랜만에 해보고 싶어서."
"네가 장사를 뭘 안다고 까불긴!"
"아빠는 날 모르네. 내가 얼마나 잘하는데…"

다방에서 푸드트럭이 있는 곳으로 다시 되돌아갔다.
이제 한창 바쁠 시간이었다. 오후 5시가 넘어가자 은행동 유동인구가 엄청나게 많아지기 시작한다. 성재는 세팅을 시작했다. 그리고 장사모드에 들어갔다.
완벽한 손동작. 힘들지만 얼굴엔 미소. 손님과의 대화.
"원 플러스 원은 뭐일까요?"
"투!"
그리고 이제 그를 알아보는 손님들.

"어? 성재다! 강성재! 베스트 셰프 강성재씨 맞죠? 진짜 군인이에요?"
"네. 아직 병장입니다."
"아버지 도와주러 오셨나 봐요."
"오늘은 아빠랑 같이 장사하려고요. 휴가도 나왔고."
"그러셨구나. 많이 파세요!"
다들 성재 가족의 행복을 응원해준다.
성재는 특유의 활기찬 미소로 장사를 했고 그런 아들을 아빠가 옆에서 지켜본다.
"아빠, 곧 재료 떨어질 것 같은데요?"
"그래? 받아올게."
"네. 그럼 혼자 장사하고 있을게요."
성재는 혼자서도 척척 잘했다. 장사수완부터 일머리도 좋고, 성격도 좋았다.
손님들도 성재를 좋아했다. 그걸 본 강일용은 흐뭇한 미소를 지었다.
그리고 걸어갔다. 자신의 동업자가 하는 가게에서 재료를 받아오기 위해서였다.

저녁까지 평소의 2배 이상을 판 성재네 가족. 푸드트럭을 운전하는 아버지의 얼굴에는 계속해서 싱글벙글, 성재에게 말했다.
"아들! 전역하면 뭐할래?"
"저요?"
"그럼 아들이 너밖에 더 있어?"
"성공할 거예요."
"성공? 어떤 성공?"
"아주 큰 성공. 커다란 기업의 사장님, 돈 많이 버는 직업."
"돈… 많이 벌어야지."
"그래야죠."
"그래도 사람은 잃으면 안 된다."
"아빠는 항상 그 말씀이시죠."
"그래. 한땀한땀 직접 노동해서 벌어 살면 돼. 불법적인 거 하지 말고, 정직하게, 너무 일 크게크게 벌리지 말고."

"그럴 생각이에요."

"그래."

늦은 밤. 주황빛 가로등 밑에 푸드트럭을 세워놓은 아버지와 아들이 차에서 내렸다.

"아빠, 오늘 고생하셨어요."

"그래. 아들, 너도 고생 많았다."

그런데 집 앞 골목으로 걸어오는 할머니가 보인다.

"할머니? 어?"

성재는 이상한 낌새를 느꼈다.

할머니와 한걸음 떨어져서 걸어오는 남자. 양복에 벙거지 모자를 쓴 남성.

할아버지가 할머니를 졸졸 따라오고 있다. 그러더니 할머니의 손을 잡으며 말한다.

"커피 한잔 하고 들어가지?"

"남사스럽게, 늦었어요."

"에이, 이제 밤 9시인데 늦다니. 요즘 우리 나이대에는 다 이렇게 연애해요."

"…그럼 커피만…."

아버지의 얼굴이 굳어지고. 성재의 얼굴에는 미소가 걸린다.

'할머니도 연애를 하네.'

아버지가 갑자기 진지한 얼굴로 할아버지에게 다가가려 한다. 그래서 성재가 말렸다.

"뭐하세요?"

"뭐하긴, 못 만나게 해야지."

"왜요?"

"너는 할머니가 지금 나이에 새로운 사람 만나면 좋아?"

"…아빠도 만나잖아요."

"그거야 난 아직 팔팔한 40대고, 너희들 할머니는 이제 70대 다 되어가잖아."

성재는 씩 웃었다.

"그럼 아빠도 헤어지세요."

"뭐?"

"아빠도 헤어지시면, 저도 할머니한테 저 할아버지 만나지 말라고 할게요."

"아들? 강성재!"

"나도 그럼 아줌마한테 다시는 만나지 말라고 해야겠다."

"아들! 야! 잠깐! 그거하고 그건 틀린 거야."

며칠간의 대화 끝에 결론. 아빠와 할머니 둘 다 연애를 하기로 했다.
각자의 인생을 인정해주자고.
요즘 시대에 누가 부모님 인생을 가지고 왈가불가할 수 있겠는가?
이미 시대는 변했고, 그게 우리의 삶이다.
성재는 아침부터 동생에게 요리를 해주며 씩 웃었다.
"민지야! 아침 먹어야지."
"응. 근데 오빵. 오늘 유치원 데려다주면 안 돼?"
"왜?"
"오빠, 선생님들한테 인기 짱 많아!"
"유치원 선생님들한테?"
"응. 오빠가 귀엽대."
"후후, 그래? 그럼 같이 가줘야지."
훌쩍 큰 민지와 함께 가는 유치원. 같이 손을 잡고 1km 되는 구간을 걸어간다.
성재는 미소를 지었다. 나이 차 많이 나는 여동생.
어떨 때는 동생이 아니라 딸처럼 느껴질 때도 있다.
"민지야. 너희 선생님 어떻게 생겼어?"
"아주 예뻐. 너무너무 예쁘게 생겼어. 인형같이."
"그래?"
기분이 묘했다. 자신을 좋아해 주는 여성이 있다는 건 항상 기분 좋은 일이다.
어디선가 아름다운 여성의 목소리가 민지를 부른다.
"민지 어린이! 우리 인형같이 예쁜 선생님한테 안겨보자. 얼른 와요!"

성재는 그녀의 목소리를 듣고 고개를 돌렸다.
그리고 경악했다.
'인형이 처키 인형이었구나.'
민지는 인형같이 생긴 그녀의 부름에 달려가고, 그녀는 오빠와 같이 온 민지를 안아주며,

성재에게 인사했다.
"아, 민지 오빠, 성재씨 맞죠?"
성재는 어색한 웃음으로 응답했다.
"네. 안녕하세요."
"저, 팬이에요. 요리하시는 모습, 본방 매일 사수하고 있어요."
성재는 그녀가 기분 나쁘지 않게 표정관리를 시작했다.
'어휴, 내가 무슨 기대를 한 거야?'
그리고 대답했다.
"그러시구나. 저도 선생님 덕분에 민지 안심하고 맡기고 있어요. 잘 부탁드립니다."
"언제 한 번 요리교실 한 번 열어주세요. 한 달에 한 번 부모 요리교실 열거든요."
"네. 기회 되면 해보겠습니다. 아시다시피 아직 군인이라서요."
"네. 그럼 연락 줘요."

그런데 민지가 선생님의 손을 뿌리치고, 갑자기 누군가를 달려간다.
그러더니 갑자기 이제 막 유치원에 들어오는 남자아이한테 뽀뽀를 시전하는 여동생.
그러자 남자아이를 같이 데려온 엄마가 미소를 지으며 민지에게 말한다.
"쪼끄만 게, 벌써부터 사귄다고!"
그러자 민지와 포옹하던 남자아이가 그의 엄마한테 말했다.
"내 여자친구한테 뭐라고 하는 거 아니야!"
"조인성! 너 엄마한테 또 대들지? 너! 엄마가 좋아? 민지가 좋아?"
"민지가 좋아. 민지가 100배, 1,000배, 1만 배 좋아!"
"조인성! 조인성! 야! 조인성!"
성재는 이런 상황을 보며 고개를 절레절레 저었다.
'나 빼고 다 연애하는 거였어?'

넌 전역 후 뭐가 하고 싶니?

성재는 일하던 레스토랑에서 모든 것을 제공받을 수 있었다.
주방 식기며, 식재료며, 연습에 관한 모든 것들을….
다만….
"홍보사진은 찍어주는 거지?"
캡틴의 말에 수긍한 성재.
사실은 우리 레스토랑에서 아르바이트하던 친구다. 내가 키운 거다. 등등.
캡틴은 성재의 인기에 힘입어 레스토랑을 홍보했고, 그건 썩 잘 먹혀들어갔다.
왜? 이미 성재가 만든 특별메뉴를 맛본 사람들이 많았으니까.
이제 성재는 일개 아르바이트가 아니었다. 캡틴을 비롯해 백동원 조리장, 그리고 그 후배 셰프들보다도 더 유명한 인사가 되었다.

찰칵! 찰칵!
레스토랑 사람들과 함께 찍은 사진은 하루도 지나지 않아 레스토랑 전면 액자에 걸렸고, 그 중심에는 캡틴과 성재가 있다.
'요리 가르쳐준다더니, 목적은 여기에 있었구나?'
성재는 자신의 몸값에 대해서도, 경제관념에 대해서도 조금씩 알 수 있었다.

"강성재씨! 대전일보입니다. 인터뷰 가능하실까요?"
"인터뷰는 제한될 것 같습니다."
"돈 드릴게요. 취재비로 15만 원 드릴 테니까…."
"죄송합니다. 돈 때문이 아니라 제 신분이 군인이라서, 지휘관 허락을 받아야만 외부 취재에 응할 수가 있습니다. 죄송합니다."
"알았어요. 그럼 어쩔 수 없죠. 다음에 정식으로 취재 요청 드리겠습니다."
군인이라는 제약.
정치적 중립의 의무와 겸직금지의 의무. 그 두 조항이 성재를 옭아매고 있다.
물론 경제적 어려움 때문에 레스토랑에서 일하는 것은 허락받았다지만, 많은 사람이 레스토랑에서 성재를 보기 위해 몰리다가 사고가 터질까봐 마냥 즐겁지만은 않았다.
다행히 며칠이 지나도 사고는 터지지 않았다.
다만… VVVIP 손님이 방문했다.
"자리 있죠?"
"네. 예약하셨나요?"
"네. 예약했죠."
"어떤 이름으로 예약하셨나요?"
"성우마을에서 왔습니다."
"성우마을, 네! 여섯 분 확인되셨네요. 안쪽으로 들어오시겠어요?"
그 6명은 중년 남자 세 명과 중년 여성 세 명.
금요일 저녁. 그들은 일부러 계룡에서 20분 떨어진 대전 유성구로 와서 식사를 하기 위해 온 사람들. 주방에서 일하던 성재는 웨이터의 부름에 응답했다.
"강성재 셰프님! 할아버지라고 하면 알 거라는데요. 에스메랄다 홀로 가보세요."
"할아버지? 전 할아버지 안 계신데, 혹시 할머니도 계신가요?"
"할머니는 없던 것 같은데… 할아버지 세 분하고, 자녀분 셋? 조합이 특이해요."
"일단 제가 가 볼게요."
성재는 말도 안 하고 일하는 곳으로 찾아온 사람들을 생각하며 고개를 저었다.
'이해가 안 되네.'
성재는 주방에서 만들던 요리를 마무리하고 에스메랄다 홀로 들어갔다.
그리고는 깜짝 놀라 자신도 모르게 거수경례를 올렸다.

할아버지로 오해할 만한 외모들.
참고로 군인들은 남들보다 10년은 늙어 보인다.
햇빛을 많이 받고, 밤을 많이 새서 그렇다.
"충성!"
"아… 하하, 성재야! 할아버지 왔다."
"병장! 강성재!"
해군 총장은 익살스러운 얼굴로 성재를 반겼다.
"무궁화회관은 언제 오니? 요즘 네가 없어서 내가 스트레스를 많이 받아."
해군 총장의 말에 육군 총장이 씩 웃었다.
"낙이 없어졌다고 해야 할까? 후후, 해군 총장님도 나랑 같은 생각이셨네."
그러자 공군 총장도 말을 보탠다.
"군 생활은 밥심으로 하는 건데, 그 밥이 도저히 못 먹을 정도니 안 찾아오고 배겨야지. 다들 같은 생각이었죠?"
성재는 뜬금없는 총장들의 등장에 땀을 삐질삐질 흘렸다.
"죄송합니다. 대회 준비차 휴가를 내게 되었습니다. 대회 끝나고, 회관 복귀하면 맛있는 음식 많이 준비하겠습니다."
총장들은 성재의 말에 미소를 지었다. 사모님들도 마찬가지였다.
성재는 장군들과 친할 뿐만 아니라 사모님들과도 다 친했다.
육군 총장 사모님, 해군 총장 사모님, 공군 총장 사모님.
다들 요리교실 정예멤버. 성재로부터 특급과외를 받은 몇 안 되는 사모님들.
평균 3성 수준이었던 그녀들의 요리는 거의 4성 수준에 근접했고, 그 역할에는 성재의 요리교실이 굉장히 크게 작용했었다.
"그래. 성재야. 여기서 추천메뉴가 어떻게 되니?"
"다 맛있긴 한데…."
"응. 그런데?"
"추천메뉴는 뒷장에…."
이달의 추천메뉴. 성재는 쑥스러운 듯 고개를 저었다.
추천 메뉴 전부가 성재가 대회에서 우승한 요리들로 채워져 있다.
메뉴 이름은? 셰프 강성재 컬렉션! 가격은 89,000원!

50% 할인 - 44,500원 Tax 미포함
※ KBC 베스트 셰프에서 극찬을 받은 강성재 셰프 요리를 저렴한 가격에 맛보세요. 10월 둘째주~셋째주 한정 특별메뉴 제공.

개인당 약 5만원. 이 정도면 아주 착한 가격.
참모총장들과 사모님들은 고개를 끄덕이며 모두가 강성재 컬렉션을 시켰다.
사실 레스토랑 손님의 95%가 모두 강성재 컬렉션을 시켰다.
그만큼 성재의 인기가 대단한 것.
"충성! 맛있게 만들어보겠습니다."

그렇다고 캡틴이 성재를 이용해 먹은 것만은 아니다.
점심 - 브레이크 타임 - 저녁. 그 시간이 밤 10시.
그러나 사람들은 퇴근하지 않는다.
레스토랑에 남아 결승에 내놓을 요리들을 연구하는 성재를 옆에서 도와주는 캡틴.
같은 요리를 성재 옆에서 만들어보며, 성재의 요리에서 문제점을 찾아주려는 것.
그런데…. 캡틴이 갑자기 성재의 요리를 먹다 말고 밖으로 나가버린다.
"캡틴 왜 저러세요?"
그러자 조리장인 백동원이 옆에서 씩 웃었다.
"자기가 한 것보다 네 요리가 더 맛있어서 저러는 거야. 가끔 저래."
"그래요? 형이 생각하시는 것도 그래요?"
안타깝게 탈락한 백동원. 이제는 캡틴보다 그가 더 친하다.
백동원 또한 그렇게 생각했다. 그래서일까? 그가 성재에게 조언했다.
"성재야. 너 있잖아. 더 이상 우리 레스토랑에서는 배울 거 없을 것 같다."
"농담하지 마세요."
"진심이야. 내가 대회 참가하고 느낀 건데, 넌 이미 캡틴의 실력을 뛰어 넘었어."
"말도 안 돼요. 캡틴은 미슐랭 2스타에서 일하셨었잖아요."
"그랬지. 그런데 그곳의 수석 주방장은 아니었잖아? 그 밑에서 배웠다뿐이지. 너도 미슐랭 쓰리스타 까들로프 교수님한테 배운 건 마찬가지고."
"전 까들로프 셰프한테 제대로 배워본 적은 없어요."
"그런데 까들로프 교수님이 널 데려가려고 애를 써? 그것뿐만이 아니잖아. 윤혜숙, 마틴 최 심사위원도 보니까 널 데려가서 키우려고 애를 쓰는 것 같더만. 우리나라에서 최고로 잘 나가는 사람들이 왜 너를 데려가고 싶겠어?"
"……."
"캡틴도 알아차린 거야. 자기가 감당할 수준이 아니라는 것. 그런데 그걸 말로 못 하니까, 자존심 상하니까, 뛰쳐 나가버린 거고."
성재는 고개를 저었다.
"왜 그렇게 생각하시는지 모르겠어요. 누가 누굴 데려가고, 누가 누굴 키우는 게 그렇게 중요한가요? 어차피 다들 요리 잘하고 싶어서 요리사 된 사람들이고, 같은 목적을 가졌으면 다 같이 잘 지내면 되잖아요."
"후후, 성재는 아직 어리구나."
"안 어려요."
"퇴근하자. 밖에 나가서 닭발에 소주 한 잔이나 먹자."
"네."

실내포장마차.
혀가 마비될 정도의 매운 닭발과 소주. 얼얼한 혀를 풀어줄 시원한 동치미.
백동원은 자신의 생각을 진심으로 전했다.
"나는 이렇게 생각해. 세상에는 올라갈 산이 있고, 못 올라갈 산이 있다고."
"그게 무슨 말씀이세요?"
"노력해도 모든 사람이 에베레스트를 오를 수 있는 건 아니잖아. 세상이 허락한 사람만 오를 수 있는 거잖아."
"……."
"요리도 마찬가지라고 생각해. 모든 사람이 노력하면 일정수준까지는 도달할 수 있다는 건 나도 동의해. 하지만 그다음 문제는 달라. 최고의 경지에 오를 수 있는 건 허락된 사람한테만 가능하다고 난 믿어."
최고의 경지? 허락된 사람?

성재는 백동원의 말에 할 말을 잃었다.

"아마 넌 그 재능을 타고났겠지. 내가 널 처음 봤을 때는 그냥 그저 그런 재능이 많은 친구였어. 5월이었지?"

"네. 5월 맞아요."

"그런데 지금 10월이야. 불과 5개월밖에 지나지 않았어. 그런데 너는 너무 성장해 버린 거야."

"……."

"캡틴은 아마 널 자신의 밑에 두고 싶었을 거야. 며칠 전까지만 해도 계속 네 이름을 불렀으니까. 네 요리를 전부 추천메뉴로 넣어주고, 널 잡겠다고. 그래서 우리 레스토랑 크게 살려보겠다고. 그래서 자신이 100% 지분을 가진 레스토랑을 차려보겠다고."

"……."

"그런데 알게 된 거지. 이제 너를 데리고 있는 게 오히려 독이라는 걸. 너로 인해 자신의 이름이 묻히는 걸 견디기 힘들었던 거야. 처음에는 그래도 실력은 내가 위고, 경력도 많으니까, 거품이야. 내가 성재 네 실력 5개월 전에 다 봤고, 검증했는데 얘를 왜 이렇게 띄워주는 거야? 이렇게 생각했을 거야. 캡틴이 자존심 센 거 알잖아."

"그랬나요? 전 전혀 몰랐어요."

"그런데 아니란 걸 이제 인정한 거지. 캡틴 입장에서는 너무 빠른 건가? 아니 늦었네. 인정하기까지 1주일이 넘게 걸렸으니까."

성재는 레스토랑의 속사정을 알고 고개를 푹 숙였다. 소주 한 잔을 들이키며 말했다.

"제가 잘못 한 건가요?"

"그래. 잘못이라면 했지. 너무 빨리 성장해서, 남들이 적응할 시간도 주지 않았다는 것. 그게 잘못이라면, 넌 사형에 처해도 할 말이 없을 정도니까."

백동원은 한숨을 내쉬었다. 그리고 자신의 생각을 말했다.

"그런데 말이야. 다른 사람과 자기를 비교하는 건 다 부질없더라. 해외에서 온 경력 많은 셰프들도 요리 못 할 수 있고, 국내 변방에도 실력 있는 셰프가 있을 수 있어. 세상에 요리사들이 얼마나 많은 데, 그런 사람들과 자신을 다 비교하고 있니?"

"네. 저도 동의합니다."

비닐장갑을 끼고 닭발을 쪽쪽 빨아먹는 두 사람.

성재는 잠시 먹는 동안 이어진 침묵을 깨고 자신의 생각을 전달했다.

"저는 다 같이 잘 되었으면 좋겠어요. 서로 시기하지 않고, 모두가 도와서 다 같이 잘 살았으면 좋겠어요."

"자본주의에선 그게 쉽지 않아."

"그렇다고 불가능한 것은 또 아니죠."

"……."

"사실 이번 휴가 나와서 여러 곳에서 계약하자고 연락을 받았어요. 동현이형네 기업에서도 저를 메인모델로 쓰고, 10년간 파트너십을 맺자고 연락이 왔고요. 종수네 기업에서도 파격적인 조건으로 비독점 매니지먼트 계약을 하자고 연락이 왔네요."

"파트너십? 비독점 매니지먼트? 그나저나 종수랑 동현이면 이야~ 걔네 재벌이긴 진짜 재벌이구나?"

"네. 제가 감당 못 할 사람들이죠. 그쪽 사람들은 제가 전역하면 함께 사업을 하고 싶대요. 사실 거기 말고도 6군데가 더 왔어요. 호텔 입점시켜준다는 곳도 있어요. 레스토랑 인테리어 등 필요한 비용에 필요하면 주방장도 구해준다고, 몸만 오래요."

"우승도 안 했는데?"

"네. 그래서 더 심란해요. 제가 어떻게 해야 할지… 어떻게 살아야 할지…."

"무엇을 하고 싶은데?"

"성공하고 싶어요. 돈 많이 벌고 싶어요."

"그럼 무엇을 걱정해? 가장 좋은 조건 찾아가면 되는 거지."

"그게 걱정이에요. 제가 과연 남들 밑에서 소속되어서 몇 년을 버틸 수 있을까? 그것보다는 제 스스로 성공하는 길을 찾고 싶어서."

"후-후, 애가 웃기는 소리 하고 있네. 혼자 성공하는 건 없어. 이미 탄탄하게 깔린 아스팔트 도로가 있는데, 아직 개간도 안 된 논밭을 걸어가겠다고? 미친 거야? 내가 너였으면 종수나 동현이한테 감사하다고 말하면서 넙죽 계약서 사인하겠다."

"형이 말했잖아요. 사람은 재능이 다 다르다고."

"그랬지."

"그 사람들과 계약하면 계속 방송에 나와야 돼요. 남들 앞에서 억지로 웃음 짓고, 광대처럼 살아야겠죠. 전 게 싫어요. 스타 셰프가 되면 영화도 찍고, 드라마도 나오고, 예능 프로그램에도 나온대요."

"그렇지."

"그런데 전 그게 싫어요. 전 요리로 성공하고 싶어요. 그래서 이 사람은 정말 바른 길을 걸었구나. 이런 말을 듣고 싶어요."

"미안하다. 내가 너한테 괜한 말을 했네. 이런 생각 하는 줄도 모르고, 계약서에 사인 안 했다고 뭐라 했으니…."

"아니에요. 형이 미안해하실 게 아니잖아요. 전 예능, 방송 그리고 남들 앞에 서는 그쪽은 재능이 없을 것 같아요. 실제로 그렇고요. 그래서 저는 전역하면…."

"전역하면? 전역하면 뭐가 하고 싶은 건데?"

"전역하면… 일단 짠 한 번 할까요? 술 먹어야 얘기 나올 것 같네요. 제 스스로 이런 말을 하는 게 부끄러워서."

"크크, 그래! 한 잔 하자!"

백동원과 성재는 닭발에 소주를 기울이며, 서로의 가치관에 대해 토론했다. 그리고 성재는 자신을 아껴주는 동원이형한테 원대한 계획을 처음으로 말했다.

"정말… 가능하겠어?"

"네. 가능할 거라 믿어요. 충분히 가능성 있어 보이고요."

"후-후, 나중에 네 계획이 성공하면, 나도 네 옆에 가게를 차리마."

"그런 날이 일찍 왔으면 좋겠네요. 이제 막 잔입니다."

"클클, 막 잔은 무슨! 이모! 여기 소주 한 병, 닭발 하나 추가!"

대망의 파이널!

내일은 대망의 파이널. 우승자가 가려지는 시간.

강일용은 아침 일찍 일어나 아들의 군복을 다리며, 씁쓸한 미소를 지었다.

'그러고 보니 군 생활 하는데 면회 한 번 못 갔네. 이 녀석, 언제 병장까지 된 거야?'

너무나 바쁘게 살아왔다. 그래야만 했다.

그동안 집안을 먹여살려왔던 건 성재였으니까.

너무 정신을 늦게 차렸다.

허리를 다친 후, 거의 포기했던 삶.

하지만 아들은 자신에게 용기를 불어넣었다.

스테이크, 꿀타래, 그리고 녀석이 그동안 이루어왔던 일들.

조그마한 지역 요리대회에서 우승도 하고, 간첩도 잡고, 대통령에게 인정도 받고.

'참나, 내 운이 다 아들 녀석에게 갔나 보군.'

공사판을 전전한 녀석이 휴가 나와서, 취사병을 한다고 할 때 의아했었다.

취사병, 고작 취사병 한 번 해보고, 요리하겠다고 말할 때, 농담인 줄 알았다.

그냥 웃으며 넘겼는데, 이제는 전 국민이 성재를 응원하고 있다.

국민들은 성재를 자신에 빗대었다. 꽉꽉한 삶 속에서도 희망을 잃지 않고 살아가는 불우한 병사가 만들어가는 평범한 이야기에 감동을 느낀다.

그건 아버지인 자신도 마찬가지였다. 강일용은 아들을 응원했다.
녀석이 순탄한 길을 걷기를 원했다.
찌릿찌릿.
'읍… 으.'
고통이 이따금씩 밀려오지만.
주머니에서 꺼낸 진통제 하나면 버틸 수 있다.
'괜찮아. 점점 좋아지고 있어. 고통도 줄어들고 있고.'
처방받은 진통제를 먹은 일용은 아들의 군복을 다림질한 후, 옷걸이에 걸어놓았다.

그리고?
아들의 전투화를 닦는다.
'요즘은 지퍼도 달렸구나?'

검은색으로만 나오던 전투화에서, 이제는 디지털 무늬에, 지퍼까지 달린 전투화가 강일용에게는 어색하게 다가왔다.
그때, 아들 녀석이 눈을 뜨며 일어났다.
"아빠! 언제 일어났어요?"
"좀 더 자. 가는 길 많이 피곤할 텐데…."
"괜찮아요. 이제 씻고 나갈 준비 할게요."
대전역, KTX를 타고 올라가려는 아들을 배웅하는 아버지와 딸.
민지가 입을 열었다.
"오빠! 루루 공주 알지?"
"알았어. 우승해서 꼭 사줄게."
"미미 공주도 사줘야 됑."
"그래. 미미도 루루도, 철수도, 영미도 다 사줄게."
"응~!"
"성재야. 이제 민지 유치원 데려다줘야 하니까 여기서 헤어져야겠다. 조심히 올라가."
"네. 아빠, 가서 열심히 할게요."
"그래."

그날 오후, 방송국에서 제공한 숙소에 도착한 성재.
한때는 북적거렸던 펜션은 이제 성재와 박동민 셰프 뿐이다.
박동민은 성재를 보며 말을 꺼냈다.
"성재야."
"네. 박동민 셰프님."
"져 줄 수 있어?"
그는 진지한 표정으로 말했다. 그러나 성재는 그의 말이 농담이라는 것을 안다.
"그건 힘들겠죠?"
"내가 생각해봤는데, 이 상황이 말이 안 되더라. 처음에는 너랑 붙게 될 줄은 정말 상상도 못 했어. PD하고 작가가 보여주기식으로 일부러 군인하고 경찰, 소방관 이런 사람들 넣은 줄 알았거든. 금방 떨어져 나갈 줄 알았는데 …."
"저도 여기까지 올라올 줄은 생각 못 했어요. 그래도 일부러 질 생각은 없어요. 저도 나름 최선을 다했거든요."
"그래. 져달라는 거 농담인 거 알지?"
"알아요. 아는데, 왜 전 진지해질까요?"
"상금 걸려서지, 인마! 크크! 1억이 애들 돈도 아니고."
"그렇죠?"
박동민과 강성재는 서로를 바라보았다.
살아온 세월은 다르지만 동등한 입장에서 승부를 보아야만 하는 두 사람.
그래도 어른인 박동민 셰프가 먼저 성재를 향해 말했다.
"성재야. 우리 서로 한 가지만 약속하자."
"네. 어떤 거요?"
"누가 이겨도, 진심으로 응원해주기. 축복해주기. 그래서 승부는 아름답게 끝내기."
"네. 알겠어요. 제가 지더라도 전 박동민 셰프님 응원할게요."
"그래. 나도 네가 이기더라도 진심으로 축복해주고, 응원해주마."
"감사합니다."

"감사는 뭘…."

룸메이트. 방이 텅텅 비었는데도 그 둘은 마지막 날을 같은 공간에서 지냈다.
그리고 대망의 다음 날, 제2회 베스트 셰프 파이널 대회가 시작되었다.

"성재씨, 이리 오세요."

코디네이터가 성재를 불렀다.

기초화장을 통해 피부를 맑게 연출해주고, 화면발이 더 잘 받게 물광도 내주었다.

"성재씨는 군인이라 별로 해줄 게 없네요. 머리 스타일도 어쩔 수 없고, 복장도 정해져 있으니까."

"이 정도도 만족합니다. 코디 누나, 고맙습니다."

그 옆 박동민도 얼굴에 신경 쓰기는 마찬가지.

대기실에서 나온 두 사람을 기다리는 3명의 심사위원.

"강성재씨, 결승이야. 어때요? 이번에 우승하면 베스트 셰프 USA(미국), 베스트 셰프 Japan(일본), 베스트 셰프 China(중국)를 포함해서 최연소 우승자래요."

"그런가요?"

"물론 우승해야 되겠죠?"

그때 떠오르는 메시지.

 베스트 셰프 USA, Japan, China를 알게 되었습니다

오랜만에 얻는 키워드였다. 직업과 관련된 것.

하지만 지금은 이 메시지가 중요하진 않다.

심사위원은 성재 옆에 있는 다른 결승 진출자를 불렀다.

"박동민씨. 어떠세요? 이번 대회를 계기로 국내에서 굉장히 유명해지셨던데요. 레스토랑 하루 매출이 5배가 늘었다죠?"

"네. 그렇게 되었습니다. 지금 후배 녀석들이 고생 좀 하고 있을 것 같습니다."

"아무튼, 축하드려요. 여기까지 올라오신 것만 해도 정말 대단하신 겁니다."

"감사합니다."

성재와 박동민을 두고 세 명의 심사위원이 서로를 바라보며 말했다.
"그럼 결승 진행을 앞두고, 여러분께 한 가지 선물을 할까 해요."
성재는 심사위원의 말에 고개를 돌렸다. 그들이 가리키는 곳에 선물이 있다.
검은 커튼에 가려져 있는 것.
성재는 요리사의 눈으로 투시하다가, 선물이 무엇인지 알아내고는 씩 웃었다.
"성재씨, 뭔지 알아냈어요?"
"네."
"비밀 유지가 안 됐네. 박동민씨는요?"
"잘 모르겠습니다."
"어떻게 하나요. 오늘 박동민 셰프가 운영하는 레스토랑 후배들은 고생하고 있는 게 아니라 아예 장사를 접고 여기를 왔는데?"
"네?"
"커튼을 올려주세요!"
심사위원의 말에 검은 커튼이 올라갔다.
"천하제일 박동민! 우승은 박동민 꺼~ 으라차차 얍! 으라차차 얍!"
응원문구까지 준비한 후배들.
"동민이형! 우승해버리세요!"
그는 나름대로 인간관계를 잘 쌓은 듯했다.

그리고 반대편 2층 커튼. 이번에는 성재의 지인들. 성재는 고민했다.
'난 얼마나 왔을까?'
요리사의 눈으로 확인하면 금방 알 수 있는데, 그렇게 하진 않았다.
긴장감을 즐기고 싶었다. 커튼이 올라가자, 성재가 아는 사람들이 보인다.
방송국은 결승 진출자 모르게 참가자들 주변 지인들을 초청했다.
성재는 깜짝 놀랐다. 이렇게 많이 와 있을 거라곤 생각도 하지 못했기 때문이었다.
"성재 오빠! 꼭 이겨!"
참가자였던 배윤아도 있었고, 그녀의 아버지인 배원영 준장과 윤미옥 권사도 있다.
"강성재! 파이팅이다."
그리고 백동원 셰프와 그의 후배 셰프 2명.

"성재, 넌 할 수 있어. 최선을 다해라! 파이팅!"
대전에서 서울까지 올라와 준 사람들.
그리고 자신을 향해 손을 흔들고 있는 재벌가 손자들인 윤동현과 장종수.
"성재야! 넌 내꺼다."
"성재형! 우승하고 우리 회사랑 계약해야 해요. 아빠가 꼭 잡으래요!"
그 뒷자리. 어깨동무를 하며 썰룩썰룩 웃고 있는 부사관 듀오.
강희철과 오민호 하사.
"강 병장, 경례 안 하냐?"
"경례해!"
그리고 아버지, 동생, 할머니.
아버지는 유행어를 배워 오셨는지 주먹을 굳게 쥐며, 아들을 향해 외쳤다.
"우승! 가즈아!"
그리고 아버지의 품에 안겨, 손을 흔드는 여동생과 자리에서 일어나 성재를 향해 박수를 치는 할머니. 가슴이 벅차올랐다. 인생을 헛살지는 않았다는 생각이 들었다.
그뿐만이 아니었다.
'조리실장님, 그리고 효석이형까지.'
그 뒤로 헛기침을 하는 세 사람이 보인다.
성재는 그 세 명을 보고 깜짝 놀라 경례를 올렸다.
"충성!"
카메라가 돌아가기 때문일까?
그들은 응원 대신 경례로 모든 대답을 대신했다.

육군은 〈충성!〉.
해군은 〈필승!〉.
공군은 〈필승!〉.

사람들은 생각했다. 해병대까지 있었으면 딱 이었을 텐데…
성재는 자신을 위해 응원 온 3명의 총장님을 향해 힘찬 목소리로 대답했다.
"꼭 우승하겠습니다! 충~성!"

그러자 이어지는 박수. 성재는 감동에 벅차올랐다. 그리고 시스템도 여기에 반응했다.

> ⚙ ✓ ✗
>
> 강성재를 응원하는 목소리가 한곳에 모였습니다
> 새로운 능력 〈모두의 간절한 마음〉이 개방되었습니다
>
> 〈모두의 간절한 마음〉
> 호감도 3,000이상인 사람의 응원의 목소리가 대화를 하지 않아도 전해질 수 있습니다. 해당 능력은 다음과 같은 발동조건을 가지고 있습니다
> 1. 주변 100m 이내 사용자에 대한 호감도 3,000이상 보유자 10명 이상
> 2. 레전드 클래스 이상
>
> 사용자 강성재에 대한 호감도 3,000이상의 목록을 불러옵니다
> 1. 강일용　　　　2. 윤동현　　　　3. 배원영
> ⋮

성재의 주변에 무지개 빛깔 오오라가 퍼져나갔다. 각자의 마음이 성재에게 전해진다.
'성재야. 꼭 우승해야 된다.'
'여기까지 힘들게 달려왔잖니. 포기하면 안 돼.'
'응원한다.'
성재는 군인답게 모두를 바라보고 다시 한번 경례를 실시했다.
심사위원들은 고개를 끄덕이며, 파이널, 결승무대 진행을 이어갔다.
"여기까지 오느라 정말 수고 많으셨습니다. 저희들은 예선부터 여러분들과 함께하며 너무나 많은 추억을 쌓았습니다. 실력이 점차 퇴보하는 참가자들도 있었고, 기대하지 못 했던 참가자가 향상된 기량을 보여주며 저희들을 놀라게 한 적도 있었습니다."
"아쉽게도 심사위원으로서의 저희 역할은 지난번 세미 파이널로서 끝이 났습니다. 즉, 오늘의 심사위원은 저희 세 명이 아닙니다."
"그리고 특별 심사위원으로 정말 훌륭하신 분들을 모셨죠. 그럼 오늘의 특별 심사위원 세 분을 앞으로 모시겠습니다."
성재의 가슴이 두근거렸다. 특별 심사위원의 등장.
검은 기둥에서 흰 연기가 파악! 하고 올라오며 문이 열린다.
그리고 심사위원 세 명이 등장한다.

첫 번째 심사위원과 성재의 눈이 마주쳤다.

그리고 메시지가 떠오른다.

> ⚙ ✓ ✗
> 사용자 강성재에 대한 까들로프의 호감도가 50 상승했습니다

그다음, 두 번째 메시지가 떠오른다.

> ⚙ ✓ ✗
> 사용자 강성재에 대한 강성훈의 호감도가 50 상승했습니다

그리고 이어지는 세 번째 메시지.

> ⚙ ✓ ✗
> 사용자 강성재에 대한 김명성의 호감도가 50 상승했습니다

성재는 놀란 눈으로 세 사람을 쳐다보았다.

미슐랭 쓰리스타 총괄셰프이자, 교수를 맡고 있는 까들로프.

그리고 자신이 TV를 보며 선망했던 성공한 요리사, 작년 1회 베스트 셰프 대회 우승자인 강성훈.

마지막 세 번째 심사위원 김명성 청와대 총주방장.

국내에서 가장 인지도 높은 세 명의 요리사가 심사위원으로 온 것이다.

그때 성재와 안면이 있는 까들로프 교수가 말했다.

"강성재씨. 긴장했나요?"

"아닙니다."

"저희 먼 길 온 거 아시죠? 최선을 다해주길 바라겠습니다."

"네!"

강성재는 생각했다. 오늘 몸과 영혼을 불태우겠다고.

그래서 요리에 바치겠다고.

1차전 승리, 그리고 위기

새로운 심사위원 세 명의 포스는 남달랐다.
국내 최고의 인지도를 가진 세 사람. 그들이 미션을 발표한다.
결승 진출자 2명의 지인으로 향한 시선이 어느새 심사위원에게 집중되었다.
그들은 말을 줄였다. 불필요한 말을 내뱉지 않았다.
왜? 결승전이니까.
"오늘의 결승은 총 3단계로 이루어집니다. 그 3단계 중 2번을 먼저 이기는 사람이 오늘의 우승자가 되겠습니다."
"먼저 첫 번째 과제는 최고의 일식입니다. 자신이 생각하는 최고의 요리 한 접시를 60분 이내에 저희 심사위원에게 제출해주시면 되겠습니다."
일식이라는 말에 성재의 얼굴에 쓴웃음이 걸렸다.
'내가 과연 이길 수 있을까?'
일식, 평소라면 자신 있다. 그러나 요리대회는 다르다.
그는 자신의 능력을 이제 너무나 잘 알고 있었다.
박동민 셰프는 무엇을 만들까? 어떤 요리를 내놓을까?
사실 박동민 셰프는 일식에 큰 두각을 나타낸 적은 없다. 철저하게 서양식 위주다.
그런데 그가 팬트리에서 선택한 재료는 놀랍게도 가자미다.

성재는 마음을 굳게 잡았다. 그리고 자신이 가장 자신 있는 일식 요리를 떠올렸다.
내가 잘할 수 있는 것. 그리고 해봤던 것. 조리가 간단하면서도, 나만 할 수 있고 모두가 인정할 수 있는 것.
시간이 60분밖에 주어지지 않았다. 그렇다면…,
성재가 생선을 둘러보았다. 마치 자신을 선택하라는 듯, 최상급 생선들이 종류별로 놓여 있다. 성재는 그 생선들을 보며 결심했다. 그러자 부르지도 않은 홀로그램이 나와 성재의 어깨를 두드리며 격려한다.
'그래. 이걸로 승부 보자. 가장 일식다운 것. 가장 일본다운 요리로.'
일본에서 가장 유명한 것은 무엇일까? 일본 하면 으뜸으로 쳐주는 것은 무엇일까?
성재가 선택한 요리는 단연 회였다.
그는 두 명에게 생선 뜨는 법을 배웠다. 칼끝의 느낌을 이제 잘 알았다.
날이 뼈와 부딪히는 감각을 성재는 누구보다 잘 느낄 수 있다고 자부했다.
그래서일까?

성재가 고른 생선은 놀랍게 참치였다. 모두가 경악을 금치 못했다.
특히 성재를 알고 있는 까들로프는 경고의 말을 해왔다.
"강성재! 아니, 강성재 참가자! 참치를 고른 게 맞는 겁니까?"
"네. 맞습니다."
성재의 시도에 우려의 시선을 보내는 심사위원들.
하지만 성재는 오늘 우승하기 위해 시스템을 철저하게 이용해주겠다고 생각했다.
'그래. 인정해. 내 실력 부족한 거. 그래서 의존할 거야. 앞으로도 이용해줄 거고. 이건 실전이잖아? 우승해야만 하는 거잖아.'
성재의 Max까지 올라간 요리사의 눈이 발동된다.
성재의 Max까지 올라간 회 뜨기 숙련도가 발동되기 시작한다.
성재의 파트너 홀로그램 녀석이 타 차원에서, 현실세계로 넘어온 후, 손을 훌훌 털며, 성재를 서포트할 준비를 시작한다.
심사위원들이 경악한 이유는 또 있었다.
사실 참치는 요리하라고 내놓은 재료가 아니라고 들었다.
아무리 참가자 수준이 높다고 해도, 참치만 5년, 10년 다룬 사람이나 해체할 수 있는 것을 내놓은 것은 단순히 눈요기용으로 사용하기 위해서였다.
그래서 가장 비싸고, 화면에 멋있게 보일 최상급을 공수했다. 그만큼 좋은 재료.
지금 성재가 고른 참치는 시중 가격이 무려 2천만 원이 넘어가는 재료였으니까.
방송 화면에 담기 위해 몇 시간만 가져온 건데, 그런데 성재가 사용한다니.
작가는 망연자실한 표정으로 성재를 바라보았으나, 이제 와서 티 낼 수는 없었다.
미리 말해두었으면 모를까? 지금은 방법이 없다.
감독은 제작비 2천만 원이라는 거금이 날아간 게 떠오르자, 속으로 욕을 내뱉었다.
그것을 아는지 모르는지 성재의 눈빛은 진지하다.
그는 자신이 쥔 칼을 바라보았다.
'잘릴 것 같지 않아. 칼날이 무뎌.'
참치의 두께를 쳐다보다, 다시 되돌려놓을까 하다가 고개를 저었다.
'아니야. 이걸 써야 돼. 이걸 써야만 이길 수 있어.'
참치 대신 숫돌 하나를 조리대에 올려놓는 녀석. 그는 난데없이 칼을 갈기 시작한다.
심사위원들이 성재의 행동을 보고 속으로 욕을 했다.
특히 호감도 3천 이상의 까들로프의 생각이 성재에게 직접적으로 들려왔다.
'바보 같은 놈! 지금 60분밖에 없는데 칼 가는 놈이 어디 있어? 실패할 거야. 실패! 그렇게 하면 실패한다고!'
하지만 성재는 개의치 않았다. 날카로운 칼날의 단면을 만들기 위해.
벼려진 칼날을 이용하기 위해 칼을 갈고 또 간다.
'이래야만 성공해. 성공할 수 있다고.'
그는 성공을 확신했다. 홀로그램이 알려준다.

⟨Don't Give up!⟩

절대 포기하지 말라고. 할 수 있다고.
칼 가는 속도 4배 터보모드 가동. 성재의 체력 게이지가 쭉 빠지는 만큼, 칼 가는 속도는 빨라지고, 연마제 가루가 날리며 칼의 날카로운 단면이 살아나기 시작한다.
그렇게 15분. 남들은 한 시간이 걸릴 칼 연마를 성재는 불과 15분 만에 끝낸다.
그리고 참치를 해체하기 시작한다. 심사위원들은 물론 지켜보는 사람들도 경악했다.

군인이라지만, 이해할 수 없는 체력, 끈기, 노력.

그의 앞에 53kg짜리 참치가 놓여있다.

그가 가장 먼저 자른 부위는 아가미 아래 턱살. 인기가 많은 부위.

심사위원이자 작년 우승자 강성훈이 생각했다.

'가장 맛있는 부위. 턱도르라고도 부르지. 저 부위 초밥 한 점이 4만 원 정도였나?'

성재 또한 그것은 알고 있었다.

'고급 부위라 그런지 윤기가 장난이 아니야. 지방이 고르게 분포해있어. 역시 시스템이 파악한 그대로야.'

안심한 듯 고개를 끄덕인 성재는 곧바로 참치 머리를 자른다.

성재는 머리를 해체하며 알게 되었다. 칼을 연마하지 않았으면 못 잘랐을 거라고.

그리고 참치가 조금만 더 컸더라도 혼자 감당하지 못했을 거라고.

모든 운이 성재를 향하고 있다.

강성훈 심사위원이 성재를 지켜보자, 까들로프가 성재에 대해 물었다.

"어때?"

"잘하는 것 같아요."

"내가 점찍은 친구야."

"그러실 것 같았어요. 수준급이네요. 해체 순서를 정확하게 알고 있어요. 일식 전문가인가 봐요? 그것도 신동."

"그건 네가 직접 알아봐도 될 것 같은데? 네 능력이라면 확인 가능하잖아."

"이따가 확인해보죠. 근데 재료부터 강성재 참가자가 우위일 수밖에 없겠네요. 눈살, 볼살, 우둔살, 입천장살 등 미식가들이 좋아하는 부위를 전부 골라내고 있어요."

그리고 이어지는 뱃살 해체. 성재 지인은 물론 박동민 셰프의 지인들인 레스토랑 셰프들도 성재가 뱃살을 해체하는 모습을 보며 감탄을 내보냈다.

성재는 참치 뱃살을 총 세 부위로 나누었다.

상단, 중단, 하단. 그리고 담백함이 일품인 등살을 해체한다.

사실 이게 가능한 것은 홀로그램과 시스템의 역할이 컸다.

홀로그램은 성재가 해체하기 전 모든 경우의 수를 찾아냈다. 그야말로 분신술.

해체하다가 실패하면 사라지고, 또 해체하다가 실패하면 사라진다.

실패에 실패를 경험한 후, 최선의 방법을 알아낸 후, 성재에게 보여준다.
물론 변수도 있었다. 그건 성재 자신의 체력 소모. 성재는 식은땀을 계속해서 흘리고 있었다. 그러나 이것이 홀로그램이 노이즈를 일으키지 않고, 존재할 수 있는 힘이다.

마지막 꼬리 부분을 해체하는 성재는 남은 시간을 바라보았다. 겨우 20분.
이제 20분 내로 한 접시의 요리를 완성해야 한다.
청와대 총주방장인 김명성 심사위원이 해체된 꼬리를 확인하고 고개를 끄덕인다.
'꼬리에 지방이 제대로 분포해있어. 상(上)품이야.'
상(上)품과 하(下)품으로 나뉘는 참치의 등급. 결승진출자 강성재에 따르는 행운.
'실력에 운까지 좋았군.'
성재는 이미 그 참치가 상(上)품이라는 것을 처음부터 알고 있었다.
그리고 심사위원의 생각이나 말에 신경 쓰지 않았다. 오로지 자신 앞에 놓인 식재료만을 생각한다. 그는 분해된 부위를 하나씩 골라 생참치 한 접시를 준비한다.
얼리지 않은 생선. 그래서 본연의 맛과 영양이 그대로 살아있는 바다의 보물.
참치를 사용한 성재의 선택. 심사위원들은 마음을 사로잡힐 수밖에 없었다.
그럼에도 성재는 방심하지 않았다.
끝까지 실수하지 않으려고 애썼다.
그래서 최고의 요리가 탄생했다.

그것을 옆에서 지켜본 박동민은 좌절했다.
'참치를 해체할 수 있었어?'
도저히 한계를 가늠할 수 없는 성재. 녀석은 항상 놀라움을 만들어낸다.
그래서 생각했다. 이번 1차전은 졌다고.
그건 현실이 되었다. 심사위원들이 성재를 극찬한다.
"솔직히 놀랐습니다. 너무너무 놀랐습니다."
성재가 만든 참치회 한 접시. 맛있는 부위가 고르게 놓여있다.
성재는 알았다. 지금 자신이 만든 요리가 7성 반짜리 요리라는 것을.
보너스 등급 없는 7성 반짜리. 만약 계룡대에서 만들었다면, 무조건 8성짜리.

recipe	강성재가 만든 참치모둠회 ★★★★★★☆
	참치의 꽃등심이라고 불리는 아가미부근 가마살, 참치 중에서도 소량만 나오는 목살, 그리고 배꼽살, 기름기가 전혀 없는 속살로 모듬 참치 한 접시를 만들었다

심사위원들은 성재가 만든 요리를 보며, 할 말을 잃었다.

'살이 곱고 옅은 분홍색이야.'

'대박, 참치의 목살을 구분해냈어. 50kg 참치에서 50g도 안 나오는 최고 부위를….'

'이 부위는 배꼽살, 일본에서는 오도로라고 불렀나?'

심사위원들은 너, 나 할 것 없이 성재가 해체한 참치회를 입안에 넣으며 음미했다.

'우와 미치겠다. 평가를 못 하겠어. 너무 맛있잖아.'

'대단하군. 22살이라는 나이가 믿겨지질 않아. 천재는 이런 친구를 말하는 건가?'

심사위원 강성훈. 그는 사실 특별한 능력을 가지고 있었다.

그건 사이코메트리. 보거나 맛보거나, 만지거나, 듣는 것에 대한 기억을 알아낸다.

그래서 알았다. 이 참치가 대서양에서 잡힌 최고급 참치라는 것을.

그는 식재료의 기억을 알 수 있었기에, 무농약 제품이나, 최고급 재료를 구분하는 능력이 있었다. 그 능력을 개발하여, 다른 사람의 기억을 엿보며, 레시피를 알아내고, 재료 손질법도 알아내고, 그 사람이 가장 좋아하는 요리도 알아낼 수 있었다.

물론 그 능력은 그 혼자만의 것은 아니었다.

동물의 마음을 읽을 수 있는 호주의 애니멀케이터도 사이코메트리 능력을 가지고 있었고, 저명한 심리학자, 점술가 등도 이러한 능력이 있다고 알고 있었다.

'강성재씨, 당신도 사이코메트리 능력자입니까?'

그래서 궁금했다. 과연 이 녀석도 자신과 같은 부류인지, 얼마나 대단한 능력자인지.

하지만 녀석이 너무 멀리 떨어져 있다. 그의 기억을 읽고 싶은데, 기회를 잃었다.

그래서 다음 기회로 미뤘다. 지금은 보는 눈이 너무 많기에.

"강성재씨. 축하드립니다. 첫 번째 단계 일식 요리에서 박동민 참가자를 제쳤습니다."

"네. 감사합니다."

"아직 좋아하기는 일러요. 두 번째 단계는 박동민씨에게 유리한 서양 최고의 요리가 될 테니까요. 10분만 휴식 후 두 번째 단계 시작하도록 하겠습니다."

성재는 모두를 바라보았다. 자신을 응원하는 사람들의 생각과 말들이 전해온다.
"잘했다. 강성재! 단숨에 우승까지! 파이팅!"
"성재 오빠! 한 번만 더 이기면 돼!"
물론 박동민을 응원하는 사람도 있었다.
"캡틴! 꼭 이기셔야 합니다."
"질 거라고 생각하지 말고 가자!"
"화이팅! 포기하지 말고 2차전에선 이겨 버려!"

모두의 응원이 계속되는 가운데… 성재는 응원석에 있는 동생을 바라보았다.
오빠가 잘하는지 못하는지 잘 알지도 못하고 울상인 여동생.
그런 여동생이 손을 붙잡고 있는 남자. 그는 식은땀을 흘리고 있는… 아빠.
"아빠?!"
성재가 깜짝 놀라 강일용에게 소리 질렀다. 아빠가 허리를 잡으며 고통을 참고 있다.
성재가 급하게 2층으로 올라갔다. 방송 촬영도 일단 중단이 되었다.
"괜찮아요? 아빠! 아빠!"
강일용은 고통을 참지 못하고 눈이 핑 돌아갔다. 그래서일까? 응급대기 중인 의사가 달려오더니, 곧장 엠뷸런스를 부른다.
하필이면 대회 결승. 이제 한 번만 더 이기면 우승할 수 있는데…
그 중요한 순간. 성재의 마음이 흐트러졌다.
"아빠, 허리 괜찮다면서요. 괜찮았다면서요! 치료받고 있으셨다면서요!"
"아들… 나 신경 쓰지 말고 우승해라. 미안하다."
"우승이 문제에요? 괜찮은 거죠? 괜찮으신 거죠?"
아버지는 아들의 말에 더 이상 대답하지 못했다.
"쓰… 읍….'
고통을 참는 것도 한계가 있는 듯, 그의 입에서 신음이 흘러나왔다.
그것을 옆에서 본 윤동현이 결심했다. 성재를 안심시켜야겠다고.
그래서 2층으로 올라온 성재의 어깨를 두드린 후, 민지와 할머니를 따라가며 말했다.
"성재야. 넌 대회에 집중해. 내가 너 대신 너희 아버지 곁에 있을 테니까."

파이널 of 파이널

성재의 마음은 금방이라도 무너질 것 같았다.
하지만 감독과 작가는 야속하게도 위로 한마디 건넨 후, 대회를 속행하려 한다.
"강성재씨, 마음 다잡고 끝까지 갑시다. 아버지는 괜찮으실 거예요."
"성재씨, 국민들이 보고 있어요. 티 내지 말고 아무 일 없던 것처럼 하세요."
성재는 그들의 말에 단 한마디도 할 수 없었다.

자신의 편이 아닌 사람들.
본래라면 이런 사태가 발생하면 일단 촬영이라도 중단하는 게 도리라고 생각했다.
하지만 그들의 판단은 달랐다. 그렇게 되면 수천만 원에서 수억의 피해가 발생하게 되므로 촬영을 강행했다.
그래서일까? 심사위원들은 고개를 저으며 성재와 박동민을 쳐다보았다.
차분하게 칠면조 요리를 준비하는 박동민. 그에 반해 맥이 풀린 얼굴로 의무적으로 칼질을 하는 성재. 그것을 보며 심사위원인 까들로프 교수가 못마땅한 표정을 지으며 성재 곁으로 다가갔다.
"강성재 참가자! 지금 뭐합니까?"
"······."

"당신이 진정한 셰프라면, 중요한 때와 중요하지 않을 때를 구분해야 되는 거 아닌가요? 음식이 애들 장난인가요?"

"…아닙니다."

"당신에게 중요한 기회입니다. 두 번 다시 안 올 기회일지도 모릅니다. 이대로 멍하니 있을 겁니까?"

성재는 심사위원의 충고에도 떨리는 심장이 진정되지 않았다.
성재는 세상을 원망했다.
왜 내가 왜 이런 일을 겪어야 돼?
열심히 살아오려고 했다. 그래서 아등바등 매일같이 몸부림쳤다.
남들 공부할 때, 공사판에 나가야 했고, 남들 데이트 할 때도 공장 기계실, 하수구에서 배관을 교체하며 돈을 벌어야 했다.
군대에서도 돈을 아끼기 위해 충성마트, 황금마차도 이용하지 않았다.
동생이 자신과 같은 창피를 당하지 않도록 브랜드 있는 옷을 사주려고 노력했다.
지긋지긋한 가난을 벗어나고 싶었다.
다행히 아버지가 변했다. 희망을 찾고, 노력하셨다.
그래서 폐가에서 원룸으로, 원룸에서 투룸으로 이제 막 이사했다.
이제 겨우 네 가족이 단칸방에서 벗어나 사람답게 살려고 하는데, 왜 아버지를 저렇게 데려가려는지 하늘이 원망스러웠다.
성재는 아빠가 쓰러졌던 장소로 눈을 돌렸다.
'내가 조금만 일찍 알았다면….'
사실 어렴풋이 눈치채긴 했었다. 휴가 나갈 때마다 아무렇지 않다고, 다 괜찮다고 말하는 아빠가 말이 안 되는 걸 누구보다 잘 알고 있었다.
허리 디스크가 한번에 낫는 게 절대 아닌데….
아침부터 저녁까지, 하루도 빠짐없이 일을 나갔던 아빠.
군대 면회 올 시간도 아까워서 장사를 나가셨던 아빠였는데, 정상일 리가 없는데 나는 왜 그렇게 답답하게 행동하고 있었던 걸까?
성재의 눈망울에 눈물이 글썽거렸다.
그런데… 누군가의 마음속 이야기가 들려온다.

한 여성의 목소리였다.

'주 예수 그리스도의 이름으로 기도드리옵나이다. 부디 성재 오빠가 이 시련을 이겨내기를 바라옵고, 또 간청 드립니다. 성재 오빠는 정말 열심히 살아온 사람입니다. 저런 사람에게 시련은 주지 않으셨으면 좋겠습니다. 제 어리광에 핀잔을 늘어놓고, 장난도 치는 오빠지만, 항상 속마음은 따뜻했고, 배려심 깊은 사람이었습니다. 우리 아빠한테도 잘하는 사람이고, 엄마한테도 잘 해주는 사람입니다. 모든 사람한테 잘하는 사람인데, 왜 오빠한테는 저런 나쁜 일만 일어날까요? 제발 도와주세요.'
성재는 자신을 위해 기도하는 여성의 목소리가 윤아라는 것을 알게 되었다.
그리고 배원영 준장도 고개를 숙여 기도한다.
'성재야! 우승해라. 마음 단단히 잡아. 너희 아버지도 그것을 원하실 거야. 여기서 네가 우승 못 하면 너희 아버지는 뭐라고 생각하겠니? 당신 때문에 아들이 본 실력을 못 냈다고 평생 자신을 원망하지 않을까? 그러니까, 마음 단단히 잡아야 한다.'
성재의 몸에서 빙글빙글 돌아가는 무지개색 오오라가 호감도 3,000이상인 사람들과 연결되었다. 그 때문일까? 그들의 마음이 계속해서 성재를 향해 전해진다.
'바보 같은 놈! 지금 뭐하는 거야? 여기 쳐다볼 시간에 요리에 집중하라고!'
강희철의 마음.
'성재야. 중요한 시기야. 너 나하고 약속했잖아. 우승하기로! 그랬잖아.'
서효석의 바람.
'강성재 이 새끼! 지면 존나 패버린다. 병신아! 정면을 보고, 요리를 해! 정신 차려! 이 새끼야!'

오민호의 진심. 모두의 마음이 전해진다.
다들 포기하지 말라고.
이기라고!
우승하라고!
성재를 응원하고 있다.
성재의 손에서 성재에게만 보이는 붉은 광채의 빛이 흘렀다.
소고기를 자르는 성재의 손. 큼지막하게 자른 소고기에 소금과 후추로 간을 한다.

오이, 당근, 마늘, 그리고 슬라이스로 얇게 자른 베이컨용 삼겹살을 준비한다.
베이컨을 먼저 버터와 식용유에 볶고, 큼직하게 자른 소고기를 넣어 다시 볶아준다.
노릇해지기 시작하는 고기. 성재는 말랑말랑한 고기가 수분을 잃어가는 시점을 정확히 알아낸 후, 최적의 시간에 고기를 꺼내 접시에 담았다.
지글지글. 채소를 볶기 시작하는 성재.
거기에 레드 와인을 꺼내 넣고, 물 200ml와 토마토 페이스트를 추가한다.
약불이 유지되는 가운데, 양송이버섯과 샐러리가 그 안에 풍덩 들어갔다.
우리나라 불고기와 비슷한 프랑스 요리. 뵈프 부르기뇽.
프랑스의 유명한 가정식 요리. 달콤하면서도 짭짤한 맛.
건강한 포도주와 세계 10대 식품인 토마토 기반의 양념.
프랑스는 물론 한국에서도 좋아하는 소고기와 돼지고기와 당근, 샐러리 등 양념을 곁들인 음식.
성재가 만든 음식은 그것뿐만이 아니었다.
감자를 찐 후, 으깨 만든 매시드 포테이토와 양송이버섯 수프도 한 상에 같이 내놓았다.
성재와 박동민은 서로의 요리를 자신 있게 내놓으며 눈치를 보았다.
프랑스 가정식과 칠면조로 만든 미국의 가정식.
둘 다 너무 유명한 요리라서 누가 우월하다고 볼 수 없는 상태.

하지만 심사위원들은 성재의 노력에도 불구하고, 박동민의 손을 들어주었다.
"둘 다 훌륭했지만, 박동민씨의 요리가 테크닉, 맛, 영양 측면에서 우세했던 것 같습니다."
"강성재씨, 조리 시간이 조금 부족했던 것 같아요. 5분 정도 고기를 더 푹 익혔다면 결과가 달라질 수도 있었을 텐데, 조금은 아쉽네요."
성재의 방황. 그래서 떨어진 등급.
성재의 이번 요리의 등급은 아쉽게도 5성 반. 박동민의 요리는 6성 반.
성재는 첫 번째, 두 번째에서 쓴 능력 때문에 피로에 휩싸였다.
두 동공이 흔들리고, 팔은 힘이 쭉 빠졌다.
이제 마지막 파이널. 이번 승부에서 이기는 사람이 우승.
일식, 서양식 요리가 나왔다면 마지막은 당연하게도 한식.
성재는 고개를 푹 숙였다. 이제 지쳤다.

그래서 그럴까? 자신이 무엇을 만들어야 되는지 정하지도 못했다.
잠시 부여된 쉬는 시간. 성재는 곧바로 윤동현에게 전화를 걸었다.

"형! 어떻게 됐어?"
- 성재야. 대회에 집중해.
"내 말에나 대답해! 어떻게 됐냐고!"
- 강성재! 어린애처럼 땡깡 부리지 마. 너희 아버지가 수술실 들어가면서 그러더라. 원래 며칠 전 수술하기로 했었는데, 네가 그 사실 알면 충격 받을까 봐, 결승 뒤로 미뤘다고. 넌 너희 아버지 마음이 그런데 지금 나한테 화낼 때야?
"…아빠가 정말 그랬어?"
- 그래. 그러니까 불효하지 말고 대회나 집중해. 여기는 내가 알아서 할 테니까!
"알았어. 형. 고마워. 정말 고마워."
- 됐어. 고맙단 말 하지 말고 우승으로 갚아.
전화가 끊겼다. 쉬는 시간도 끝났다. 성재의 지인들은 침울하게 성재를 바라보고, 박동민의 지인들은 의도치 않은 상황에 횡재라며 즐거운 표정을 애써 감추고 있다.
성재는 꼭 우승해야만 했다.
자신을 위해서가 아니었다. 자신을 믿어줘서 여기 온 사람들 때문이었다.

마지막 요리. 한식. 성재는 궁중음식을 골랐다.
수라상. 임금님에게 올리는 12첩 반상.
정상이라면 혼자서 만드는 게 불가능한 요리. 그러나 성재에겐 홀로그램이 있었다.
능력이 있었다. 요리사의 눈, 요리사의 신체, 요리사의 팔. 거기에 터보모드.
거기에 마음속으로 응원하는 모두의 마음까지.
성재는 자신의 조리대 말고 옆에 있는 조리대의 버너도 한 번에 켰다.
그리고 4개의 팬을 동시에 사용하기 시작한다.
그리고 12개 반찬에 들어가는 채소들을 썰기 시작하는 그의 움직임.
심사위원은 놀라고 있었다.
프로그래밍된 컴퓨터처럼…. 조각난 퍼즐을 모으는 것처럼. 성재의 조리대에 놓인 수십 가지의 식재료가 각자 놀다가, 한데 모여 하모니를 이루기 시작한다.

탁탁탁탁.

성재의 칼놀림에 썰린 채소들이 어떤 것들은 팬에 올라가고, 어떤 것들은 냄비에 들어가고, 어떤 것들은 볼에 들어간다.

"보고 있어요? 지금 강성재 참가자는 동시에 몇 가지 요리를 하는 걸까요?"

"제 상식으로는 이해가 가질 않아요. 논리적으로 설명할 수가 없어요. 지금… 강성재 참가자는 무엇을 보고 있는 걸까요?"

성재는 홀로그램을 보고 있었다. 녀석이 성재를 우승의 길로 인도하고 있었다.

그동안 성재가 쌓았던 경험과 지식을 홀로그램으로 구현하여 사용자에게 최선의 길을 안내했다. 성재는 그 어떤 때보다 진지한 태도로 홀로그램의 지시를 따랐다.

오늘은 홀로그램이 여러 모습으로 보였다.

개구쟁이 소년이었다가, 20년 지기 친구였다가 지금은 수십 년을 지도했던 스승처럼 성재를 이끈다.

시간이 지나고. 어느새 성재는 홀로그램과 한몸이 되었다. 홀로그램의 발자취를 따라가는 게 아니라, 홀로그램과 같은 생각을 하고 같은 행동을 하고 있다.

성재의 그런 동작은 대회에 주어진 120분 동안 계속되었다.

심사위원들은 물론 지인들도 넋이 나갔다.

성재의 움직임은 무대에서 현란한 춤을 추는 배우와 같았다.

그의 동작이 한 번씩 멈출 때마다 한 가지 요리가 상 위에 올라간다.

성재가 만든 음식은 120분에 맞춰 겨우 완성되었다.

recipe

임금님에게 올리는 수라상

겨우 갈비찜 하나 만든 박동민 셰프가 성재를 이길 수는 없었다.

심사위원의 평가가 시작되기도 전, 각군 참모총장들이 일어나 박수를 치기 시작했다.

심사위원들도 그 박수의 의미를 알고 있었다.

경외, 존경, 선망. 그래서일까? 심사위원 세 명도 박수를 쳤다.

그리고 그건 모두가 마찬가지였다.

관객도, 방송 관계자들도, 지인들도, 심지어 결승진출자 박동민도 자신의 패배를 직감하고 성재를 향한 박수를 쳤다.

그리고 성재는 자신의 모든 기력을 다 쓴 후, 숨을 헐떡거렸다.

제2회 베스트 셰프 우승자가 가려진 순간이었다.

촬영은 거기서 끝이 났다. 성재는 우승 소감도 말하지 않고 곧바로 병원을 향했다.

병원 수술실. 아버지는 아직도 수술실에 들어가 있다.

그리고 그 앞에는 할머니와 민지, 그리고 윤동현이 기다리고 있다.

"어떻게 됐어? 아빠는? 수술은?"

"아직 진행 중이야."

"어떻게 된대? 고칠 수 있는 거야?"

그러자 윤동현이 성재의 어깨를 두드리며 말했다.

"최고의 의료진을 섭외했어. 국내에서 허리 쪽으로는 일인자이신 강동호 교수님이 들어가셨으니까, 일단 기다리자."

시간이 흐르지 않는다. 째깍째깍. 민지는 펑펑 울다가 할머니 옆에서 잠이 들었다.

몇 시간이 지났을까? 밤늦은 시각. 의사들이 아버지가 있던 수술실에서 나왔다.

성재는 일어났다. 그리고 의사들의 손을 붙잡으며 물었다.

"어떻게 됐어요? 선생님! 의사 선생님!"

그러자 강동호 교수는 마스크를 벗으며, 성재와 윤동현을 보며 입을 열었다.

"수술은 잘 끝난 것 같습니다. 이제 경과를 지켜봐야겠지요. 너무 걱정하진 마세요. 생각보다 심각한 상황은 아니었으니까요."

의사 선생님의 말에 성재가 땅바닥에 주저앉으며, 의사선생님께 말했다.

"정말 감사합니다. 정말 감사합니다. 선생님!"

280

취사병! 전역하다
(1부 완결)

성재는 여전히 아버지가 수술한 병원에 있었다. 병실에 누워있는 아버지.
"괜찮으세요?"
"그래. 아들 이제 부대에 복귀해야지?"
"네. 이제 진짜 괜찮죠?"
"당연하지. 야! 죽을 병 걸렸냐? 방송 보니까 아주 신파를 다 찍었더만!"
"그러는 게 당연한 거잖아요."
"아직 넌 어려!"
"안 어리거든요?"
"어려, 자식아!"
부대로 복귀할 시간이 된 성재는 병원에 입원한 아버지를 두고 결국 자리를 떠났다.
'곁에 있을 수 있으면 좋을 텐데…지금 떠나면 아빠는 외로워하실 텐데…'
군인이라는 신분. 어쩔 수 없이 복귀해야 하는 상황에서 성재는 고개를 저었다.
남부터미널에서 버스를 타고 계룡으로 내려가며 의사와 아빠의 대화를 떠올렸다.
『재활까지 최대 6개월은 걸릴 겁니다. 그때까지는 장기간 입원하면서 추이를 지켜보는 게 좋을 것 같습니다.』
『그런가요?』

『네. 일단은 회복기간이니 무리하지 않는 편이 좋겠군요.』
『네. 의사선생님, 신경 써주셔서 감사합니다.』
아직 완벽하게 나을지, 말지는 모른다.
허리, 남자에게 중요한 허리인데….

재활까지 6개월이란 시간. 자신이 전역할 때까지의 기간과 거의 일치한다.
성재는 고개를 저었다. 희망이 없어 보였다. 군대 생활이 너무 길어 보였다.
할머니가 돌봐야 하는 이 상황이 마음에 들지 않는다.
"야! 강성재!"
"병장 강성재?"
"표정이 왜 그래? 전쟁 났어? 청와대에서 아무 말 없어서 그래?"
"아닙니다."
"웃자. 웃어."
"네. 알겠습니다."

청와대에선 성재를 부르지 않았다.
왜일까? 성재를 청와대에 데려오려면 인사보직을 새로 만들어야 한다고 한다.
1년에 한 번만 할 수 있는 업무고. 정식으로 처리하기에는 시간이 오래 걸린다고.
아무튼, 그건 각설하고,
부대에는 다양한 사람들이 있었다. 청와대로 가지 못하고 돌아온 성재를 위로하는 간부들도 있는 반면, 성재가 돌아온 것을 좋아하는 병사도 있다.
강희철 하사 앞에서 한 병사가 신나는 듯 소리 질렀다.
"와! 드디어 떠난다! 오예!"
"좋냐?"
"강희철 하사님은 안 좋으십니까? 이제 진짜 떠나는 거잖습니까?"
"나쁜 새끼!"
"…욕해도 좋습니다. 전 여기 하루빨리 떠나고 싶었습니다."
장군들 40여 명으로부터 돌림 갈굼을 당한 김용우는 짐을 싸고, 강희철과 함께 원소속 부대로 돌아가기 위한 준비를 마쳤다.
박재영 상사는 그들의 마지막 인사를 받으며 손을 흔들었다.
"충성! 이만 복귀하겠습니다."
"그래. 희철이 고생했고, 용우도 고생했다."
"실장님! 그동안 고생 많으셨습니다."
"그래. 조심히 들어가."
그리고 성재의 일상은 계속된다. 아무 일도 없었던 것처럼 사모님들 앞에서 웃음을 보이며 요리교실을 열고, 장군들 앞에서 억지웃음을 지으며, 요리를 만든다. 다들 성재의 감정보다는 지금 당장 앞에 놓여 있는 요리가 맛있는지 아닌지에 신경을 쏟다.
그게 군대.
슬프다고 해서 신경 써 주는 사람이 없는 곳이 군대.
하지만 성재의 생각은 틀렸다.
그에게는 배원영 준장이 있었다.

청와대. 민정수석실에 방문한 배원영 준장이 대통령과의 만남을 기다리고 있다.
"배 장군. VIP앞에서 괜한 소리 하지 마세요."
"어떤 소리 말씀이십니까?"
"법적으로 안 되는 걸 가지고, 고심하게 하지 말라고요."
설상가상. 알아본 결과 병사 신분으로는 청와대에서 일할 수 없다.
민정수석실에서 내린 결론.
즉, 법적으로 안 되는 일을 대통령 특별지시까지 내려서 부담 갖게 하진 말자.
민정수석실의 의견에 VIP가 고심을 하다 배원영 준장과 국방부장관을 부른 게 오늘.
대통령과 한자리에 앉은 국방부장관과 배원영 준장이 VIP의 말을 기다렸다.
"잘 왔어요. 강성재가 우승했다고?"
"네. 맞습니다."
"어떻게 생각하세요? 그 친구를 부르는 게 맞나, 틀리나? 그걸 모르겠네. 민정수석실에서는 전례가 없는 일이라며, 극구 반대하던데, 국방부장관은 어떻게 생각하나요?"
"청와대에서 7급 자리에 병사 출신을 내정하는 일은 아닌 것 같습니다. 분명 말이 나오고, 여야 모두에서 반대하는 것을 굳이 추진하실 필요는 없으실 것 같습니다."

"그렇게 되면 내가 내뱉은 말을 철회해야 되잖아. 그대로 갈 순 없는 거야?"
"새로운 보직을 만들어야 하는데, 그렇게 되면 특혜 운운할 수가 있어서 조금은 조심스럽습니다."
"밀고 갑시다. 데려오자고. 그 리스크는 대통령인 내가 짊어지지."

대통령의 의지가 담긴 말에 국방부장관이 대답하려고 할 때, 옆에 수행하던 배원영 장군이 입을 열었다.
"대통령님! 제가 조사한 게 있습니다."
"조사?"
"네. 강성재 병장의 가정은 현재 4명으로 구성되어 있습니다. 병사의 할머니, 아버지, 그리고 여동생."
"그걸 말하는 이유는?"
"집안 가장이었던 아버지 강일용씨가 이번 수술로 인해 장애 판정을 받았기 때문에, 병역판정검사를 재실시하면 현역에서 보충역으로 병역을 변경할 수가 있습니다."
"보충역?"
"네. 사회복무 요원을 말합니다. 청와대 내에 사회복무요원 TO는 총 다섯 자리이고, 현재는 네 명이 보직되어 있는 것으로 확인 완료했습니다. 남은 한 자리에 성재를 배치하는 것으로 조치하신다면, 특별히 성재를 위해 보직을 만들지 않고도, 대통령님께서 약속하신 청와대 근무를 시킬 수 있고, 소집해제 이후 성재가 원한다면 7급 조리공무원 자리에 특채하면, 법을 위반하지 않고도, 특별 지시를 내리지 않고도 약속하신 사항이행이 가능할 것 같습니다."
"괜찮은 것 같은데?"
"이번에 그 녀석의 아버지가 수술을 받은 것이 오히려 전화위복이 된 것 같습니다. 그리고 지금 성재 아버지가 서울 병원에 입원해 있습니다. 그래서 서울에 있는 청와대로 출퇴근 하면, 성재에게는 더욱더 좋을 것 같습니다."
"그 소식은 안타깝군. 집은 어떻게 될 것 같나? 구해야 되잖아."
"저희 육군 용사의 집을 일단 협조할까 하는데, 그건 더 알아보겠습니다."
"그렇군. 일 처리까진 얼마나 걸릴 것 같나?"
"행정 처리까지 2주간 소요될 것 같습니다."

"그래. 그게 좋겠군. 그렇게 추진해 봐."

성재를 설득하기 위해 배원영 준장이 무궁화회관에 와 있다.
"강성재! 이제 괜찮니?"
"병장 강성재! 아무렇지도 않습니다."
"뭐가 아무렇지도 않아?"
"정말 괜찮습니다."
"너희 아버지 곁에 있고 싶지 않아?"
"…무슨 말씀이십니까?"
"여기 가서 검사 한 번만 하고 군의관에게 사인만 받으면 끝나. 전역시켜줄게."
병역판정검사 재실시 동의 사인. 모든 서류는 준비된 상태. 이번엔 전역이 아니다. 신분을 변경시키는 게 아니다. 강성재라는 이름 그대로 살아가는 거다.
성재가 고개를 끄덕였다.
"고생했다. 이제 군 복무도 끝이다."
"단장님…."
"왜?"
"정말 감사합니다. 정말 감사합니다."
성재의 군 복무는 그렇게 끝을 보이고 있었다.
성재는 예비역 마크를 오버로크 한 후, 신고한다.
"충성! 신고합니다. 병장 강성재는 2018년 11월 1일부로 현역에서 보충역으로 전환을 명 받았습니다. 이에 신고합니다."
"그래. 고생했다."
"충성!"
신고를 받아주는 배원영 단장.
사실 중대장이 받아도 되는 신고이지만, 단장은 직접 성재를 불러 대화를 나누었다.
"성재야. 너 복무기간 거의 1개월 늘어난다?"
"병장 강성재! 1개월 말씀이십니까?"
"보충역은 기간 더 늘어."

"…그렇습니까? 몰랐습니다. 조금 고민해봐야 될 것 같습니다."

"고민은 무슨! 끝났어. 그리고 이제 출퇴근이잖아. 그게 낫지."

"그건 그런 것 같습니다."

옆에 있던 박재영 상사가 배원영 준장 앞에서 입을 열었다.

"단장님, 제가 성재 데리고 서울로 이동하겠습니다."

"그래. 사는 집은 구했나?"

"네. 그 윤동현 있지 않습니까?"

"윤동현?"

"네. 그 친구가 집 하나를 구해주었습니다. 당분간 성재네 가족은 재활치료가 끝날 때까지 거기서 다 같이 지낼 예정입니다."

"그렇군. 잘됐네."

"그렇습니다. 그럼 지금 바로 출발하겠습니다."

"아! 강성재! 오늘까진 군인이다? 청와대 신고하고 전화해."

"알겠습니다."

"경례는 하고 가야지!"

성재는 힘찬 목소리로 자신의 인생 마지막 경례를 배원영 준장에게 실시했다.

"충성! 감사했습니다."

계룡대에서의 마지막 날. 성재는 전투복에 박힌 예비군 마크를 긁적거리며 이제 진짜 전역이라는 생각에 가슴이 벅차올랐다.

많은 일이 있었는데, 그게 파노라마처럼 머릿속을 스쳐 지나간다.

그리고 설마…

공익근무요원을 하게 될지는 상상도 못 했던 성재.

'이래서 튜토리얼이 아직 끝나지 않은 건가?'

전직 퀘스트 (청와대 조리병)을 완료했습니다

청와대는 익숙했다. 넓은 천장, 고급스러운 실내 장식. 자신을 반겨주는 사람들.

그 사람들은 청와대 각 부문의 조리장들과 총주방장.
"양식, 일식, 한식, 중식 어디에서 일할래?"
"당연히 성재는 양식이죠."
"에이, 일식이지! 참치 해체하는 거 보니까 무조건 일식인데?"
"중식 아닌가요? 면 뽑는 것 못 봤어요?"
"아니! 수라상 차리는 것 못 봤어? 당연히 한식이잖아!"
각 조리장들은 다들 성재를 영입하기 위해 난리다. 성재는 새로운 사람들을 만나며, 다시 한번 적응하려 애썼다. 특별 심사위원으로 나왔던 양식조리장 김호태. 그리고 총주방장이었고 파이널 특별심사위원이었던 김명성의 반가운 얼굴이 성재를 반긴다.
김호태가 말했다.
"강성재! 양식으로 올 거지? 키워줄게."
그런데 성재가 고개를 저었다.
'꼭 하나를 정해야 하나?'
그때, 김명성이 씩 웃었다.
"강성재씨! 내 밑으로 와. 쟤네들 다 내 부하직원이야."
"아…."

네 명의 조리장들이 째려보는데…. 김명성은 개의치 않고 성재를 잡으며 말했다.
"다들 건드리지 마라. 성재는 내가 키운다. 알았냐?"
"…알겠습니다."
"…캡틴이 그러면 그렇게 해야죠."
"대장이 그렇게 말하면 어쩔 수 없죠."
그런데 김호태는 다르다.
"성재야. 네가 결정하는 거야! 총주방장님 밑에 있으면 골치 꽤나 아플 거다?"
"야! 김호태! 너 개기냐?"
"아니, 성재가 결정해야 되는 거잖아요. 왜 그러세요? 성재야. 형이 잘해준다니까?"
형? 아니 아저씨? 자신보다 20살, 30살이상 많은 인생의 선배님들의 말에 성재가 자신의 의견을 말했다.
"제가 가고 싶은 곳은…."

같은 시각. 강희철 하사는 희한한 소식을 들었다.

"용우야. 강성재가 청와대 간다는 뉴스가 보인다?"

"청와대 말입니까? 안 된다고 이야기 나오지 않았습니까? 그래서 저희 복귀한 거지 않습니까?"

"갔다는데?"

그리고….

"희철아! 강희철 하사!"

그들을 찾아온 한 남자.

"충성! 행보관… 아니 조리실장님! 여기까지 웬일이십니까?"

무궁화회관 조리실장 박재영 상사의 방문.

"응. 용우 데려갈게."

"김용우 상병 말씀이십니까?"

"응. 총장님들이 꿩 대신 닭이라고 데려오래."

"아, 알겠습니다. 바로 준비시키겠습니다."

그리고 옆에서 듣고 있는 김용우.

"조리실장님…. 저… 안 가면 안 됩니까?"

"명령 났어."

"저 살고 싶습니다."

"군대에선 명령이 우선이야."

"아… 살려주시면 안 되겠습니까?"

김용우. 그는 결국 명령에 의해 다시 계룡대 무궁화회관으로 복귀했다.

281

청와대에 입성했습니다

"171번 훈련병!"
성재는 자다 말고 누군가의 부름에 귀찮은 듯 말했다.
"171번이 누군데?"
"야! 171번! 신병교육대대 3중대 3소대 171번 훈련병."
'잠깐… 171번? 신병교육대대?'
성재는 깜짝 놀라 자신을 가리키며 녀석에게 되물었다.
"나?"
"171번! 너는 네가 171번인지 몰라? 강성재! 야! 강성재 훈련병!"
성재는 교관의 부름에 깜짝 놀라 대답했다.
"171번 훈련병!"
"자네는 교관 말이 말 같지 않나?"
"아닙니다!"
"엎드려!"
성재가 바로 그 자리에서 엎드리고.
"푸쉬업 20회 실시!"
"하나! 둘! 셋! 넷! …스물!"

"누가 마지막 구호 붙이라고 했나? 처음부터 다시!"
"다시! 하나! 둘! …."

그런데 갑자기 교관이 발로 얼굴을 찬다.
성재는 발로 얼굴을 가격당하고 고통에 소리 질렀다.
"으아아악!"
그러자 자고 있던 민지가 갑자기 울음을 터트렸다.
"으아아앙!"
민지의 발이 성재의 얼굴 위를 향하고.
성재는 그제야 자신이 밤새 다시 입대하는 꿈을 꾼 것을 알게 되었다.
"다행이다. 꿈이었나…."

옷걸이에 걸려있는 예비군 군복. 그리고 전투화와 베레모.
이제는 다시 입지 않을 것들. 그것들을 보며 안심한 성재가 자리에서 일어났다.
성재는 씻고 출근 준비를 시작했다.
벌써 아침 6시, 서울 동작구 사당동에 위치한 한 빌라에 살고 있는 남자.
버스를 타고 출근하는 그는 눈살을 찌푸렸다. 그 이유는 미세먼지.
대전이나 계룡, 삼척, 옥천에 살 때는 안 이랬는데, 서울의 공기는 유난히 목이 따갑게 느껴진다.

성재는 청와대 입구에 있는 101경비단 경찰들에게 어제 받은 출입증을 보여주었다.
"입구는 좌측입니다. 태그 하시고 지나가시면 돼요."
"감사합니다."
출입증을 체크하자, 아크릴판으로 된 가림막이 좌우로 펼쳐지며 문이 열리고, 성재는 그곳을 통과했다. 청와대는 아침부터 분주했다. 아침 7시밖에 되지 않았는데도 대부분의 사무실에 사람들이 위치해 있었다.
'이런 곳이구나. 군대보다 더 바쁜 것 같아.'
그럴 수밖에. 국내에서 최고 인재들만 모인 엘리트 집단이니까.
그때 성재를 반겨주는 얼굴. 그런데 말은 반겨주는 말이 아니다.

오히려 군기를 잡는다. 김호태가 성재를 향해 말했다.
"늦게 왔네?"
"죄송합니다."
"담배는 안 태우지? 여기 전 구역, 금연지역이야."
"안 핍니다."
"그래. 군대처럼 딱딱하게 대답하지 말고."
"네. 알겠습니다."
"알겠어요!"
"네. 알겠어요."

오전 7시 30분. 성재를 부르는 김명성 총주방장.
"성재야. 가자."
"네."
어디로 가는지도 모르고 갑자기 차량에 탑승한 성재.
그 차량은 초소를 지나, 화려한 기와집이 있는 곳으로 들어간다.
"여기가 대통령 관저야."
"관저 말씀이십니까?"
"그래. 대통령과 그 가족들이 머무는 곳."
첫날부터 대통령 관저라니…. 성재의 두 눈이 동그랗게 커졌다.
대통령 관저 출입은 사실 극소수 보좌관만 가능하다. 그런데 그 극소수에는 청와대 총주방장이 포함된다. 그리고 오늘은 특별히 성재도 포함되었다.
왜? 첫날이니까! 신고해야 하니까.
관저 안에 마련된 접견실. 그곳에는 이미 연설기획비서관이 대기하고 있었다.
"어? 주방장님, 또 이렇게 맛있는 음식을 가져오셨네요."
"네. 매번 바쁘시죠?"
"저야 뭐, 항상 바쁘죠. 그렇지만 그게 제 즐거움이죠. 어? 옆에 젊은 친구는 누구입니까? 아… 알겠다. 강성재씨!"
성재는 연설기획비서관이 알아보자 고개를 숙이며 인사를 건넸다.
"안녕하십니까?"

"그래요. 방송 잘 봤어요. 결국에 들어왔구나. 언제 오나 싶었는데….''
기획비서관이 악수를 건네고, 성재는 그의 악수를 받으며 고개를 숙였다.

오늘은 아침 관저 회의가 있었다. 대통령이 들어오자, 보좌관이 인사했다.
"잘 쉬셨습니까? 지금부터 관저 회의 시작하겠습니다."
그러자 대통령이 씩 웃더니 입을 열었다.
"회의라기보다 아침에 밥 먹는 시간이지. 안 그래?"
"네. 그렇습니다."
대통령은 총주방장의 이름을 불렀다.
"명성아. 오늘 음식은 성재가 만든 건가?"
"오늘은 제가 만들었습니다. 성재는 어제 신고했고, 오늘부터 일 시키려고 합니다."
"그래? 그럼 왜 왔어?"
"오늘 첫 출근이라 인사드리려고 데려온 겁니다. 성재야. 인사드려."
성재는 대통령을 보며 경례하려다가 올린 손을 접고, 다시 90도로 인사했다.
"오늘 처음 출근하게 된 강성재입니다. 앞으로 열심히 하겠습니다!"
"후후, 그래. 이제 다들 내 식구니까 말 편하게 할게. 너희들도 같이 먹자."

아침 식사를 같이하며 시작하는 회의.
"오늘 밥맛이 좀 달라졌다? 밥이 덜 꼬들꼬들거리는데?"
"주의하겠습니다."
"뭐, 주의할 건 아니고. 내가 꼬들꼬들한 거 좋아하잖아. 잊어버린 건가 싶어서"
"죄송합니다."
알고 보니 대통령은 상당히 미식가. 성재는 대통령의 미식등급을 보며 씩 웃었다.
'5성….'
대통령은 본래 4성 장군을 지휘하는 사람이라서 5성 장군이라고도 불린다.
그런데 미식등급도 5성.
유머를 겸비한 5성 장군이 식사를 하다 말고 볼펜을 꺼내려 서랍장을 열었다.
그 안에 있는 것은 볼펜과 노트. 그리고 담배와 라이터.
"강성재."

"네."
"담배랑 라이터는 못 본 거다? 밖에 나가서 아무한테도 이야기하면 안 돼. 우리 마누라가 나 담배 피우는 거 알면 나는 그 자리에서 죽어."
국내 최고의 위치라는 대통령의 농담 섞인 말에 갑자기 피식거리며 웃는 보좌관들. 성재는 평소 대통령이 어떤지 조크 한 마디로 알게 되었다.
'정말 따뜻하면서도 유머감각도 있고, 다 갖추셨네.'
밥을 먹으며 회의가 진행되었다. 대통령이 오늘 일정에 대해 이야기하고, 연설기획비서관은 원고로 정리한다. 오늘 회의는 공식 일정에는 없지만, 꼭 필요한 일.
"각 당이 의견이 갈린다고?"
"그렇습니다."
"일단 지켜보고, 청와대에서는 아무 의견 내지 마."
그는 대통령의 바로 곁에서 매일 붙어 있는 사람으로서 대통령의 말과 행동, 생각을 가장 잘 아는 사람 중 하나였다.
"알겠습니다."
"그래. 이게 다 내가 무소속 출신이라 가능한 거야. 내가 어느 한쪽 편을 들었어 봐. 벌써 난장판 됐을 거다."
부속실장. 대통령의 개인적인 일을 관리하는 사람. 그가 입을 열었다.
"오늘 영부인과 결혼하신 지 38주년 되는 날입니다."
"그래? 벌써 그렇게 됐어?"
"네. 영부인께서는 선물로 인간문화재 전상옥씨가 만든 옷을 받고 싶어 하셨습니다."
"후--우, 그게 얼만데?"
"683만 원입니다. 경비 지출해서 구입하도록 하겠습니다."
"경비?"
"네. 올해 말에 인천 송도에서 실시하는 G20 정상회의 참가 건으로 지출 명목 산출하면 구입할 수 있습니다."
"됐어. 내 개인카드로 구입해. 국민들이 683만 원짜리 한복 입으면 이해해줄 것 같아? 아무리 국제행사여도 그렇지. 그런 건 세금으로 하면 안 돼."
"알겠습니다."
"그럼 내 통장에는 얼마나 남나?"

"약 123만 원정도 남을 것 같습니다."
"후-우, 이번 달은 졸라 매야겠구만."
성재는 대통령의 마인드를 보며 고개를 끄덕였다.
'저래서 지지율이 높구나. 국민들이 응원하고.'
개인적인 이야기가 끝났다. 식사시간도 끝났다. 대통령은 씩 웃었다.
"주방장, 그리고 강성재. 비밀지켜야 된다. 마누라 귀에 들어가면 같이 죽는 거야."
"알겠습니다."
식사가 끝나자 수석비서관이 줄줄이 들어온다. 정치적 사안으로 임시소집을 한 것.
그들은 각자 어느 한 분야의 최고 위치를 맡고 있는 사람들.
민정수석, 홍보수석, 그리고 각 수석들. 대통령은 성재와 김명성에게 입을 열었다.
"둘 다 수고했어. 점심도 잘 부탁해."
"넵. 나가보겠습니다."
김명성은 성재의 손을 붙잡고 밖으로 나갔다.
그러자 대통령이 그 둘이 나가는 것을 보며 입을 열었다.
"오늘 기자 회견 잡힌 것 있지? 기자 예상 질문 어떻게 뽑았나 보자. 먼저 민정수석부터 말 해봐."

다시 돌아오는 길. 김명성이 성재를 보며 말했다.
"어때?"
"가슴이 먹먹합니다."
"먹먹해? 뭐가?"
"그냥 존경스럽습니다. 우리나라에 저런 대통령님이 계셔서 자랑스럽습니다."
"자랑스럽지? 대통령님도 항상 자신 주변 사람들이 자랑스럽다고 하셔. 군인들도 그렇고, 경찰들도 그렇고, 소방관도 그렇고, 공무원도, 일반 시민들도, 각자 구성원들이 제 역할을 하니까 우리 국가가 존재하는 거잖아?"
"그렇습니다."
"그럼 성재도 오늘부터는 열심히 일해야지?"
"네. 알겠습니다."

"그래. 이제 곧 회의 시간이다."
'회의시간? 분명 끝나지 않았었나?'
하지만 총주방장이 주관하는 또 다른 회의가 있었다. 성재는 거기에 또 불려갔다.
직원 휴게실, 오전 9시부터 이어지는 회의. 그것은 검식관, 주치의, 영양사, 조리사가 참석하는 합동회의. 김명성 총주방장이 참석한 모두에게 성재를 소개했다.
"다들 성재는 알죠? 오늘부터 합류하게 되었습니다."
"오! 진짜 왔네. 반가워."
"우리 식구 된 거 환영해. 7급으로 온 건가?"
아직 성재의 신분은 모르는 상태. 성재가 말하기 곤란한 것을 안 김명성이 웃었다.
"일단은 사회복무요원으로 근무할 거고, 소집해제되면 희망에 따라 7급 공무원으로 일하게 될 겁니다. 그럼 오늘은 처음이니까 성재 참석시켰는데 진행상 문제없으면 회의 바로 진행할게요. 검식관님 오늘 들어온 생선하고 육류에서 문제는 없으셨나요?"
"네. 방사선 검사랑 세균 오염검사 완료했고 문제는 없네요."
"네. 감사합니다. 영양사님은 저희가 드린 메뉴 확인하셨나요?"
총주방장의 말에 영양사인 40대 여성이 미소를 지으며 대답했다.
"대통령님께서 맛있어하시는 음식이긴 한데, 비타민 E가 많이 부족해 보이는 식단이더라구요. 칼로리는 좀 과다하고요. 그래서 닭튀김 요리는 뺐고, 대신 채소 위주의 식단을 추가해봤어요."
"음… 그렇군요. 알겠습니다. 영양사님 말고 다른 분들도 인지하고 계시나요?"
"네."
"네. 다시 확인해서 식단 변경된 것, 문제없나 체크 부탁드리겠습니다."
그리고 마지막! 대통령 주치의. 그 또한 김명성의 질문에 대답했다.
"주치의님, 뭐 특별한 건 없나요?"
"네. 워낙 나이에 비해 건강하시니까, 특별히 가려 먹을 필요는 없을 것 같아요. 그래도 트랜스 지방 쪽은 좀 줄여주셨으면 좋겠네요. 혈관 쪽은 잘 모르는 거라서."
"네. 알겠습니다."

청와대의 일상은 별다를 것 없었다.
이곳도 사람 사는 곳. 양식 전문, 한식 전문, 일식 전문, 중식 전문으로 하는 네 명의 조리장이 각 파트를 맡고, 총주방장이 총괄해서 지휘한다. 그리고 성재는 특이하게도 어디에 소속되지 않고, 총주방장의 곁에만 따라다닌다.

"성재는 오늘, 나만 따라오면 돼."

"네."

그는 성재를 쫄랑쫄랑 데리고 다니며, 전반적으로 성재가 해야 될 일을 직접 보여주며 가르쳐주었다.

성재는 이렇게 가르쳐주는 게 좋았다. 말로만 하는 게 아니라, 눈으로 보여주고, 직접 시범도 보여가며 하는 것들이 몸으로 와 닿았기 때문이었다.

오후 2시. 바쁜 점심 오찬까지 끝나고 정리가 마무리된 시점이었다.

김명성은 탕비실로 성재를 따로 부르더니 입을 열었다.

"잠깐 면담 가능하지?"

"네."

"그래. 커피 마시면서 얘기 좀 나누자."

"알겠습니다."

김명성, 그는 성재를 직접 데리고 다니며, 녀석의 싹싹함을 파악했다. 이미 실력은 검증되었고, 인성 분야를 관찰했는데, 소문처럼 예의 바르고, 부지런하고 또 마음가짐이 선해서 마음에 들었다. 그래서 물었다.

"성재야. 너는 소집해제되어도, 여기서 계속 일 할 생각이지?"

"그게 무슨 말씀이십니까?"

"아니, 까들로프 녀석이 자꾸 너 데려간다고 해서, 너한테 프랑스로 오라고 말했지?"

"…하긴 했습니다."

"분명 미슐랭 쓰리스타도 좋지만, 여기도 괜찮아. 알지? 국내 최고의 셰프들만 모여있는 곳이 여기, 청와대라는 거."

성재는 자신을 챙겨주는 김명성에게 고마움을 느꼈다. 그리고 대답했다.

"최선을 다하겠습니다."

그러자 김명성이 씩 웃으며 성재의 어깨를 두드리며 말했다.

"그래. 같이 대통령님 모시면서, 국가를 위해 일해보는 거야."

만렙 성재

성재의 얼굴에는 전에 볼 수 없는 미소가 걸렸다. 그럴 수밖에 없었다.

사회복무요원.

하지만… 여기는 군대가 아니다.

딱딱한 규율이 없고, 자신에게 명령이라며 절대적으로 통제하는 사람도 없다.

그것을 느낀 것은 다름 아닌 시스템 창 때문.

신분 전환으로 직업이 청와대 조리병에서 청와대 견습요리사로 변경되었습니다

그리고 바뀐 사용자 정보. 얼마 전 대회 우승으로 인해 얻은 막대한 경험치.

그래서일까? 이제 모든 게 Max.

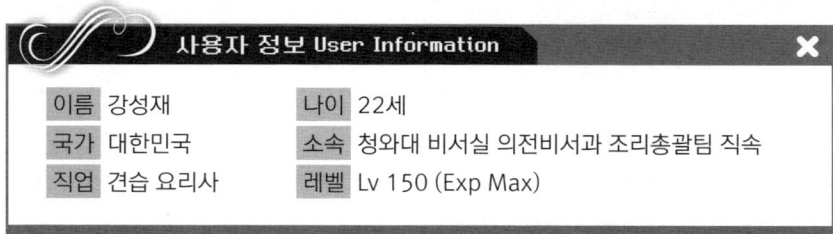

사용자 정보 User Information	
이름 강성재	나이 22세
국가 대한민국	소속 청와대 비서실 의전비서과 조리총괄팀 직속
직업 견습 요리사	레벨 Lv 150 (Exp Max)

보유 권능 (Passive Skill)
1. 식재료 정리하기 (고급 / Master)
   식재료 정리 시, 처리 동작과 판단력이 80% 향상됩니다
2. 주방 마스터리 (고급 / Master)
   취사장에서 조리 시 처리 동작과 판단력이 80% 빨라집니다
3. 수타면 뽑기 (고급 / Master)
   수타면 뽑기 시, 처리 동작과 판단력이 100% 향상됩니다
4. 회 뜨기 (고급 / Master)
   생선회를 뜰 경우, 처리 동작과 판단력이 100% 향상됩니다

보유 기술 (Active Skill)
1. 요리사의 눈 [Chefs Eye] (Rank : A [Max])
   – 개안 1단계 : 너의 미식 등급이 보여!
   – 개안 2단계 : 너의 좋아하는 음식이 보여!
2. 요리사의 신체 [Chefs Body] (Rank : A [Max])
3. 군대 요리 레시피 (Military Food Recipe) (Rank : C [Max])
4. 한국 음식 레시피 (Korean Food Recipe) (Rank : A [Max])
5. 중국 음식 레시피 (Chinese food Recipe) (Rank : A [Max])
6. 일본 음식 레시피 (Japanese food Recipe) (Rank : A [Max])
8. 프랑스 요리 레시피 (French Food Recipe) (Rank : A [Max])
9. 이탈리아 요리 레시피 (Italian Food Recipe) (Rank : A [Max])

거기에…

Epic 직업 달성으로 새로운 능력이 개방되었습니다
개안 3단계 : 너의 요리에 대한 기억이 보여!
너의 요리에 대한 기억이 보여! 상대방이 좋아하는 음식을 집중해서 보면, 해당 인원의 관련 추억과 기억을 볼 수 있습니다

성재는 해당 능력을 지나가는 사람 중 하나를 보았다.

국정상황실장. 청와대에서 평소에는 안전과 치안 예방 활동을 하고, 긴급 시에는 청와대 안전의사회가 열리기 전까지 상황을 통제하는 사람.

군 출신이라 그런지 몸매도 다부지고, 각진 얼굴. 그리고 강한 인상이 특징.
그가 좋아하는 음식은… 알타이르 2010?
음식은 아닌 것 같았다. 술인가? 성재는 술에 대해서는 잘 몰랐다. 그래서 궁금했다.
'써 볼까?'

성재는 어느새 국정상황실장의 기억 속에 들어와 있었다.
지금 성재 자신의 모습은 기억 속에 들어온 홀로그램이었다.
'대박… 이게 가능한 거야?'
럭셔리한 호텔. 크기만 해도 30평은 넘어 보이고, 고전적인 엔틱 풍의 장식, 그리고 각종 미술품. 그런 고급스러운 곳에서 국정상황실장은 흰색 가운을 입고 팔걸이 의자에 앉아 어딘가를 바라보고 있다. 자리에 앉아 혼자 와인을 따르더니 그것을 음미하는 녀석.
그 와인 이름이 알타이르 2010.
성재는 씩 웃었다.
'이렇게 기억을 보는 거였구나?'
그가 고개를 돌렸다. 그의 손이 자신의 배꼽 아래를 향한다.
'내가 뭘 본 뭐지?'
성재가 당황했다.
그런데 녀석은 하던 동작을 계속하며, 불투명한 유리벽 화장실을 향해 말을 건다.
"아직이야? 기다리기 힘든데…."
"성철씨, 잠깐만…."

'해제! 해제! 해제!'
'와 못 볼 거 볼 뻔했네.'
아직은 순수(?)한 성재.
야릇한 상황에 얼굴이 너무 붉어진 성재를 발견한 김호태 조리장이 말을 걸었다.
"뭐하냐? 와서 일이나 도와줘. 퇴근 몇 시지?"
"오늘은 7시에 출근해서 4시에 퇴근합니다."
"그래? 설거지 좀 해."
성재의 일과. 오전 7시 출근, 오후 4시 퇴근. 점심시간을 제외한 8시간 근무.

아침 일찍 출근하는 만큼, 오후에도 일찍 퇴근하는 시스템.
탄력적 근무적용제라는 것 같던데…. 일찍 퇴근하는 성재는 곧바로 병원으로 향했다.
아버지가 입원한 병실에 들어가는데… 아버지와 같이 있던 아줌마가 화들짝 놀라며 손을 갑자기 놓았다. 그러자 성재의 아버지는 능구렁이처럼 애인의 손을 다시 잡는다.
"어? 성재야. 언제 왔어? 말 좀 하고 들어오지."
"일용씨…."
"아, 괜찮아요. 우리 아들 성인이야. 뭐해? 새엄마한테 인사하지 않고?"
성재는 고개를 저었다. 아무리 아빠라고 하지만… 너무 진도가 빠른 것 같다.
"안녕하세요."
"그래. 놀랬지? 근무 끝나고 온 거니?"
"네. 조금 일찍 끝났어요. 아줌마도 서울 올라오신 거예요?"
"그래. 아예 올라온 건 아니고, 잠깐 일용씨 얼굴 보러 왔어. 과일 먹을래? 귤 줄까?"
"아니에요. 점심때 만찬이라서 많이 먹었어요. 좋은 시간 되세요. 저는 나가볼게요."
성재의 말에 강일용이 씩 웃으며 말했다.
"그래. 최대한 늦게 와. 친구도 좀 만나!"
성재는 병실을 나왔다. 그리고 돌아가신 엄마를 떠올렸다.
'이제 두 분 만나는 거 인정해야겠지? 그래도 나, 그 아줌마한테 엄마라곤 못 부르겠다. 엄마도 그렇게 생각하지?'

그러자 갑자기 성재랑 같은 홀로그램이 등장했다.
녀석이 말을 걸어온다. 말 걸어오는 방식은 여전히 머리띠에 글씨를 새겨놓는 것.
〈뭘 그렇게 복잡하게 생각해?〉
성재 또한 녀석에게 물었다.
'이제 부르지 않아도 나오냐? 넌 좀 빠져. 좀!'
녀석은 새로운 머리띠에 새로운 글자를 얼른 쓰더니, 성재에게 보여주었다.
〈나 신경 쓰지 말고 하던 거 해. 난 주변 구경이나 할게.〉
병원을 돌아다니는 녀석. 평소라면 요리할 때만 나오고, 금방 들어가던 녀석인데 뭐가 그리 신났는지 왔다갔다 하는지… 아무튼 홀로그램을 놓아두고 병원을 나왔다.
성재는 동현이형에게 전화를 걸었다. 그런데… 형이 한국에 없다?

- 아침부터 무슨 일이야? 한국은 지금 오후인가?
"형! 프랑스야?"
- 응. 디플로마 받아야 되잖아. 다시 수업 듣고 있어.
"아…그랬구나."
- 윤아도 내일 비행기 타고 온다더라. 한번 만나 봐.
"내가 왜?"
- 왜라니, 당연히 미래의 형수님이니까 네가 좀 챙기라는 거지.
"어휴, 형! 형하고 윤아 나이 차이를 생각해! 그리고 걔 아직 미성년자잖아."
- 그러든가. 언제 우리가 결혼한대? 그냥 좋아하는 거 가지고 누가 뭐라 할 거야?
"됐어. 형하고 밥 먹을까 하고 전화했는데, 아쉽네."
- 크크, 아무튼 요리천재! 고생해라. 형은 곧 수업 시작해서 바쁘다.
"알았어. 나중에 또 연락할게."
전화를 끊은 성재는 고개를 저었다.
'에이, 동현이형이랑 밥이나 먹을까 했는데….'
상금 1억 원. 내년 1월에 지급된다고 한다.
방송 끝나면 바로 나올 줄 알았는데, 올해 결산 이후에 내년 예산 타서 준다고.
딱히 할 일 없었던 성재는 윤아에게 전화를 걸었다. 그녀가 다급한 목소리로 받았다.
- 오빠가 무슨 일이야? 전화를 먼저 다 하고?
"아니, 전화하면 안 돼?"
- 서울 올라왔다고는 아빠한테 전해 들었어. 나 보고 싶어서 전화한 거야?
"그럴 리가 없잖아."
- 칫, 뭐야? 본론만 말해. 나 지금 바빠! 엄마랑 쇼핑하러 나왔어.
"윤아야! 너 내일 프랑스 간다며?"
- 동현 오빠가 말한 거야?
"어. 학교는 어떻게 하려고?"
- 연계과정이 생겼어. 졸업하면 디플로마도 받고, 한국 학교도 졸업하는 거로 해준대.
"다행이네. 기회 잘 잡은 것 같은데?"
- 오빠! 지금 볼래? 나 지금 신촌인데… 엄마랑 같이 있지만 괜찮을 것 같아! 나 보려고 전화한 거 아니야?

"됐거든? 그냥 생각나서 전화한 거야. 그러니까 들어가."
- 어휴, 고집불통! 됐다. 됐어. 끊어!
전화를 끊은 성재는 혼잣말로 핀잔을 늘어놓았다.
"애가 엄청 까칠해졌네."

같은 시각, 윤아는 프랑스에 가져갈 짐을 싸기 위해 윤미옥 권사랑 백화점에 나왔다.
"성재니? 전화를 왜 그렇게 끊어?"
"아니야. 엄마."
이제 새엄마를 엄마라고 부르는 윤아. 머리핀을 하나 고른 그녀가 입을 열었다.
"엄마, 이게 나을까? 아니면 저게 나을까?"
"우리 딸이 하면 다 예쁘지. 둘 다 사줄까?"
"아니 나 말고, 엄마한테 어울리나 물어본 건데?"
이제 진정한 한 가족. 새 딸을 위해 남편을 두고 프랑스로 같이 떠나기로 한 윤미옥은 미소를 지으며 딸을 향해 말했다.
"그래? 그럼 우리 딸이 사주는 머리핀 두 개 다 사볼까?"
"안 돼. 하나만! 엄마, 하나만 사주려고 했단 말이야!"
"싫어. 우리 딸이 사준다는데 두 개 사야지. 이거 두 개 다 주세요."
"엄마!"
다음 날 새벽, 인천국제공항으로 떠나기 위해 분주히 움직이는 배윤아와 권사님.
마지막 짐을 모두 확인한 윤아가 엄마한테 물었다.
"엄마, 이 USB 뭐야?"
"응? 네 것 아니니?"
"아닌데?"
"음… 그냥 챙겨. 가지고 가다 보면 쓸 데 있겠지 뭐."
어떤 파일이 들었는지 확인되지 않은 USB는 그렇게 윤아와 함께 프랑스로 떠났다.

성재는 아침 일찍부터 출근했다. 이제는 휴대폰을 들고 다닐 수 있어서 좋았다.

- 성재 오빠, 나 프랑스로 떠나. 핸드폰 안 되니까, 연락할 일 있으면 톡으로 연락해.

문자가 온 후, 성재는 답장을 보내주었다.

- 그래. 가서 요리 열심히 배워서 돌아와.

없어지지 않는 숫자 1.

비행기가 이륙해서 끊어진 것인지, 아닌지는 알 수 없다.

아무튼 지금 성재에게 중요한 것은? 빨리 이곳에 적응하는 것.

그래서일까? 현재 시각 아침 6시 30분. 오늘은 어제보다도 30분 일찍 출근했다.

총주방장 김명성이 성재를 향해 말했다.

"성재야. 어젯밤에 대통령님께서 너한테 부대찌개 하면 알 거라는 데, 그게 무슨 소리인지 모르겠다."

"아… 부대찌개요?"

"뭐 아는 거 있어?"

"아, 제가 한번 해드린 적이 있었거든요."

"특별히 넣은 비법이 있어? 네가 만들어야 한다던데?"

"아, 있어요."

"그럼 일단 만들어 봐. 괜찮으면 오늘 점심 김치찌개가 메인인데, 대신 만들어보게."

"알겠습니다."

성재는 이제 대통령을 위해 음식을 만든다. 그리고 대통령을 모시는 비서실, 정책실 공무원들을 위해 점심도 만든다.

사람들은 성재가 들어온 때부터 청와대 식당의 밥맛이 좋아졌다는 것을 알게 되었다.

그도 그럴 수밖에. 성재는 씩 웃었다.

'위수지역이 해제되니까… 좋네.'

모든 요리에 붙는 접미사.

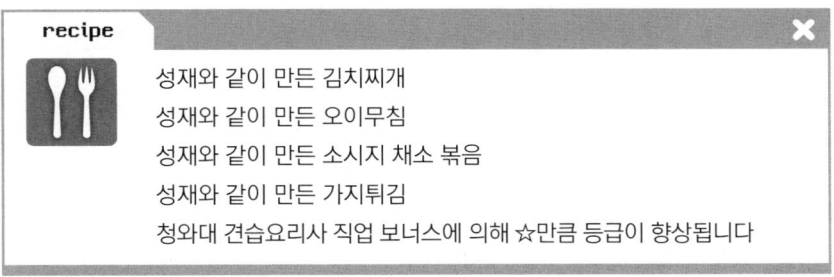

recipe

성재와 같이 만든 김치찌개
성재와 같이 만든 오이무침
성재와 같이 만든 소시지 채소 볶음
성재와 같이 만든 가지튀김
청와대 견습요리사 직업 보너스에 의해 ☆만큼 등급이 향상됩니다

283
청와대에서 성재는?

아직까지 성재가 나설 기회는 없었다. 그도 그럴 수밖에. 그가 막내이니까.
하지만 요리대회 1등 출신인 그가 막내 생활을 오래 할 리는 없을 터.
대통령부터 오자마자 찾는 녀석인데, 주방에서 일하는 셰프라고 다를 리는 없었다.
점심. 영빈관에서 만찬이 끝나고, 총주방장이 함박웃음을 지으며, 주방 식구들 모두가 모인 자리에서 말했다.
"오늘 성재가 뭐했는지 알아?"
"부대찌개!"
"그래. 그런데 단순한 부대찌개가 아니지. 대통령님께서 가장 맛보고 싶었던 부대찌개를 했단다. 오늘 어찌나 우리 VIP께서 기분이 좋으신지, 웃음이 끊이질 않더라."
반면, 성재는 탕비실에서 옷을 갈아입고 퇴근 준비를 하고 있었다.

> 사용자 강성재에 대한 김명성의 호감도가 100 상승했습니다
> 사용자 강성재에 대한 김호태의 호감도가 100 상승했습니다

'호감도 전부 OFF'
성재는 심드렁한 표정으로 호감도를 꺼버렸다. 그리고 주방으로 이동했다.

모두가 모여있었다. 다들 한가한 시간. 퇴근하려는 성재를 총주방장이 부른다.
"성재야. 내일 아침에 같이 들어오라 셔. 아침 5시 30분까지는 출근해야 된다."
"5시 30분이면… 제가 아침 식사 준비도 해야 되는 건가요?"
"응. VIP께서 직접 너보고 하라고 하셨어."
"…알겠습니다."

성재가 떠난 후, 주방은 난리가 났다.
"성재가 직접이요? 아침 식사를 준비하라고 했다고요?"
"그래."
"말도 안 돼! 와! 역차별 아닌가요? 완전 편애하시는데?"
"그거야 뭐, 너희들도 열심히 하면 되지."
"성재 실력, 아직까지는 잘 모르겠던데…."
"잘 모르긴! 방송 봤잖아."
"방송은 다 만들어지는 거잖아요. 여기서 이제까지 만든 게 고작 부대찌개 하나인데… 그리고 저번에 김호태 조리장님께서 가자마자 1등 하셨잖아요."
녀석의 말에 김호태가 입을 열었다.
"성재 실력 좋아. 아마 우리만큼은 안 돼도, 경력 10년 정도는 쳐줘야 될 걸?"
"한번 시험해 볼까요?"
아직까지 성재의 실력을 모르는 사람들은 의문을 품었고, 성재의 실력을 직접 옆에서 본 사람들은 성재를 믿었다. 성재는 타인을 크게 신경 쓰지 않았다.
어차피 자신이 열심히 하는 모습을 보여주면, 저절로 변화된다고 생각했기 때문이었다.
그래서 호감도도 꺼두었다.
물론 다 좋아지는 게 아니라서 문제였지만… 여기 그 부류의 사람이 말했다.

"너희들 왜 왔어?"
"효석이 형 보러 왔죠. 형이 만든 요리 먹으러 왔고요."
"의심스러운데… 또 내 레시피 베끼러 왔지?"
"에이, 그런 말씀 하지 맙시다. 효석이 형, 나랑 평생 전우 아니에요?"
"나는 만기전역 안 한 사람은 전우라고 생각 안 하는데?"

"그래도 저 병장 달았거든요? 소집해제되면 병장이에요! 형이랑 똑같아요."
"됐어! 군대 얘기하지 마!"
"형이 자신 있는 거로 해주세요. 아니다. 종수 우울해 하니까, 매운 거로."
성재 옆에 있는 사람은 장종수였다. 장소는 서효석 가게였고.
종수는 침울한 표정을 짓고 있었다. 재벌집 손자라지만, 아직 고등학교 2학년.
동생인 녀석이 성재를 향해 억울함을 표시한다.
"성재 형! 나 당했어요."
"당하긴 뭘 당해?"
"추천서 못 받았어요. 올해 끝났대요. 아, 진짜 동현이형 너무 한 거 알아요? 일부러 그거 계산해서 윤아한테 준 거에요. 마지막 자리."
"내년에 가면 되지."
"아, 진짜! 동현이형 프로필 보셨어요? 보세요. 여기."
윤동현 프로필.

　행복 시작, 나에게 사랑이…

"으흠, 그랬구나. 윤아야?"
"당연하죠. 맨날 윤아, 윤아 노래를 불렀잖아요."
"그게 어때서? 세상에 여자가 반인데…."
"형! 윤아는 특별하잖아요."
"뭐가 특별한데?"
"예쁜 여자잖아요. 세상의 반이 여자지만, 남자가 보는 예쁜 여자는 얼마 없잖아요."
"야, 종수야. 사람은 마음을 봐야 돼."
"거짓말! 형! 거짓말하지 마세요."
"처키 인형만 아니면 되지 뭐. 여자는 내면 아닌가?"
"얼굴도 예쁘고, 마음도 예쁘면요?"
"그럼 당연히 얼굴 예쁜 게 좋지. 그런데 그런 여자는 흔하지 않지."
"윤아가 딱 그런 케이스잖아요."
"너, 아주 윤아한테 꽂혔구나."

"잡고 싶어요. 그런데 잡을 수가 없어요. 6개월 가까이 따라다녔는데도, 윤아가 마음을 열지 않아요."
"그런데? 동현이형은 잡을 것 같다?"
"네. 제가 웬만하면 의심 안 하는데, 윤아 프로필 보세요."
"윤아 프로필?"
윤아의 사진이 바뀌어 있었다. 파리 샤를 드골 공항. 거기에서 엄지와 검지로 하트 표시를 만들며, 웃고 있는 모습. 그리고 프로필 글자.

오늘부터 1일!

"사귀는 거 맞죠? 맞죠?! 형 생각에도 동현이형이랑 사귀는 거 맞죠?"
'그것보다는 프랑스 1일인 것 같은데?'
그때, 요리가 나왔다. 정말정말 매워 보이는 짬뽕.
서효석이 고추기름을 듬뿍 넣은 특제 짬뽕. 성재는 고개를 절레절레 저었다.

recipe	서효석이 직접 만든 정말매운수타해물짬뽕 ★★★★★☆ ✕
🍴	홍합 육수, 오징어, 새우, 돼지고기, 양파, 대파, 표고버섯, 배추잎, 수타면을 평소보다 5배 진한 다진마늘, 청양고추, 고추기름 기반 양념으로 배합한 요리 ※ 진짜 맛있지만, 그렇다고 많이 먹으면 위궤양에 걸릴 수도 있다

그런데 서효석은 씩 웃으며, 장종수와 성재에게 말했다.
"힘들고 우울할 때는 매운 짬뽕이지. 먹어."
종수가 후루룩 먹는다. 성재는 녀석이 잘 먹는 것을 보며, 의아했다.
자신도 따라 먹기 시작했다. 그런데 능력으로 확인한 것에 비해 제법 잘 먹을 수 있었다.
그렇게 맵진 않았기 때문이었다.
'능력이 실수도 하나?'
그렇게 맵지 않고, 심지어 달달하면서도 시원한 느낌까지.
그런데…
그런데 3분이 채 지나지 않아, 혀가 얼얼해지기 시작했다.

그리고 마비가 온다. 머리 끝에서부터 땀이 떨어진다. 사지가 떨리기 시작했다.
성재는 처음 알았다.
먹는 것만으로 진짜 죽을 수 있겠구나. 싶다는 것을…
"물! 물! 물!"
물을 벌컥벌컥 들이켜는 성재와 종수. 그럼에도 얼얼한 혀는 풀리지 않고.
"으아아악! 더 매워! 더 매워!"
혀에 코팅되어 있던 캡사이신이 식도로 들어가며, 온몸에 불이 나기 시작했다.
그러자 서효석이 옆에서 낄낄대며 웃었다.
"조금 맵지? 매울 거야."
"아! 이건 너무 맵잖아! 형! 효석이형!"
"크크크, 매운 거 달라며? 달라는 대로 줘도 지랄이냐?!"
"아… 이건 아니잖아. 형! 물! 쿨피스 있으면 주고!"
"쿨피스가 어딨냐? 물이나 마셔!"
"아… 진짜, 누가 이렇게 매운 거 달랬어?!"

성재와 종수는 냅킨으로 땀을 닦고, 찬물로 속을 달래며, 우울한 기분을 날려 보냈다.
그래도 종수의 기분은 풀린 것 같았다. 밖으로 나온 후, 종수에게 성재가 입을 열었다.
"종수야. 윤아, 사귀는 게 아니라, 프랑스 1일 아니야?"
"어?"
"공항에서 찍었고, 각도 보니까 윤미옥 권사님이 찍어준 사진일 것 같은데…."
"권사님?"
"응. 윤아 엄마!"
"아… 그럼 사귀는 거 아니에요?"
"아니지. 아니겠지. 뭐, 나야 윤아가 사귀는 거에 대해 상관은 없지만, 프랑스 간다고 바로 사귀겠냐? 그리고 애당초 윤아가 동현이형 좋아하는 것도 아니잖아."
"어? 형! 그럼 나, 오늘 실수했나 봐요."
"실수? 매운 거 먹은 거?"
"아니요. 제가 윤아한테 동현이형 과거 사진 다 보냈거든요."
"과거? 뭘 보냈는데? 나 보여줘 봐."

"네. 형! 이거 비밀이에요."
윤동현의 과거.
"이거 어디야?"
"클럽이요."
"여긴 어디고?"
"동현이형이 호주 어학연수 갔을 때 찍은 사진들. 옆에 수영복 입은 여자 중 하나가 제시카고요. 오른쪽에 있는 여자는 크리스탈이에요."
"대박! 호주 현지인하고 사귄 거야?"
"아니요. 사귄 건 아닌데, 형이 벤틀리 타고 있다가 찍자고 하니까 같이 찍어줬대요."
"종수야."
'너, 동현이형 뿐만 아니라 윤아도 잃을 것 같은데?'
성재는 자신의 생각을 굳이 말하진 않았다. 이제 희망을 품은 녀석인데….
"형, 왜요?"
"아니야. 걱정하지 마. 윤아는 너한테 돌아올 거야."
"그렇겠죠?"
"아, 난 모르겠다. 아메리카노나 먹으러 가자. 물론 돈은 재벌인 네가 내는 거다."
"알았어요!"

서울에서 성재는 하루하루 적응해나가고 있었다. 이제 가을이 끝나가고 겨울이 다가오고 있다. 새벽 일찍 출근한 성재가 요리를 만든다. 성재표 아침 밥상.
성재는 씩 웃었다. 오늘의 주인공은 대통령이기도 했지만 아니기도 했다.
맛있는 계란말이. 그리고 멸치볶음. 호두조림, 소고기두부완자전에 삼치조림, 미리 선배들이 담가둔 총각무와 깻잎 김치 거기에 시원한 콩나물국.
아침 밥상으로는 딱인 메뉴를 들고 차량에 탑승한다.
김명성 총주방장은 성재의 요리를 보고 단번에 만족했다.
'어떻게 알았지? 대단하네.'
자신도 어렴풋이 기억하고 있는 영부인의 입맛.
대통령과 영부인은 아침 일찍 순찰로 산책을 마치고, 관저에서 성재가 가져오는 아침식사를 기다리고 있다. 성재가 문안인사를 드렸다.
"좋은 아침입니다. 대통령님! 그리고 영부인님!"
그러자 대통령과 영부인이 씩 웃었다.
"성재가 우리 식구가 되었다는 소리는 어제 들었어요."
"네. 저번 행사 불러주셔서 정말 감사했습니다. 덕분에 결승 때, 한식메뉴로 1등을 한 것 같습니다. 정말 감사합니다."
"우리 이제 가족인 거 알죠?"
"네. 알고 있습니다."
"그럼 먹어볼까요?"

영부인은 성재가 만들어 온 아침밥상을 입안에 넣었다.
그리고 느꼈다. 생명이 살아있음을…
아침부터 운동을 했기 때문이었을까? 아니면 성재가 만들어서였을까?
그것도 아니면 내가 좋아하는 음식들로만 꾸며져서 그런 것이었을까?
그녀는 자신의 밥상이 비워져 가는데도 그 해답을 찾지 못했다.
물론 대통령도 마찬가지였다. 김명성 총주방장은 같이 식사를 하는 영부인과 대통령의 얼굴을 보며 만족했다. 그러고 보니 자신의 밥도 어느새 비어있다.
'어?'
그때, 대통령과 영부인의 젓가락이 마주쳤다.
마지막 남은 계란말이. 과연 그 차지는?
영부인이 대통령의 젓가락을 툭 치더니, 마지막 계란말이를 입안에 넣었다.
그러자 대통령의 얼굴에 심드렁한 표정이 잠시동안 드러났다.
성재는 씩 웃었다. 자신에게만 보이는 오오라.
성재의 발밑에 있던 오오라가 번져, 대통령에게도, 영부인에게도, 그리고 총주방장인 김명성에게도 퍼져 있다.
'한 단계 업그레이드 됐나 보네.'
홀로그램은 타 차원에서 성재를 지켜보며 생각했다.
청와대 내부에서는 이제 성재가 요리사 중에서는 짱이라고.
킹. 왕. 짱.이라고.

284

각자의 목표

영부인은 성재의 밥을 처음 먹어보며, 고개를 끄덕였다.
자신이 원하는 아침밥상을 그대로 구현한 성재.
그래서일까? 그녀의 속내가 드러났다.
"총주방장."
"네. 영부인님."
"이번주 일요일에 제가 성재를 데려갈까 하는데 괜찮겠어요?"
"아… 그건…."
"어? 무슨 일 있나요?"
"성재는 지금 사회복무요원입니다. 주말에는 출근을 안 하게 되어 있습니다."
"그래요?"
실망의 눈빛. 성재는 자신이 군인이 아닌 것을 참 다행으로 여겼다.
'이런 게 좋구나. 주말은 보장되는 거.'
그런데…
"그럼 다른 방법이 없을까요? 일요일날 나오고, 월요일날 대체휴무 적용해서 쉬면 안 되나? 그런 제도 없어요?"
"그건 본인이 납득하면 가능할 것 같습니다. 성재야. 일요일 나올 수 있지?"

군대든, 청와대든, 안 되는 게 어디 있을까?
강제출근이 결정된 성재는 자신의 의사(?)가 전혀 반영되지 않을 질문에 대답했다.
"네. 일요일 나오겠습니다."
"잘 됐다. 나랑 갈 데가 있거든."
영부인의 말에 대통령의 눈이 동그랗게 커졌다.
"어디?"
"당신은 몰라도 돼."

그래서 일요일. 아침 일찍 청와대로 출근했는데, 영부인이 출근한 성재를 태우고 어디론가 떠난다. 운전기사가 말했다.
"계룡대로 출발하겠습니다."
"안전운전 우선해서 가요. 빨리 가다 사고 나니까."
"네. 알겠습니다."
앞좌석에는 운전기사와 성재.
뒷좌석에는 영부인과 한 때 성재의 심사위원이었던 윤혜숙이 타고 있다.
운전은 정숙했다. 운전직 공무원이어서인지 차분하시고, 운전에도 여유가 있다.
계룡대로 가는 이유는 저번과 같았다. 장군 사모님들과 모임이 있는 날.
윤미옥 권사가 프랑스로 가서, 대체 인원을 뽑기로 한 것.
윤혜숙은 미소로 일관하며, 영부인에게 말했다.
어색했던 예전과는 사뭇 다른 얼굴. 이제는 친해져서 그런지 말하는 것도 편하다.
"언니! 오늘 화장이 잘 받으셨어요. 피부가 맑으신데요?"
"그래?"
"네. 어떤 거 쓰셨는지 여쭈어 봐도 될까요?"
"요즘 새로 나온 거 좋더라. 화수(花樹)화장품이라고, 중소기업인데, 얘네가 다른 건 몰라도 페이셜 크림만큼은 최고라니까. 보습효과가 장난이 아니야. 어때? 괜찮지!"
"네. 완전 물광피부. 연예인 같아요. 중소기업인데 괜찮네요?"
"그럼~! 혜숙아, 요즘은 화장품 무조건 명품만 쓴다고 되는 시대 아니잖아. 다 골라보고 합리적으로 써야 돼! 괜찮은 게 얼마나 많이 나오는데!"
"네. 언니처럼 저도 그런 것 좀 배워야 되는데!"

"어머~ 얘는~! 내가 배울 시간이 어디 있니? 다 주변에서 듣는 거지."
"누구한테 들으세요?"
"미용실 아가들 있잖아. 걔네들이 다 알려줘."
"아…."

고상하고, 기품 있는 영부인의 평소 모습은 그냥 동네 언니.
그러한 비밀을 알고 있는 윤혜숙 심사위원.
성재는 혼자 웃음이 나오는 것을 간신히 참았다.
'그냥 길거리에서 보는 아줌마랑 똑같아.'
그렇다.
사람은 똑같다.
대통령도 사람이고, 국회의원도 사람이고, 재벌도 사람이고, 영부인도 사람이다.
인터넷매체, 영화, 드라마, TV에서 보여지는 모습과 실제 모습은 괴리감이 있다.
그래서 성재는 그들에게 정감이 갔다.

시간이 흘러 어느덧 충남 공주, 기사가 영부인에게 말했다.
"계룡대 도착까지 10분 남았습니다."
"알았어요."
화장을 다시 하는 두 여성. 그 둘의 미소는 끊이질 않는다.
계룡대 제 1, 2, 3문 중 3문. 그곳에서 헌병들이 위병소를 지키고 있다.
그 위병소 통문 말고, 오른쪽 샛길로 돌아가면 우측에는 계룡산이 보이고, 왼쪽에는 호수,
앞에는 계룡대가 지키는 대통령 별장이 있다.
계룡대 대통령 별장에는 40여 명의 사모님들이 모여 있었다.
물론 강제로 모인 것은 아니다. 자진해서 모인 것. 이번에 한식 세계화 저변 확대를 위해
함께할 마지막 멤버 1명에 뽑히기 위해 그녀들이 나온 것이다.
성재는 계룡대 재방문에 가슴이 벅차올랐다.
군인 신분이었을 때와 아니었을 때의 차이. 단지 그 차이일 뿐인데…
영부인은 왜 자신을 여기까지 데려온 걸까?

그녀가 사모님들 앞에서 입을 열었다.
"2주 뒤에 G20 정상회의가 인천 송도에서 열려요. 그때부터 본격적으로 활동할 사람을 구할 거예요. 안타깝게 저번에 뽑은 미옥이가 딸 교육 때문에 프랑스로 갔어요. 짧은 기간이지만, 너무너무 잘했죠. 그 좋은 기억 때문에 여러분 중 한 분에게 다시 기회를 드리고자 여기까지 왔습니다. 다들 열심히 준비했죠?"
"네!"
"혜숙씨? 같이 평가하죠."
"네. 알겠습니다."
아까 친근한 모습과는 다르게 조신조신한 모습.
대내적인 모습과 대외적인 모습은 역시 다른 사람들.
성재는 고개를 끄덕이며, 다른 사모님들과 눈인사를 했다.
다들 자리가 자리인지라, 반가운 성재가 있음에도 크게 티 내지 않았다.
평소라면, 우리 성재 왔니? 어머! 성재야! 성재 왔다! 이렇게 반응했겠지만, 자신의 요리, 타인의 요리가 어떻게 평가받는 게 궁금해서인지, 시선이 그쪽으로 쏠려버렸다.
성재는 개의치 않았다. 이 반응은 당연했다.
그녀들에게는 인생 역전의 기회가 될지도 모르니까. 자신도 그래 왔었고.
그런데 따가운 시선이 느껴진다.

"안녕하세요."
"강성재!"
"네. 실장님, 잘 지내셨어요?"
"요-오? 셨어요?"
박재영 원사가 성재를 보며 다그쳤다.
그러자 성재가 다시 대답했다.
"아, 잘 지내셨습니까? 죄송해요. 청와대에서는 다-나-까 안 써서요."
조리실장 박재영. 이제는 원사가 되었다.
"야! 너! 인마, 갑자기 도망가서 얼마나 힘들었는지 알아?"
"아, 죄송해요. 그래도 원사 진급 하셨네요. 축하드립니다."
"그래. 진급했다. 했어. 그나저나 잘 지내지?"

"네. 잘 지내고 있어요."
이제는 원사 진급한 박재영이 성재를 반갑게 맞아주었다.
악감정도 없었다. 원사 진급에 혁혁한 공을 세운 사람은 다름 아닌 성재였으니까.
그런데 다른 녀석은 그렇지 못했다. 녀석이 성재를 노려본다.
성재는 김용우 상병을 보며 고개를 저었다.
"잘 지내셨죠?"
"……."
"서로 말 안 할 건가요?"
김용우는 성재를 향해 아무 말도 하지 않았다. 그냥 주먹을 꽉 쥐더니, 고개를 돌려버린다. 그러자 박재영 원사가 웃으며 말했다.

"성재야. 용우가 얼마나 고생하는지 아냐?"
"그래요?"
"장군님들이 실력 없다고 매일같이 갈구는 데, 애가 버티겠어? 하긴, 한편으로는 네가 너무 잘해서 문제였지."
"과찬이세요."
"과찬은 무슨! 요리대회 1등까지 해놓고, 그건 그렇고! 성재야!"
"네."
"나는 네가 이렇게 요리로 성공할 줄은 상상도 못 했다. 참~나! 내가 데리고 있던 병사가 청와대로 가다니! 아버지는 어떠셔? 방송 보니까 심각해 보이시던데…."
"괜찮으세요. 수술 잘 끝나셨어요. 요즘에는 좋은 여성분도 만나시고요."
"뭐? 여자를 만나? 허리 아픈 양반이?"
"네. 잘 만나시더라고요. 실장님은… 안 만나세요?"
"있어야 만나지. 이 자식, 크크, 아무튼 성재! 네가 잘 돼서 행보관은 너무 좋다."
"저도 원사 진급하셔서 너무 좋습니다. 저, 그런데 단장님은 잘 지내십니까?"
"단장님?"
"네. 배원영 준장님."
"야! 신고하고 갔잖아."
"네?"

"모르고 있었어? 56사단장으로 소장 진급하셔서 가셨어."
"네. 진급이요?"
"하긴, 아버지 그렇게 되셔서 정신없었지? 모를 만도 했겠다."
"단장님 뵌 지, 1주일도 안 됐는데요."
배원영 준장님의 진급. 그의 군생활은 탄탄대로였다.
있을 수 없는 일. 대령에서 준장, 준장에서 소장. 한 해에 두 계급을 진급.
그건 모두 대통령이 신경 써 줘서 그랬던 것.
성재는 그를 응원했다.
'나중에 참모총장 되시고, 전역하면 국방부장관 되시는 거 아니야?'

그때, 윤혜숙이 성재를 부른다. 공석이니까, 존댓말로.
"성재씨! 이리 와서 같이 평가 좀 해줘요."
"네. 알겠습니다."
일개 병사였던 지난주와 오늘의 성재는 다르다.
윤혜숙이 부르자, 갑자기 사모님들이 성재를 보며 긴장했다.
'어휴! 나, 성재한테 맨날 반말했는데….'
'이럴 줄 알았으면 성재한테 잘해줄걸….'
'에이-씨! 나 저번에 성재한테 화냈었는데….'
성재는 사모님이 평소 했던 행동에 대해 별 신경 쓰지 않았다.
그냥 음식을 보고 평가했다. 못한 것 못했다. 잘한 건 잘했다고.
"숙주나물이 숨이 너무 죽었어요. 아삭한 맛이 중요한 포인트였던 것 같은데, 아쉬운 것 같습니다."
"그래? 성재씨도 그렇게 생각했어? 이거는?"
"음. 떡갈비가 많이 질겨요. 좀 더 다졌어야 되는데, 노력이 좀 부족했던 것 같아요. 더 오래 시간을 들여서 만들었어야 좋았을 텐데 아쉽네요."
성재의 말 한마디에 합격자가 좌우된다.
사모님들은 성재가 돌변한 것에 대해 치를 떨었다.
'와 잔인해. 쟤 원래 내가 시키는 대로 하던 애였는데, 오늘 왜 저래?'

평가가 끝나고 복귀하는 길. 차 안에서 영부인은 씁쓸한 표정을 지으며 말했다.
"수준이 저번보다는 많이 떨어진 것 같아. 혜숙아. 그렇지?"
"네. 언니, 확실히 저번보다는 많이 그런 것 같아요."
"그나마 진희가 낫지? 진희 뽑자."
"진희요?"
"응. 싹싹하더라. 실력을 떠나서."
"네. 알았어요. 언니. 제가 따로 진희한테 연락해서 의사 물어보고, 희망한다고 하면 나중에 짐 싸서 올라오라고 할게요."
"그래."
영부인이 성재에게 시선을 돌렸다.
"성재야. 너! 한복 있니?"
"한복은 없습니다."
"그래? 화요일, 출근하는 날 맞지?"
"네."
"그럼 그때 나랑 같이 나가서 한복 맞추러 가자. 알았지?"
"아… 네. 알겠습니다."
성재는 의아한 표정으로 궁금한 점을 물었다. 원래 이렇게 묻는 건 실례지만, 가족으로 생각하겠다는 그녀의 말 때문에 용기를 내었다.
"저… 한복 왜 맞추는지 여쭤봐도 되겠습니까?"
"음, 행사 참석해야 되거든."
"네. 어떤 행사 말씀하시는지…."
"G20 정상회담 시 영부인 사교모임."
"네?"
"그때, 한식과 전통문화에 대한 소개할 건데, 너도 참석시킬 거야."

영부인은 생각했다.
이제 자신이 나서야 될 때가 왔다고.
자신의 손에 모든 패가 쥐어졌다.
요리 실력 이전에 외모, 예절, 그리고 됨됨이를 갖춘 사람들.

거기에, 세계에 내놓아도 부끄럽지 않은 젊은 청년도 자신의 곁에 있다.
'이제 내가 활약할 때야. 우리 한식 문화를 위해서, 국가를 위해서!'
영부인의 계획은 착실히 이행되어가고 있었다.

한편, 같은 시각. 한 여성이 소속사 대표와 대화를 나누고 있다.
"민아씨, 대박! G20 정상회담 이후, 특별모임 MC 의뢰!"
"제가 이 커다란 행사 진행을 맡아야 된다고요?"
"응. 민아씨, 저번에 베스트 셰프 예선에서 나온 모습 보고, 궁중음식연구원장님이 섭외하고 싶다고 하셨어. 민아씨는 영어도 잘하잖아?"
"네. 가능해요."
"그래. 해 봐. 아 참! 이번 행사, 비공개 행사야!"
"비공개요?"
"응. 영부인께서 주최하는 시크릿 모임이거든."
"영부인?"
"그래. 거기까지만 알고 있어. 내일 원장님 만나서 자세한 이야기는 들어. 이번에 잘하면 민아씨한테 큰 도움이 될 거야. 알았지?"
"네. 감사합니다."
"뭘? 나한테 감사하나? 민아씨가 열심히 했으니까, 외부에서 인정한 건데. 안 그래?"
"아닙니다. 사장님, 열심히 해보겠습니다."
민아는 첫 방송 데뷔 후, 3개월 만에 다시 기회를 잡았다.
이번에는 방송에 나오지 않겠지만. 그래도 상관없었다.
그녀가 자신의 주먹을 쥐며 생각했다. 할 수 있다고.
이게 내 인생의 발판이 될 거라고.

285

성재와 민아의 콜라보

그날 이후, 성재는 영부인의 것(?)이 되었다.
"이건 성재한테는 안 어울리는 것 같은데요?"
"그런가?"
"네. 성재씨가 나이는 22살이어도, 체격이나, 외모는 10대 후반이잖아요. 조금 소년스럽게 가도 괜찮을 것 같아요."
개량한복. 처음에는 좀 칙칙한 색깔이었는데, 지금은 너무 블링블링.
하늘색이 거의 80%를 차지하는 저고리는 성재를 진짜 10대 초반처럼 보이게 만들었다. 그나마 다행인 것은 바지는 고동색이라는 것.
"이게 좋아 보여요."
"그래요? 성재는 이걸로 입자."
"……."
영부인이 정해주는 대로 해야되는 게 그의 사명. 성재는 어느 순간부터 영부인의 꼭두각시 인형이 되었다. 그래도 나쁠 건 없었다.
궁중요리를 배우고, 역사를 배우는 과정. 거기에 공연도 하고, 새로운 사람도 만나고. 온종일 주방에서 일만 하는 평소의 일과하고 지금의 삶은 비교할 수 없을 정도니까.
한식세계화 프로젝트가 본격적으로 가동되었다.

영부인이 표면적으로는 총괄하지만 궁중음식원장이 실무적인 것은 거의 다 챙겼다.
그리고 진행은 윤혜숙의 역할이었다.
"20개국의 영부인께서 참석하시는 비밀행사는 조금은 사치스럽고, 고상한 문화라고 생각할 수 있어요. 하지만 그녀들은 귀빈이에요. 영부인의 말 한마디에 수조 원이 왔다갔다 할 수도 있죠. 그래서 여러분들은 실수가 없어야 해요. 공연팀, 리허설 갑니다!"

공연팀. 해외 8년 연속 그레잇 훈장을 받은 NanTa Food. 빠른 진행과 화려한 볼거리. 공연 현장에서 만들어지는 먹거리 음식을 관객들이 그대로 맛볼 수 있다는 점에서, 해외에서 극찬을 받은 국내 1등 공연.
주로 철판요리를 통해 화려한 퍼포먼스를 뿜내는 그들의 연기는 놀라웠다.
성재는 리허설 현장에서 그들을 바라보았다.
'철판요리라… 나도 할 수 있을까?'
그런데 또 시스템이 떠오른다.

> 철판요리 관찰에 성공하였습니다. 철판요리 (입문)단계에 진입하였습니다

성재가 씩 웃었다.
'진짜 배움에는 끝이 없구나?'
성재에게도 임무가 주어졌다. 그가 맡은 임무는 음식을 나르는 서빙이었다.
전문 공연팀이 공연하는 동안, 조리한 음식을 날라주는 역할. 일명 얼굴마담이다.
그러다 보니, 그가 할 일은 공연을 지켜보며, 자신이 나설 타이밍을 계산하는 것.
그래서일까? NanTa Food 공연을 하루에도 2번 이상 볼 수밖에 없는 구조.
하루가 지나고, 이틀이 지나자 숙련도가 계속 오르기 시작한다.

> 철판요리 (초급)단계에 진입하였습니다
> 철판요리 (중급)단계에 진입하였습니다

그리고 금요일.

"자자자! 오늘 한 번만 더 연습하자!"
김갑진 공연협회장의 말에 정현우 팀장이 공연팀원들을 대신해서 하소연을 해댔다.
"아~우, 과장님! 힘들어 죽겠어요."
그러자 팀원들도 거든다.
"맞아요. 힘들어요. 2시간 공연인데, 한 번 더 연습하자고요?"
"오늘 금요일이라 여자친구랑 약속 있단 말이에요."
그러자 김갑진이 고함을 지르며 말했다.
"이 사람들아! 지금 여자친구가 중요해? 아니면 공연이 중요해? 다들 성공하러 온 거 아니야? 연극판에 누가 오라고 했어? 스스로 온 거잖아!"
"아… 그래도요."
"배불렀네. 배불렀어! 씨발, 누군 하고 싶어도 못하는데, 월 200씩이나 받으면서 공연장도 마련해주고, 연습장도 마련해주니까 뭐? 힘들어?"

월 200만 원. 성재는 그제야 연극하는 사람들이 박봉인 것을 알게 되었다.
요리사들은 그래도 열심히 하면 300만 원까진 받는데… 세계 최고의 공연을 하는 사람들이 월 200이라니.
고달픈 대한민국의 현실. 팀장과 팀원들은 할 수 없이 한 번 더 연습을 시작했다.
공연이 끝나고 퇴근하는 길. 과장은 없었다. 연습만 시키고 자신은 퇴근했기 때문이었다.
팀장은 팀원들에게 불만을 토로했다.
"씨발, 과장새끼, 갑질 존나 하네."
"팀장님, 참으세요. 왜 이렇게 화를 내세요? 몸에 안 좋아요."
"내가 화 안 내게 생겼어? 저 새끼는 말만 하는 주제에 혼자 월 천만 원 넘게 벌고, 몸으로 뛰는 우리는 개 박봉이고, 화 안 나게 생겼냐고!"
"계약서 썼잖아요. 우리가 계약서 쓴 거잖아요. 공연 기획하신 것도 과장님이고."
"씨발, 그 얘기하지 마! 몰라. 한 번만 더 지랄하면 난 파토 낸다."

같은 시각. 청와대. 대통령의 심기는 날이 갈수록 불편해졌다.
'아… 왜 이렇게 허전하지?'

사실 처음에는 몰랐다. 성재의 요리가 특별히 대단하다고 생각하진 않았으니까. 하지만 먹으면 먹을수록 다른 사람의 요리와는 차별되는 무언가가 있었다.

'성재가 한 요리를 먹을 땐 기분 좋은데 말이야. 왜 얘네 음식은 평범하게 느껴지지?'

그런데 그건 모두가 마찬가지. 심지어 비서관들도 불만을 토로한다.

"요즘 밥이 영 안 넘어가시는 것 같습니다."

"그렇게 보여? 아… 진짜 왜 그러지? 잘 모르겠네. 성재가 해준 요리가 자꾸 땡겨."

"아… 대통령님도 그렇게 느끼셨습니까?"

"뭐야! 너희들도 그렇게 느꼈어?"

"네. (피식), 안 그래도 아까 계속 민정수석하고 그 이야기 하고 있었습니다."

대통령이 고개를 저으며 말했다.

"우리 마누라가 알아버린 것 같아. 그래서 성재 아예 데려갔잖아."

인사수석이 대통령에게 미소를 지으며 말했다.

"하-아, 역시 국가의 어머니라 그러신지, 혜안이 깊으신 것 같습니다."

"혜안이 깊기는! 망할 여편네지. 아! 또 이런 얘기 우리 마누라한테 들어가면 안 된다. 지금 보안 되지? 누가 도청기 설치한 거 아니지?"

"그건 걱정 안 하셔도 됩니다."

공연 준비는 계속 되었다. 성재는 영부인과 함께 다니며, G20 정상회의 간 진행될 시크릿 행사의 진행에 박차를 가했다.

그리고… 성재는 그녀와 만났다.

"…누나? 민아 누나야?"

"성재, 네가 여길 어떻게…."

"그건 내가 할 소리인데? 누나는 뭐하러 왔어?"

"나야. 진행하려고 왔지."

민아와 성재, 성재와 민아. 그녀가 성재를 보며 씩 웃었다.

"너, 요리대회 1등 했더라?"

"그렇게 됐어. 축하해. 누나도 성공했네. 이런 데서 진행을 다 하고."

"후후, 사진이나 같이 찍을래?"

셀카봉을 꺼내는 민아. 둘은 서로 붙어 사진을 찍었다.
성재는 오랜만에 만난 누나가 좋았다. 물론 연애의 감정, 사랑의 감정은 아니었다.
아는 얼굴이니까 좋았다. 그래서 대놓고 물었다.

"누나, 나 좋아했었지?"
"그땐 그랬었나? 어렸지?"
"어리긴, 1년도 안 됐는데! 지금은 어때?"
"성재야. 살아보니까, 너보다 좋은 남자 많더라. 괜찮은 남자 세상에 정말 많아."
민아는 생각했다.
'지금은 연애할 때 아니야. 내 성공을 위해서 나아갈 때지.'
그녀의 생각을 모른 채, 뭔가 아쉬운 성재가 민아를 향해 말했다.
"그래? 누나한테 진짜 좋은 남자 생겼으면 좋겠다."
"너도! 좋은 여자, 너한테 헌신할 여자 만났으면 좋겠어. 너 우유부단하잖아."
"내가 뭐? 아 진짜, 다른 사람 앞에선 이상한 얘기 하지 마."
"알았어~ 알았어. 유명해졌다고 막 뭐라 하는 거 봐."
"그런 거 아니거든요?"
친해서일까? 설레는 감정이 사라져서였을까? 둘은 친한 남매처럼 서로에게 말했다.
그때, 일하러 온 민아를 부르는 목소리!
"민아씨! 리허설 시작한다니까, 빨리 와 보세요. 대본은 다 외우셨죠?"

성재는 민아를 지켜보았다. 그녀는 제법 잘 해나갔다.
성재는 여성이 일하는 모습을 보며, 살짝 설레기도 했다.
'누나한테 저런 면이 있었어?'
그녀가 공연팀장과 대화를 맞춘다.
팀장인 정현우가 하얀 연기와 함께 등장하자, 그녀가 나레이션을 집어넣는다.
[지금 정현우 셰프가 철판 요리를 만들고 있습니다. 정현우 셰프는 철판 요리 경력만 10년 이상으로, 난타푸드 공연에서 손님들이 직접 먹을 수 있는 음식을 현장에서 제공하는 것으로 유명한데요. 관객분들의 많은 응원 부탁드립니다.]
그녀의 목소리와 함께 정현우 셰프의 손놀림이 무지하게 빨라졌다.

성재는 그 공연을 보며 씩 웃었다. 지난 2주간의 관찰이 고스란히 경험으로 남았으니까.

> ⚙ ✓ ✗
> 철판요리 (고급) / Master를 달성하였습니다

'이제 나도 할 수 있어.'
그리고 시간이 흘러 대망의 G20행사 당일. 인천 송도에는 엄청난 인파가 몰려들었다.
세계 정상들은 수많은 수행원들을 데리고 이곳 정상회담장을 찾았다.
G20 정상회의. 세계 경제를 이끄는 G7과 유럽연합 의장국에 신흥국, 주요경제국을 더한 20개 국가의 모임. 올해는 대한민국 대통령이 의장국으로 1년 임기 동안 사무국 역할을 하며, 세계의 성장과 위기 극복을 위해 목소리를 내고, 종합하는 역할.
무소속임에도, 각 당의 목소리를 잘 종합해서 슬기롭게 대처하는 대통령의 역할이 이번에도 빛을 보는 순간이었다.
한편, 뒤편에선 영부인이 각 국가의 영부인을 대상으로 다양한 행사를 준비해왔다.
한복 착용 행사, 신라시대 선덕여왕이 되어 나라를 다스리는 3D영화 상영.
조선시대의 전통혼례. 그리고 궁중음식까지.
궁중음식은 NanTa Food공연과 함께 제공될 예정.
총 2시간의 공연. 성재는 공연팀이 준비한 것들을 하나도 실수하지 않고 공연하는 것을 보며 자신이 오히려 흐뭇해졌다.
그건 민아도 마찬가지였다.
민아는 이제 절정의 하이라이트 구간에서 침을 꿀딱 넘기며, 설명을 이어갔다.
기둥에서 올라오는 드라이아이스 연기. 그리고 시작되는 민아의 진행.
[지금 정현우 셰프가 철판 요리를 만들고 있습니다…]

그녀가 말문이 막혔다. 왜? 도대체 왜?!
그녀의 반응은 당연했다. 문제가 생긴 것. 바닥에서 올라와야 하는 조리대.
그 뒤편에서 철판 요리를 시작해야 되는 정현우가 보이질 않는다.
'뭐야! 도대체 뭐야!'
모두의 시선이 그쪽으로 향했다.
수십 번도 더 맞춰본 연습이었다. 이런 일이 생길 게 아니었다.

민아는 다시 조리대가 무대 밑으로 내려가는 것을 보며, 다시 용기 내어 말했다.
[여러분들이 이름을 불러주지 않아서, 등장하지 않았나 봐요. 셰프 정! 이라고 다시 한번 크게 불러볼까요?]
그러자 영부인 귀에 착용된 이어폰으로 통역사들의 말이 실시간으로 전해지고.
각국의 영부인이 큰 목소리로. "셰프 정!"이라고 부르기 시작했다.
성재는 서빙을 그만두고 곧바로 무대 뒤편으로 향했다.
문제를 확인하기 위해서였다. 그리고 절망하는 사람들을 보았다.
"그 개새끼! 어딜 간 거야! 팀장이란 새끼가!"
"…전화 안 받습니다."
"아! 씨발! 씨발! 씨발!"
강성재. 그는 자신의 역할을 알았다. 지금이야말로 자신이 나서야 될 때라는 것을.
그래서 그가 무대에서 내려온 조리대에 오르며 말했다.
"제가 진행하겠습니다."
그러자 과장이 소리친다.
"이 새낀 뭐야!"
"셰프입니다."
"뭐?"
"공연이 중요하지 않습니까? 제가 마무리 짓겠습니다. 올려보내 주십시오."

같은 시각. 술렁이기 시작하는 공연장.
민아는 아까부터 영부인에게 '셰프 정'을 불러달라는 목소리를 3번이나 반복했다.
민아가 울상이 되었다. 그런데 마침 스태프에 의해 오케이 사인이 떨어졌다.
일그러졌던 그녀의 표정이 안도의 표정으로 바뀌었을 때!
그녀가
'정현우 셰프가 등장하고 있습니다.'라고 말하려 할 때…

하늘색 저고리에 남동색 바지를 입은 소년 같은 성재가 무대에 나타났다.

각자의 마음

성재는 무대에 올라 다른 사람들과 동작을 맞추었다.
성재는 일단 자신을 보며 당황한 연기자들을 보며, 그들을 불렀다.
뭐라고? 불참한 팀장이 말한 것처럼! 'Hey!'라고.
그러자 한 여성 연기자가 성재를 믿고 'Hey!' 라고 답해준다.
그러자 안정되는 분위기. 가장 좌측에 있는 연기자가 성재를 부른다.
"Hey! Hey!"
성재 또한 그의 부름에 시야를 돌렸다. 그러자 그 남성이 고기를 공중에 던졌다.
그러면서 다른 연기자가 우려스러운 목소리로 녀석을 나무랐다.
"Ya-Yayayaya!"
성재는 수십 번이나 봐 온 공연이기 때문에 순서를 알 수 있었다.
그래서 그의 동작을 예측이라도 한 듯, 한 손의 팬으로 고기를 받아냈다.
요리에 관해서는 성재는 문제없었다. 홀로그램 녀석이 서포트 해주었기 때문이었다.
이어지는 철판 요리 시간. 성재의 공연이 계속된다.
박자에 맞추어 칼로 고기를 썰고, 옆에서 채소가 던져지면, 그것을 볼에 받아 하늘에서 눈을 뿌리듯, 썰어진 채소를 철판 위에 뿌린다.
그러나 딱 거기까지였다. 그 이후부터 성재는 난관에 부딪혔다.

같은 시각. 과장은 마음을 졸이며 성재의 공연을 지켜보았다.
그의 잔 실수가 점점 늘어나고 있었다.
'아, 큰일 났다. 팀장 새끼! 진짜, 나 죽이려는 거야? 미친 새끼! 왜 전화를 안 받아!'
그때 누군가가 문을 열고 들어온다. 숨을 몰아쉬며 간신히 대기실에 도착한 팀장.
팀장을 보며 과장이 소리쳤다.
"너 뭐하는 새끼야! 짼 거 아니었어?"
"죄송합니다. 오는 중에 교통사고가 났습니다."
그러고 보니, 팔에 핏자국이 보인다. 옷은 일부 찢어져 있고. 가슴에도 피가 번져 있다.
"이 새끼야. 그럼 연락을 했어야지. 너 괜찮아? 몸은 괜찮아?"
"안전벨트 매서 다행히 큰 부상은 없었습니다. 그런데 핸드폰이 고장 나는 바람에 연락을 못 드렸습니다. 공연은 어떻게 되어가고 있습니까?"
"일단 대타로 들어가긴 했는데… 불안해. 그래도 방법이 없네. 잘 되길 빌어야지."
과장은 팀장을 보며 자신이 욕했던 것을 후회했다. 하긴 도망칠 녀석이 아닌데…
전후사정도 모르고 심한 욕을 해댔는데, 녀석이 나중에 사실을 알게 되면 어떻게 될까?
하지만 지금은 무대가 먼저였다. 그가 무대를 바라보았다. 팀장도 마찬가지였다.

그곳에는 홀로 분투하는 청년이 보인다.
한복을 입고 요리하는 청년. 분명히 잘 해나가고 있었다. 철판요리까지는….
하지만 다음부터는 숙련된 연기가 중요한데, 녀석의 얼굴이 일그러지는 게 보였다.
남들 따라가기도 벅차 보이는 청년. 그게 정상.
수년간 연습한 것을 하루아침에 할 수 있는 게 말이 되질 않는다.
교통사고로 몸이 좋지 않은 팀장이 말했다.
"지금 들어가겠습니다."
과장은 말리지 못했다. 사실 그의 몸보다는 지금 공연이 더 중요했다.
"괜찮은 거지? 몸 괜찮은 거지?"
"네. 차질 빚게 만들어 죄송합니다. 바로 들어가겠습니다."

철판 요리 이후 성재는 단합된 동작에서 계속 실수하고 있었다.

그러자 일부 영부인의 표정도 일그러졌다. 괜히 나선 걸까?

아니다. 그가 나서지 않았다면 공연은 이미 망가졌을 것이다.

성재는 생각했다. 내가 나선 건 행사를 망치지 않게 하기 위해서라고.

그는 팀장을 믿었다. 튄 게 아니라는 것을. 무책임하게 넘길 사람이 아니라는 것을.

이것은 비공식이라고 해도 국가행사다.

적어도 국가행사에서 그렇게 무책임하게 할 사람은 아무도 없었다.

대한민국 사람들은 거의 대부분 책임감을 가지고 일에 임한다.

물론 결과를 보지 않고, 중간 과정만 보며 쉽게 사람을 나무라고 비난하는 사람들이 있긴 하다. 거기에 동조하는 사람들도 있다.

하지만 그건 극히 일부. 대부분의 사람들은 옳고 그름을 구별할 줄 안다.

성재는 그래서 팀장을 믿었다. 성재가 봐온 사람 대부분은 그랬다.

진짜 나쁜 녀석은 거의 없었다. 대부분 선과 악이 모호한 사람. 그게 인간의 본성.

조금 악한 쪽에 치우친 사람이라 해도, 그들에게는 사명감과 책임감이 있다.

팀장도 아마 그 부류.

성재는 무대에 등장하는 한 사람을 보며 자신의 생각이 맞음을 확신했다.

셰프 복장을 한 사람이 뛰어나온다. 그리고는 성재를 바라보며 욕하기 시작했다.

물론 연기였다.

"야! 야야야야야! 야! 야! 야야야야야!"

삿대질을 하며, 의성어로만 연기하는 팀장의 모습.

그는 프로였다. 대본에 없는 연기도 잘만 해낸다.

그러면서 자연스럽게 성재 옆자리에 오더니, 청년의 엉덩이로 자신의 엉덩이를 툭 치며 밀어낸다. 그러면서 무대에는 들리지 않을 작은 목소리로 자신의 말도 전달한다.

"고생했다. 자연스럽게 들어가."

성재는 안도의 한숨을 내쉰 후, 큰 목소리로 싫다는 제스처를 취했다.

물론 그가 유도한 자연스러운 연기였다.

"Hey! Hey! What are you Doing?"

그러자 다른 연기자들이 Hey! Hey! 라고 외치며 성재를 끌어낸다.

그리고 본격적인 난타 공연의 피날레가 시작된다.

모든 공연이 끝나고 영부인은 안도의 한숨을 내쉬었다. 무슨 문제가 있었던 게 분명했지만, 다행히 잘 수습했기 때문이었다. 각 국가 영부인들의 반응도 그리 나쁘지 않았다. 그녀들은 미소를 지으며 만족한 얼굴로 서로의 의견을 교환한다.

"강제로 쫓겨나는 장면이 제일 인상 깊었네요."

"맞아요. 즉석 연기였나 싶을 정도로 재미있었거든요."

"그 친구가 해줬던 철판볶음밥, 정말 맛있지 않았나요?"

"맞아. 맞아. 진짜 맛있었어."

공연팀도 마찬가지였다. 나름 수습 잘했다는 분위기였다.

"팀장님, 모두 다 팀장님 욕한 거 알고 있죠? 도망간 줄 알았잖아요."

"아… 내가 왜 도망가? 나 그렇게 바보 아니야."

"그러니까 평소의 말씀 좀 자제하세요. 평소 태도가 그러니까, 다들 의심하잖아요."

"그래. 그나저나, 아까 그 친구 때문에 다행히 위기 넘겼네. 넘겼어."

"그러게요. 강성재 맞죠? 그 베스트 셰프 우승한 친구."

"그래? 그 친구가 그렇게 유명해?"

"그럼요. 얼마나 유명한데요."

"나중에 고맙다고 인사 한 번 해야겠네. 지금 어디 있어?"

"여자친구랑 만나서 대화하는 것 같던데요."

"여자친구?"

한편, 성재는 민아랑 아메리카노를 마시고 있었다. Take-out 잔. 민아가 준 커피.

"누나, 진짜 힘들었다. 다 누나 때문에 그런 거 알지?"

"즉석에서 연기한 거야?"

"왜? 티 많이 났어?"

"응. 엄청! 너 진짜 티 많이 났어."

"아… 누나, 그래도 잘 풀려서 다행이야. 맞지?"

"그래. 인생이 그런 거지. 원래 100% 준비해도 80% 실력밖에 안 나온다고 하잖아."

"그래도 누나가 임기응변 잘 해서, 무난히 넘어간 것 같아."

"네가 안 나섰으면, 아마 그 비난, 나한테 돌아왔을 걸?"

"그럼 서로 잘 한 거네."

"그래, 서로 잘 한 거지."

민아와 성재, 성재와 민아. 그 둘은 각자의 갈림길 앞에서 작별인사를 건넸다.

"성재야. 나 이제 곧 가야 돼."

"응."

"응이 끝이야?"

"왜? 뭐? 내가 뭐라고 말해야 되는데?"

"너는 커피를 얻어먹었으면, 밥을 사야겠다는 생각 안 들어?"

성재가 민아의 말에 피식하고 웃었다.

"누나! 나 월급 겨우 40만 원이야. 누구 등골을 빼먹으려고 그러는 건데?"

"치, 너 상금 1억 원 받은 거 전국민이 다 알거든?"

"뭘 다 알아. 아직 받지도 않았는데! 내년에 받거든요?"

"그래서 밥 살 거야? 안 살 거야?"

"몰라! 누나가 사."

"어휴~ 진짜! 이럴 때는 남자 같지 않다니까."

"나, 아껴야 돼. 내가 돈이 어디 있어?"

이제 진짜 헤어질 시간. 민아는 행사장을 떠나며 손을 흔드는 성재에게서 고개를 돌렸다. 그리고 생각했다.

'쟤는 항상 저래. 좋아지려고 하면 분위기 깨고.'

그 행사 이후 성재는 영부인의 노예(?)에서 해방되었다.

G20 정상회의 이후, 여러 국가와 FTA 진행논의가 나오기도 했다.

아르헨티나, 브라질 등. 그리고 영부인이 주최한 행사에서 소기의 성과도 있었다.

비밀행사였는데, 이탈리아 총리 부인 소피아 로렌이 성재의 사진을 SNS에 올린 것.

　　제목 : 한국에서, 귀여운 10대 소년의 앙증맞은 실수.

리트윗 무려 6,315회.
그런데 소피아 로렌의 SNS를 방문한 프랑스 영부인 이자벨 아자니가 그것에 좋아요를 누르자, 리트윗은 18,529회로 늘어났다.
그 트윗은 빠른 속도로 대한민국에도 퍼져나갔다. 기사도 나왔다.

> 하늘색 저고리에 고동색 바지를 입은 베스트 셰프 우승자 강성재, 영부인들의 마음을 사로잡다.

기사까진 좋았다. 그런데… 댓글 반응이 문제.

> - 솔직히 한복이 예쁘긴 함.
> - 패션 테러리스트?
> - 나쁘진 않은 것 같은데?
> - 성재는 키가 작아서 미스.
> - 키 작아서 외국인도 10대로 오해했음. 그게 팩트.

그래서 성재가 자신의 계정으로 접속해서 댓글을 달았다.

> - 키는 작아도 비율은 좋음.

그러자 곧 바로 또 댓글이 달린다.

> - Re 비율 좋으면 뭐함? 키가 작은데… ㅋㅋㅋ

그때, 성재를 부르는 총주방장.
"성재야. 뭐하나?"
"아, 잠깐 핸드폰 좀 만지고 있었습니다."
"됐고, 와서 일 좀 해."
항상 좋은 일만 일어나리라는 법은 없다. 잠시 스쳐 가는 일상.

소집해제까지 남은 기간 앞으로 약 7개월.
성재는 청와대에서 할 일이 많이 남았다.

프랑스. 학교 수업이 끝난 윤아는 한숨을 내쉬었다.
외국인들만 따로 수업을 받아서 그런지 영어로 진행된다. 요리 관련 영어만 사용하기에 그리 어렵지 않은데도, 그녀에게는 좀 벅찬 시간이었다.
'진짜 어려워 죽겠다. 요리보다 언어가 더 어려워.'
그때, 그녀를 부르는 한국말.
"윤아야. 끝났어?"
그는 바로 윤동현. 윤아는 반가운 얼굴로 동현 오빠에게 말했다.
"오빠도 수업 끝났어요?"
"응. 오늘 수업도 끝났는데, 뭐해? 놀러 갈래? 좋은 멕시칸 레스토랑 아는데…."
"아, 저 영어 ESL 프로그램 들으러 가요."
"ESL?"
"네. English as a Second Langage 과정이요."
"클래스가 뭔데?"
"초급인 B클래스요. 아직 영어를 잘 못 해요. 어려워요."
"내가 데려다줄까? 내가 학원까지 데려다줄게. 나, 차도 있어."
윤동현이 씩 웃으며 윤아의 손을 잡으려 했다. 그런데 그녀가 손을 빼며 말했다.
"아, 그게 안 되는 게, 엄마랑 같이 듣거든요."
그때 들리는 소리.
"윤아야. 빨리 타. 지금 가야 안 늦어."
윤아는 눈웃음을 지으며 윤동현에게 말했다.
"오빠, 미안해요. 엄마가 기다려서 먼저 갈게요. 조심히 들어가세요."
"어? 어… 어."
윤아가 엄마와 함께 떠나고. 윤동현이 고개를 저으며 생각했다.
'일단은 어머님부터 공략해야겠네.'

287
배우고 싶습니다

성재는 여느 날과 마찬가지로 똑같은 일과를 보냈다.
김명성 총주방장이 양식 주방장인 김호태를 부른다.
"호태야! 복어 들어왔다."
"네. 언제 쓰죠?"
"내일 저녁."
"네. 신경 쓸게요."
청와대가 좋은 점은 긴장하지 않아도 된다는 것.
분위기가 딱딱하지 않고, 다들 친절하다. 다들 수준급이라 그런 걸까?
아무튼, 군대에 비하면 천국이다.
오늘은 특별히 대통령께서 친히 주방에도 들리셨다.
마침 바닥 물청소를 하고 있던 성재를 발견한 그분이 먼저 말을 걸었다.
"특별한 일 없지?"
"네. 없습니다."
"인사 한 번 해야지."
악수를 건네는 대통령. 그런데 악수가 주먹 악수다. 성재가 당황했다.
"주먹으로 맞장구쳐야지."

"네."

서양식 악수. 요즘에는 악수를 하면 세균이 옮는다며, 주먹끼리 터치하는 게 청와대에선 대세가 되었다. 얼마 전 10월 충남 서산에서 시작된 구제역이 전국으로 확산되는 것을 막기 위해, 청와대에서도 구제역 관련 각별한 관심이 요구되고 있었다.
대통령은 즉각 지시했다. 장관은 모든 일을 접고, 바로 현장으로 가서 통제하라고.
바로 구제역 발생 당일이었다.
보건복지부장관은 새벽에 바로 출동하여, 충남도청이 있는 홍성에 현장통제본부를 개설한 후, 가는 길목마다 차단 검문소를 설치하여, 지나가는 차량에 대해 방역을 실시했고, 서산 구제역 발생지로부터 3km 인근에 있는 농민들에게는 전화로 양해를 구한 후, 24시간 동안 이동통제 명령을 내렸다.
그 때문인지도 몰라도 3년 전 발생한 그때와는 달리 구제역이 확산되지 않았다.
구제역 발생으로 인한 피해는 최소화했으나, 이번 건을 계기로 조류독감도 미리 예방해야 된다는 향후조치과제 또한 도출되었다. 그래서 농촌을 돌며 실태조사를 하고, 미비한 점은 현장에서 조치하는 것으로 거의 마무리가 돼가고 있었다.
다만 문제가 있었다. 이제 곧 다른 대륙에서 넘어오는 철새들 관리가 안 된다는 점.
그렇다고 철새가 국내를 거쳐 가는 것을 막을 순 없기에 이런 사항은 다른 부처와 긴밀히 협조하여, 방역관리에 있어 빈틈이 없도록 통제하는 데 중점을 두기로 했다.
그래서일까? 국가 재난에 가까운 일임에도 불구하고, 별일 없이 넘어갔다.
성재는 알았다. 이 모든 게 대통령 한 명 때문이라는 것을.
그래서 선거가 국가의 운명을 좌지우지할 수 있는 엄청나게 중요한 일이라는 사실을.
그래서 여기서 일하는 게 자랑스러웠다.
대통령이 좋았다. 아니 모든 사람이 좋았다.
대통령인 그는 자신뿐만 아니라 모든 사람들을 스스럼없이 대했다.
그가 성재에게서 양식을 담당하고 있는 홍도훈 반장에게 시선을 돌리며 말을 건넸다.

"홍 반장, 애기는 잘 크고 있어?"
"네. 내년에 초등학교 들어갑니다."
"그래? 벌써 그렇게 됐어?"

"네. 별로 신경을 못 쓰는데도 아내가 열심히 노력해서인지 잘 크더군요. 요즘 부쩍 미안해지고 있습니다."
"신경을 못 쓰다니! 가정에도 충실해야지. 요즘 시대 남자는 말이야. 둘 다 잡아야 돼. 일도 잘하고, 가정에도 잘하고. 일만 잘하면 주변에 누구만 남는지 아나?"
"…잘 모르겠습니다."
"간신배만 남아. 뭐 뜯어먹을 거 없나 찾는 간신배. 그런데 가정에 충실한 사람은 그런 사람들을 구별할 줄 아는 여유가 생겨. 그 여유! 그게 좋은 거야. 알았나?"
"네. 명심하겠습니다."
"명심만 하지 말고, 실천도 해. 오늘 야근하나?"
"…네."
"되도록 일 빨리 끝내고 오늘은 아내와 함께 있어 줘. 아니면 자네가 아이 돌보고, 아내에게 친구들 만나보고 오라고 하든, 여가활동을 하든 여유를 주라고!"
"네. 알겠습니다."

대통령이 지나간 후, 홍 반장은 고개를 절레절레 저었다.
'아, 그게 쉽나.'
성재는 그런 홍 반장을 보며 미소를 지었다.
"홍 반장님? 이거 드셔 보십시오."
"어? 이거 뭐야? 잠깐만…응?"
성재가 건네는 건 요구르트. 그는 깜짝 놀라며 성재를 보며 웃었다.
"요구르트? 내가 요구르트 좋아하는 거 어떻게 알았나?"
"냄새가 났습니다."
"냄새?"
"네. 진한 요구르트 향기가…."
"에이, 농담 말고…."
"옷에 요구르트 저번에 묻혀 오셨었잖아요. 좋아하는 건 그걸로 알 수 있었죠."
"후후, 웃긴다. 너."
"그런가요? 홍 반장님! 오늘 일찍 들어가세요."
"응?"

"대통령님께서 말씀하셨는데, 오늘은 일찍 들어가셔야죠?"
"그럼 누가 대신하는데?"
"제가 할게요."
미묘한 표정변화. 말로만 해도 고마운 사회복무요원 성재의 말.
그래도 이건 아닌 걸 알기에 고개를 저으며 말했다.
"너 4시 퇴근이잖아."
그러나 성재는 진심이었다.
"오늘은 야근 하려고 합니다. 홍 반장님 가정의 평화를 위해 이 정도는 감수해야죠."

그의 상사이자 양식조리장인 김호태 역시 입을 열었다.
"그래? 그럼 홍 반장은 퇴근해. 내가 성재랑 둘이 할게. 아주머니들도 도와주시니까 어려운 일 없을 거야."
"그래도 이건 아니지 않나요?"
"뭐가 아니야. 본인이 남아서 하겠다는데! 누가 강요했나?"
"아니요. 그건 아닌데, 성재는 그래도 이렇게 되면 안 되는데…."
성재 또한 웃음을 지으며 말했다.
"퇴근하세요. 오늘 김호태 조리장님하고 남자들끼리 찐한 시간 보내겠습니다."
"크크, 아 진짜, 너 엄청 빨리 적응하는 타입이구나."

홍 반장이 퇴근 후, 양식 조리장인 김호태가 성재를 향해 말했다.
"무슨 꿍꿍이야?"
"네?"
"무슨 꿍꿍이냐고."
"사실대로 말씀드려도 될까요?"
"빨리 말해."
"복어. 알려주세요."
"복어? 복어?!"
"네. 저희 같이 일하시는 분 중에 유일하게 복요리 자격증 있으시잖아요. 전 솔직히 양식 전문이시면서 복어 자격증 가지고 계신 줄은 상상도 못했었어요."

"그거야 노력하면 되는 건데, 네 나이 때에는 조금 위험해서."
"배우고 싶어요. 국내에서 요리 최고 잘하시는 김호태 조리장님께 배우고 싶습니다."
"뭐야? 너 언제부터 이렇게 아부를 잘했어?"
"아부라니요. 전혀 그런 거 아니에요."
"거짓말. 복어는 냉장고에 있긴 한데, 여기서 가르쳐주긴 좀 그런데?"
"아…."
성재는 조금 아쉬웠지만, 포기할 때를 알았다.
그러나 그의 말은 포기하라는 말이 아니었다.
"퇴근하고 나랑 같이 가자. 내가 잘 아는 집이 있거든. 거기서 내 사부님 뵙고, 일단 허락을 맡아보자. 네가 복어로 요리해도 되는지, 안 되는지."
사부님이라. 과연 얼마나 실력자일까?
성재는 오늘 김호태 조리장 옆에서 함박 스테이크를 만들었다.
그것도 35개나… 주문이 그렇게 많았다.
최고의 셰프들이 모였다고는 하지만 저녁은 고속도로 휴게소처럼 주문해서 받는 형태였으므로, 계속 대기해야만 했다. 오후 8시. 드디어 하루 일과가 끝나고 퇴근을 하는데, 여전히 청와대 불은 환하게 켜져 있다.
"보통 몇 시까지 일하시는 거에요?"
"글쎄다. 새벽까지 일하는 사람들이 많지?"
"아, 골치 아프네요."
"우리는 편한 편이야. 가자. 네가 좋아하는 복요리집."
"네."
"오늘 술 좀 먹어야 된다."
"네?"
"술 잘 먹어야 된다고."
"아… 안 되는데…, 동생이랑 할머니랑 같이 살고 있어서요."
"그럼 전화하고 우리 집에서 자."
"헉…."
"뭐?!"
"아닙니다. 자겠습니다."

"그래. 배우고 싶으면 시간 투자를 해야지. 맨입에 되나?"
"알겠습니다."
"좀 딱딱하다? 알겠습니다, 말고 알겠어요."
"네. 알겠어요."

인생 선배의 말. 성재는 고개를 끄덕이며 그를 따라 인사동의 유명하다는 복요리집에 들어갔다. 그러자 입구에서부터 막는 아주머니.
"예약하셨어요?"
"아니요."
"그럼 못 들어와요."
"아, 저 철순 형님 찾아뵈러 왔는데요. 호태라고."
"아, 사장님하고 아세요?"
"네. 제자입니다. 김호태라고 하면 아실 거예요."
"잠깐만요. 여쭤보고 올게요."
아주머니가 주방으로 향했다. 그러더니 다시 돌아와 난감한 표정으로 말한다.
"들여보내지 말라시는 데요."
"네?"
"그런 놈 제자로 둔 적 없다고…."
김호태의 얼굴이 붉어졌다. 그때, 주방 안에서 깔끔한 조리복 차림의 남자 하나가 나온다. 얼굴에 흉터도 있고, 말끔함과는 거리가 먼 검붉고 주름진 피부를 가진 60대. 조리복에 쓰여 있는 이름. 조철순. 그가 김호태를 향해 물었다.
"네가 뭐하러 왔냐?"
"아… 사부님…."
"이 배신자 새끼, 여기가 어디라고 왔어?"
"사부님, 아직도 그러시면 어떻게 해요?"
"복어 전수받고 수제자 되겠다고 한 놈이 갑자기 양식으로 틀어놓고서 뭐? 사부님?!"
"죄송하고, 들어만 가게 해주세요."
"이 새끼야. 꺼져. 꺼져!"
성재는 곤란한 표정으로 서 있었다 그런데 조철순이 성재를 보고 고개를 갸웃거렸다.

"어? 어디서 많이 봤는데?"
그러자 김호태가 씩 웃는다.
"사부님! 얘가 걔잖아요. 베스트 셰프 2회차 우승자 강성재. 보셨죠? 얼굴 아시죠? 네? 들어가도 되죠?"
"야~! 야!"

김호태는 성재의 손목을 잡고 무작정 안으로 들어갔다.
늦은 시간이라 그런지 때마침 빈방이 있었고, 그 안에 홀랑 들어가는 두 사내를 보며, 조철순이 고개를 저었다.
"아~ 씨! 또 저 자식한테 말렸어. 아, 진짜."
그러자 옆에 있던 아주머니가 미소를 지으며 말했다.
"사장님의 호통을 넘기는 분도 있네요. 후후."
"아, 됐고. 저 자식 들어간 방 세팅 좀 해줘요."
"네. 술 드실 거죠?"
"먹어야죠. 먹어서 제자 놈 죽여야죠."
"정종으로 준비해줄게요. 데워야죠?"
"네. 뜨거운 놈으로, 그것만 준비하고 퇴근해요. 저는 여기서 자야 될 것 같으니까."
"네. 사장님."
김호태와 성재는 방에 들어왔다. 오래되어 보이는 낡은 벽지.
장식 하나 없고 조명은 너무 밝은 형광등 타입.
거기에 창문은 덜렁덜렁. 마치 80년대 후반에서 90년대 초반을 연상시키는 분위기.
그곳에서 김호태가 먼저 성재에게 말을 건넸다.

"내가 말했었나?"
"어떤 거요?"
"나 원래 복요리 하다가 전향한 거야."
"아… 왜 그러셨어요?"
"성공을 위해서지. 복요리로는 명예를 얻을 수 없잖아. 청와대에 들어올 수도 없었을 테고. 그리고 봐라. 복어, 복어, 귀하다 하지만 손님은 그렇게 많지가 않아."

"…그런가요?"
"당연하지. 그런데도 내가 왜 사부님 좋아하는지 아냐?"
"잘 모르겠습니다."
"여기가 대한민국에서 유일하게 복어로 젓갈 요리 가능한 곳이거든."
"젓갈이요? 복어로요?"
"그래. 복쟁이 알젓이라고 하지."
성재는 대한민국에서 유일하다는 말에 눈이 초롱초롱해졌다.
'내가 배울 수 있을까?'
하지만 그 전에 통과해야 될 게 있다. 아주머니가 술을 들고 들어온다.
김호태가 난감한 얼굴로 말했다.
"아, 시작되었군요."
아주머니 역시 미소를 지으며 대답했다.
"죽지만 말아요."
"네."
시작부터 정종만 무려 6병. 그것을 세팅하고 돌아가는 아주머니.
이어서 조철순 주방장이 복어회를 들고 들어온다.
"술 잘 먹지?"
성재는 대답하지 못했다. 어느 정도가 잘 먹는 걸까?
벌써부터 기선제압 당해버린 청년과 제자를 보며 조철순이 씩 웃었다.
"일단 한잔 하고 얘기하자~ 알았냐? 배신자!"
"아, 사부님! 먼저 따라드리겠습니다."
"거기 학생도 같이 먹자고."
"네. 알겠습니다."

이미 배웠습니다

조철순 사장님은 빙긋 웃으며, 복어 회를 내놓았다. 성재의 얼굴에는 묘한 긴장감이 감돌았다. 침이 꿀꺽. 단순한 회일 뿐인데, 왜 이렇게 화려하고 먹음직스러운 건지.

다른 회에 비해서 심하다 싶을 정도로 얇기 때문일지도 모르겠다고 생각했다.

사장님이 말했다.

"목적이 뭐야?"

"성재 이 친구가 복어 요리를 배우고 싶대요. 그래서 사부님께 데리고 왔죠."

"그건 뭐, 제대로 찾아오긴 한 건데… 키워도 될까? 아직 어려 보이는데."

"그거야 사부님이 판단하시는 거고요. 저도 바로 통과했잖아요."

"에이, 그거야 네놈이 말술이니까 통과한 거고!"

"후후."

조철순 주방장이 성재를 쳐다본다. 그의 손을 보았다. 요리사답지 않게 팔이 두껍다.

'그래. 그랬지. 이 녀석 일용직 노동자였다고 했나?'

방송을 통해 본 기억이 났다. 운동선수 같은 다부진 체격. 그래서 물었다.

"복어회는 왜 얇게 뜨는지 알고 있나?"

성재는 갑작스러운 질문에 대답할 타이밍을 놓쳤다. 그러자 옆에 있던 김호태가 입을 열었다.

"비싸니까 그렇죠."
그의 대답에 사부인 조철순이 김호태의 등짝을 때리며 말했다.
"야! 넌 그 입 다물어라. 좀!"
"아… 사부님! 저 이제 40대예요. 때리시는 건 아니죠."
"40대? 그런데 인마! 40살이 넘어서도 출랑출랑거리는 성격 못 버려가지고! 방송에서도 아주 염병 지랄을 했더만!"
"지랄까진… 아니죠."
"뭘 아니야. 아주 나 잘났다. 청와대 최고다. 아주 병신 짓을 하던데…."
방송에서 재미를 위해 그랬지만 욕을 참 많이 먹었던 김호태가 고개를 푹 숙였다.
"그건 좀 반성하고 있습니다."
"그럼 입 좀 다물고 있어. 내가 여기 학생한테 물었잖아."
"쟤 학생 아닌데…."
"아! 꼬치꼬치 말대꾸! 아주 팍 그냥!"
"흐흐흐. 사부님 여전하시네."
"아무튼! 나한테는 저 친구, 학생이야. 알았어?"
"네~ 네!"

일단은 이렇게 첫 번째 말싸움이 끝나고. 사장님의 시선이 성재를 향해 돌아간다.
왜? 평가하려고.
"학생! 또 하나는 뭐일 것 같아?"
"굳어지기 때문 아닌가요?"
성재는 곧바로 고개를 숙였다. 분명 공부하긴 했는데, 너무 오래되어서 기억이 가물가물했기 때문이었다.
'한 번에 맞췄네. 이러면 안 되는데….'
주방장은 성재가 정답을 말하자 갑자기 할 말을 잃었다. 김호태는 웃으며 물었다.
"알고 있었냐?"
"아, 맞죠? 책에서 본 것 같아요."
"크크, 걱정하지 마. 사부님 지금 완전 당황했어. 당황해서 그런 거야."
"야! 야! 쓸데없는 소리 하지 말고 회나 먹어!"

화려하게 수놓은 것 같은 접시. 얇은 복어.
입안에 들어간 복어는 의외로… 육질이 단단하다.
성재는 자신도 모르게 입을 열었다.
"식감이 정말 어휴~"
그러자 사장님이 씩 웃었다.
"느꼈어? 좋아?"
이상한 기분이었다.
"아… 네. 특이한 것 같아요."
"복어는 질겨서 잘 안 씹혀. 그래서 대패 삼겹살처럼 얇게 떠줘야 하지."
"아….."
"이 기술이 쉬운 게 아니야. 칼질 한 두 번 한 솜씨로는 힘들지."
"아… 네."
"그럼 술 한 잔 하고."

정종은 뜨끈뜨끈했다. 조철순 사장님은 씩 웃었다. 할 말이 많은 모양이었다.
"회는 말이야. 따뜻한 술하고 같이 먹어야 돼."
그러자 김호태가 옆에서 씩 웃는다.
"또 시작하셨네."
"넌… 진짜 죽는 수가 있다?"
"알았어요. 사부님! 이제 안 할게요."
이제 더 이상 까불면 진짜로 죽는 수가 있기에 김호태가 말을 아꼈다.
조철순은 씩 웃었다. 이런 녀석이 우승자라니. 호기심도 생겼다. 그래서 물었다.
"학생! 왜 따뜻한 술하고 같이 먹어야 되는지 알아?"
성재는 고개를 저었다.
"잘 모르겠어요. 저는 술은 별로 좋아하진 않아서요."
"좋아해야 돼. 적어도 복어를 조리하는데 있어 술을 좋아하지 않으면, 요리사로서 자세가 안 된 거지."
"……."
"회를 먹으면 입안에 기름기가 남아. 그 기름 성분은 따뜻한 술과 만나면 부드러워지며

식도로 금방 넘어가지. 그렇게 되면 입안이 깔끔하게 정리도 되고."
"아….”
"그래서 회보다는 항상 술의 온도가 높아야 돼. 알았지?"
"네."
세 명 다 말술이었다.
한 잔, 두 잔이 넘어갈수록 깊은 이야기가 이어졌다. 김호태 조리장의 20년 전 과거 이야기부터 사장님의 잘나갔던 시절 이야기까지 끝이 날 줄 몰랐다.
술보다 회가 먼저 떨어졌다. 그러자 사장님이 고개를 저으며 자리에서 일어났다.
"한 마리 더 잡아야겠네."
성재는 우려스러운 목소리로 말했다.
"취하셨는데… 괜찮으시겠어요?"
"내가 말했지? 복어 요리사는 술 잘 마셔야 된다고."
성재는 불안한지 사장님을 따라 일어났다. 사장님이 복어 손질하는 모습을 지켜보기로 했다.
취한 상태에서의 복어 손질.
다행히 그는 프로였다. 그가 복어를 손질하며 입을 열었다.

"복어는 말이야. 제독을 잘해야 돼."
"제독이요?"
"그래. 독을 제거하는 거."
양쪽 지느러미를 제거하는 사장님.
등쪽, 배쪽 지느러미를 이어서 제거한다.
그 이후 도마 위에 생선 머리를 고정시킨 후, 입 부분을 잘라주며 그가 말했다.
"혓바닥이 잘리지 않도록 잘라."
"네."
"껍질 벗기는 것도 중요한데, 껍질을 살짝 자른 후에 칼끝을 안에 집어넣어야 돼. 왜 그런지 알아?"
"내장이 손상되지 않아야 된다고 알고 있어요."
"그래? 잘 아네."

성재의 말에 사장님이 눈길을 돌렸다.
'공부는 많이 해 왔네.'

꼬리를 잡은 후, 껍질을 잡아당기는 조철순. 그러자 복어의 새하얀 속살이 성재의 시야에 포착되었다. 아가미, 갈비뼈까지 제거한 후 사장님은 씩 웃었다.
"여기부터가 가장 중요해. 내장 제거하는 거."
내장과 살을 분리하고, 눈알이 터지지 않도록 제거하고.
이제 머리와 몸통을 분리해야 할 때. 성재는 그 과정을 보며 고개를 끄덕였다.
'해체과정이 엄청 복잡해.'
하지만 할 수 있을 것 같았다. 가능해 보였다.
왜? 그의 눈에는 독이 있는 부위가 보였으니까.
그래서 하고 싶었다. 자신이 직접 복어를 해체해보고 싶었다.
하지만 나서진 않았다. 지금은 취한 상태.
한순간의 실수가 돌이킬 수 없는 사고를 낼 수도 있다.
대화가 이어지고. 한 시간 만에 다시 준비한 복어회 한 접시가 또 사라졌다.
이어지는 사장님의 복매운탕. 안에는 미나리와 곤이가 한가득.
국물이 개운한지, 알딸딸한 정신이 한 번에 사라지는 사람들.
사장님이 말했다.
"호태야."
"네?"
"거기서 잘해라. 사실 난 네가 자랑스러워."
"…사부님."
"어?"
"빈말하지 마십시오."
"에이! 이 새끼가!"
"하하하, 저희 관계는 진지하지 않은 게 좋은 것 같습니다."
"크크, 녀석. 이제 가야지? 새벽 1시다."
"벌써 그렇게 됐습니까?"
"그건 그렇고, 이 학생은 왜 이래? 왜 벌써 뻗었어?"

"아… 성재 오늘 새벽 6시에 출근했어요."
"그래?"
"네. 피곤할 만하죠."
"그런데 호태야. 쟤, 싹싹하냐?"
"……."
"조만간에 데려와. 가르쳐주게."
"아… 통과한 건가요?"
"응. 괜찮아 보이네. 성격 좋고. 싹싹하고. 술버릇도 나쁘지 않고."

아침 5시. 휴대폰 알람이 미친 듯이 울렸다. 성재는 자리에서 일어났다. 옆에는 이상한 아저씨가 런닝에 빤스 차림으로 자고 있다.
"어? 어디에요?"
성재의 말에 눈도 뜨지 않은 김호태가 입을 열었다.
"우리 집이지, 어디야."
"아… 출근하셔야죠."
"먼저 씻어."
헤롱헤롱. 성재는 늦게 취하는 타입이었다. 정신이 오락가락.
'아, 너무 많이 마셨나?'
그래도 다행인 것은 기억은 온전하다는 것. 다 씻은 후 성재가 셰프를 불렀다.
"김호태 조리장님! 얼른 씻으세요."
같이 함께한 형님과 출근하는 아침. 나름 재미있는 일상.
그러나 그날 아침, 성재는 총주방장으로부터 처음으로 혼났다.
"어휴~ 술 냄새, 강성재!"
"네?"
"술을 얼마나 마신 거야?"
"…죄송합니다."
"김호태! 너도 마찬가지야. 네가 성재 꼬셔서 데려갔지?"
"네."

"어휴, 진짜 한 분야의 리더란 놈이! 아주 후배들한테 못된 것만 알려주네."
"아니… 그럴 수도 있죠."
"그러긴 뭘 그럴 수 있어. 지금 대통령님하고 영부인께서 성재를 아침마다 얼마나 찾으시는 줄 알아?"
"에이, 맨날 성재 성재, 진짜 너무하십니다."
"네가 대통령님하고 영부인께 잘 보여. 그럼 돼."
결국, 그날 술 취한 성재는 관저에 들어가지 않았고, 총주방장은 대통령과 영부인으로부터 따가운 시선을 받아야만 했다.
그리고 시간이 흘러 주말. 김호태가 아침부터 성재에게 전화를 걸었다.

"성재야. 뭐하냐?"
- 저요? 시험 보러 왔는데요.
"시험? 무슨 시험?"
- 복어조리기능사 실기 시험이요.
"뭐? 너 학원도 안 다녔잖아."
- 아… 그건 그런데요. 일단 경험 삼아 보려고요. 책하고, 동영상으론 배웠거든요.
"야! 일단 시험 접수했으니까 보긴 보는데, 너무 기대하진 말고."
- 네. 알겠어요.
"시험 끝나고 6시에 사부님 가게로 가자. 너한테 복어요리 가르쳐준다고 오라신다."
- 네. 감사합니다.
오후 5시 50분. 성재는 저번에 들렸던 조철순 사장님의 가게 앞에서 김호태 셰프를 기다렸다. 그가 5시 55분에 도착하며 담담한 표정의 성재를 향해 미소를 지었다.
"표정이 왜 그래? 괜찮아. 사람이 떨어질 수도 있지. 다 그런 거야."
그리고 김호태의 목소리를 듣고, 사장님이 가게 밖으로 나온다.
"뭐야? 밖에서 왜 이렇게 소란스러워?"
"아니, 성재가 오늘 복어 기능사 실시 시험 보고 왔대요."
"뭐? 필기는 붙었었나?"
"아니요. 필기는 한식 따서, 면제받았어요."
"그래? 어때? 쉽지 않지?"

조철순 역시 성재를 보며 씩 웃었다.
"뭘 그렇게 그러냐? 98%가 떨어지는 시험인데, 한 번에 되니? 되면 욕심이지. 시간 될 때마다 옆에서 지켜보면서 하나하나씩 배우면 돼. 내가 가르쳐줄 테니까."
그런데 성재는 오히려 미안한 기색이었다.
"아… 네. 그런데 사장님?"
"응?"
"저 합격했어요. 복어조리 기능사 실기, 오늘 합격했어요."
"뭐?!"

성재는 고맙기도 하고, 미안하기도 했다.
몇 번 보기만 하면 습득할 수 있는 자신의 능력. 물론 자신이 책도 보고, 동영상도 찾아보고, 직접 하는 모습도 옆에서 보았기에 이룬 결과지만, 조금은 미안했다.
남들은 최소 2년은 준비한다는 그 시험을 단번에 합격한 성재.
그래서 말할 수 있었다.
"아직 자격증 발급이 된 건 아니지만, 보여드려도 될까요?"
사장님의 허락에 성재가 복어를 해체하기 시작한다.
조철순 사장은 어안이 벙벙했다. 자신하고 비슷한 속도로 복어를 해체하는 녀석.
쓸데없는 움직임 없이 지느러미를 해체하고, 껍질을 제거하고, 내장 손상 없이 머리와 몸통, 살과 내장을 분리시키는 성재의 칼질.
'이건 뭐야? 완전 물건이잖아.'
김호태도 당황한 듯 성재를 향해 물었다.
"너… 학원 다녔었니?"
"아니요."
"그런데… 그 실력이 어떻게 나와?"

그랜드슬램 성재

한 달이 지났다. 성재는 이미 한식, 일식, 중식에 이어 복어 자격증까지 획득했다.
이제 남은 것은 양식. 김호태 조리장이 어이없다는 표정으로 성재를 보았다.
"이번주 양식 따러 간다고? 자격증 제조기구만."
"아… 네. 그렇게 됐어요."
"어이가 없네. 내년부터 성재 네가 복요리 해."
'내가 잘못한 건가?'
어느 순간, 일이 하나둘 성재에게 맡겨지고.
각 조리사들이 휴가를 가면, 성재가 땜빵하는 일도 잦아졌다.
이제 성재는 남들 앞에서 잘난 척하지 않기로 결심했다.
때론 너무 잘하는 것이 자신에게 독이 될 수 있다는 것을 깨달았기 때문이었다.
그럼에도 대통령 관저 아침은 여전히 성재의 몫이었다.

"성재야. 맛있네. 정말 맛있어."
"입맛에 맞으시나요?"
"응. 내가 제일 좋아하는 맛이야. 조기 튀김도 딱 좋고, 계란지단도 그렇고."
그리고 1주가 더 지났을 때. 성재는 청와대 내에서 유일하게 요리 자격증, 그랜드슬램을 달성했다. 한식, 양식, 일식, 복어에 중식까지. 모든 것을 다 획득한 성재.
물론 그 위에 산업기사란 자격증도 있고. 조리장도 있었다.
하지만 아직 성재의 경력으로는 딸 수 없는 것들.
그러므로 고작 1년 경력의 성재가 획득할 수 있는 자격증은 다 딴 상태.
이미 검증된 요리실력에 라이센스까지. 이제 아무도 성재를 막내로 보지 않았다.
아침부터 통일부장관이 총주방장을 불렀다.
"부르셨습니까?"
"조언을 들을까 하는데요."
"네. 말씀하십시오."
"이번에 비핵화 관련 남북 실무회담이 열려요. 그 만찬 때, 북측 대표가 먹을 식사를 준비해주었으면 해요. 어떤 음식이 좋겠습니까?"
"혹시 언제입니까?"
"시기는 아직 미정. 곧 열린다는 것밖에는 말할 수가 없을 것 같네요."
"알겠습니다. 인원은…."
"비공개 회담이 될지도 모르니, 청와대 인물 내에서 선발해주었으면 합니다. 인원은 최대 3명이 될 것 같습니다."
"알겠습니다. 제가 그 부분은 미리 준비해둔 게 있습니다. 확인 좀 해주시겠습니까?"
김명성 총주방장이 자신의 품에서 수첩 하나를 꺼내 들었다.
그 안에 미리 생각해 둔 남북정상회담 때 내놓을 메뉴들이 찍힌 사진이 있었다. 그러자 장관의 얼굴에 미소가 깃들었다.
"그래요. 역시 준비가 철저하시네요. 우리 주방장님을 전 믿습니다."
"네. 감사합니다."

다음날. 그래서 시작된 자체경쟁.
영문도 모르고, 시기도 모르는데, 김명성이 자체 요리 컨테스트를 진행한다.
"각자 주목해봐. 오늘 요리 테스트가 있을 거야. 비공개 행사일정이고, 그 행사에 우리 인원 중 3명만 나가야 돼. 그래서 요리 실력 테스트 겸 나갈 인원들 뽑는다."
그러자 김호태가 방긋 웃으며 총주방장을 향해 물었다.
"어? 어디 국가입니까?"

"비밀이라니까."

"혹시 중국입니까? 아니면 일본?"

"됐고. 하라는 것만 해."

김명성 총주방장은 자신이 미리 공수한 음식을 내놓았다.

첫 번째 음식에는 산나물 비빔밥, 그리고 된장국과 김치, 동치미가 놓여있다.

그리고 두 번째 음식. 한우 세 점, 볶은 달래, 땅콩이 한 접시 위에 정갈히 올려있다.

세 번째 음식. 잔치요리로 쓰이는 도미구이와 메기찜이 접시에 담겨 있다.

그 외에도 7번째까지. 귀빈에게 제공하는 게 분명한 한식 코스.

김명성이 말했다.

"내일 평가 볼 테니까, 똑같이 만들어 봐."

남북 실무진 회의. 열리는 장소는 놀랍게도 판문점 통일각.

그곳에 가는 사람은 통일부장관, 국방부장관을 비롯해 장관급 4명, 차관급 6명, 그리고 수행원 10명. 수행원에는 김명성 총주방장을 포함한 요리사 3명이 포함되어 있다.

다음날. 성재는 워밍업이라 생각하고 가볍게 요리를 시작했다.

그의 손에서 만들어지는 요리들. 산나물 비빔밥, 한우숯불구이, 도미, 메기찜, 문어냉채, 거기에 민어해삼편수까지. 승부는 시작하기 전부터 성재가 유리했다.

"만장일치인데? 차용현 셰프, 들어온 지 얼마 안 됐는데 실력 발휘 좀 했나 봐?"

"…저 아닌데요?"

"응?"

이미 김명성이 준비한 요리의 레시피는 물론, 어떤 재료인지까지 다 알게 된 성재의 블라인드 테스트 1위는 당연히 결정되어 있는 거나 다름없었다.

그래서 2등은 이번에 새로 부임한 한식 조리장, 차용현 셰프.

나머지는… 아쉽게도 탈락.

각자의 전공이 있기 때문에, 메뉴가 나왔을 때부터 한식 파트가 유리하다고 생각했지만, 성재가 차용현 셰프를 이길 줄은 생각도 못 했던 김명성이 애써 얼버무렸다.

"아니야? 그럼 누군데?"

성재는 미안한 표정으로 손을 들었다.

"너야?"

"네. 아, 죄송합니다."

"아니, 죄송할 건 아닌데, 차용현 셰프, 오늘 컨디션 안 좋았어?"
차용현은 총주방장의 눈빛을 읽고, 성재한테 미안한 표정을 지으며 대답했다.
"네. 조금 안 좋았네요."
"분발해야지. 성재한테 지면 어떻게 해."
"…네. 분발하겠습니다."
어쨌든 멤버는 결정되었다.
"좋아. 비공식 실무진 회담은 나랑 차용현 셰프, 그리고 성재가 간다. 다 실력대로 했으니까 문제없지?"
"아… 혹시 북한입니까?"
"잘 아네."

그런데 반전이 있었다.
"적당히 하길 잘한 것 같습니다."
"북한은 위험해서 못 가죠."
"아, 어쩐지 다들 편하게 하더라~ 나만 그렇게 생각했던 게 아니구나?"
성재는 멀뚱멀뚱 다른 사람을 쳐다보았다.
'나 낚인 거니?'
물론 농담이었다.
"차용현 셰프, 얼굴이 조금 사색이 된 것 같은데요?"
"그러네. 잘 다녀와. 영광이지. 누구라도 가고 싶었을 거야."
"성재도 축하한다."

출발 당일. 아침부터 공수한 식재료를 챙겨 판문점으로 향하는 사람들. 방탄 리무진 차량에 탑승한 채, 이동하는 차량이 무려 8대.
판문점까지 겨우 1시간 20분. 짧지도 길지도 않은 시간. 영화로도 방영되었고, 총격도 있었던 군사분계선상 공동경비구역에서 이뤄지는 비공식 실무진회의.
성재는 그곳에서 북한군을 처음 보았다. 북한군과 남한의 군인들이 서로 마주 보이는 거리에서 경계자세로 근무를 취하고 있고 그 앞에는 북측의 건물이 보인다.

"긴장 돼?"

"아니요. 그냥 가슴이 설렙니다."

"그러냐? 난 좀 긴장되는데…."

차용현 셰프의 말에 성재는 마음을 진정시켰다.

그곳 경비대대장으로 복무하고 있는 중령은 담담한 목소리로 수행원들에게 말했다.

"여러분이 계신 곳은 자유의 집입니다. 오늘 회담은 북측 건물인 '통일각'에서 진행될 예정이며, 오전 10시부터 회담이 끝날 때까지 북한군의 통제를 받게 될 겁니다. 너무 눈에 띄는 행동 하지 마시고요. 그냥 요리만 하러 왔다 생각하고, 잡담 최대한 자제해주시면 되겠습니다. 혹시 궁금하신 점 있으십니까?"

"없습니다."

"그럼 15분 뒤에 차량 탑승해서 이동하겠습니다. 잠시 쉬고 계시면 되겠습니다."

성재는 한숨을 내쉬었다. 군대하고는 이제 끝난 줄 알았는데, 그게 아니었다.

남들이 해보지 않은 경험. 오늘은 남한과 북한의 각 정상들이 만나 회담에 이르기 전, 서로 상호 협의 볼 사항에 대한 구체적인 틀을 만드는 자리.

남북 정상회담보다는 중요도가 떨어지겠지만, 그래도 긴장되는 것은 사실.

드디어 시간이 되었다. 문이 열리고, 통제된 버스에 오르는 사람들.

자랑스러운 대한민국 군인들의 통제 하에 다리를 건너고, 북한 인민군이 인계받는다.

그들의 체격은 월등히 작았다. 그러나 목소리는 쩌렁쩌렁했다.

"통일각에 도착했습니다. 내리면 되갔습니다."

그들의 통제에 이끌려 들어가는 사람들.

조적조 건물에 슬레이트로 외벽장식을 한 오래된 건물.

성재를 맞이하는 건 붉은 액자.

〈경애하는 우리 최고사령관 동지께서 주체101년 3월 3일 현지지도하신 통일각.〉

성재는 고개를 푹 숙이며 생각했다.

이곳은 정말 다른 세상이구나. 잘못하면 죽을 수도 있겠구나라고.

그건 상대측 요리사들의 표정을 보고 알 수 있었다.

북한에서 온 요리사들의 표정은 다들 심각해 보였다.

웃음기 하나 없는 얼굴.

왜?

성재는 총주방장과 함께 주방에 들어갔다.

그러자 북측 요리사 중 하나가 김명성 주방장과 악수를 하기 시작한다.

"오랜만입네다? 우리 명성 동지."

"아, 정말 오랜만이네요. 잘 지냈죠?"

"우리야 뭐 잘 지내고 말고 할게 있습네까?"

"저희도 똑같죠. 뭐."

"그나저나 남측에서 이번에 요리 다 준비하시는 겁네까?"

"이번에는 그렇다고 하더라구요. 다음에 우리 쪽 평화의 집에서 할 때는 북측에서 준비하셔야 되고요."

"아, 진짜 이거 회담 계속할 것 같지 않습네까?"

"적어도 세 차례는 하겠지요. 지난 정상회담 전에도 그리 했었으니까요."

"그럼 일단 준비하시라요. 저희는 옆에서 지켜만 보겠습네다."

김명성이 자신의 부하직원들을 부른다.

"성재야! 와라. 시작하자. 차용현 셰프도 같이 해."

"알겠습니다."

그리고 요리를 준비한다. 그것이 바로 만찬. 남측 대표와 북측 대표들을 위한 요리들.

중요한 회담에서 요리는 각 국가의 긴장된 분위기를 환기시키는 데 중요한 역할을 하게 된다. 그래서 연륜 있는 총주방장 김명성은 중앙에서 지휘하고, 때론 자신이 직접 나서며 요리를 준비했고, 미리 준비했던 만큼 꽤 괜찮은 작품들이 나왔다.

준비한 만큼 보여주는 게 오늘의 목표.

성재 또한 생각했다. 이 정도면 다 만족하실 거라고.

그래서 정말 실수 한 번 하지 않으려고 혼신을 기울였다.

물론 시스템 녀석이 도와주는 건 당연했다.

성재의 조리법을 보며, 옆에서 같이 조리하던 차용현도 놀라움을 감추지 못했다.

'방송이 사실이었구나. 진짜 잘하네.'

그런데 문제가 생겼다. 북한 요리사들이 심상치가 않다.

조선노동당에서 나온 간부 하나가 입을 열자 갑자기 혼란스러운 분위기이다.
"원수님 오시는 게 정말입네까?"
"지금 말을 하면 어떻게 하니! 준비 하나도 안 됐는데?"
북한 요리사 중 가장 높은 직급으로 추정되는 사람의 질문에 조선노동당 간부가 곤란한 표정을 지었다.
"지금 전달받았는데 나보고 어쩌자는 거니? 빨랑빨랑 준비 하라우! 어떻게든 하는 게 도리 아니 갔어?"
그들이 발을 동동 구르며, 대책을 세우고 있다.
"오마나, 오마나, 원수님 오신단다. 재료 하나도 없는데 어떻게 하니!"
"빨랑 공수하라우. 인근 부대 다 뒤져서 공수해야 안캤어?"
성재는 그들의 행동에 불안함에 휩싸였다.
'원수님? 북한 1호가 온다고?'

북한 1호.
사고가 개방적. 그러면서 즉흥적. 어떻게 나올지 도저히 감이 잡히지 않는 타입.
그가 차량에서 내리고. 북한 조선노동당 간부들이 수행하러 나와 있다.
남측 실무진들은 당황을 금치 못했다. 설마 말도 없이 직접 올 줄이야.
북한 1호가 통일부장관에게 악수를 건네자, 통일부장관이 고개를 숙이며 인사를 받았다.
그리고 이어 국방부장관에게 악수를 건네는 북한 1호.
사진이 찰칵찰칵 찍히는 가운데. 국방부장관은 허리를 세우고, 정면을 바라보며 주적인 북한 지휘관의 눈을 똑바로 바라보았다.
군인 출신들은 달랐다. 북한 1호의 눈빛을 받으면서도 전혀 물러섬이 없었다.
악수가 끝나고, 북한 1호가 입을 열었다.
"남측에선 우리 조선의 어떤 요리가 가장 알려져 있습네까?"
그러자 통일부장관이 고개를 끄덕이며 대답했다.
"평양냉면이 유명하다고 들었습니다."
"그럼 점심은 우리 옥류관 평양냉면으로 먹는 거로 합시다. 일단 좀 쉬고, 먹으면서 대화하는 게 어떻습네까?"

성재표 평양냉면

옥류관 평양냉면을 만들라는 북한 1호의 말에 북한 요리사들이 난리가 났다.
"날래날래 하라우! 왜 가만히 있는 고야?"
"료리사가 없는데, 어떻게 합네까?"
원수님 지시라는 말에 분주히 움직이는 사람들.
재료는 어떻게 공수가 가능한데, 사람이 문제였다.
"리경훈 료리사 불렀습네까? 지금 어디랍네까?"
"개성 고속도로 타고 오고 있으니까 재촉하지 마라우."
"원수님 명령이면 날래날래 와야지. 늦는 거 아닙네까? 평양에서 2시간도 더 걸립네다."
"지 목숨이 달렸는데, 더 빨리 오갔지. 재촉하지 마라우!"
오후 1시, 원수님이 밥을 먹자고 제시한 시간. 현재 시각 오후 12시 20분.
이제 40분밖에 남지 않았다. 북한 료리사들이 점점 초조한지, 가만히 있지를 못하니, 청와대에서 온 요리사들 역시 불안에 휩싸였다.
그 시간 성재는 오줌이 마려웠다. 그래서 복도를 지나쳐 화장실에 갔다.
깔끔한 화장실. 그런데 특이한 점.
화장실에도 북한 1호의 사진과 구호가 걸려있다.
사진 옆 검은 테두리에 빨간 액자가 보이고, 그 안에 쓰여 있는 글이 성재의 시선을 빼앗는다.
〈원수님 지시는 절대복종, 어기면 총살!〉
'절대복종? 총살?'
한국이라면 상상도 할 수 없는 말. 성재는 가슴이 조마조마해졌다.
'와 진짜 무섭다. 설마 죽이진 않겠지?'
아니, 죽일 수도 있다.
공산주의. 개인의 인권이 전혀 보장받지 못하는 곳.
이곳은 북한 땅이었다.
화장실에서 손을 씻고, 다시 주방으로 향한 성재의 눈앞에는 노동당 간부의 고함이 펼쳐지고 있었다.
"료리사라면서, 평양냉면 제대로 만들 줄 모르는 게 말이 되니?"
"그래서 리경훈 동무 부른 거 아닙네까? 당 간부님이 원수님께 직접 가서 사정 좀 설명해주시라요! 이대로는 우리 지금 당장 죽을지도 모릅네다."
"나보고 어쩌라는 고니? 내가 대신 죽으라는 거니?"
"그러니까 하는 말 아닙네까? 우리도 죽게 생겼습네다."
"고저, 일단 만들어. 어떻게든 만드라우!"
리경훈 요리사가 제 시간에 도착하지 못하자, 어쩔 수 없이 평양냉면을 만들기 시작하는 북한의 료리사들. 성재는 그들을 보며 고개를 저었다.
'저렇게 만들면 안 되는데…'
역시나 반응은 마찬가지.
"김 동무! 먹어보라우! 간이 안 맞자네!"
"그럼 어똑합니까?"
"다시 만들라우! 만들어보라우!"
"비법을 모르는데, 어떻게 만듭네까? 시간 걸린다고, 늦어질 것 같다고 원수님께 보고드리면 안 되겠습네까?"
"그럼 나 죽는다 안카니!"
"그럼 오똑합니까? 우리도 죽습네다. 죽는다 말입네다!"
료리사들도 자신의 목숨이 왔다갔다 하자, 평소 무서워하던 노동당 간부에게도 대들기 시작했다. 한 번의 실수는 총살. 그만큼 원수님의 명령은 절대적.

성재는 나서고 싶지 않았다.

하지만 나서지 않으면 북한 1호가 정말 그들을 죽일지도 몰랐다. 아무리 남한의 주적은 북한이라지만. 저들은 우리와 같은 민족이었다. 그래서 도와야 된다고 생각했다.

'내가 만들어야 살릴 수 있어.'

성재는 옥류관 평양냉면을 배운 적이 있었다. 그게 오늘 도움이 될 줄이야.

성재는 말없이 주방에서 요리를 하기 시작했다. 그것을 보며 총주방장 김명성이 말했다.

"뭐해?"

성재는 김명성의 말에 대답했다.

"보고만 있진 못하겠습니다."

"그럼 어떻게 하자고?"

"평양냉면, 제가 만들어보겠습니다."

김명성이 성재를 신기한 눈으로 바라보았다. 하지만 그는 성재였다.

강성재.

요리대회 우승자이자, 모든 분야의 요리를 잘하는 천재 요리사.

그래도….

'평양냉면을 만든다고? 쉽지 않을 거야.'

다른 사람이 말하면 믿지 못하겠지만, 성재라서 말릴 수 없었다.

항상 좋은 결과만 내던 성재니까. 그런 녀석의 움직임이 빨라지기 시작했다.

'이 자식의 끝은 도대체 어디야?'

메밀 40%, 감자녹말 60%로 섞은 특유의 면. 조금 전까지 싸우던 북한 료리사와 노동당 간부들의 시선이 어느새 성재에게 돌아간다. 홀로 분투하며 육수를 만들어내는 성재.

그는 생각했다.

'시간이 없어서 이걸 재활용하는 수밖에 없어. 오리지날리티는 떨어지겠지만, 사골 육수를 쓰면 맛은 좀 더 괜찮을 거야.'

육수와 면, 그리고 양념장.

조리 완료까지 10, 9, 8…

성재는 진지한 표정으로 일관했다. 그리고 등급을 바라보았다.

'나쁘지 않아. 오히려 내가 할 수 있는 냉면 중에는 최상이야.'

 **recipe** 　**강성재가 변형한 옥류관식 평양냉면 ★★★★★★**

그릇 한 쪽에 얹은 계란지단과 육편, 그 밑에 양배추 김치를 얹어놓고, 면을 올린 뒤 식초를 넣어 완성한 옥류관식 평양냉면
닭 육수 대신 사골 육수로 변경하여, 등급을 향상시켰다

완성된 요리 앞.

성재는 노동당 간부와 북한 료리사들의 결정을 기다렸다.

그들이 이걸 사용하는지 안 하는지는 그들에게 달려있었다.

목숨줄이 왔다갔다 하는 위기의 순간 구원투수가 되어 준 강성재.

혹시 몰라하는 마음으로 그의 요리를 맛보는 노동당 간부와 북한 료리사들.

그들은 알고 있었다. 남조선 요리사가 만든 게 걸리면 자신들은 죽은 목숨이라고.

그러나 아무것도 안 하면 바로 오늘 죽음이라고. 그래서 물었다.

"비밀 지켜줄 수 있갔습네까?"

그리고 성재의 대답은?

"그래야죠."

당연히 예스였다.

오후 1시. 원형 식탁에 둘러앉은 사람들.

북한 료리사들이 주방에서 성재가 만든 냉면들을 대신해서 세팅한다.

그들은 모두 함구하기로 약속했다.

'걸리면 다 죽는 기야.'

모두가 공동체. 그런 심정을 절대 모르는 북한 1호는 평양냉면을 입에 넣었다.

그런데 젓가락이 멈추질 못하겠다.

후루룩! 후루룩!

'모가 이렇게 맛있네에? 평소보다 더 맛있어.'

쩝쩝. 쩝쩝. 이빨로 끊는 냉면. 메밀과 전분의 적절한 조화.

북한 1호는 생각했다.

너무 맛있다고. 평소보다 더 맛있다고. 내가 먹던 것보다 더 맛있는 것 같다고.

그래서 남조선 사람들의 반응이 궁금했다.

시선을 돌렸다. 남조선 장, 차관들이 보인다. 그들은 말없이 냉면을 흡입하고 있었다.

후루룩! 쩝쩝! 후루룩! 쩝쩝!

남측에서 온 장, 차관들은 북한 1호의 시선에도 아무 말 없이 음식을 계속해서 흡입한다.

북한 1호는 왜 그들이 아무 말 없는지 금방 알게 되었다.

자신의 앞. 평양냉면 빈 그릇. 자신도 모르게 다 먹어버린 음식.

냉면이 사라지자, 조용했던 장소에서 대화가 흘러나온다.

"정말 맛있네요. 남한에서 먹는 평양냉면하고, 여기 평양냉면은 진짜 다른 것 같습니다."

"위원장님 덕분에 잘 먹었습니다. 북한 요리는 처음 먹어보는데, 너무너무 맛있네요."

"면도 맛있었고, 육수도 시원하면서 또 칼칼해서 좋았네요. 잘 먹었습니다."

그래서 저절로 미소가 걸린다.

그날 북한 1호는 나가면서 북한 료리사들에게 칭찬을 아끼지 않았다.

놀이공원 이용권도 주고. 그들과 같이 사진도 찍어주고.

행복한 얼굴로 미소를 지으며, 특진도 시켜주었다.

"내레 이렇게 맛있는 냉면은 처음이다~ 야! 모두 특진시켜주갔어!"

그들은 불안했다. 하지만 원수님의 인정을 받고 한편으로 기쁘기도 했다.

조마조마한 마음. 그들은 기원했다.

남측 사람들이 비밀 끝까지 지켜주면 좋겠다고.

다음 날, 특별한 일이 없어, 대통령 관저에서 점심 식사를 하는 VIP가 김명성 주방장과 성재의 앞에서 보고를 받고 입을 열었다.

"그런 일이 있었어?"

"네. 다행히 북한 1호는 알아차리지 못한 것 같습니다."

"어휴, 같은 민족인데, 이런 일로 목숨이 왔다갔다 하다니, 얼른 통일해야 하는데…."

"그렇습니다."
"그나저나 진짜 맛있네. 이게 바로 어제 만들었던 평양냉면이야?"
"네. 성재가 옥류관 출신인 탈북자, 이순옥 셰프한테 배운 적이 있었답니다."
"진짜 맛있네. 젓가락이 계속 입안으로 들어가. 잘 했다 성재야."
그러자 성재는 씩 웃으며 대답했다.
"입맛에 맞으셔서 다행입니다."
그리고 1주일 후. 북한에 있는 휴민트로부터 얻은 정보를 보고하는 자리.
국방부 장관이 고개를 절레절레 저으며, 대통령에게 보고를 시작했다.
"대통령님, 저번 주에 있었던 북한 동향 특이사항입니다."
"네. 말해요."
"옥류관으로 요리사 4명이 승진해서 배정되었는데…."
"네."
"바로 아오지탄광으로 갔다고 합니다."
"아오지? 왜? 우리 정보가 새나간 거야? 너하고, 나하고, 비서실장하고, 우리쪽 요리사 세 명만 아는 사실 아니었어?"
"맞습니다. 정보가 새어나간 건 아닙니다."
"그럼 왜?"
"북한 요리사들이 성재가 만든 냉면 맛을 낼 수가 없었나 봅니다. 그래서 그걸 추궁하는 과정에서 자신들이 실토를 할 수밖에 없었다고 합니다."
"그렇게 되다니… 참…."
"송구스럽습니다."
"됐어. 어쩔 수 없는 거지. 그래도 목숨은 살았잖아?"
"네. 그건 그렇습니다."
대통령은 자신의 턱을 만지며 근심에 빠졌다. 그리고 입을 열었다.
"성재 귀에 들어가지 않도록, 비밀로 해둬. 그걸로 상처 입을 수도 있으니까."
"알겠습니다."

시간이 흘렀다. 이제는 12월 말, 남북 실무진 회담이 모두 끝나고.

본격적인 남북 정상 회담을 조율하기 위해 각 실무자들이 일정을 편성했다.
작게는 먹는 메뉴부터 크게는 사업, 향후 협력 관계까지. 개성공단과 금강산 관광 재개. 도로와 철도 협약, 그리고 물류. 수출 등등. 아직까지 미국의 제재가 풀리지 않아, 할 수 있는 것은 많지 않았지만, 그래도 하나하나 묶인 실타래를 풀기 위해 노력하는 사람들.
회의 시간, 각 장관들이 모여있는 자리.
통일부장관은 고개를 저으며, 대통령에게 보고했다.
"대통령님? 북측에서 이상한 요구를 해왔습니다."
"그게 뭐죠?"
"저희 쪽에서 평양냉면 비법을 비공개로 전수해달라고 합니다. 그런데 이게 무슨 뜻인지 모르겠습니다."
그러자 대통령이 웃음을 터트렸다.
"그건 내가 알아서 할게, 비서실장! 누구 불러야 되는지 알지?"

남북정상회담이 진행되는 판문점. 성재는 자신을 찾아온 북한 요리사들에게 말했다.
"죄송하게 되었습니다."
그런데 그들이 말한다.
"죄송할 게 뭐가 있습네까? 원수님 만족시키지 못한 료리사가 료리사 자격이 있겠습네까?"
사고방식부터 남다른 사람들.
"그래도 남조선 동무가 저희한테 전수해준다는 말을 해주는 바람에, 아오지 탄광에서 12일밖에 안 있었습네다. 좀 더 열심히 하라는 원수님의 가르침도 있었으니까, 안 좋은 일만 있었던 건 아닙네다. 걱정하지 마시라요."
"네. 그럼 전수해드리겠습니다."
성재는 그날 옥류관표 평양냉면을 하나하나 가르쳐주었다.
북한 1호가 인정한 성재의 냉면. 그 비법을 전수받으러 성재를 지켜보는 북한 요리사들.
성재는 생각했다. 얼른 통일이 되면 좋겠다고.
그래서 북한 사람들도 민주주의 국가의 시민으로서 정상적인 사고방식을 가졌으면 좋겠다고. 그래서 더 이상 속지 않으면 좋겠다고.

국빈만찬

"이제 퇴원하시는 거예요?"
"그래. 의사 선생님께서 이제 한 달에 2번 통원치료만 하면 된다고 하시네."
아버지의 완쾌. 다행히 수술은 잘 이루어졌고. 몸도 좋아지셨다.
"아들. 넌 어떻게 할래?"
"다 이제 내려가시는 거죠?"
"내려가야지. 고향을 버릴 수는 없잖아. 내가 아는 사람들은 다 거기 있는데."
아버지, 동생, 그리고 할머니. 모두가 다시 내려가기로 한 상황.
성재는… 자신의 통장을 아버지에게 맡겼다.
"여기요."
"어? 뭔데?"
"이거 제 상금 들어온 통장이에요."
그런데 아버지가 어이없다는 듯 웃는다.
"후후, 짜식. 강성재!"
그런데 갑자기 표정이 싸늘하게 변하는 아버지가 입을 열었다.
"아들한테 이런 무시를 당하니까 기분이 상하네. 네 녀석이 번 걸 왜 나한테 줘? 이제 네 살길은 네가 찾아. 더 이상 너는 가장이 아니야. 벌써 1년이 넘었는데도 이 자식이 아빠를 무시하네."
"아… 빠… 제 마음이에요."
"이 자식! 다시는 금전적으로 아빠 욕보이는 행동 하면, 너 자식으로 안 볼 거야! 알았어? 나도 이제 능력 있고, 사람 구실 할 수 있으니까! 그렇게 행동하지 마. 성재야. 알았니?"
"네. 죄송해요."
강일용은 가슴이 울컥해지는 것을 느꼈다.
'고맙지만, 이제 더 이상 안 받아. 아니 못 받아. 오히려 내가 줘야지. 네가 나한테 왜 줘! 성재야. 아빠는 열심히 살 거야. 그래서 네 할머니, 그리고 민지 내가 다 책임질 거야. 그러니까 너도 그 돈을 기반으로 꼭 성공해야 된다. 알았니?'
마음 속으로만 말하는 강일용. 그는 자신의 감정을 숨긴 채, 병원을 나왔다.
다음 날, 가족은 고향으로 돌아갔다. 몇 개월만 있던 곳이기에 미련 없이 떠났다.
할머니도 서울 할아버지들은 다 능구렁이라며, 대전에 가면 신사들 많은데, 뭐라 여기서 있냐면서 지방으로 다시 내려갔다. 물론 그건 할머니가 강남 할머니에 비해, 세련미가 부족해서 경쟁에서 밀렸기 때문이란 것을 스스로 잘 알았기 때문이었다.
가족이 떠난 후, 혼자 남은 넓은 방. 윤동현이 마련해준 집.
성재는 난방이 잘 되는 패시브 하우스에서 천장을 바라보았다.
'형은 새해인데 프랑스에서 무엇을 하고 있을까?'
데이터 음성통화를 걸었다. 그러자 동현이형이 전화를 받는다.
- 여보세요? 웬일이냐?
"아, 형! 잘 지내지? 새해 복 많이 받으라고, 보고 싶어서 전화했지."
- 낯간지러워, 할 말은 그것뿐이야?
"뭐하나 싶어서. 지금 뭐 해?
- 한인교회 청년예배 왔어. 그런데 교회 원래 그러냐? 술이랑 담배 못 하게 하고.
"나야 잘 모르지. 내가 교회를 군대에서밖에 더 갔냐? 아, 근데 형이 교회는 왜 가?"
- 윤아 어머님 마음 얻으려고 다니기 시작했는데, 나는 청년 예배로 빠졌어.
"윤아는?"
- 걔는 청소년 예배고. 아, 생각하니까 더 짜증난다. 시간대가 달라서 만날 수가 없네. 그렇다고 지금 빠져나올 수도 없고, 엄청 힘들다. 힘들어.
"크크크크, 웃겼다. 형! 그럼 윤아랑 얼굴도 못 보고, 그냥 이상한 사람들이랑 같이 모여서 예배하는 거네."
- 아, 몰라. 일단은 다녀야지. 다녔다 안 다니면 윤아 어머니가 나 이상하게 볼 거 아니야.
"그건 그렇겠네. 어쨌든 다 형 잘못. 형이 방법을 잘못 선택했네."
- 나도 알거든?
"아, 맞다. 종수가 추천서 받아서 내일 모레인가, 출국한다고 연락왔어."
- 아… 씹새. 걔도 우리 학교로 오냐?
"크크크, 형이 욕하는 거 처음 듣네. 어. 윤아 보러 간대. 형, 애간장 타겠네."
- 갑자기 기분 팍 상했다. 아오.
"흐흐, 끊어. 형 때문에 웃겨서 배 아파 죽겠다."
- 오케이, 나중에 연락하자고.
윤동현과 전화를 끊자, 연락이 오기 시작한다.
성재는 모르는 번호는 절대 받지 않았다. 다 만나자는 연락.

연예계에서 들어오는 문자.
- 강성재씨, 휴먼엔터테인먼트 매니저 김상용 실장입니다. 잠시 만나 뵙고 드릴 말씀이 있는데요. 언제쯤 시간 괜찮으실까요?
기업에서 들어오는 문자.
- 강성재씨, 요식 분야 브랜드 평판 1위, 달성하셨잖아요. 저희가 국산 돼지고기 전문 브랜드, 포크코리아 런칭 관련해서 강성재씨를 모델로 쓰고 싶은데요. 찾아뵈어도 될까요?
정부기관에서 오는 문자.
- 행복나눔 도시 김천시에서 홍보모델을 모집하고 있습니다. 혹시 저희 대표 홍보모델 촬영 가능하실까요?
자신은 사회복무요원인데, 뭘 자꾸 요구한다.
'나보고 어쩌라는 건데?'
그때 떠오르는 상태창.

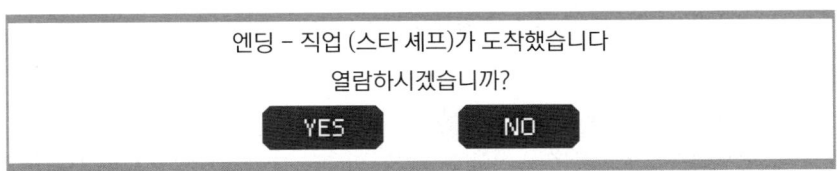

'뭐야. 갑자기 엔딩이라니!'

성재는 곧바로 누워있던 자신의 손을 Yes로 옮겼다.

그런데… 아직 열람할 수가 없다.

> ⚙ ✓ ✗
>
> 아직 튜토리얼을 완료하지 못했습니다
> 튜토리얼 종료까지 6개월 23일 남았습니다

성재는 피식 웃었다. 솔직히 웃기지도 않았다. 엔딩이라니.

하긴 처음부터 이건 게임이나 마찬가지였다. 자신에게 온 미지의 능력.

그 한계의 끝은 어디일까? 처음에는 신기했던 일이 이제는 자연스럽다.

요리의 등급을 알 수 있고, 상대방이 좋아하는 음식을 볼 수 있고, 요리를 보면 재료와 원산지도 보인다. 거기에 호감도도 알 수 있다.

'혹시 다른 엔딩도 있어?'

거기에 시스템 녀석도 답변해준다.

> ⚙ ✓ ✗
>
> 아직 다른 엔딩은 개방하지 못했습니다. 다양한 사람과의 인연, 만남, 그리고 다양한 지식탐구 등을 통해 자신의 열린 미래를 하나하나씩, 튜토리얼 완료 전까지 미리 알아보세요

웃겼다.

한편으로는 기분이 좋았다.

성재는 허무한 듯 천장을 바라본 채, 웃었다. 가장 하기 싫었던 방송분야.

하지만 하고자만 한다면 스타 셰프가 될 수 있다고 녀석이 말하고 있다.

'엔딩? 내 인생을 미리 보라고?'

다음 날. 지하철을 타고 출근한 성재를 향해 김명성 셰프가 말했다.

"새해 복 많이 받아라."

"아, 네. 주방장님도 새해 복 많이 받으십시오."

"그래. 아, 공무원으로 전환하는 거 이달 말까지는 말 해줘야 돼. 마음 바뀐 건 아니지?"

"……."
"그래. 1월 말까지는 시간 있으니까 천천히 생각해. 1분기 전에 소요인원 올려야 처리 되는 거니까."
"알겠습니다."
그리고 떠오르는 상태창.

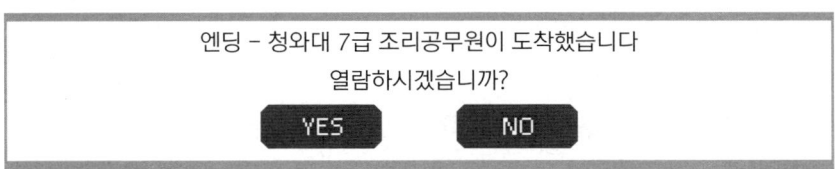

당연히 YES. 대답은?

성재는 고개를 끄덕였다.
그랬다. 엔딩이란 내가 갈 수 있는 선택지를 말한다.
지금 내가 이룬 업적으로는 스타 셰프도 될 수 있고, 7급 조리 공무원도 될 수 있다.
또… 뭐가 될 수 있을까?
아침부터 분주하게 움직이는 사람들. 오늘은 해외 국빈이 방문하는 날.
그리고 그 국빈은… 미국의 도널드 트럼프 대통령.
만찬회장의 TV가 실시간으로 현재 상태를 알려주고 있었다.
언론사에 의해 생중계 되는 방송.

- 오산 공군기지에 미국 트럼프 대통령이 탄 에어포스원이 착륙하고 있습니다.

남색 양복, 흰색 와이셔츠, 파란색과 흰색의 체크무늬 넥타이 차림의 미국 대통령이 에어포스 원 비행기에서 내리며 손을 흔들고 있었다. 그 뒤 미 공군 수송기에서 방탄 차량이 내려온다. 그 후 그 차량을 타고 평택에 있는 미군 기지를 향한다.
'캠프 험프리스.' 그곳에서 미군과 국군 장병들을 격려하고, 오찬에 참석한다.
그 화면을 보며 김명성이 입을 열었다.

"금방 오겠네. 3시간 안에 오려나…."

김명성의 말에 성재가 궁금한 점을 물었다.

"아… 국빈만찬은 어떻게 진행됩니까?"

"이따 생중계 봐. 보면 알지."

"네. 알겠습니다. 저 주방장님?저 대통령님께서 지시 내린 게 있습니다."

"그래. 나도 알아."

"저 영어 못하는데 떨립니다."

"괜찮아. 못해도 돼."

"알겠습니다."

만찬이 끝나고 2시간 뒤. 청와대 앞. 다시 생중계가 시작되었다.

아까 보았던 방탄차량 'The beast'가 깃발을 들고 있는 포졸 복장을 입은 사내들이 연주를 하며 걸어가는 속도에 맞춰 이동하기 한다.

조선시대 왕의 행차 때 하던 예법. 대취타(大吹打)가 펼쳐지고 있는 것.

약 5분간의 이동 끝에 도착한 곳. 영빈관 1층 입구.

한국의 대통령과 영부인이 미국 대통령과 미국 영부인과 악수를 하기 시작한다.

한복을 입은 영부인은 미국 영부인과 영어로 짧은 환담을 나누었다.

그걸 보며 미소를 짓는 대통령을 향해 미국 대통령이 입을 열었다.

"반-갑습니다. 코리아 프레지던트."

그러자 대통령도 씩 웃으며 입을 연다.

"웰컴 투 코리아."

서로 어깨를 두드리며 포옹하고. 드디어 공식적인 환영행사가 시작된다.

미국 대통령 입장곡. 헤일 투더 치프(Hail to the chief)가 끝나고.

우리나라 대통령이 들어올 때 연주하는 입장곡인 The phoenix(봉황)가 이어진다.

미국 대통령은 25년 만에 처음으로 한국에 왔고, 공식 의전행사를 받았다.

그리고 한국의 질서 높은 시민 수준과 발전된 경제활동을 보며 자랑스럽게 여겼다.

의전행사가 끝나고. 각 수석비서는 물론이고 장관들이 줄지어 기다리고 있었다.

악수를 하며 미국 대통령과 인사를 하는 각 정부관계자들.

같은 시각. 성재는 만찬 준비에 여념이 없었다. 공식기자회견장까지 마련된 곳. 중앙 정면. 좌측엔 태극기. 우측엔 성조기. 그 중앙에 쓰여 있는 글씨.
〈미합중국 대통령 내외분을 위한 국빈만찬〉
그 앞 공식석상.
양국 대통령이 공식석상에서 사진을 찍고, 각자 준비한 멘트를 발표해야 한다.
양국은 사이가 좋았다. 그래서일까? 미국 대통령의 목소리에는 굳은 힘이 실렸다.
"우리 국민들을 대표해서 대한민국 국민들에게 연설 할 기회를 주셔서 감사합니다."
그는 침을 삼킨 후, 발언을 이어갔다.
"우리는 68년 전 함께 싸웠습니다. 저희 양국은 그때부터 지금까지 혈맹국으로서 지내오고 있지요. 우리는 공산군을 상대로 3년여 기간 동안 치열하게 싸웠습니다. 죽을 것을 알면서 험준한 산을 전진하기도 했고, 때로는 그들로부터의 패배를 통감하며, 동료의 시신을 수습하지 못하고 후퇴하기도 했습니다. 그리고 지금까지 70여 년간 그 싸움은 끝나지 않고 계속 휴전상태를 유지중입니다."
"우리는 당시 3만 6천여 명에 이르는 전사자와 10만여 명에 이르는 부상자가 생겼습니다. 한국은 자유민주주의를 수호하기 위해 우리를 비롯한 수많은 국가에 요청했고, 당시 저희는 도와주는 것이 당연하다고 생각했습니다. 70여 년이 지난 지금 공산국가는 거의 남아있지 않습니다. 우리는 그 신념이 옳다고 생각했고, 지금 그 결과를 대한민국이란 나라가 증명하고 있습니다. 세계 경제 10대 대국, 5대 군사 대국이며, 미국의 영원한 우방으로서 든든하게 위치하고 있는 대한민국이 자랑스럽습니다. 모두 건배할까요?"
와인잔을 드는 미국 대통령. 그러자 다들 박수를 치다 말고 와인 잔을 올리고.
입안에 넣어 음미하며 미소를 짓는다.
그러자 대통령이 성재를 불렀다.
"성재야."
"네. 준비됐습니다."
성재가 들고 오는 요리. 맛있는 새우 요리. 대통령이 미국 대통령에게 말했다.
"우리나라 영토인 독도에서 잡은 독도 새우입니다. 안주로 드셔 보시죠."

성재의 활약

미국 대통령은 현안에 밝았다. 일본과 한국과의 관계에 대해서도 잘 알았다.
그러니 독도 새우가 한국과 일본에 있어서 얼마나 중요한지도 미리 알고 있었다.
'이걸 먹으면 우리 미국이 외교에서 일본과의 관계에 악영향을 미치게 되겠지.'
그래서일까? 일단은 정중히 거절했다. 그걸 보고 대통령이 성재를 뒤로 무른다.
성재는 그 의미가 무슨 의미인지 너무나 잘 알고 있었다.
그래서 가슴이 아팠다. 대통령의 쓴웃음. 그리고 이어지는 연설.
평소 연습하던 브리핑과는 다른 톤. 대통령이 기자회견을 시작한다.
"급변하는 세계정세 속에서 우리나라는 세계 강대국에 둘러싸여 있습니다. 러시아, 중국, 일본, 거기에 우리와 휴전 중인 북한까지…."
성재는 알았다. 대통령의 말투가 떨리고 있음을.
자신을 믿어줬는데, 미국 대통령 앞에서 그것을 먹이지 못했다니.
다 자신의 실수 때문인 것 같았다. 기자회견이 끝나고 시작되는 만찬.
성재는 홀로 주방에 들어갔다. 그리고 조리에 들어간다.
미국 대통령이 좋아하는 요리를 성재는 요리사의 눈으로 알고 있었다. 그 요리의 기억에 담긴 추억들도 읽었다.
미국 대통령의 아버지는 이주노동자였고, 어머니는 캐나다인이었다.

그래서일까?

혼혈인 대통령은 어렸을 때부터 백인들로부터 차별을 많이 받았다.

학교에서 왕따를 당하고 집에 들어왔을 때, 어머니가 아들을 위로하기 위해 만들어 주셨던 달콤한 음식. 그게 지금 성재가 준비하는 요리.

어려운 요리는 아니었다. 평범한 북미 가정식 요리였다.

성재가 크림치즈 200g을 덜어 거품기로 눌러 잘게 부숴준다.

계란 노른자 4개 또한 거품기로 풀어준다. 설탕 100g에 물을 섞는다.

계란 노른자에 시럽을 넣으며 휘핑하기 시작하는 성재.

그리고 성재가 없는 재료를 찾는다.

"김호태 조리장님! 젤라틴! 젤라틴 좀 구해주십시오."

"젤라틴? 너 뭐해? 지금 뭐 해!"

"미국 대통령 마음 돌리려고 합니다. 구해주십시오."

"뭐라는 거야! 돌았나?"

"안 돌았습니다."

그걸 지켜보는 김명성이 김호태를 제지한 후, 성재를 응원한다.

"김호태! 뭐든 하게 놔둬."

"주방장님, 국가 간 행사지 않습니까?"

"성재가 실수하는 거 봤어? 젤라틴 꺼내줘."

양식조리장인 김호태가 주방에서 젤라틴을 꺼내온다.

그걸 보며 성재가 김명성 주방장을 향해 말없이 목례로 감사의 인사를 대신했다.

성재는 그가 건넨 젤라틴을 찬물에 넣었다.

'3분간 불리자.'

그리고 그 3분 동안 크림치즈에 아까 휘핑한 계란노른자를 같이 섞어준다.

찬물에 불린 젤라틴을 전자레인지를 이용해 녹여주는 성재.

그동안 냉장고에 있던 생크림을 꺼내 크림치즈와 섞어준다.

모든 재료가 완성된 성재는 케이크 빵에 크림치즈를 바른 후, 냉장고에 넣었다.

조리완료까지 47분 32초 남았습니다

성재는 기도했다. 미국 대통령의 만찬이 그때까지 끝나지 않기를 바라며, 또 바란다.
각종 축하공연이 이어졌다.
여전히 대통령의 심기는 좋지 못했다.
외신들 중에서도 일본 언론들이 미국 대통령이 한국 대통령이 준비한 요리인 독도 새우를 거절했다는 내용을 특보로 전파하고 있기 때문이었다.
사실 거절 당했다고 해서 미국과의 관계가 틀어진다는 의미는 아니었다.
하지만 이것으로 그는 민심을 잃을 수 있었다. 아니, 이미 잃었다고 봐도 무방했다.
국제행사에서의 망신. 그것 하나로 인한 대통령 지지도의 하락.
더구나 대한민국의 국민은 그 어느 국민보다도 매스컴에 열렬히 반응하고, 또 움직인다.
비서실장이 씁쓸한 얼굴로 대통령에게 보고했다.
"N사 뉴스 타이틀 가장 상단에 독도 새우 관련 건이 노출되었습니다. 막을까요?"
"됐어. 그렇다고 국민의 눈을 속일 순 없는 거 자네도 잘 알지 않나?"
"알겠습니다. 추가적인 상황 계속 파악해서 보고 드리겠습니다."

그 심각한 상황을 아는지 모르는지, 미국 대통령은 한국 가수들의 축하공연을 바라보며 즐기고 있다.
솔직히 대통령으로서는 너무나 불편했다.
자신뿐만 아니라 역대 대통령들이 미국 대통령을 위해 얼마나 잘해줬는데. 우방국으로서 얼마나 노력했는데. 무기도 매년 평균 10조 원, 방위분담금도 매년 1조 원 가량을 미국에 직간접적으로 지원하고 있는데, 미국은 항상 우리보다 일본을 우선시한다.
원통했다. 분했다. 축하공연이 마치 지옥과도 같았다.
그래도 그 시간이 어느덧 막바지를 향해 달려가고 있었다.
영부인들이 나가서 기자회견장에서 서로의 관심사와 협력을 위한 대화를 시작한다.

영부인은 생각했다. 이것으로 실수를 만회해야겠다고.
하지만 대통령은 다 알고 있었다. 부질없다는 것을.
그런데 갑자기 성재가 철제 카트에 무언가를 가져온다.
요리 덮개 안. 그 안에 무엇이 숨겨있을지 모르기에 경호원들의 눈이 성재를 향한다.
성재는 긴장하지 않았다. 떨지 않았다.

미국 대통령을 향해 당당하게 걸어갔다.
성재와 미국대통령. 그 둘이 서로 눈을 마주쳤다.
미국 대통령은 아까 본 청년을 향해 말을 꺼냈다.

"Hey! Kid! What are you Doing?"
키가 작은 성재를 15살 정도로 생각하는 대통령.
성재는 진지한 태도로 그 앞에서 요리 덮개를 연다.
그리고 한국어로 말한다.
"미국 대통령님을 위해 준비했습니다."
그러자 미국 대통령이 요리 덮개 안 요리를 보고는 다시 성재를 쳐다본다.
"You want me to eat. Don't you?"
성재는 대답했다.
"네."
대통령은 성재의 의도를 몰랐다. 독이 들었을지도 모르고, 외교적 실례일지도 몰랐다.
'성재야. 치즈 케이크는 왜 가져 온 거니?'

한 국가의 정상이라면 당연히 의심하며 조심해야 할 텐데.
의외로 미국 대통령은 그런 게 없었다. 아니! 성재의 음식에만 그런 게 없었다.
그럴 수밖에 없었다.
'내가 좋아하는 거야.'
미국 대통령이 치즈케이크를 손으로 집는다.
그러고 보니 포크도 준비되어 있지 않았다.
성재는 알고 있었다.
그가 어릴 때 집에서 치즈케이크를 먹었을 때는 손으로 집어 먹었다는 사실을.
미국 대통령이 미소를 짓는다. 오랜만에 떠올린 가족의 추억.
아버지와 어머니. 지금은 캐나다에서 오순도순 살고 계시는 두 노부부.
그러고 보니, 최근 2년간 찾아뵙지 못한 것도 깨달았다.
그래서 동양의 이 작은 청년이 건네준 치즈 케이크가 너무 고마웠다.
엄청 맛있는 건 아니었다. 다만, 자신이 어릴 때 먹었던 맛과 너무나 똑같다.

아니, 아예 똑같다. 그래서 더 고마웠다.
"Hey! Kid, What do you want? Tell me!"
성재는 미국 대통령의 마음을 움직이는 데 성공했다.
그러나 이건 또 하나의 관문.
이동형 철제카트 밑.
또 다른 요리 덮개를 위로 올리는 성재. 다시 입을 열었다.
"대한민국, 우리 영토 독도에서 잡은 새우튀김입니다. 드셔주시면 안 되겠습니까?"
한국어로 말하는 성재. 무슨 말인지 해석할 수는 없어도 이해할 수는 있는 미국 대통령.
옆에서 통역사가 말을 꺼내다가 미국 대통령의 손짓에 말문을 멈추고.
한국 대통령과 그 앞에 앉은 내외 귀빈들의 시선도 어느새 성재와 미국 대통령을 향해 고정되어 있었다.
미국 대통령은 고심했다.

'이걸 먹으면 일본과의 관계가 무너져. 하지만 이렇게까지 안 먹으면 전 세계에 청소년의 요리를 외면한 미국의 원수로 알려지겠지.'
고심은 오래 가지 않았다. 미국 대통령이 성재를 쳐다본다.
그리고 그의 기지를 속으로 칭찬한다.
'동양에는 저런 인재도 있구나.'
그리고 자신이 발표했던 발언문을 상기해본다.
사실 일본은 전범국이다. 미국과 제2차 세계 대전 때 마지막까지 싸웠던 국가다.
지금의 미국으로서는 전략적 동맹관계이지. 한국처럼 혈맹관계는 아니다.
한국은 베트남 전쟁 때 우리들을 믿고 자신의 군사들을 해외에 전투요원으로 파병을 보내주었다.
그뿐만 아니다. 그 후에도 전투요원은 아니었지만, 이집트 전쟁에는 다국적군으로 현재는 유엔 평화유지군으로 파병을 보내며, 다양한 활동을 하고 있다.
그래서 생각했다. 일본에 비해, 동맹국으로서 제 역할을 다해 온 한국을 실망시키는 게 말이 되는 것인가?
꼬마 청년의 눈을 쳐다보았다.
자신보다 작은 체구. 그러나 누구보다 힘찬 눈동자가 자신을 압박한다.

'그래. 먹어준다. 먹어주마. 누구보다 맛있게 먹어줄게.'

미국 대통령은 이제 알게 되었다. 자신이 잘못 생각했다는 것을.

그리고 그 생각을 이 아이가 심어주었다는 것을.

그가 치즈케익을 먹던 손을 들었다. 그리고 엄지손가락을 치켜들었다.

대통령의 음성.

"엑설런트!"

그리고 그 순간 외신들의 카메라에서 셔터가 멈추지 않고 터지기 시작했다.

다음날, 미국 대통령은 중국과의 정상회담에 참석하기 위해 자리를 떴다.

성재는 조금은 당황했다. 미국 대통령의 호감도.

> 사용자 강성재에 대한 미국 대통령의 호감도가 1,000 올랐습니다

그리고 청와대로 온 놀라운 제안.

대통령은 성재로부터 아침상을 받으며 말을 꺼냈다.

"성재야. 너, 백악관 갈 건 아니지?"

"아직은 국가를 위해 대체 복무하고 있는 중 아닙니까?"

"하하하, 우리 성재를 좋아하지 않는 사람이 없네. 얼마나 마음에 들었으면 백악관에 취직하고 싶으면 오라는 말을 하냐? 웃긴다. 웃겨!"

"......"

"성재를 북한 1호도 좋아하고. 미국 1호도 좋아하고, 한국 1호도 좋아하네. 아~ 이러다 전 국가 1호가 성재한테 마음 뺏기는 거 아니야?"

그러자 대통령의 옆에서 식사를 하던 영부인이 씩 웃었다.

"그래도 한 명은 잃었네요."

"응?"

"일본, 일본 총리는 성재 싫어할 것 같아요. 안 그래요?"

"하하, 그렇지. 걔는 싫어하겠지. 안 그래도 어제 전화 왔었어."

"아베야로 총리가 전화 왔었나요?"

"응. 정식 항의한다고. 독도 새우 때문에 열 받았나 봐."

"그래서 어떻게 했는데요?"

"뭘 어떻게 해? 아베야로! 니 취팔로마. 라고 말해줬지."

"욕이에요?"

"아니, 점심이나 챙겨 먹으라고. 중국어, 나중에 알게 되면 또 분해하겠지만, 뭐 어쩌겠어. 일본이 먼저 사과하지 않는 한 우리는 일본하고 한배를 탈 수 없는데."

"잘했어요."

성재는 대통령과 영부인의 만찬에서 미소를 지었다.

그들은 밥상을 다 비운 채로 성재를 바라본다. 총주방장이 성재를 바라보고, 성재는 주방장의 의도에 따라 대통령과 영부인께 인사를 올린다.

"맛있게 드셨습니까?"

"그래."

그리고 성재가 말한다.

"저 대통령님? 저 휴가 안 주십니까?"

"휴가?"

"네. 여기 추천서에 사인 해주시면 됩니다. 기관장 사인이라서 총주방장 직함으로는 안 된답니다."

그러자 대통령이 고개를 젓는다.

"5일씩이나?"

"보내주십시오."

"아… 곤란한뎅."

그러자 영부인이 대통령의 허리를 찌르며 입을 열었다.

"보내줘요. 그래야 조리공무원 시키지."

"아, 그럼 그거 지원한다는 약속 받고 보내줘야겠다."

"음. 그건 고민 좀 해봐야겠습니다."

그러자 대통령이 씩 웃었다.

"그냥 다녀와. 더는 못 보내주나?"

"그렇습니다. 한 번에 최대 5일입니다."

대통령이 기분 좋게 성재가 내민 서류에 사인했다. 그리고 떠오르는 메시지.

> ⚙ ✓ ✗
> 엔딩 - 백악관 셰프가 도착했습니다

성재의 꿈

대통령님께서 주신 휴가. 오랜만이었다.
오늘은 장종수를 만나기로 해서 호텔로 향하는 길.
성재는 넓고 넓은 서울의 도심 생활에도 어느덧 익숙해져 가고 있었다.
사실 너무 고급스러운 곳이라 혼자는 절대 오지 않는 곳.
반포동에 위치한 고급호텔의 스카이라운지에서 성재를 만난 종수가 말을 꺼냈다.
"성재 형, 아직도 윤아랑 연락하고 있어?"
"배윤아? 윤아랑은 요즘 안 해. 걔 프랑스 가고 나한테 연락 한 번 안 하던데?"
"그랬구나."
"형, 윤아가 뭐 좋아하는 지 알아?"
"나야 잘 모르지. 네가 옆에 더 오래 있었잖아. 그리고 지금 그게 문제야? 너! 교수님 앞에서 윤아 때문에 프랑스 요리학교 가고 싶다는 말, 절대 하지 마. 알았어?"
"어. 알았어. 동현이형이 어제 갑자기 전화한 것도 있어서, 괜히 신경 쓰여서 그래."
"동현이형? 너한테 전화했어? 크크, 뭐라는데? 뭐라고 했는데?"
"그냥 오지 말라고 하던데. 미국 CIA(요리학교) 가라고. 더 좋은 데 있는데 프랑스에 왜 오냐고."
종수의 말에 웃음이 터져 나왔다. 윤아가 예쁘긴 예쁜가?

하긴 한때 자신도 윤아를 좋아했었던 적이 있다. 사랑의 감정이 아닌 그저 그런 오빠 동생으로서의 감정. 그런데 두 녀석들은 아주 푹 빠져들었나 보다.
"종수야. 동현이형이 너랑 윤아 만나는 거 진짜 싫어하나 보다."
"형도 그렇게 생각하지?! 맞지? 내 감이 틀린 거 아니지?"
"내가 무슨 말을 해줘야 돼?"
"아~ 진짜, 대박이다. 동현이형 진짜 음흉하다. 솔직히 너무 해. 너무해도 너무너무한 것 같아. 나이도 많이 차이 나는데!"
그러자 성재가 씩 웃었다.
"나이가 문제야? 동현이형은 윤아 엄마한테 호감 사려고, 교회도 다닌다는데?"
"그 형이 교회를 나간다고? 이건 진짜 말 안 된다. 그 형 집안 다 불교인데."
"그래? 그랬구나. 크크."

그리고 보니 이제 손님이 올 시간이다. 프랑스에서 한국에 강의하러 2~3개월에 한 번씩 오는 심사위원님. 성재는 그를 확인하고는 자리에서 일어나 인사를 드렸다.
"안녕하세요. 까들로프 교수님."
물론 종수도 같이.
"안녕하세요. 교수님!"
까들로프는 미소를 지었다.
"성재씨! 이 친구를 추천하고 싶다고요?"
"네. 종수라고 제 아는 동생인데, 입학추천서 좀 써주시면 좋을 것 같아서요."
"국내에서 다니면 되잖아요."
"프랑스에서 다니고 싶어 하더라구요. 거기서 디플로마 받고 현지 경험 할 수 있는 것도 있고 해서."
"후후, 우리 성재씨가 그렇게 말하면 해줘야지."
"감사합니다."
종수는 미소를 지었다. 자신이 알게 된 인맥. 강성재라는 형의 입지.
그는 이제 프랑스 미슐랭 쓰리스타 레스토랑의 총괄셰프인 그에게도 편하게 말할 수 있는 존재가 되어 있었다. 그래서 생각했다.
요식업계 한정이겠지만, 재벌인 할아버지보다도 더 영향력을 끼칠 수 있을 거라고.

"종수씨는 나이가 몇 살이죠?"
"19살, 고3입니다."
"고등교육 연계과정으로 와야겠네요?"
"네."
"그래요. 1주일 뒤에 9개월 교육과정 시작하니까 바로 와요."
"감사합니다. 정말 감사합니다."
커피를 음미하며, 까들로프 교수는 성재만을 바라보았다.
이제 곧 녀석이 국방(?)의 의무를 다하고 제대(소집해제)를 한다. 그러면 자신의 제자로 올 수 있다. 사실 그것 때문에 온 것이고. 그래서 말했다.
"성재씨, 내가 예전에 했던 제안 생각해봤어요?"
성재는 자신에게 '씨'라는 존칭을 불러 말하는 까들로프의 바뀐 말투를 보며 자신을 어떻게 생각하는지 어렴풋이 알게 되었다.
"어떤 것 말씀이세요?"
"우리 레스토랑에 와서 배우라고 했잖아요. 내가 최고의 요리사로 만들어준다고."
"네. 분명 그렇게 말씀하셨었어요."
"그런데?"
"아, 아직까지 제가 무엇을 해야 할지 고민이에요. 저 아직 어리잖아요."
"어리긴, 성재씨! 이제 한국 나이로 23살이잖아요. 그 나이면 스스로 무언가를 결정하고, 스스로 책임져야 하는 나이인데, 어리다곤 못하죠."
"그렇죠? 저도 잘 모르겠어요. 그래서."
까들로프는 성재의 말을 거절의 의미로 받아들였다.
이래서는 안 됐다. 그를 꼭 붙잡아야만 했다. 미국 대통령의 마음조차 사로잡은 청년이었다. 유럽에서 그는 영웅이나 다름없었다.
해외 토픽에 몇 번이나 언급될 정도로 화제였던 성재의 활약. 그런 그는 지금 자신과 인지도 면에서 동급. 아니, 더 위일 것이다. 거기에 요리 실력도 불과 몇 개월 만에 놀라운 수준으로 향상되었다.
방송을 통해서, 그리고 직접 본 경험으로도 알 수 있었다. 그래서 꼭 잡아야만 했다.
그래서 제안했다. 그가 거절할 수 없는 제안을.
"교수 자리 줄게요."

"네?"

"르 꼬로동 블루, 교수자리 무조건 줄 테니까, 복무 끝나면 바로 프랑스로 와요."

성재는 깜짝 놀랐다. 교수라니, 생각도 하지 않던 방향.

남들은 입학 추천서만 받아도 영광이라며 기뻐하는데, 교수 자리를 준다니.

그런데도 성재는 별 감흥이 없었다.

'좋아해도 되는 거잖아. 그런데 왜… 지금은 기쁘지가 않지?'

> ⚙ ✓ ✗
> 엔딩 - 르 꼬로동 블루 책임교수가 도착했습니다
> 엔딩 - 미슐랭 쓰리스타, 라이프 가든 총괄 셰프가 도착했습니다

그래서일까? 메시지가 떠도 성재는 담담한 말투로 까들로프의 제안에 답변했다.

"일단 소집해제하고 말씀드리겠습니다. 국방의 의무를 다하는 게 먼저 같습니다."

까들로프가 인정한다는 듯 고개를 끄덕이면서도 다시 한번 당부의 말을 건넸다.

"성재씨, 인생에 기회는 많이 오지 않아요. 저도 그렇게 인내심 많은 사람은 아니고요. 최소 6월 말까지는 대답해줬으면 좋겠어요."

"네."

"알죠? 그 기회 안 잡으면, 한국에서 제가 키우는 사람은 김용우씨가 된다는 거."

그러고 보니 그랬다. 까들로프는 원주, 군사령부 요리대회에서 김용우에게 추천서를 주며 기회를 주었다.

성재는 생각했다. 이 교수님은 꼭 자신이어야만 하는 게 아니라 한국인 제자를 키우고 싶은 거라고.

물론 그건 성재가 잘못 생각한 거였지만.

"네. 생각해보겠습니다. 추천서 써주셔서 정말 감사합니다."

"아니에요. 성재씨를 잡으려면, 이 정도는 아무것도 아니죠. 더 이상 말했다가는 서로 기분 상할지도 모르니까, 성재씨 결정 기다리고 있을게요. 최대한 빨리 연락 줘요."

"네. 알겠습니다."

까들로프가 자리에서 일어나 떠났다. 그가 남겨놓은 추천서 한 장. 그건 종수의 것.

장종수는 추천서를 받고 좋아하기보다는 오히려 질투의 감정을 드러냈다.

"형! 형, 이게 꿈이야? 생시야?"
"뭐가?"
"교수님으로 오래잖아. 그럼 6월달 되면 형이 교수고 내가 학생 되는 거 아니야?"
"아직 벌어지지도 않은 일을 가지고 뭘 그렇게 흥분해?"
"형은 이게 흥분이 안 돼? 아무렇지도 않아?"
"뭘 해야 될지 모르니까 그렇지."
"와! 진짜 형 욕심 없다. 진짜 욕심 없어."
성재는 종수의 말에 창밖을 쳐다보았다. 그리고 생각했다.
'욕심이 없는 게 아니야. 욕심이 너무 많아서, 이 모든 것들이 아무렇지도 않게 보이는 거야.'

세상이 순수하게 보이질 않았다.
성재는 다른 생각이 있었다. 어려운 사람들을 돕고 싶었다.
사람들에게 희망을 주고 싶었다. 자신이 포기하고 싶었던 인생에서 지금의 인생을 찾았듯, 남들을 위한 꿈의 전도사가 되고 싶었다.
그래서일까? 나만의 사업을 하고 싶었다. 나만의 브랜드를 만들고 싶었다.
나만의 먹거리 타운을 만들고 싶었다.
무조건 돈이 전부는 아니었다. 같이 살아가고 싶었다. 누군가 혼자 부를 독점하는 게 아니라, 노력만 하면, 열심히만 하면 누구나 다 잘 살게 하고 싶었다.
공산주의하고는 다르다. 자신이 원해서, 노력한 만큼 가져가야 한다. 그래서 생각한 것이 사업이었다. 성재는 요즘 고민이었다. 계속해서 고민이었다.
'아니지. 사업이라기보다는 협동조합이란 표현이 어울리겠다.'
무엇이 맞는지 잘 몰랐다.
'아니, 협동조합은 내 이상을 구축할 수 없어. 내 이상은….'
그래서 종수에게 말했다.
"종수야. 너 나랑 코스콧 좀 같이 가자. 회원권 있어?"
"아, 당연하지. 아마 있을 거야."
"그래. 그럼 가자."

코스콧 회장의 이념. 성재가 가장 본받고 싶은 사람.
그는 사업을 하며, 이윤을 15% 이상 남기지 않는다.
대지료, 임대료 등을 아끼기 위해, 도심이 아닌 외곽에 건물을 세운다.
그럼에도 항상 사람들이 많았다. 역시나. 건물 안은 인산인해(人山人海)를 이루고 있었다. 평일인데도 사람이 가득 찼다.
성재는 자신의 이상과 이념을 종수에게 생애 두 번째로 말했다.
첫 번째는 물론 백동원 셰프였고. 백동원 셰프는 성재가 계획대로 잘 되면, 자신도 그 안에 자신만의 음식점을 내겠다고 말했었다.
"내 아이템 어때?"
"형, 이거 성공할까? 창고형 매장하고 음식점은 다른 관점에서 접근해야지. 창고형 매장은 오면 한 사람이 수십만 원씩 물건을 사가잖아."
"그래? 너는 실패할 거라고 생각해?"
"응. 나도 경영 수업을 제대로 받은 적은 없지만, 사업에 대한 기본은 알아. 100명이 와서 5,000원짜리 음식을 먹어서 50%를 남기면 25만 원이야. 그런데 그것도 생각해야지. 도심지에 있어도 100명 올까말까인데, 시골 같은 곳에 누가 5,000원짜리 먹으러 오겠어? 오히려 더 손해지."
"넌 그렇게 생각한다는 거지?"
"그렇지. 당연히. 그리고 형은 무슨 충북 옥천에 음식점을 만든다고 그래? 형 집이 원래 거기라서? 고향이 거기라서?"
"그것도 그렇고, 땅값이 엄청 싸잖아. 그러니까 거기다 건물 세우고 장사하면 잘 될 것 같다고 생각했지."
"말도 안 되는 소리 하지도 마. 사업적인 마인드는 이 형, 완전 꽝이네."
"네 생각은 그렇다는 거지?"
"그래."

성재는 자신의 생각을 접었다. 자신이 이상적으로 꿈꿔왔던 미래.
자신의 이름을 내건 먹거리 타운 조성. 시골 마을 전체가 음식점만 있고. 그 음식점을 이용하기 위해 사람들이 방문하는 관광지로 만들겠다는 게 성재의 생각.
그런데 부정적인 의견과 마주치자, 저절로 고개가 떨궈진다.

왜? 돈이 없어서? 내가 유명하지 않아서?

아니다. 확신이 없어서였다. 과연 내가 성공할 수 있을까?

내 꿈과 이상을 다 이룰 수 있을까? 이 세상에는 내가 모르는 분야가 너무 많다.

단 한 번의 실패로도 인생은 시궁창이 될 수 있다.

모르는 분야에 도전할 때는 더욱 그렇다. 많은 사람의 의견을 들어보고, 그것을 종합하며, 조금이라도 더 성공할 수 있는 방향으로 가야 한다.

그런데….

시스템이 응답했다.

성재는 속마음으로 외쳤다.

'Yes.'

그러자 새로운 메시지가 떠오른다.

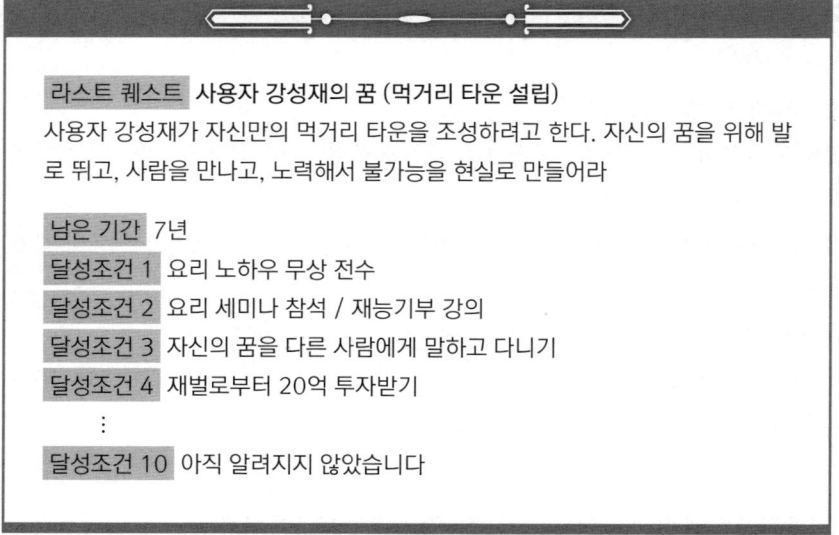

294

소집해제 된 성재

어느덧 시간은 흘러 벌써 7월.

소집해제를 하루 앞둔 시점. 늘어난 복무기간만큼 더 출근해야만 했던 성재.

그러나 모든 게 즐거웠다. 자신이 선택했던 일. 후회는 없었다.

그동안 많은 일이 있었다. 간첩 려진주의 동생이 성재가 준 돈으로 북한에서 간신히 탈출하여, 한국으로 입국하고 있다는 소식도 전해졌고.

강희철 하사가 결국 말뚝을 박았다는 소식도 들려왔다.

이유는… 공무원 떨어져서라고.

오민호 하사는 이번 중사 1차 진급에서 떨어졌다고 한다.

원래 1차 진급율이 10%밖에 안 되지만, 세계 군인 대회에서 딴 메달이 있어서 잘 될 줄 알았는데, 교육기관 성적이 하위 10%라서 결국 진급심사에서 고배를 마셨다고.

그래도 그는 긍정적이었다.

'내년에 진급하면 되지 뭐!'

그리고 배원영 소장은 또다시 중장으로 진급.

원래 근무하던 강원 동부 지역의 군단장으로 가게 되었다고.

그리고 한국에 잠시 들어온 동현이형이 성재의 집에서 입을 튼다.

"야! 나! 짜증나. 배윤아한테 까였어."

"형이 부족했네."

"아, 돈으로도 안 넘어오고, 교회 다녀도 안 넘어오고, 어떻게 해도 안 되네."

"종수는?"

"걔도 마찬가지지. 뭐. 그나저나 넌 어떻게 할 거냐? 내일 소집해제라며! 나랑 같이 사업 할래?"

"형이랑? 미쳤어?"

"야! 미치긴 뭘 미쳐. 너만 영입하면 성공은 따 놓은 당상이라니까. 네 얼굴로 CF내보내고, 도시락 팔고, 귀빈들 행사 진행할 때 얼굴 비춰주고 하면 돼. 뭐가 어려워?"

"휴우, 형이랑 나는 좀 가치관이 다르다. 달라."

"뭐?"

"형은 내 생각을 아직도 모르는 것 같아."

"뭐 인마! 네가 말해야지. 내가 뭘 알지."

"말해줄게."

성재는 자신의 포부를 윤동현에게도 말했다. 그가 고개를 끄덕이면서 입을 열었다.

"난 100% 성공한다고 본다."

"어?"

"널 믿고 올 사람이 몇 명이나 되느냐에 따른 건데…."

"그렇지."

"내가 밀어주면 100%라고 봐."

"확신해? 종수는 아니라던데, 도와줄 수 있어? 형, 그만한 돈 있어?"

"일단 사업 전망이 있는지는 전문가 통해서 제대로 분석해볼게. 이 사업이 될지 안 될지는 순전히 너의 이름값에 달린 거니까."

"……."

그가 떠났다. 그리고 24시. 소집해제 당일이 되었다.

요리사의 길 튜토리얼이 종료되었습니다
이제 엔딩을 열람할 수 있습니다. 열어보시겠습니까?

엔딩.
내가 갈 수 있었던 길. 그리고 지금이라도 선택하면 갈 수 있는 길.
성재는 자신의 집에 누워 엔딩을 하나하나 눌러보았다.

청와대 7급 조리공무원.
머릿속에서 자신의 미래모습이 보여진다. 자신이 그린 모습 그대로였다.
요리에서 최고점을 찍은 성재는 모두의 선망을 받고 있었다.
'괜찮은 선택이였구나. 나, 꽤 열심히 살고 있잖아?'
그러나 그의 혼자 있는 표정은?
우울하다. 성재는 자신을 향해 의문을 가졌다.
'왜? 뭐가 문젠데?'
다른 요리사가 다가오며 쉬고 있는 그에게 말을 걸었다.
"강성재 주방장님? 무슨 생각을 그렇게 하십니까?"
"아니, 내 주변에 여자는 없나 싶어서."
"청와대 들어왔으면 포기하셔야죠. 24시간 대기하는 군대나 다름없는 직장인데, 개인 시간이 없으니까 어쩔 수 없는 거죠."
"그렇겠지?"
대통령을 잘못 만나, 퇴근도 못 하고 고생하고 있는 청와대 조리사들.
그리고 이어지는 미래. 중년의 성재가 후배 셰프에게 고개를 저으며 묻는다.
"언젠가는 생기겠지?"
"아니요. 절대 안 생겨요."

다음 엔딩을 열람해보았다.

르 끄르동 블루의 요리학교 교수

의외로 젊다. 아니, 현재 모습이나 다름없었다.
성재는 강의실에 들어가 학생 앞에 섰다. 그러자 익숙한 얼굴이 보인다.

'장종수. 그리고… 윤아도 있잖아.'
성재는 수업을 엄청 잘했다. 프랑스어는 아니었지만, 한국어를 쓰면서도 이해하기 쉽게 구분 동작으로 요리를 가르치며, 첫 수업을 원만하게 끝낸 터였다.
첫 수업이 끝나고, 윤아가 성재를 향해 말을 걸었다.
"오빠가 교수님으로 온 거야?"
"그래. 오빠라고 부르지 말아 줄래?"
"응?"
"넌 학생이고, 난 교수잖아. 프로페서라고 불러야지."
"됐거든!"
프랑스에서의 생활은 미래의 자신에게 활력소를 주었다. 새로운 사람을 만나고, 새로운 인생을 경험하고, 자신보다 어린 친구들에게 자신의 경험을 가르치는 일.
분명 보람 있는 일이었다. 끌리기도 했다. 그런데 그것도 몇 년이었다.
"교수님, 또 초청 강의가 있는데요."
"아… 제가 꼭 가야 하나요?"
"네. 가셔야 합니다. 교수님이 오시기를 다들 기다리십니다."
그 모임은 사교모임. 자신이 원했던 것은 이게 아니었다. 각종 행사에 불려가고, 거기에서 자리를 채워야 하는 것. 마치 정치인과 같이 여기저기 쉼 없이 사교모임을 다녀야 하는 것. 특히 프랑스는 그게 더 심했다. 오늘도, 내일도, 모레도.
그들 앞에서 억지웃음을 지으며, 하고 싶은 요리는 못 하고, 얼굴을 비치며, 그들의 비위를 맞춰야 하는 일. 그가 원하지는 않는 미래였다.

스타 셰프.
성재를 따라다니는 사람들이 엄청 많았다. 어디를 가든 인파가 쫓아다닌다.
승승장구. 키가 작은 게 흠이었지만, 외모는 화장발로 커버가 된다.
"오빠! 여기 보고 웃어주세요!"
"응."
"오빠! 여기도요!"
"네~ (찡긋!)."

"꺄아아아악!"
그리고 대기실. 아까의 환한 웃음과는 달리 매니저랑 실랑이가 벌어진 미래의 성재.
"아, 미치겠다. 내가 이거 해야 돼?"
"왜? 다 너 돈 벌어주는 사람들이잖아. 억지로라도 웃어야지."
"어제는 사생팬 여고생이 화장실에 숨어있어 가지고, 얼마나 놀랬는지 아냐?"
"그래도 감싸 안아. 그래야 돼!"
스타 셰프라는 직함. 훌륭해 보였지만, 결국은 다 방송이미지.
이것도 돈은 많이 벌었지만, 자신이 원하던 인생은 아니었다.

그리고 마지막 백악관 셰프.
"미스터 강? 다음 당선인께서 당신을 해고하셨습니다."
"뭐라고요?"
"해고당하셨습니다. 실업급여는 3개월간 신청하실 수 있으니까, 그동안 직업 찾아보는 게 좋을 거예요."
자유민주주의 국가의 표본, 미국의 단점. 고용보장이 어렵다는 점.
미합중국 대통령이 바뀌자마자, 성재는 단번에 잘려버렸다.

성재는 씩 웃었다. 전반적으로 살펴봤을 때, 나쁜 점만 있는 것은 아니었다.
주마등처럼 스쳐 가는 기억들. 그리고 미래의 이미지.
좋은 이미지도 있고, 나쁜 이미지도 있다.
그럼에도… 괜찮았던 점은….
'지금까지 만난 사람들과의 관계는 좋았네.'
없었을 때 만난 사람들이 주변에 계속 자리를 지킨다.
그리고 자신의 본질을 알기 때문에, 끝까지 믿어준다.
결국, 돈보다는 사람. 그리고 가족, 친구.
아침 일찍 출근한 성재는 대통령께 인사를 드렸다.
"그동안 감사했습니다."

"아쉽네. 아쉬워. 나랑 같이 있었어야지."
"그건 죄송합니다. 제 인생을 걸고 싶은 목표가 생겼거든요."
"그래? 나가서 잘 해봐."
"네."
"응원할게."
"감사합니다. 정말 열심히 하겠습니다."
"그래. 그렇게 합시다."
헤어짐의 시간. 청와대를 나오는 성재를 향해 주방 사람들은 물론 대통령과 영부인까지 나와 손을 흔들어준다.
성재는 고마웠다. 자신을 끝까지 믿어주었던 사람들이 너무나 고마웠다.
그리고 자신의 새 인생을 성공적으로 시작하기로 마음먹었다.
자신이 꿈꿔왔던 삶. 그것을 믿어주는 사람이 있기에.
긴 시간을 들여 도전해보려 한다.

대전의 작은 투룸. 민지가 오빠를 보더니 씩 웃었다.
"오빠! 이제 오빠랑 헤어지지 않아도 돼?"
"그럼. 당연하지. 민지 클 때까진 쭉 민지랑 함께 있어야지."
그리고 그의 집으로 놀러 온 사람들.
"잘 지냈냐?"
"동원이형… 그리고 캡틴."
"잘 지냈어? 소집해제 했다며! 너 우리 레스토랑에서 일할 거야? 안 할 거야?"
"알바는 해도 되죠?"
"뭐야? 프랑스는 안 가기로 한 거야?"
"네. 고향에서 살려고요. 요 근처에서 저만의 음식점을 차려보려고요."
"크크, 미친놈! 23살짜리가 무슨 자기만의 음식점을 차려?"
캡틴의 말에 성재가 씩 웃었다.
"할 겁니다!"
그리고 잠시 후 누군가가 문을 또 두드린다.
"누구세요?"

"강희철 하사님 오셨다. 문 열어라."
"크크, 뭐야!"
강희철과 오민호가 함께였다. 그 둘은 성재를 위해 병장 전역모를 사들고 들어온다.
"뭐야! 희철이형! 이건 아니잖아."
"뭐가 아니야. 제대했으면 이거 받아야지."
"알았어. 고마워."
그리고 오민호가 씩 웃는다.
"병신!"
성재는 친구의 말에 대답했다.
"너나 병신! 하사 좋냐?"
"좋다. 재밌어. 즐겁고."
"좋으면 됐다. 들어와! 다른 손님들도 있어."

모두가 왁자지껄 떠들며, 성재에 대한 이야기를 이어가는 사람들.
특히 강희철하고 오민호가 계속 군대 얘기를 이어간다.
"성재 짬찌였을 때부터 좀 특이했었습니다."
"어떤 면에서요?"
"그냥 무슨 자기가 엄청 정의로운 듯 행동했고요. 선임들한테 예쁨 받으려고 별 쇼를 다 했어요. 특히 간부들 똥꼬를 잘 빨더라구요."
"크크, 그랬구나. 우리 레스토랑에서도 그랬는데."
그러자 7살 민지가 옆에서 묻는다.
"오빠, 똥꼬는 왜 빨았어?"
성재는 당황해서 말했다.
"그게… 그 똥꼬가 아니고, 아, 안 빨았어. 똥꼬를 왜 빨아! 오민호! 이상한 얘기 좀 하지 마. 애 있는데, 왜 그래?"
분위기가 즐겁게 흘러가는 도중 아버지가 장사를 마치고 돌아오셨다.
"아, 손님들이 와 계셨네. 다들 우리 아들 보러 오셨나?"
"안녕하십니까?"
"그래. 여기 동원씨는 알고, 누구실까?"

"정종구입니다. 작은 호텔 레스토랑 운영하고 있습니다."
"성재 동기 민호입니다."
"성재 군 선임 희철입니다."
그러자 아버지가 씩 웃으며 말한다.
"아~ 아들놈한테 말씀 많이 들었어요. 기왕 우리집 온 거 꿀타래 한번 먹어볼래요?"
"네?"
"내가 꿀타래 사장이잖어. 드셔봐. 이것도 우리 아들놈이 가르쳐준 거야."

아버지가 오랜만에 집에서 꿀타래를 직접 만드신다. 성재는 미소를 지었다.
손이 좌에서 우. 우에서 좌.
위에서 아래. 아래에서 위.
돌리고 돌리며, 옥수수 가루가 묻은 꿀반죽이 늘어나고, 얇아지기를 반복한다.
아버지는 이제 프로셨다. 꿀타래 하나만으로도 먹고 살 수 있었다.
대전. 조그마한 지역이지 이곳 동네에서 명물이라는 소리를 들을 만큼 대화면 대화, 장사면 장사, 성격이면 성격. 모든 게 다 1년 전과는 달라졌다.
아버지가 해주신 꿀타래를 먹는 성재의 지인들. 얼굴에는 저절로 함박웃음이 터져 나오고, 민지가 아빠를 향해 미소를 지으며 말했다.
"아빠! 민수 줄래. 꿀타래 하나 싸줘."
"민수?"
"응! 어제부터 사귀는 남자친구 이름이야."
그러자 강용일은 한 술 더 떠 딸에게 물었다.
"민지야! 누가 먼저 사귀자고 말했어?"
"내가 민수한테 너! 내꺼야. 라고 말했어. 그러니까 민수가 알았대."

에필로그 : 꿈과 미래

대전에서 충북 옥천으로 가는 길. 망한 아울렛 부지를 사들인 어느 기업에 의해, 먹거리 타운이 조성된다는 소식이 전해졌다. 아무것도 없는 곳에 먹거리 타운이라니. 보통은 아울렛이 먼저 들어서고, 그 유동인구에 따라 먹거리 타운이 들어서는 게 수순인데. 망한 아울렛 자리에 들어간다니, 다들 의아해했다.

하지만 윤동현은 자신의 선택을 믿었다.

주변 땅도 5년에 걸쳐 구입해두었다. 그리고 자신의 동업자를 향해 물었다.

"성재야. 몇 명이나 들어오겠대?"

"조합원으로 1차는 일단은 8명."

"누구누구인데?"

"동원이형, 정종구 캡틴! 효석이형, 그리고 윤아. 나머지는 형 모르는 사람이야."

"다들 천만 원씩 입금했어?"

"응. 근데, 형 괜찮아? 겨우 인테리어 비용, 천만 원만 부담시키고, 나머지는 매출의 10%만 받는다고? 임대료 이런 거 생각하면 수지타산 안 맞을 것 같은데."

"어. 어차피 투자잖아. 성공해서 땅값 오르면 그 가치가 더 커. 그러니까 괜찮아."

"그래. 난 형만 믿어도 되는 거지?"

"그래. 사업부문은 나한테 맡겨."

윤동현은 20억이란 자금을 끌어왔다. 다 자신의 주식을 담보로 한 담보대출이었다.
그가 설립한 두 회사. 성현 건설 및 성현 식품.
주식 배분 50% : 50%인 두 법인. 거기에 일단 성재랑 5억씩 투자하고, 나머지는 10억이란 금액을 가수금으로 넣어 회사에 필요한 자금을 수혈하는 방식.
자신이 주식을 더 가질 수도 있었지만, 비율은 성재와 동일하게 맞췄다.
성재가 그렇게 원했으니까. 그럼에도 둘은 서로를 믿었다. 그래서 함께할 수 있었다.
주변 분들은 다 말렸지만, 성재라는 이름값 하나가 윤동현이 그러한 선택을 할 수 있게 만들었다. 성재는 언제나 확신을 가지고 있었다. 반드시 성공할 거라고.
자신이 그동안 노력했던 거라면, 자신의 꿈과 이상을 실현할 수 있을 거라고.
휑하디 휑한 도로. 아무도 관심 가져주지 않을 법한 산골.
그럼에도 그가 자신감을 가진 이유는?

그의 수많은 단골고객이 있었기 때문이다.
하루 매출 600만 원이라는 대박 가게.
물론 처음에는 초라했다. 한 달 매출이 고작 200만 원도 되지 않은 때도 있었다.
그러나 입소문이 번졌다. 그게 천만 원이 되고, 3천만 원이 되고, 5천만 원이 된다.
자신의 이름 하나 걸지 않고, 오로지 소문만으로 키운 매출이었다.
가게 메뉴는 딱 하나.

아무거나.

가격은? 1만 원 이상.
대신 맥시멈은 없다. 손님 마음대로 1만 원을 내도 되고, 5만 원을 내도 되는 음식.
그런 말도 안 되는 장사방식이지만, 성재에게만은 통하는 방식.
손님들이 좋아하는 요리를 주인장이 알아내고, 귀신같이 만들어내는 신기방기한 능력에 사람들이 몰려든다. 어떤 사람은 성재에게 자신의 미래를 점쳐달라고 부탁하기도 하고, 어떤 사람은 성재의 음식을 먹으며, 자신의 과거에 있었던 추억을 말하기도 한다.
그러기를 3년. 그야말로 장사의 신. 그래서일까?
외딴곳으로 이전해도, 그를 믿고 옥천까지 찾아오는 사람들도 생긴다.

첫날 그의 음식점에는 600여 명이 몰렸다. 그야말로 신기에 가까웠다.
성재의 음식점 이름은 〈아무거나 만들어드립니다〉.
베스트 셰프 우승자. 청와대 조리장. 미국 대통령이 인정한 사나이. 간첩 잡은 영웅.
수많은 타이틀을 뒤로하고, 오로지 직접 이룬 명성으로 모인 숫자.
그런 성재의 명성 때문일까? 그 옆 가게에도 사람이 몰린다.
성재의 왼쪽 가게는? 윤아가 차린 〈르 마레 Le Marais〉라는 이름의 프랑스 레스토랑.
오른쪽 가게는? 성재의 선임이었던 서효석의 〈한국성(韓國成)〉이라는 중식 전문점.
그 맞은 편. 이제 오픈을 하려는 사람이 보인다.
백동원 셰프는 자신의 오픈을 점검하러 온 사내를 보며 말했다.
"미안해요. 늦어졌네."
"괜찮아요. 형님! 오늘 저녁 중으로 오픈하시나요?"
윤동현 기획실장의 질문에 백동원이 말했다.
"우리 실장님 뜻대로 해야지. 내일 오픈할까?"
"아니요. 오늘부터 하시는 게 저야 좋죠."
"그나저나 저 빈 건물은 어떻게 해?"
"문의가 엄청 오고 있거든요. 기자들 몇 명 다녀오고 나서, 기사에 났나봐요."
"그래?"
"네. 부동산값도 오를 것 같다고 해서, 이쪽 부근에 아울렛은 다시 추진될 것 같고, 기타 주변에 관광지와 연계해서 여행상품도 만들어보려고 하는데, 이건 좀 더 시간을 두고 추진해야 될 것 같아요."
"아직은 아무것도 결정 안 된 거지?"
"네. 열심히 해봐야죠. 그래도 아무것도 없었잖아요. 그런데 다 성재라는 이름 덕분에 이런 시골 동네에 활기가 돌고 또 사람들이 찾아오잖아요."
"그렇지."
"그나저나 성재 엄청나네요. 사람들 줄 선 거 보세요. 오늘 내 입장 못 하겠는데~."

시간이 지남에 따라 망했던 아울렛 빈자리는 차츰 채워지기 시작했다. 윤동현만 노력하는 건 아니었다. 매주 월요일. 성재는 식자재를 공급받기 위해 공장에도 방문한다.
"공장장님! 저 왔어요."

"아, 우리 강 사장님 오셨어요?"
"네. 잠시 물건 좀 확인해봐도 될까요?"
성재는 매의 눈으로 쳐다보더니, 고개를 저으며 말한다.
"김치 담근 거, 여기부터 여기까지는 소금이 많이 들어가서 빼야 될 것 같은데요. 맛이 좀 과할 것 같아서요. 이 부분은 저희 뺄게요."
"알겠습니다. 사장님!"
"아~ 그리고 공정 중에 물에 헹구는 공정 있잖아요. 그거 속은 셈 치고, 2분만 더 씻어보세요. 그럼 김치 맛이 월등히 올라갈 겁니다."
"아, 알겠습니다. 강사장님, 저희 많이 이용해주셔서 감사합니다."
"많이라니요. 겨우 하루에 100kg인데."
"후후, 하루 100kg면 엄청 많은 겁니다. 저번 달만 해도 50kg씩 사시다가 벌써 하루 구입량만 100kg 되셨잖아요."
성재는 새벽부터 주변을 돌며, 다른 가게도 식재료를 봐준다.
"윤아야. 너, 오늘 새벽에 들어온 고기 그거 별루야. 반품해."
"왜?"
"운반 도중에 공기중에 조금 노출된 것 같아. 냄새 맡아 봐."
윤아가 고개를 저으며 성재를 향해 말했다.
"어? 진짜네."
"크크, 넌 진짜 많이 맞아야겠다."
"치, 그래도 알려줘서 고마워. 오빠, 나 알지? 오빠 믿고 여기까지 온 거."
"뭘 알아? 돈 벌려고 온 거지."
"아니거든요!"
"알았어."
"그런데 오빠, 오늘 저녁때, 우리 레스토랑에서 한잔 할래?"
"바쁘거든?"
"치! 끝까지! 오빠, 나 오빠 과거 알아."
"또 뭔데?"
"동영상 틀어줘?"
"동영상?"

윤아가 동영상을 틀었다.
유격장. 앳된 성재의 얼굴.

- 누가 도하 준비하라고 했습니까? 모두가 알고 있는 그 이름 크게 한 번 불러봅니다.

"야야야!"
성재가 당황하는데, 동영상은 계속해서 흘러나온다.

- 윤아야! 보고 싶다!
- 도하!

오민호가 만든 희대의 작품. 성재는 눈살을 찌푸리며 말했다.
"윤아야."
"응."
"실수야."
"크크. 미쵸. 됐어. 조금 이따가 우리 아빠 올 거야. 그때 같이 봐."
"뭐?"

국방부장관이 등장했다. 배원영 장관의 등장 때문일까? 수행하러 온 3명의 각 군 총장들. 윤아네 가게에 어쩔 수 없이 불려간 성재.
"성재야."
"네. 단장님."
"우리 딸이랑 언제 사귀냐?"
"네?"
"이제 만나야지. 내가 언제까지 기다려주면 되겠니?"
그리고 윤미옥 권사도 미소를 지으며 말한다.
"만나줘. 너 때문에 여기까지 왔는데."

연애라고는 제대로 해보지도 못하고, 한 여자한테 잡혀서 결혼했다.

그럼에도 나쁘진 않은 것 같았다. 충북 옥천의 망했던 아울렛은 충청도 최대규모의 아울렛으로 성장했고, 그곳에 있는 먹거리 타운은 각종 장관은 물론, 대통령, 그리고 미합중국 전 대통령도 방문하는 유명한 관광지가 되었다.
겨우 5년 만에 성재는 윤동현과 함께 투자한 금액이 수천억으로 불어났다.
이제 대한민국에서 무시할 수 없는 자산가. 그러나 부자임에도 욕을 먹지는 않았다.
수익률 15%. 폭리를 취하지 않는 합리적인 경영방식은 한국 사회에 큰 귀감이 되었다.
예전에는 해외에서 직접 직구하는 게 더 쌌는데, 이제는 그리 큰 차이가 나지 않는다. 오히려 한국에서 사는 해외제품이 더 쌀 수도 있다.
음식도 마찬가지였다. 자신의 레시피를, 먹거리 타운에 입점한 음식점에 고스란히 공개하고, 같은 요식업 분야는 한 곳 이상 입점하지 못하게 통제한 덕분에 요식업에 들어온 사람들은 하나같이 다 대박이 났다.
그래서 여기 동네 어르신들은 성재를 칭할 때 존칭으로 부른다.
"강성재 사장님은 대단하신 분이죠. 나이도 어린데, 사업 마인드는 정말 존경해요. 음식도 다 자신이 평생 연구하신 거잖아요. 아는 것도 많고, 다방면에 다 뛰어나세요."
물론 윤동현도 마찬가지.
"윤동현 실장님도 대단하세요. 강성재 사장님을 10년 전부터 믿고 투자하셨었대요. 원래 재벌 출신인데, 성재 믿고, 회사 포기하고 사업에 올인해서 성공하셨잖아요. 10년 만에 수천억인데, 얼마나 더 크실지는 모르겠네요. 응원하고 있습니다."

성재를 지켜보던 홀로그램은 성재의 성공을 보며 씩 웃었다.
그리고 타 차원에서 키보드를 누르며, 열심히 무언가를 세팅했다.

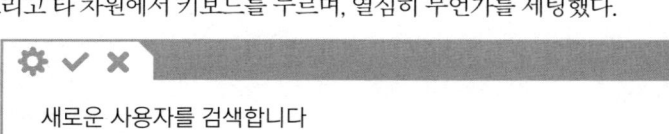

또다시 10년 뒤.

"성재씨. 뭐 해줄 거야?"

"음, 자기 좋아하는 거로 해줘야지."

그런데 보이지가 않는다.

'요리사의 눈! 요리사의 눈! 왜 안 보이는 거야? 왜?'

그래서일까? 평소에 하지 않던 실수도 한다.

"어? 나 오늘 이거 먹고 싶은 생각 없었는데."

"하하, 그래? 미안."

며칠 후. 성재는 자신의 능력이 사라졌음을 느꼈다.

'이제는… 안 보이는구나.'

그럼에도 상관없었다. 이제 요리에 있어서는 레시피를 보지 않아도, 홀로그램의 도움이 없어도 평균 7성이라는 높은 수준의 음식을 만들어낼 수 있었으니까.

"지성아! 밥 먹어야지."

아들을 부르는 성재. 그런데 지성이가 눈을 깜박이더니, 막 울먹인다.

"으아아아."

"왜?"

"아빠! 유령! 유령!"

"어?"

"유령! 파란 유령! 홀로그램!"

"뭐?"

그리고 성재의 아들, 강지성의 앞에 뜬 메시지.

> ⚙ ✓ ✗
> 요리사의 길 튜토리얼이 시작되었습니다

후기

장정의 막이 내렸습니다. 성재가 월 80만원짜리 가난한 집안에서, 스스로의 노력과 약간의 도움(?)으로 인생의 성공을 이뤘습니다. 저도 많은 변화가 있었는데, 동료작가들과 원룸에서 3명이 숙식하며 한 달에 20만원을 겨우 벌어 풀칠하던 제가, 불과 3년 만에 조그마한 개인 오피스텔에서 혼자 독립해서 작업할 정도로 삶의 질이 많이 좋아졌네요. 다시 한 번 감사드립니다.

남자에게 군대는 떼놓을 수 없는 곳이라고 생각합니다. 부모님과 떨어져 생면부지의 사람들과 만나 24시간 같이 생활해야 되고, 개인의 자유라고는 보장되지 않는 개방공간에서 2년 가까이 지내게 되죠.
하지만, 이런 공간에도 사람들은 살고 있습니다. 그 곳에서 함께 하는 사람들은 여러분들과 같이 현재 시대를 살아가는 또 하나의 사람들이며, 그러한 사람들은 누군가의 소중한 자식, 누군가의 소중한 형제, 남매, 친구, 애인입니다.

저는 부정적으로만 비춰지는 군대의 긍정적인 모습을 보여주고 싶었습니다. 물론 군 내부의 비리, 간첩, 부정부패도 전혀 없는 것은 아니기에, 최대한 담담하게 다뤘습니다만, 작품의 전체 분위기는 군대도 사람이 살아가는 공간이라는 것을 작품에 담고 싶었습니다.

저는 대한민국을 사랑합니다. 대한민국 국가를 사랑하고, 국민을 사랑하고, 나라의 힘을 믿습니다. 언론이나 댓글에서는 군대를 욕하지만, 그것도 다 애정이 있기에, 변화를 바라기에 욕하는 것임을 저는 알고 있습니다.

정치 여야를 떠나 대한민국이 하나 되는 그 날을 기원하며, 이 작품을 사랑해주신 독자님들께

감사의 인사를 드립니다. 감사합니다. 정말 감사합니다.

2021년 8월

제이로빈